W0472520

COLLECTION FOLIO

Shilpi Somaya Gowda

« La famille »

Traduit de l'anglais (Inde)
par Léa Drouet

Mercure de France

Titre original :

THE SHAPE OF FAMILY

© 2020 by Shilpi Somaya Gowda.
© Mercure de France, 2021, pour la traduction française.

Née à Toronto au sein d'une famille originaire de Mumbai, Shilpi Somaya Gowda est diplômée des universités Stanford et de Caroline du Nord. Elle vit aujourd'hui en Californie.

Pour Mira et Bela,
puissiez-vous chercher loin,
et toujours retrouver la maison.

Nous les errants, toujours à la recherche du chemin le plus solitaire,
ne commençons jamais une journée là où nous en avons terminé une autre ;
et aucun lever de soleil ne nous trouve
où nous laissa le soleil couchant.

Même lorsque la terre dort, nous voyageons.

Nous sommes les graines de la plante tenace,
et c'est dans notre maturité et notre plénitude de cœur
que nous sommes livrés au vent et dispersés.

Brefs ont été mes jours parmi vous,
et plus brèves encore les paroles que j'ai prononcées.

Mais si ma voix s'éteint dans vos oreilles,
et si mon amour s'efface dans votre souvenir,
alors je reviendrai à nouveau.

Et avec un cœur plus riche et des lèvres plus soumises
à l'esprit je parlerai.

Oui, je reviendrai avec le flux,

Et même si la mort me cache, et le plus grand silence m'enrobe,
je chercherai à nouveau votre compréhension.

KHALIL GIBRAN,
Le prophète[1]

1. Traduit par Camille Aboussouan, Casterman, 1956.

19 mai 2015, 5 h 59

Une jeune femme marche, ni adolescente ni vraiment adulte. Elle enjambe la bande de rochers qui marque la frontière entre le trottoir de la ville et le rivage. Elle porte des vêtements couleur de neige, de nuages, de rien, n'a rien aux pieds, rien à la main.

Elle se dirige d'un pas lent mais résolu vers l'océan Pacifique, et pourtant elle ne possède aucun des accessoires de ceux qui vont vers l'eau de si bon matin : ni canne à pêche, ni planche de surf, ni combinaison.

Il est tôt, l'aube est levée depuis une heure à peine. Le soleil commence à étaler ses teintes orangées sur l'horizon, mais l'air est encore frais.

Dans l'une des maisons qui bordent la falaise donnant sur la plage, un homme âgé se lève et allume la lumière dans la cuisine, se demandant si c'est un cadeau ou une malédiction de se réveiller tous les jours à cette heure barbare. Tout est calme, certes, mais rien ne le fait se sentir plus seul au monde.

Pendant qu'il remplit la bouilloire au robinet de l'évier, il regarde par la fenêtre, comme chaque matin. Peu de gens à cette heure, hormis généralement un joggeur intrépide ou quelqu'un qui promène son chien. Ce matin-là, il observe plus attentivement, plissant les yeux et les rouvrant pour s'assurer de ce qu'il est en train de voir.

On croirait presque un mirage, cette jeune femme vêtue de blanc. L'espace d'un instant, en voyant ses cheveux ramassés en un chignon lâche sur sa nuque, le veuf imagine son épouse revenue le trouver. Cette pensée, bien qu'improbable, le fait sourire.

L'eau déborde de la bouilloire et l'homme reprend ses esprits. Depuis cet angle, il remarque maintenant sa peau mate, son visage juvénile. Elle avance avec détermination vers les rouleaux. Il y a quelque chose qui cloche : une jeune femme seule en vêtements de ville, à cette heure. Il repose la bouilloire sur son support, décroche le téléphone de la cuisine et appelle la police.

À LA MAISON

1. *Karina*

2007

Assise sur le banc en bois dur devant le bureau du principal, Karina n'arrêtait pas de taper des pieds. Elle savait que ce bruit agaçait la secrétaire, qui levait régulièrement la tête et lui lançait un regard sévère depuis son bureau. Karina s'en moquait. Que pouvait-il lui arriver de pire ? On avait convoqué sa mère. Le seul point positif, dans l'histoire, c'était que Prem n'était pas ici avec elle. Avec un peu de chance, il jouait au ballon dehors avec ses camarades du cours préparatoire.

Vingt minutes plus tôt, au début de la pause déjeuner, elle se trouvait sur la cage à poules avec Izzy, sa meilleure amie, lorsqu'elle avait aperçu son petit frère de l'autre côté de la cour, assis à une table. Prem, qui courait toujours comme un fou avec ses copains pendant la récréation, était recroquevillé à un bout et un garçon lui tournait autour. Karina avait traversé la cour et, en s'approchant, avait reconnu Jake Potash, un camarade de classe.

« Ça pue, mec ! » Jake se pinça le nez en

montrant la boîte en inox de Prem, remplie de riz et de curry de légumes. « Vire-moi cette merde ! » Il donna un coup de pied dans la table, faisant brinquebaler la boîte. Prem, le visage terrifié, glissa un peu plus loin sur le banc.

Mue par la rage et l'instinct de protection, Karina s'avança et attrapa la boîte. « T'ennuies encore mon frère et je te tue », lança-t-elle. Comme le garçon gardait un sourire narquois, Karina leva le bras sans même y penser et lui jeta la boîte à la figure. Le bord métallique tranchant le heurta en plein visage, Jake poussa un cri et le curry dégoulina sur sa joue. Karina le regarda s'essuyer le visage et Jake lut la colère dans ses yeux ; bien qu'il fût absurde pour une petite fille maigrichonne de onze ans de menacer le caïd de l'école, il se contenta de cracher par terre et décampa.

Karina n'eut pas le temps de s'occuper de son frère : une des surveillantes de la cour de récréation arrivait en courant, hors d'haleine. « J'ai tout vu, Miss Olander. Jeter un objet sur quelqu'un ? Vous allez faire une visite au principal. » L'enseignante la prit par le bras sans la laisser s'expliquer et se dirigea vers l'entrée du bâtiment. Prem la regardait depuis le banc, le visage inondé de larmes. Karina se toucha le nez avec un doigt de sa main libre tandis qu'on l'emmenait et il l'imita – le fil invisible qui les reliait.

Depuis que Prem avait commencé l'école maternelle, l'année précédente, dans le même établissement que Karina, il vénérait sa grande sœur et, par extension, les amis de celle-ci. Leurs parents se réjouissaient de les savoir dans la même école, leur fille pouvait garder un œil sur lui. Prem était tellement nerveux le premier jour pendant que sa sœur lui montrait les lieux, notamment le terrain de jeux où elle le retrouverait à l'heure du déjeuner : « Regarde, tu adores la cage à poules ! » Prem lui avait souri avant de se jeter spontanément dans ses bras et de la serrer très fort. « OK, OK », avait-elle dit en le détachant avant que quelqu'un ne les voie. « Tu es un grand garçon maintenant. » Elle lui avait effleuré le bout du nez. « Ça va aller. Je te promets. » Il avait acquiescé solennellement, plaçant le bout du doigt sur son nez, puis sur celui de sa sœur.

Karina elle-même avait eu du mal à s'adapter à l'école, principalement parce qu'il n'y avait personne d'autre comme elle. Il y avait les enfants blancs, les enfants chinois, les enfants indiens et le contingent hispanophone. Mais Karina, avec sa combinaison de traits – une peau mate laiteuse, des yeux noirs, des cheveux épais ondulés, un nez proéminent – ne se sentait nulle part à sa place. Les gens n'étaient pas méchants, mais elle avait parfois l'impression d'être une énigme à déchiffrer. La première fois que son père était venu la chercher à l'entraînement de foot, les autres parents l'avaient regardé d'un air étonné en le voyant lui faire signe depuis la voiture, essayant de faire le lien entre le teint pâle, les taches de rousseur de cet homme et la complexion de Karina. Une mère avait même intercepté la petite fille sur le terrain pour confirmer qu'elle le connaissait avant de la laisser partir, lui faisant clairement comprendre qu'ils n'allaient pas du tout ensemble. Et son prénom n'arrangeait pas les choses. Dérivé de *carus* – « aimé » en latin –, c'était aussi un mot hindi qui voulait dire « fleur », « pure » ou « innocente ». La signification de ce prénom dans différentes cultures plaisait à ses parents, symbole à leurs yeux de leurs deux origines ethniques réunies chez cette enfant. Plus jeune, Karina adhérait à leur explication, mais aujourd'hui elle ne supportait plus de devoir épeler son nom et le répéter systématiquement.

Prem avait hérité d'une combinaison de traits différente : une peau claire, des cheveux raides et fins et de longs cils noirs qui donnaient l'impression d'avoir été recourbés et teints au mascara (un vrai gâchis pour un garçon, de l'avis de Karina). Les gens se montraient toujours surpris d'apprendre qu'ils étaient frère et sœur et elle aurait parfois aimé que ce ne soit pas le cas, mais ça l'ennuyait que quelqu'un le dise. Karina et Prem étaient les deux seuls membres de leur propre club, même si personne ne pensait qu'ils puissent être de la même famille.

La secrétaire de l'école leva la tête et regarda Karina par-dessus les petites lunettes cerclées qu'elle portait au bout d'une chaîne. « Ta mère sera là dans une vingtaine de minutes, alors reste tranquille », dit-elle avec un sourire figé. Par réflexe, Karina cessa de balancer les jambes pendant que la dame s'adressait à elle, puis recommença.

Karina avait appris à se méfier des autres, en particulier de ceux qui manifestaient de la curiosité à son égard. Heureusement, elle n'avait pas besoin de beaucoup d'amis : elle avait Izzy. Isabelle Demetri, une fille aux cheveux noirs et aux grands yeux, l'avait repérée en cours préparatoire et s'était approchée d'elle à la balançoire en lui déclarant qu'elles seraient amies car elles avaient la même couleur de cheveux. Izzy était intrépide, amusante et ne s'intéressait guère aux garçons qui tournaient toujours autour d'elle ; sa véritable passion, c'étaient les chevaux. Deux fois par semaine, après l'école, elle allait aux écuries monter un poney qu'elle partageait avec d'autres, ses parents ayant expliqué qu'ils n'avaient pas les moyens d'en acheter un. Karina adorait accompagner Izzy et regarder son amie s'occuper de Mr Chuckles, cette grande créature, les observer tous les deux dans leur interaction silencieuse, délicate, où chacun répondait aux besoins de l'autre. Mais Karina avait un faible pour Dominick, le cacatoès couleur charbon des Demetri qui dormait en boule au pied du lit d'Izzy et les suivait patiemment d'une pièce à l'autre, sans autre motif apparent que de rester à leurs côtés. Dominick semblait foncièrement bon et bien plus fiable que beaucoup de personnes. Karina pouvait faire confiance à Prem, à ses parents, à Izzy et à ses animaux, et c'était suffisant.

Jake Potash n'avait pas été convoqué chez le principal et Karina savait comment la surveillante avait interprété l'incident, si bien qu'elle était préparée à ce qu'elle allait dire lorsque le principal la fit entrer dans son bureau.

« Jake s'est attaqué à Prem, mon frère. Il n'a que six ans et j'ai pris sa défense. »

Le directeur retira ses lunettes de lecture. « Ce n'est pas en se battant qu'on résout les disputes, Karina. Mrs Kramer était juste à côté, elle aurait pu t'aider. »

Karina hocha la tête en regardant ses mains. Elle s'abstint de rapporter les commentaires de Jack, ou d'expliquer que ses insultes étaient simplement plus directes que celles des autres enfants, dont les questions pouvaient la blesser tout autant. Sur ces entrefaites, la porte s'ouvrit et sa mère entra dans le bureau. En la voyant, le chemisier à moitié sorti du pantalon et le front plissé, elle sentit poindre les premiers accès de remords. Le principal lui demanda d'expliquer l'incident tandis que sa mère prenait place, les mains crispées sur les genoux, la mâchoire tremblante.

« C'est sa première infraction, déclara-t-il, donc ce sera inscrit dans son livret scolaire et elle devra présenter ses excuses à l'autre élève, mais on peut en rester là. Et bien entendu, elle devra quitter l'école pour le restant de la journée. »

Sa mère s'excusa poliment et remercia le

principal sans jamais regarder sa fille. Sur la route du retour, elle conduisit un moment les mains agrippées au volant avant de desserrer les dents. « Karina, je ne sais pas ce qui se passe avec toi. Tu te bagarres à l'école, maintenant ?

— Il se moquait de Prem, Maman. Ce garçon l'embêtait parce qu'il est… *différent.* » Tout en le disant, elle sut que sa mère ne comprendrait pas. Ses parents ne faisaient pas partie du même club que Prem et elle.

Sa mère jeta un coup d'œil dans le rétroviseur et changea de file pour tourner. « Tu devrais être fière de ta culture indienne. Éduquer ce garçon, lui dire tout ce qu'on doit aux Indiens : l'invention des mathématiques et des échecs, des siècles de tradition, de poésie, de musique. »

Parfois, lorsque son père était en voyage, une étrange musique indienne filtrait de la chambre de ses parents, éclairée par une simple lampe de chevet. Assise les yeux fermés, Maman bougeait la tête en rythme, paraissant plus paisible que dans la vie quotidienne avec eux. Cela tracassait Karina, comme si sa mère devait se transporter ailleurs afin d'être aussi heureuse, quelque part où elle ne pouvait les emmener. « Tu ne comprends pas, grommela Karina. Tu ne comprends *jamais.*

— Pardon ? » Sa mère se retourna et lui lança un regard noir. « Qu'est-ce que tu as dit ? » Ses yeux revinrent à la route. « Tu sais que je compte sur toi pour te montrer une sœur exemplaire pour Prem, un modèle. Tu ne peux pas être violente, Karina. Tu es suffisamment intelligente. »

Karina garda le silence, regardant les magasins et les noms de rues défiler par la fenêtre. Elle savait bien qu'en défendant avec fierté la culture indienne, elle n'aurait fait qu'attiser la haine de Jake Potash. Si le problème devenait assez sérieux pour que Maman juge nécessaire d'en parler avec le père de Karina, lui réagirait différemment. Il appellerait les parents Potash et les éreinterait en critiquant posément leur éducation et en menaçant leur enfant au cas où un incident similaire se reproduirait, puis irait voir le principal et porterait plainte à la police. Il brûlerait la terre autour de Jake Potash et de sa famille, il isolerait le garçon dans la peur. Cette stratégie pourrait fonctionner et, si jamais les choses s'envenimaient, Karina envisagerait peut-être de lui en parler.

Mais après ce jour et l'incident dans la cour de récréation, où Karina avait eu l'impression d'être mue par une force extérieure et senti la colère et l'énergie couler dans ses veines, lui donnant la certitude absolue de ce qu'elle devait faire, Jake Potash ne les importuna plus jamais, ni elle ni Prem.

2. *Jaya*

2008

Jaya enfila ses gants de jardinage et tendit une autre paire à Karina, qui les observa, puis montra les coccinelles brodées. « Maman, c'est… c'est pour les petits enfants. Je pourrais en avoir des normaux ?

— Ils te vont toujours, non ? Les autres seront trop grands. » Jaya se pencha, souleva un gros sac de terreau entreposé dans le garage et le hissa dans ses bras. « Prends-en quelques-uns, chérie », dit-elle en montrant les bacs à plantes avant de faire le tour de la maison pour aller dans le jardin, à l'arrière. « Alors, c'était comment le foot, ce matin ? demanda-t-elle en regardant par-dessus son épaule.

— Bien.

— Vous avez gagné ? Perdu ? Vous avez joué contre qui ?

— Aucune idée, une école. On a fait match nul. »

Jaya déposa le sac près des plates-bandes en étudiant Karina, cherchant à déchiffrer cette expression neutre qu'elle affichait si souvent ces derniers temps. À douze ans, comme on l'avait prévenue, sa fille commençait déjà à prendre l'attitude des adolescents américains : le désintérêt, l'air maussade. Tout à coup, elle n'aimait plus rien de ce qui était indien ; ni la cuisine de sa mère, ni les tenues, qu'elle trouvait inconfortables et rêches, ni même aller au temple. Les spécialistes affirmaient que ce genre de comportement n'avait rien de personnel, mais Jaya avait du mal à le croire : Karina rejetait bien la culture de sa mère. Difficile de ne pas avoir la nostalgie de la petite fille gaie qui avait mis tant de vie dans leur famille, par comparaison avec cette personne en train d'émerger. Son fils, à sept ans, était encore très enfantin et curieux du monde, Dieu merci. Il lui restait encore quelques années à savourer son affection gamine. Elle avait souffert de la grande différence d'âge entre ses deux enfants, mais cela comportait aussi des avantages. Jaya trouva le sécateur dans le seau à outils et ouvrit le sac de terreau. « Ça doit être dur sans Isabelle dans l'équipe cette année. » Voilà ce qu'elle fait désormais, elle y va à tâtons, ne sachant jamais exactement ce qui peut tracasser sa fille.

Karina haussa les épaules. « Ça va. Ce n'est pas comme si je ne connaissais pas ceux qui sont dans l'équipe, on est ensemble depuis le primaire. » Elle se laissa tomber sur l'herbe et s'assit en tailleur, les bras derrière elle.

« Oui, c'est vrai », sourit Jaya tout en songeant à la différence entre l'enfance stable de sa fille et la sienne. Son père, diplomate, était régulièrement affecté dans des pays différents. Jaya fréquentait les meilleures écoles anglaises et ses parents recevaient souvent des dignitaires de passage. Paradoxalement, leur vie de famille cosmopolite accentuait leur identité indienne. La mère de Jaya cuisinait des plats de toutes les régions de l'Inde, des *dosas* croustillants les plus fins d'Inde du Sud aux currys d'agneau savoureux du Nord. Ils vivaient dans des maisons décorées avec goût, entourés de meubles sculptés à la main et de somptueux tapis en soie, étaient abonnés à des revues indiennes. Au dîner, les conversations tournaient autour de l'actualité indienne, et Jaya et son frère Dev étaient invités à participer. Ils avaient été élevés dans l'idée implicite que l'Inde était supérieure à tous les pays dans lesquels ils avaient vécu : riche dans son immensité et sa diversité, dans son histoire et sa contribution au monde – la musique et ses *ragas*, la grande tradition poétique et la cuisine raffinée, entre autres.

« Bon, tu sais quoi faire, dit Jaya à Karina en désignant la plate-bande vide. Alors commence à creuser les trous. »

Avachie sur l'herbe, Karina se contenta de hocher légèrement la tête sans bouger : « Où veux-tu que je les mette ?

— Enfin, ma chérie, comme d'habitude. À quarante-cinq centimètres de distance pour la première rangée, un peu plus pour la rangée de derrière. Je pense qu'on aura besoin de trois rangées au total : choux d'ornement, choux kale et soucis, répondit Jaya en montrant chacun des trois bacs.

— Et ça, c'est quoi ? » Karina tenait une plante aux feuilles grises veloutées qui ressemblait à du corail.

« Intéressant, non ? Touche les feuilles. Ce sont des cinéraires argentées. Pourquoi tu ne déciderais pas où les planter ? » Jaya marqua les endroits pour chacune des rangées de la platebande et alla chercher le tuyau d'arrosage. Planter des fleurs dans la terre et les regarder pousser lui donnait une profonde satisfaction. Dans les maisons où elle avait grandi, sa mère faisait toujours de magnifiques arrangements floraux, car les visiteurs passaient souvent à l'improviste. Mais ces fleurs coupées, qui commençaient à faner et à empester au bout de quelques jours, la rendaient triste. Ils n'avaient jamais eu la possibilité de s'occuper d'un jardin, ne passant qu'un ou deux ans dans chaque endroit et arrivant souvent en hiver, lorsque le sol était gelé. Alors Jaya avait appris à cultiver une vie intérieure en pratiquant la danse classique, son ancrage à elle, qu'elle pouvait emporter en tout lieu. Elle avait appris à se sentir bien partout, puisqu'elle n'avait de foyer nulle part.

Ici, elle pouvait enfin planter ses fleurs, une manière de s'enraciner dans cette terre qu'elle avait voulue pour elle et sa famille. Keith et elle avaient eu le coup de foudre pour la maison de Los Altos, une charmante banlieue pavillonnaire dans la Silicon Valley. Ils avaient tous deux été conquis par le jardin qui s'étendait à l'arrière, pour des raisons différentes : Keith voyait dans la piscine un symbole de succès, imaginant déjà les fêtes qu'il donnerait en été, lui au barbecue et les enfants dans l'eau ; Jaya, elle, appréciait le terrain, un énorme canevas sur lequel elle pourrait créer un jardin à elle : plates-bandes, rosiers, herbes et légumes, et même un citrus nain qui donnerait de temps en temps des citrons verts. Karina était encore bébé lorsqu'ils avaient acheté ce pavillon en briques à deux étages dans une rue arborée et tranquille, et pour la première fois de sa vie Jaya s'était sentie liée à un lieu par une énergie profonde, sentiment qui n'avait fait que se renforcer au cours des dix dernières années. Ils auraient pu se permettre d'acheter quelque chose de plus grand aujourd'hui, dans un meilleur quartier, comme le lui rappelait toujours Keith lorsqu'ils passaient devant des maisons à vendre le dimanche, mais Jaya ne voulait pas quitter celle-ci.

Elle versa une pelletée de terreau dans chacun des petits trous creusés par Karina, puis une cuillerée de farine d'os. « Alors, tu as décidé ce que tu voulais faire pour ton dîner d'anniversaire ? On pourrait aller chez Benihana ou au Spaghetti House, suggéra-t-elle. Et puis essayer le nouveau glacier après ? Ou bien tu préfères un gâteau ?

— Maman, je ne vois pas pourquoi je ne pourrais pas faire du baby-sitting chez les Crandall ce soir. Mon anniversaire, c'est demain. On ne peut pas faire le dîner demain ?

— Ton père sera parti, son vol est à trois heures de l'après-midi. Et c'est mieux de sortir dîner un samedi, non ? Pas besoin de se lever le lendemain pour l'école. »

Karina leva les yeux au ciel et planta sa pioche dans le sol afin de faire un nouveau trou. « Ce n'est pas juste. Je devrais pouvoir faire ce que je veux de mon temps libre pendant le week-end. Izzy passe toute la journée à la ferme. Pourquoi je ne peux pas faire quelques heures de baby-sitting si j'en ai envie ? »

Jaya regarda sa fille en soupirant. Toujours la même discussion. Karina avait commencé à promener le chien d'un voisin pendant le week-end, puis un autre. Maintenant, elle voulait apparemment garder des enfants tous les vendredis et samedis, au détriment des soirées en famille.

« Qu'est-ce que je vais faire d'autre de mon temps ? ajouta Karina. J'ai déjà des bonnes notes, tu ne peux pas utiliser cette excuse.

— Karina. » Jaya pencha la tête sur le côté en souriant, espérant désamorcer l'indignation qu'elle voyait monter chez sa fille. « Pourquoi tu tiens tellement à faire ça ?... pour l'*argent* ? » demanda-t-elle en essayant de ne pas salir le mot. Les parents de Jaya lui avaient transmis des valeurs limpides : la priorité absolue, c'étaient les études, ensuite venait la danse. Rien d'autre n'était censé entrer dans l'équation lorsqu'elle était enfant. Dans leur culture, l'idée de travailler pour de l'argent était réservée aux adultes et aux enfants mendiants.

« À l'école, tous les autres ont leur activité pendant le week-end. Je veux juste occuper mon temps libre comme je le souhaite, répondit Karina. Et oui, je veux gagner de l'argent...

— Tu sais bien qu'on te donnera de l'argent de poche pour tout ce dont tu as besoin..., l'interrompit Jaya.

— Ce n'est pas la *question* ! » Karina cogna si violemment sa pelle par terre qu'elle rebondit et atterrit un peu plus loin au pied d'un arbuste.

Jaya détourna le regard face à la colère qui se manifestait chez sa fille, plongea ses mains gantées au fond du sac et fit un tas de terreau devant elle. Keith ne voyait pas les choses de la même manière. Il pensait que c'était bien que les enfants aient un petit boulot, qu'ils apprennent la responsabilité, et la valeur d'un dollar. C'était peut-être un aspect supplémentaire de la culture américaine qu'elle n'arrivait pas à saisir. « J'en parlerai avec ton père, d'accord ? »

Karina se leva, alla ramasser la pelle et se remit à retourner le sol, répandant de la terre partout autour d'elle. Jaya tendit le bras vers le plateau de cinéraires argentées et secoua un pot afin d'en faire sortir la plante. Cela faisait plusieurs années qu'elles avaient commencé à planter des fleurs pour l'anniversaire de Karina, un rituel spécial qui donnait l'occasion à Jaya de partager quelque chose avec sa fille, comme elle avait autrefois partagé la danse avec sa propre mère. Jaya avait pris des cours de *bharata natyam*, l'une des danses classiques de l'Inde, dès l'âge de cinq ans et jusqu'à son départ pour l'université. Sa mère y voyait une façon de s'assurer que Jaya reste profondément liée à la culture indienne, quel que soit le pays dans lequel ils vivaient. Lorsqu'ils étaient à Delhi, elle avait étudié avec un grand maître, mais à l'étranger c'est sa mère, elle-même danseuse, qui lui avait donné des cours. Dans chaque maison, chaque pays où sa famille avait vécu, une série de cinq cadres identiques était accrochée au mur, avec des photos de sa mère en tenue de danse dans différentes poses : les mains en forme de flûte, les doigts fins dessinant une fleur, et ainsi de suite.

Chaque fois qu'ils changeaient de maison, ces photos étaient les premières à être accrochées. À leur arrivée en Irlande, au Portugal, au Koweït, toute la famille avait pris part au rituel consistant à rechercher la meilleure place. Jaya avait fini par compter sur ces photos, symbole de stabilité au milieu de ces déménagements et signe que sa mère veillait sur elle. Elle examinait souvent ces images de sa mère dans son costume de soie recherché, les yeux maquillés de façon théâtrale, et se demandait toujours si elle-même serait un jour aussi belle et gracieuse. Elle avait adoré partager quelque chose de spécial avec elle. Tout le contraire de Karina aujourd'hui, qui ressemblait au petit lapin du livre pour enfants, essayant sans cesse de lui échapper.

«Je ne suis plus un bébé, Maman. Je ne suis

pas un… *enfant*, comme Prem. Je peux faire des choses toute seule. Tu ne me laisses *rien* faire. Ce n'est pas juste. » Karina se releva et laissa tomber sa pelle. « Et puis d'ailleurs je n'aime pas ça, grommela-t-elle. Je déteste le jardinage. » Elle secoua la tête et fit demi-tour pour regagner la maison.

*

Après avoir terminé elle-même les plantations, à vrai dire soulagée de ce répit, Jaya entra dans la maison, où elle trouva Keith assis à la table de la cuisine, occupé à regarder son téléphone, comme il le faisait de façon obsessionnelle depuis plusieurs semaines. Il leva la tête vers elle, les sourcils froncés. « Pas de bonus cette année, ils disent. *Rien*, tu le crois ? Je me suis tué à la tâche toute l'année, et maintenant ils vont me supprimer mon bonus.

— C'est juste cette année, tempéra Jaya.

— Et si ce n'était pas le cas ? D'abord Bear, ensuite Lehman Brothers. *Merde !* Qui est le prochain sur la liste ? Tu sais, Brian n'avait aucune idée de ce qui l'attendait chez Lehman il y a encore deux semaines. Pas de bonus cette année, ça veut dire qu'on sera peut-être les prochains sur la liste. Il se peut que je n'aie même plus de travail l'année prochaine.

— Eh bien si ça arrive, on fera face », répondit Jaya en contournant les assiettes sales du petit déjeuner empilées dans l'évier pour enlever la terre de ses mains.

« Je vais appeler Robbie. Il aura peut-être quelque chose pour moi.

— Robbie *Weiss* ? demanda Jaya par-dessus son épaule. Le type qui a monté cette société de courtage ? » Elle trouva une brosse et se mit à récurer la croûte de sirop d'érable sur les assiettes.

Keith acquiesça d'un signe de tête. « Il a cofondé une petite boîte : Duncan Weiss. Ils sont spécialisés dans le marché intermédiaire. On a travaillé ensemble sur quelques opérations. Il m'a dit de l'appeler dès que je serais prêt à quitter le navire. Je pourrais peut-être arriver à lui faire payer mon bonus si je le rejoins avant la fin de l'année.

— Mais tu viens de dire qu'il n'y avait pas de bonus, répondit Jaya en haussant la voix pour couvrir le bruit de l'eau et des couverts dans l'évier.

— Bon sang, Jaya, tu dois vraiment faire ça maintenant ? aboya Keith. Est-ce que tu m'écoutes, au moins ? »

Jaya ferma le robinet et se tourna vers lui, la brosse à la main. *Qui d'autre va le faire, et quand ?* avait-elle envie de dire, mais elle se força à garder son calme. Depuis l'effondrement des marchés financiers quelques semaines plus tôt, Keith était un véritable paquet de nerfs, comme si on avait remplacé l'homme qu'elle connaissait par un imposteur hyper anxieux. « Qu'est-ce que tu racontes, Keith ? » Malgré tous ses efforts, elle ne put éviter de prendre un ton accusateur. « Tu veux quitter ta société à cause d'une mauvaise année et rejoindre une start-up pourrie ? Travailler pour un type que tu disais sans scrupule ?

— J'*essaie* de gagner ma vie et de subvenir aux besoins de ma famille, hurla Keith. Les marchés financiers sont en ruine et j'essaie de m'occuper de vous.

— Je n'ai pas *besoin* que tu prennes soin de moi, pas de cette façon, répliqua-t-elle d'un ton brusque.

— Et de quelle autre façon, alors ? Tu sais bien que mon bonus représente 80 % de mon revenu. Avec mon salaire uniquement, on ne peut même pas rembourser le prêt pour la maison. Et certainement pas non plus avec le tien.

— Je peux passer à plein temps, suggéra Jaya. On peut obtenir des avantages sociaux par mon travail et réduire nos dépenses jusqu'à ce que tu trouves quelque chose… »

Keith se mit à rire. « Ça ne fera aucune différence, Jaya, tu le sais très bien.

— Tu pourrais juste mettre ton ego et ton machisme de côté pour…

— OK, c'est bon ! » Keith se leva en raclant bruyamment sa chaise contre le sol de la cuisine. « Je vais aller me rafraîchir les idées, sinon je risque de dire quelque chose que je regretterai.

— Trop tard ! » lança-t-elle dans son dos tandis que la porte claquait. Jaya, immobile, entendit le roulement de la porte du garage et le crissement des pneus. En retournant à sa vaisselle, elle crut entendre la porte d'une chambre se fermer discrètement à l'étage.

3. Keith

Avril 2009

« Les caniches sont réputés pour leur intelligence et pour être faciles à dresser », lut Karina dans le livre qu'elle tenait sur ses genoux, à l'arrière de la voiture.

Keith jeta un coup d'œil à Jaya, qui fixait la route à travers le pare-brise, et vit un léger sourire se dessiner aux commissures de ses lèvres. Il tourna la tête et regarda sa fille. « Ah bon ?

— Oui, poursuivit Karina sans lever les yeux. Ils sont vifs, actifs, aiment s'amuser, ce sont des chiens de famille et ils ont le sens du ridicule. » Elle ferma le livre et donna un coup de coude à Prem. « Tu vois ? Parfait pour toi. » Keith ne put réprimer un éclat de rire.

« Ha ha, très drôle, dit Prem avec son petit reniflement caractéristique. Ben oui, c'est comme moi, merci.

— On *regarde* simplement, intervint Jaya en enlevant ses lunettes de soleil pour les nettoyer. On n'a rien promis. »

C'était samedi, un de ces jours précieux que Keith consacrait entièrement à sa femme et ses enfants ; pendant la semaine, entre ses longues journées au bureau, les dîners avec les clients et les voyages, il ne faisait que les croiser. Maintenant que l'onde de choc initiale de la crise financière était passée et qu'il était clair qu'aucune autre banque d'investissement ne ferait faillite, les affaires commençaient progressivement à reprendre leur cours. Keith se félicitait d'avoir décidé de rester chez Morgan Stanley. Jaya avait raison : dans les moments difficiles, il y avait des avantages à travailler dans une maison renommée, où il s'était construit une réputation auprès de ses collègues.

La Bourse rebondissait et sa société prévoyait de payer des bonus décents cette année, apaisant les tensions pour lui et sa famille. Jaya semblait elle aussi heureuse d'avoir repris un plein-temps, elle parlait de ses projets avec enthousiasme le soir. Les choses étaient un peu plus chaotiques à la maison, mais Keith s'efforçait d'assumer davantage de tâches pendant le week-end, Jaya prenant tout en charge pendant la semaine. Il se félicitait qu'ils aient réussi, cette dernière année, à maintenir un équilibre entre leur couple et leur rôle de parents, sans craquer ni l'un ni l'autre. Il prit la main de sa femme, qui regardait par la fenêtre ; elle se tourna vers lui en souriant.

Cet éleveur de Watsonville, recommandé par l'épouse d'un collègue de Keith – une femme qui avait amplement le temps de faire ce genre de recherches –, était réputé pour ses

Goldendoodle, les chiots préférés de Karina. Les derniers mois, celle-ci avait intensifié ses efforts de persuasion en vue d'avoir un chien, rédigeant même un essai pour le cours d'anglais dans lequel elle exposait ses arguments et qui, son père devait bien l'admettre, s'était avéré très convaincant.

Lorsqu'ils s'engagèrent sur la route de campagne menant à la ferme, Karina se mit à bondir de joie sur son siège et Prem laissa échapper un long hurlement de loup. L'immense ranch était entouré d'un grand terrain clôturé. Keith n'eut pas plus tôt garé la voiture que Karina et Prem se précipitèrent dehors en courant vers les niches alignées sur un côté de la cour, où s'affairait un homme en tenue de travail.

« Faites attention, attendez devant la barrière ! » cria Jaya. N'ayant pas grandi avec des animaux domestiques, elle en avait une peur instinctive. Elle avait eu beau le lui expliquer, Keith ne l'avait pas vraiment saisi : dans la culture indienne, les chiens et autres animaux, considérés comme sales, n'entraient jamais dans une maison. Les seuls chiens qu'elle avait croisés étaient ceux qui erraient dans les rues et qu'on lui avait appris à éviter car ils étaient porteurs de maladies et pouvaient mordre. Keith, lui, avait grandi avec des chiens et les aimait, si bien qu'il avait eu du mal à la comprendre. La plupart du temps, Jaya et lui se retrouvaient dans des valeurs communes – travailler dur, faire des plans pour l'avenir, donner toutes les chances à leurs enfants – mais, de temps à autre, ce genre de petits détails venaient rappeler leurs différences culturelles.

Keith remarqua que Jaya respirait profondément et tentait de dominer sa peur, pour Karina. C'est quelque chose qu'il avait toujours admiré chez sa femme, les efforts qu'elle faisait afin de surmonter ses peurs. Le 11 septembre 2001, deux jours avant le vol qu'il devait prendre pour New York, Jaya, enceinte de Prem à un stade avancé, était devenue hystérique, hantée par l'idée que seul un hasard ténu avait éloigné Keith des tours jumelles ce jour-là. Elle n'avait plus voulu qu'il prenne l'avion, non seulement cette semaine et la suivante, mais pendant des mois. L'apparition de cette angoisse si profonde, unique imperfection sur la façade autrement imperturbable de Jaya, avait surpris Keith. S'il y avait une caractéristique que tout le monde remarquait chez elle, c'était sa maîtrise de soi. Les années passées à vivre aux quatre coins du monde au milieu de diplomates lui avaient donné une confiance qui lui permettait de se sentir à l'aise partout en société. Il admirait cette qualité, même si, en comparaison, il avait le sentiment de manquer un peu d'assurance. Keith s'était efforcé de se faire une culture en matière de gastronomie et de vins, d'acquérir le langage d'une personne plus cosmopolite, mais ses origines modestes menaçaient toujours de le trahir. Cette unique faiblesse lui offrait enfin la possibilité d'aider sa femme. Il avait fallu plus d'un an à Jaya pour remonter elle-même dans un avion, lorsqu'ils étaient allés rendre visite à ses parents en Suisse pour leur présenter Prem. Ce jour-là, elle avait serré très fort la main de Keith pendant le décollage, mais il avait lu la détermination dans ses yeux, avant qu'elle ne les ferme et ne pose la tête contre le siège. La façon dont elle pouvait triompher de quelque chose lorsqu'elle le décidait l'avait empli de fierté.

Keith prit Jaya par le bras et ils s'avancèrent ensemble pour aller à la rencontre de l'homme qui venait leur ouvrir la barrière. Ils se présentèrent, et il demanda aussitôt à Karina et Prem : « Vous voulez voir la nouvelle portée ? Ils ont cinq jours. On ne peut pas faire plus mignon. »

Ils le suivirent dans la maison, où une grande caisse posée par terre dans le salon abritait une masse de poils dorés bouclés. En s'approchant, Keith put distinguer cinq minuscules chiots qui dormaient blottis contre leur mère, laquelle regardait avec méfiance les humains s'approcher. L'éleveur s'agenouilla et baissa la voix. « Ils sont nés mardi. C'est la première portée de Daisy, alors elle est hyper protectrice. » Il tendit délicatement la main vers le chiot le plus proche.

« Pourquoi ils ne sont pas dehors avec les autres chiens ? demanda Prem.

— Ils ne peuvent pas côtoyer d'autres chiens avant d'avoir reçu leurs vaccins, répondit Karina. Ils risqueraient d'attraper des maladies.

— Exactement. » L'éleveur lança un regard

impressionné à Keith et Jaya. « Il y a quelqu'un qui a bien étudié, ici. » Il approcha le chiot de sa poitrine et fit un signe à Karina, qui s'agenouilla et prit le petit paquet comme si elle s'était occupée de chiots toute sa vie. Un sourire béat illuminait son visage. Même Prem regardait sa sœur les yeux écarquillés.

« Trois d'entre eux sont déjà réservés, mais j'ai encore une fille et un garçon, si vous êtes intéressés. Voici le bonhomme, dit-il en montrant le chiot sur le sol. Et voilà la fillette », ajouta-t-il en plongeant ses deux mains dans la caisse pour en extraire une petite boule de poils.

« L'avorton ? » demanda Karina en levant la tête vers l'éleveur, qui acquiesça. Karina prit le minuscule chiot et le tint contre sa poitrine. « C'est la plus petite de la portée, alors c'est difficile de se battre pour la nourriture et l'attention. »

L'éleveur approuva d'un signe de tête. « L'avorton peut demander un peu plus de soins et avoir quelques problèmes. Mais Daisy ne l'a pas rejetée, alors elle a grandi. »

Karina chuchotait à l'oreille du chien, frottant son nez contre sa tête et souriant de tout son être. Keith sentit son cœur cesser de battre à la vue de l'enfant joyeuse cachée derrière sa fille adolescente souvent maussade. Il jeta un coup d'œil à Jaya et vit ses yeux embués. Elle lui sourit en croisant son regard et une larme coula le long de sa joue. Il serra sa main. Le chiot sortit sa petite langue rose et se mit à lécher le visage de Karina qui pouffa, et tous les autres avec elle. Prem avait maintenant le menton posé sur le tapis et tentait de regarder le chiot dans les yeux, le visage à portée de morsure ou de griffure. Keith s'attendait à ce que Jaya le mette en garde, au lieu de quoi elle s'accroupit par terre derrière Karina. « Qu'en penses-tu, ma chérie ? Tu voudrais en adopter un ? » Le cœur de Keith se gonfla de fierté.

Karina fit oui de la tête, sans détourner les yeux du chiot qu'elle tenait dans ses bras. « Celui-ci.

— Le petit ? Tu es sûre ? » demanda Jaya.

Karina se tourna vers eux et Keith aperçut dans ses yeux la même volonté de fer que celle qu'il avait souvent vue chez son épouse. « Certaine, répondit-elle.

— En général, on les laisse partir à douze semaines, mais pour cette petiote je recommanderais seize, suggéra l'éleveur. Ça vous va ? »

Jaya remplit les papiers et le chèque de caution. Lorsqu'ils quittèrent la maison quelques minutes plus tard, Karina était sur un petit nuage, un sourire radieux aux lèvres.

« Pourquoi ça s'appelle un Goldendoodle ? demanda Prem. Je veux dire, si on croise un Golden Retriever avec un Poodle, un caniche, on pourrait aussi appeler ça un Goldie-Poo. » Il réfléchit un moment. « Ou un Poo-Retriever. Ha ! fit-il avec son petit rire-reniflement. Un *Poo-Retriever*, vous avez pigé ? Celui qui rapporte les crottes. »

Karina leva les yeux au ciel et lui donna un

coup à l'épaule au moment où ils montaient dans la voiture.

« Donc moi je ne ramasse aucune crotte, OK ? dit Prem. Karina peut apprendre à ce chien intelligent à le faire lui-même.

— *Elle*-même. C'est une fille, idiot, répliqua Karina. Et j'ai déjà dit que je la promènerais, que je lui donnerais à manger et que je lui brosserais les dents. On va l'appeler comment ? »

En prévision de leur voyage d'une heure et demie en voiture, ils s'arrêtèrent devant un étal sur le bord de la route pour acheter trois kilos des fraises qui faisaient la réputation de Watsonville, puis s'accordèrent un détour par Gilroy, la capitale mondiale de l'ail. Ils firent halte dans un petit restaurant familial et se goinfrèrent de frites à l'ail en jouant à leur jeu de dessin sur la nappe en papier : l'un d'entre eux commençait à dessiner, puis chacun ajoutait un élément, et ainsi de suite jusqu'à ce qu'ils arrivent à une figure absurde, un homme avec un arbre qui lui sortait de la tête, ou une maison avec une tête de chat en guise de toit. Ensuite ils proposaient un nom pour le dessin et votaient pour le meilleur. Ce jour-là, ils produisirent un chien avec un nez en forme de tête d'ail et décidèrent que « Gilly » serait un joli nom pour un chiot.

« Pas vraiment le plat le plus diététique, dit Jaya un peu plus tard dans la voiture en continuant à picorer des fraises dans le ravier en carton. Mais on a quand même réussi à avoir des fruits *et* des légumes, donc pas si mal que ça. » Le temps d'arriver à la maison, les boîtes de fraises étaient vides et tachées et Prem s'était endormi, la tête posée sur le siège, à côté de Karina.

4. Jaya
Mai 2009

« Oh, c'est le paradis », s'exclama Jaya en se laissant tomber sur le lit à baldaquin moelleux. De l'autre côté de la baie vitrée de la chambre d'hôtel, le bâtiment en forme de pyramide ponctuait l'horizon de San Francisco. « Un vrai paradis. Quarante-huit heures de liberté totale. À vrai dire, je ne sais pas quoi faire de tout ce temps libre. »

Keith rampa sur le lit pour la rejoindre et l'enjamba. « Oh, moi j'ai quelques idées. » Il embrassa le creux tendre de son cou et remonta jusqu'au lobe de son oreille, qu'il mordilla délicatement.

« Hmmm. » Elle prit le visage de Keith dans ses mains et l'embrassa longuement sur la bouche, qui sentait encore le chewing-gum à la menthe. « On n'est même pas obligés d'être silencieux, murmura-t-elle.

— Ni de faire ça rapidement. » Ils se déshabillèrent mutuellement, lentement, et prirent le temps d'explorer le corps de l'autre, ce corps si familier au bout de vingt ans, mais non moins excitant, en raison du sentiment d'abandon inhabituel qu'ils éprouvaient dans l'intimité de cette chambre d'hôtel.

Ils s'étendirent ensuite l'un à côté de l'autre, la tête de Jaya blottie contre le bras de Keith, sa jambe étendue sur celle de son mari. Quel plaisir simple de sentir sa peau nue contre la sienne. À la maison, ils en étaient réduits à des ébats stratégiques et expéditifs, pendant que les enfants regardaient la télévision ou une fois qu'ils étaient couchés. On aurait dit une activité de plus à programmer, bien loin des élans impromptus, nourris de désir, des débuts de leur relation.

Jaya constata avec bonheur qu'ils pouvaient encore être amants comme autrefois ; cette partie d'eux-mêmes avait simplement été enterrée, et non anéantie, sous le poids des décombres de la vie conjugale. Ils avaient traversé une mauvaise passe l'année précédente avec l'effondrement des marchés financiers, mais avaient survécu. Keith était plus serein et plus heureux maintenant que les choses s'étaient calmées. Jaya traça des cercles sur la poitrine nue de son mari. « On devrait faire un très beau cadeau à ta sœur pour la remercier.

— Oui, comme ça elle reviendra *bientôt.* » Il l'embrassa et regarda l'heure. « J'ai fait une réservation pour le dîner, mais ce n'est pas avant sept heures et demie. Tu veux descendre au bar prendre un verre ?

— Ça me paraît une bonne idée. » Elle se pencha vers lui et l'embrassa sur la bouche, et il répondit avec un appétit qui la surprit. Ils firent à nouveau l'amour, plus rapidement et brusquement cette fois, indifférents au bruit de la tête de lit qui cognait en rythme contre le mur. Puis ils prirent une douche et se savonnèrent mutuellement le dos, riant de ce moment décadent sans contrainte horaire.

*

Jaya avait rencontré Keith par une soirée tiède de septembre 1988, dans un pub londonien où ils étaient allés prendre un verre avec leurs collègues respectifs, un vendredi après le travail. Ce jour-là, elle fut étonnée par ce grand homme brun assis sur le tabouret d'à côté qui avait vidé près de la moitié de sa pinte d'une longue gorgée avant de la replacer sur la table. Il sourit en voyant les yeux écarquillés de Jaya. « La semaine a été longue », dit-il avec un accent américain atténué.

Jaya lui rendit son sourire, remarquant au passage l'ombre de sa barbe qui commençait à repousser. « Qu'est-ce que vous faites ? » demanda-t-elle, intriguée par le costume impeccable qui accentuait ses épaules carrées – si différent des hommes avec lesquels elle travaillait dans son centre de recherche, avec leurs vestes à coudières en tweed froissé.

« Je travaille à Canary Wharf », répondit-il.

Jaya fixa un moment le plafond, comme si elle réfléchissait. « Ah. » Elle leva l'index. « Dans l'immobilier, peut-être ? » Il secoua la tête. « La finance ? ajouta-t-elle.

— Futée, la fille », acquiesça-t-il avec un grand sourire. Jaya était agacée qu'il l'ait traitée de fille, mais contente de l'attribut. De l'autre côté de la table, elle vit sa collègue Anja rejeter la tête en arrière en éclatant de rire aux propos de l'un des amis de Keith.

« Je peux vous en offrir un autre ? » demanda Keith en se levant du tabouret et en ingurgitant le dernier tiers de sa pinte. Il montra le verre de Jaya, encore à moitié plein.

« Avec plaisir, une Newcastle. » Elle guetta la réaction à laquelle elle s'attendait, cette expression enfantine qui éclaira tout son visage.

« Une vraie buveuse de bière, dit-il. Impressionnant. »

C'est le père de Jaya qui lui avait appris à boire de la bière avant son départ pour l'université. Sa mère trouvait cela grossier, mais son père comprenait comment les choses se passaient au-delà des confins raffinés de la vie diplomatique, où les femmes sirotaient du champagne pendant que les hommes agitaient légèrement leur verre à whisky en cristal, et il voulait que sa fille soit préparée. Au début, Jaya détestait le goût amer de la bière mais, avec le temps, elle avait appris à identifier les arômes de houblon et d'orge, jusqu'à pouvoir faire la différence entre une blonde et une pilsner. Elle adorait le goût riche et malté de la Newcastle, mais c'était une bière tellement forte qu'elle en buvait rarement plus d'une.

Un deuxième verre fit son apparition devant elle. « Je vais devoir accélérer le rythme, dit-elle en inclinant la tête vers le verre pour le remercier.

— Je ne suis pas pressé. » Il approcha son tabouret avant de se rasseoir. Il travaillait comme banquier d'affaires chez Morgan Stanley et, après deux ans à New York, était venu à Londres pour sa troisième année chez eux, une affectation temporaire avant de retourner aux États-Unis faire une école de commerce.

« Pourquoi une école de commerce ? » demanda-t-elle sans attendre beaucoup de la réponse, mais Keith se mit à décrire les marchés financiers comme un animal vivant, respirant, doté d'une machinerie complexe. Il expliqua le fonctionnement de chacune des pièces : les marchés des capitaux d'emprunt qui finançaient des prêts permettant aux gens d'acheter une maison, la finance d'entreprise qui aidait les sociétés à vendre des actions au public et son domaine à lui, les fusions-acquisitions, où les sociétés en achetaient d'autres pour acquérir de nouveaux secteurs ou se débarrasser d'activités sans intérêt. Il avait une façon presque poétique de décrire la façon dont toutes les parties travaillaient ensemble à rendre la vie des gens plus productive.

« Waouh, ça c'est une réponse », dit Jaya en attrapant son deuxième verre de bière, notant discrètement qu'Anja et l'autre type étaient toujours en train de bavarder et de rire.

« Ça vous plaît ? demanda Keith en levant

son verre pour trinquer avec elle. Je travaille sur mon dossier d'admission. »

Vers la fin de sa deuxième Newcastle, Jaya parla à Keith de son travail à l'Institut de politique étrangère et de sa chance d'avoir décroché un poste aussi convoité après avoir fait des études de relations internationales et d'anthropologie à l'université. Keith se rapprocha d'elle en raison du bruit croissant dans le bar, le front concentré tandis qu'elle parlait de qualité de l'eau et de réformes constitutionnelles pour essayer de l'impressionner.

Lorsque le bar commença à se remplir, Anja se pencha par-dessus la table. « Eh, si on allait manger quelque part ? » Dehors, dans l'air encore chaud et lourd, ils délibérèrent. Keith suggéra un curry et Jaya se demanda si c'était juste pour lui faire plaisir. De toute façon, ça lui était égal. Ils sautèrent dans un taxi et Anja se serra en pouffant sur le siège arrière entre les deux hommes tandis que Jaya indiquait au chauffeur la route de son restaurant indien préféré.

Plus tard, elle découvrirait que, ce soir-là, Keith n'avait pas cherché à la flatter en choisissant un restaurant indien. Il montrait un intérêt réel pour les autres cultures et ne cherchait pas à les rendre exotiques ni à se les approprier, contrairement à d'autres hommes. Il voulait vraiment apprendre à faire le *paan* lui-même, avait acheté tous les ingrédients, et même la boîte en acier inoxydable avec les petits bacs à l'intérieur. Les parents de Jaya avaient accepté

Keith car leurs expériences de vie leur avaient ouvert l'esprit et qu'il avait des références impressionnantes : un banquier d'affaires de haut vol qui allait bientôt entrer dans l'une des meilleures écoles de commerce américaines.

Lorsque Keith fut admis à Wharton, alors qu'ils ne se fréquentaient que depuis six mois, Jaya se dit que leur histoire prendrait fin avec son départ. Mais, lors du premier anniversaire de leur rencontre, il la surprit avec une demande en mariage, assortie d'un aller simple pour les États-Unis et de l'accord des parents de Jaya. Au début, elle s'inquiétait à l'idée de vivre loin d'eux, mais l'éloignement de leurs familles respectives s'avéra une bénédiction pendant les premières années, empêchant les frictions inévitables entre deux cultures et types d'éducation si différents. Keith et elle constituaient le seul point de rencontre de leurs histoires; ils étaient libres de définir leur relation sans que le bagage des goûts cosmopolites des parents de Jaya entre en conflit avec les racines américaines profondes de sa famille à lui.

*

Tout cela, c'était il y a plus de vingt ans. À présent, Jaya enfilait une élégante robe noire et des chaussures à talons rouges pour la soirée. Keith choisit une petite table nichée dans un coin sombre du bar, où ils s'assirent tout près l'un de l'autre et sirotèrent du champagne dans des flûtes élancées.

« Bon anniversaire, chérie, dit-il en glissant la main entre ses cuisses. Encore plus belle que le jour où je t'ai connue.

— Je t'aime », répondit Jaya, les yeux brillant d'un amour inentamé, qui avait même grandi depuis leur rencontre. Loin de représenter un obstacle, leurs différences leur avaient permis de construire leur couple sur une base solide, et c'était sa plus grande fierté.

5. Karina

Juin 2009

À la perspective des longues et paresseuses journées d'été, Karina et ses camarades de quatrième avaient du mal à rester en place. Les derniers jours étaient une torture. Au cours de la dernière semaine, Karina alla chercher son frère à l'école élémentaire juste à côté. Sur le chemin du retour, Prem, tout excité, raconta en détail ce qu'il avait fait. Elle ne l'admettrait jamais devant ses parents, mais Karina aimait ces quinze minutes quotidiennes où ils rentraient ensemble à la maison. C'était reposant d'être seule avec Prem. Elle n'avait pas à faire d'efforts de conversation ni à se demander si elle disait ce qu'il fallait, c'est lui qui faisait toute la conversation. Elle pouvait également cesser de se préoccuper de sa coiffure. Parfois, il lui prenait la main ou passait le bras sous le sien, ce qu'elle lui permettait s'il n'y avait personne dans les parages.

Il n'empêche que, une fois rentrée à la maison, Karina était prête à se débarrasser de son frère. Elle lui servit rapidement des biscuits au chocolat et un verre de lait et se dirigea vers l'escalier.

« Eh, Kiki, tu veux aller nager aujourd'hui ? demanda-t-il en s'asseyant sur la chaise de la cuisine.

— Non », répondit-elle machinalement. Elle se baignait parfois dans la piscine avec Prem, car il n'était pas autorisé à nager seul. Mais le réflexe de Karina était de dire non à tout ce que son frère voulait faire *avec* elle : jouer à un jeu, faire un puzzle, aller au parc ; et oui à tout ce qu'il pouvait faire seul : lire un livre, regarder la télé. Ces deux heures précieuses à la maison, sans professeur ni parents pour la surveiller, étaient à elle, elle pouvait les passer comme une adolescente normale. Elle sentit son portable vibrer dans sa poche arrière. « Fais tes devoirs et ensuite tu pourras regarder la télé, dit-elle à son frère.

— Alleeeeez, Kiki ! » Prem pencha la tête de côté et l'implora de ses grands yeux marron. « Il fait tellement chaud aujourd'hui, c'est pratiquement *l'été*. Et je veux essayer le pistolet à eau géant que j'ai reçu à l'anniversaire de Tommy.

— Pas aujourd'hui. » Karina tourna les talons, peu disposée à dépenser davantage d'énergie verbale pour lui résister. Elle sortit un autre biscuit du bocal et le mit sur son assiette, passant un marché silencieux avec son petit frère avant de monter à l'étage.

Pendant les deux heures qui suivirent, elle s'adonna à ses activités habituelles : elle commença ses devoirs, puis appela Izzy pour en discuter, ce qui les mena inévitablement à parler des garçons qui leur plaisaient et analyser chacune des interactions avec eux au cours des dernières vingt-quatre heures. Karina essaya plusieurs tenues, releva l'ourlet de sa jupe et agrandit le décolleté de son chemisier. Elle s'entraîna à éclaircir sa peau avec une crème empruntée à Izzy et considéra les résultats, à la suite de quoi elle termina ses devoirs et descendit voir ce que Prem faisait avant que leur mère ne rentre.

Il n'était pas dans le salon en train de regarder la télé, mais avait laissé les coussins empilés sur le côté du canapé où il s'était appuyé. « Prem ! » cria-t-elle en secouant et en réarrangeant les coussins, comme Maman le ferait dès qu'elle les verrait. Prem n'était pas censé regarder la télévision en rentrant de l'école. Lorsqu'il avait fini ses quelques devoirs, il était supposé lire ou jouer dans sa chambre avec l'un de ses jouets éducatifs. Karina ramassa les miettes sur la table de la cuisine dans la paume de sa main et les jeta dans l'évier. Où était la dernière chaise de cuisine ? « Prem ! » appela-t-elle en commençant à perdre patience. Maman allait bientôt rentrer. Elle remarqua que la porte donnant sur la terrasse arrière était entrebâillée et toucha en hésitant la poignée. Son esprit s'emballa, elle se précipita vers la piscine.

Le temps se figea un long moment tandis qu'elle enregistrait la scène : la chaise appuyée contre la clôture en fer forgé qui entourait la piscine, le plongeoir immobile à un bout, l'eau turquoise cristalline sur laquelle dansaient les rayons du soleil, l'énorme vaisseau spatial des Space Rangers qui flottait doucement du côté où le bassin était le plus profond. Le cœur battant, Karina repartit en courant chercher la clé, puis batailla avec la serrure avant de l'ouvrir précipitamment. En s'approchant, elle vit un bras fin qui pendait sous la surface du vaisseau gonflé. Un instant plus tard elle nageait furieusement pour découvrir Prem coincé dessous. Elle hurla son nom et tenta de le ramener vers le bord de la piscine.

Elle réussit tant bien que mal à se hisser avec lui sur la terrasse en bois et, se rappelant le cours de réanimation cardio-pulmonaire reçu pendant sa formation de baby-sitting, elle tourna le corps de Prem sur un côté pour pouvoir marteler son dos. Ses omoplates étaient si petites, si fines, et toute son ossature semblait si fragile. Elle le coucha ensuite délicatement, trouva le point au-dessus du sternum et commença à presser avec ses paumes, les coudes tendus comme elle l'avait appris. L'eau jaillit de sa bouche comme une fontaine. *Ça marchait.*

Elle pouvait le faire, pouvait sauver Prem et tout arranger avant le retour de Maman. Après cinq compressions, Karina inclina sa tête en arrière, lui boucha le nez et posa sa bouche sur ses lèvres bleues et froides, soufflant de toutes ses forces pour faire entrer de l'air dans ses poumons. Elle pouvait, elle devait le faire.

Kiki, reste s'il te plaît, disait la voix de son frère dans sa tête.

« Prem ! » cria-t-elle tout en essayant de comprimer sa poitrine encore une fois. Elle songea à courir appeler les urgences mais savait qu'elle ne pouvait pas le laisser, ne pouvait pas s'arrêter. « Bon sang, Prem ! » *Pourquoi ne répondait-il pas ?* Elle hurla son nom jusqu'à en perdre la voix, puis se mit à pleurer. Lorsqu'elle releva la tête, elle vit Mrs Mandell, la voisine, qui s'approchait d'elle, un téléphone à l'oreille, puis s'agenouilla de l'autre côté du corps de Prem. « J'ai appelé les urgences. Ça fait combien de temps qu'il est comme ça ? » Elle souleva sa main et lui toucha le poignet.

Karina continuait à compter tout en appuyant sur sa poitrine. 3... 4... 5... *Rien.* Pourquoi ne répondait-il pas ? Est-ce qu'il était en colère contre elle ? Prem ne se mettait jamais en colère. C'était toujours elle qui se fâchait contre lui. « Je... je ne sais pas. Dix minutes ? Quinze ? » Elle croisa le regard de Mrs Mandell et y vit ce qu'elle identifierait plus tard comme de la pitié. En réalité, cela ne faisait que trois minutes qu'elle avait sorti Prem de la piscine, comme l'établirait le rapport du médecin, qui expliquait également que Prem était resté immergé dans l'eau pendant au moins vingt minutes, assez longtemps pour que ses poumons se remplissent entièrement.

« L'ambulance arrive, ma chérie, dit Mrs Mandell. Ta maman est ici ? »

Karina hocha la tête. « Elle va bientôt

rentrer. Maman va bientôt rentrer », dit-elle en s'étranglant avec les mots qu'elle répétait tous les après-midi à Prem en guise d'ordre, de menace. « Prem ? Prem ! »

On entendit le hurlement d'une sirène au loin, qui se rapprocha et s'amplifia. Il fallait qu'il se réveille. Il fallait qu'il aille bien. *Prem !* Elle n'arrivait plus à savoir si elle criait réellement ou dans sa tête seulement. Elle vit Mrs Mandell se relever et s'éloigner un peu. Elle sentit quelqu'un la soulever par les épaules, recula en titubant et regarda deux hommes en uniforme prendre sa place auprès de son frère. Tandis qu'ils commençaient à travailler, quelqu'un la conduisit dans la maison et la fit asseoir à la table de la cuisine.

« Qui vit ici avec toi ? » Un autre homme en uniforme se tenait devant elle, un petit carnet à la main. « Ta mère ? Ton père ? Les deux ?

— Les deux, répondit Karina, puis dans un murmure : Maman va bientôt rentrer. »

6. *Prem*

Quand une personne meurt, les gens veulent pouvoir accuser quelqu'un, surtout si cette personne est un enfant. J'avais huit ans quand je suis mort mais je n'accuse personne, surtout pas Karina, même si c'était la seule avec moi là-bas. C'est celle que les gens blâment le plus, ils disent des choses du genre : « Elle-même n'était qu'une enfant, la pauvre, alors on ne peut pas vraiment lui faire porter la responsabilité » – n'empêche qu'ils le font. Et je sais que Karina se sent responsable. Elle ne l'a jamais dit à personne, mais je sais que c'est vrai.

Même quand j'étais vivant, je savais toujours ce que Kiki pensait dans sa tête, par exemple *Je parie que si je donne quatre biscuits au chocolat à Prem après l'école, je pourrai parler dix minutes au téléphone avec la porte fermée avant qu'il vienne m'enquiquiner.* Ou bien *Qu'est-ce que j'aimerais que les Space Rangers passent à la télé une heure entière pour que ce gamin me fiche la paix pendant que je fais mes Choses Importantes dans la salle de bains.* Les Choses Importantes de Kiki, c'était essayer le maquillage qu'elle n'était pas autorisée à porter à l'école, se mettre des lotions qui avaient une drôle d'odeur sur les bras et les jambes et se brûler les oreilles avec le fer à friser de Maman.

On passait beaucoup de temps ensemble, Kiki et moi : tous les jours après l'école jusqu'à ce que Maman rentre du travail. Maman déboulait toujours précipitamment, comme si elle était en retard. Elle enlevait ses chaussures de travail et lâchait son sac juste à côté de la porte, puis se mettait à courir dans la cuisine, allumait les lumières, la cuisinière, sortait des choses du réfrigérateur. Quand j'étais petit, je pensais que c'était un jeu d'allumer tout super vite, comme dans le vaisseau des Space Rangers quand ils essaient de décoller, et j'essayais de l'aider en tournant les boutons du four et le robinet de l'évier, jusqu'à ce qu'elle se mette en colère et me dise d'aller dans la salle de télé.

Maman est l'autre personne que beaucoup de gens rendent responsable de ma mort, juste après avoir déclaré que ça ne pouvait pas être la faute de Kiki car elle n'était qu'une enfant. (Entre nous, quand j'étais encore en vie, Kiki aurait été vraiment furieuse si quelqu'un avait dit qu'elle n'était qu'une enfant.) Les gens reprochent à Maman de nous avoir laissés seuls tous les deux, mais Kiki avait déjà treize ans quand je suis mort.

Treize ans !

Elle gardait les garçons de Mrs Mandell (qui étaient plus jeunes que moi) et elle aidait la vieille Mrs Gustafson, une voisine, en sortant ses chiens et en arrosant ses plantes.

Kiki contribuait à maintenir en vie six plantes, deux chiens et trois petits garçons, sans me compter. C'était véritablement le ballon d'oxygène de notre pâté de maisons. Alors on ne peut vraiment pas l'accuser, et pas parce qu'« *elle-même n'était qu'une enfant, la pauvre* ». Ce n'était PAS une enfant. C'était ma grande sœur et même si elle monopolisait tout le temps la télécommande et ne voulait jamais jouer aux Space Rangers, c'est toujours la personne que j'aime le plus au monde.

Je ne l'ai su qu'après ma mort, mais il se trouve que Maman culpabilisait de nous laisser à la maison après l'école, même avant que tous ces gens ne commencent à lui faire des reproches. Mais moi je dis : Oublie Ça ! Kiki et moi, on adorait traîner ensemble. On mangeait des sandwiches à la glace directement sur le canapé de la salle de télé, ce qui était normalement Interdit, sauf pour des occasions spéciales comme des Invités ou les Jeux Olympiques. Parfois, Kiki jouait aux dominos avec moi ou m'aidait à construire d'*immenses* tours en Lego. Parfois elle me laissait me blottir contre elle sur son lit pour lire des BD pendant qu'elle faisait ses devoirs. C'étaient les meilleurs moments, alors Oublie Ça, Maman, j'essaie de lui dire, mais je ne pense pas qu'elle m'entende.

Qui est responsable alors ? Si ce n'est pas Maman ou Kiki, ni Papa parce qu'il était Au Travail comme d'habitude, alors qui ?

Très simple.

L'eau. Ce jour-là, l'eau a décidé de m'avaler, et si vous avez déjà vu l'océan Pacifique ou les chutes du Niagara, vous saurez que quand l'eau décide de faire quelque chose, vous avez beau tout essayer, impossible de l'arrêter. Donc moi, je n'accuse certainement pas Karina, et vous ne devriez pas non plus. C'est la seule à m'avoir tenu compagnie pendant que j'étais en train de mourir. Elle m'a tenu la main et embrassé le front. C'est la seule qui était avec moi le dernier jour de ma vie.

7. *Jaya*

Juin 2009

Elle n'avait jamais connu pareil sommeil – un sommeil sans rêves, diraient certains, mais cela le ferait paraître déplaisant, comme s'il manquait un élément vital. Or c'était le meilleur sommeil qui soit car il la transportait ailleurs. Parfois, en attendant de sombrer, elle voyait un nuage géant et moelleux comme un oreiller l'emmener dans le ciel, l'enveloppant jusqu'à ce qu'elle ne soit plus visible. Ce qu'elle aimait avec ce sommeil, c'est qu'il occupait à la fois son esprit et son corps. Elle se réveillait rarement avant la fin de la matinée et toujours progressivement, comme si elle émergeait du brouillard.

Et puis. Et puis la beauté de ce vide noir se dissolvait et la prise de conscience s'immisçait. Lentement d'abord, comme une vague idée, puis en l'écrasant d'un coup, sans échappatoire, là aussi en prenant possession de son corps et de son esprit. Ses yeux piquaient, l'intérieur de sa gorge s'épaississait et le poids sur sa poitrine lui coupait la respiration. Le brouillard sombre l'enveloppait à nouveau. Dans cette obscurité, elle revivait chaque moment important – était-ce pour se torturer ou pour s'assurer qu'elle n'oublierait jamais ?

Le premier moment. Le téléphone avait sonné alors qu'elle rentrait du travail ; la voix monocorde et procédurale du policier sortait du haut-parleur de la voiture, des mots incompréhensibles. Elle revivait le sentiment d'effroi et de panique qui l'avait saisie tandis qu'elle s'agrippait au volant. Et ce qu'elle avait vu plus tard, après s'être garée en diagonale dans l'allée et à moitié sur une plate-bande, laissant le moteur allumé pendant qu'elle se précipitait de l'autre côté de la maison, là où s'agitaient tous ces médecins et policiers : des corps étrangers dans son paysage cultivé. Et puis le pire instant de tous, lorsqu'elle avait aperçu le corps tout fin de Prem par terre, inanimé et seul.

En face d'elle, un policier lui disait quelque chose, des mots auquel son cerveau était incapable de donner un sens. Jaya l'avait contourné pour s'approcher de son fils. Elle avait touché son corps, étonnée qu'il soit si froid, puis enlevé sa veste pour le couvrir mais ça ne suffisait pas à le réchauffer, alors elle l'avait recouvert de son corps à elle. Le policier continuait à lui parler, une main sur son épaule, mais elle ne comprenait rien à ce qu'il disait, ne pouvait éloigner son corps de son petit garçon. Ce moment suspendu d'incrédulité : les radios de la police qui grésillaient au loin, le cliquetis de la porte de la piscine, des pas lourds autour d'elle. Si elle n'ouvrait pas les yeux, si elle gardait les mains de Prem dans les siennes, si elle continuait à lui chanter sa chanson préférée, comme lorsqu'il était malade ou n'arrivait pas à s'endormir, ce moment passerait et elle pourrait rouvrir les yeux pour voir à nouveau son fils souriant et gai. Ça passerait.

Et, l'espace d'une seconde, elle l'avait cru, mais ce moment avait été interrompu par un cri, un cri d'enfant impuissant qui l'appelait. *Mama. Mama !* Elle s'était écartée du corps de Prem et avait appelé son fils. Son visage restait identique, ses yeux ne s'ouvraient pas, son corps ne bougeait pas. Pourtant quelqu'un était bien en train de l'appeler. Elle s'était retournée et avait vu Karina, qui se précipitait vers elle depuis la maison. La vue de sa fille à cet instant précis l'avait perturbée, désappointée. Comment était-ce possible ?

Jaya resta au lit jusqu'à ce que la prise de conscience pénètre les draps autour d'elle et qu'elle doive finalement se lever pour y échapper. C'était la seule raison qui lui faisait quitter son lit : lorsqu'il se transformait en un espace hanté. Elle entrait alors dans la douche, son no man's land entre sommeil et veille, et le filet d'eau régulier qui coulait sur son visage et son corps nettoyait les apparitions. Quand il n'y avait plus d'eau chaude, elle s'attelait à tous les rituels vides de sens que son entourage voulait à tout prix qu'elle reprenne : s'habiller, ingurgiter de la nourriture, recevoir des gens. Plus elle traînait au lit, moins il lui restait d'heures à passer à ces activités. À la fin de la journée, elle remontait se coucher dans le lit refait qui ne montrait aucun signe des apparitions de la nuit. Elle n'avait plus qu'à glisser un des petits cachets blancs dans sa bouche, se mettre sous les draps et attendre que le sommeil vienne la prendre à nouveau.

*

Jaya voyait bien comme ils la regardaient : à l'enterrement, au temple, lorsqu'ils étaient venus à la maison avec des paniers de fruits, des terrines et des orchidées en pot. La pitié, c'était universel. Ils la regardaient comme surpris de la voir encore ici sur terre, encore capable de se tenir debout, de marcher et de respirer. *Moi aussi je suis surprise*, aurait-elle voulu leur dire. Elle s'étonnait chaque matin en se réveillant. Comment se pouvait-il que l'être auquel elle avait donné la vie, qu'elle avait porté dans son corps et mis au monde, soit parti et *elle* encore ici ? C'était injuste. Jaya le savait et le lisait dans les yeux des autres : ils le savaient eux aussi. Souvent, ils évitaient même de croiser son regard, comme si sa douleur pouvait être contagieuse.

Elle sentait également les reproches des autres femmes. Les mères qui restaient à la maison avec leurs enfants, qui faisaient du bénévolat à l'école. Celles qui occupaient des postes à responsabilité et recrutaient des nounous hors de prix pour amener leurs enfants à leurs activités quotidiennes réglées comme du papier à musique. Ou les mères muesli, qui refusaient d'utiliser des boîtes ou des jouets en plastique et avaient éliminé de leur maison les shampooings dangereux. Jaya n'était aucune d'entre elles. Elle était celle qui avait laissé ses enfants tout seuls pendant deux heures chaque jour après l'école. La mère qui avait laissé son enfant mourir.

Qui d'autre qu'elle ? Karina, responsable mais encore une enfant ? Prem, innocent et curieux ? Il n'y avait pas d'autre réponse. Alors elle acceptait leur accusation, la sentait se nicher au plus profond d'elle-même. Jaya avait délégué sa responsabilité maternelle à une clôture en fer forgé et aux compétences en réanimation d'une adolescente de treize ans. *Vous ne croyez pas que je le sais ?* avait-elle envie de leur hurler. *Vous ne croyez pas que j'ai déjà revécu chaque réunion, chaque e-mail écrit entre trois et cinq heures cet après-midi-là, et chaque jour ? J'ai posé cette question et j'y ai répondu un million de fois*, voulait-elle leur dire. À leurs yeux, et à ses propres yeux, elle serait toujours la mère qui avait laissé son enfant mourir.

*

Dans ses moments les plus sombres, Jaya se demandait si la vie de Prem n'était pas compromise depuis le début, étant donné le monde dans lequel il était né et sa difficulté à y venir. Elle avait eu du mal à tomber enceinte, contrairement à la première fois. Elle savait qu'ils n'auraient pas dû attendre aussi longtemps pour fonder une famille, cinq ans après leur mariage, mais Keith avait des idées masculines archaïques sur la question, pensant qu'il fallait d'abord s'assurer une stabilité financière. À sa grande honte, elle lui avait rappelé maintes fois ces atermoiements lorsqu'ils essayaient de concevoir. *Son obsession déplacée pour l'argent, sa préoccupation constante pour le succès matériel au détriment de ce qui était important,* comme elle l'avait formulé. Ses mots avaient causé une blessure dans les yeux de son mari qu'elle n'arriverait jamais à effacer malgré ses excuses répétées.

Lorsqu'elle tomba enfin enceinte de Prem, ce fut le tournant qui leur donna un motif de réjouissance, une perspective sur laquelle construire. Un petit frère pour Karina, le premier petit-fils dans la famille : il représentait leur nouveau départ. Un matin, au cours du dernier mois de grossesse, Jaya fut réveillée par une gêne familière dans le bas du dos. Ses yeux étaient en train de s'adapter à l'obscurité silencieuse lorsque les trilles de son portable retentirent dans la chambre. Elle se tourna pesamment pour attraper le téléphone, le maudissant au passage et priant pour que Karina et Keith continuent à dormir.

« Est-ce que Keith est à New York ? demanda sa mère d'une voix précipitée.

— Quoi ? Non, il est ici, *il dort.* Il n'y va pas avant jeudi. »

Elle entendit sa mère soupirer. « Dieu merci. Tu as regardé la télé ? *Horrible.* »

Les mains de Jaya tremblaient lorsqu'elle troqua le téléphone contre la télécommande qui était sur la commode. Keith se réveilla et s'assit sur le lit tandis que les images défilaient sur le petit écran : de la fumée qui s'échappait en volutes d'un trou dans la grande tour, telle une blessure qui saignait. Ils regardèrent ensemble en silence le gratte-ciel commencer à s'affaisser sur lui-même et tomber à terre lentement, sans bruit, envoyant une gigantesque colonne de fumée dans les airs et masquant ce qui se trouvait là quelques instants seulement auparavant. Plus de cent étages d'acier et de béton, d'ingénierie et d'ingéniosité humaine disparurent en quelques secondes, comme par magie.

Jaya resta devant la télévision toute la journée et les jours qui suivirent, pendant que Karina jouait avec des cubes en bois et marchait en chancelant dans la maison dans les chaussures à talons de sa mère, tout étant permis du moment qu'elle demeurait loin de la télévision. Jaya regardait à travers un flot de larmes : les photos des personnes disparues postées par leurs proches dans tout le bas de Manhattan : amoureux, sœurs, pères et colocataires partis travailler un mardi matin et plus revus depuis. Derrière tous ceux qui cherchaient et qui informaient, un amoncellement de gravats pharaonique se formait, de la fumée montait des décombres, les pompiers courageux avec leurs masques et leurs casques se frayaient un chemin par-dessus cette masse dans l'espoir vain de trouver quelque chose, quelqu'un. *N'importe qui.*

Keith ne devait la vie qu'à l'arbitraire de son calendrier de réunions. Jaya ne se trouvait ici, dans ce pays, qu'en raison d'une rencontre fortuite dans un pub à Londres. Leur vie à tous était régie par les caprices du destin, et elle se sentait impuissante. C'était le monde dans lequel ils élevaient Karina, dans lequel leur fils allait naître : ce monde laid, cruel, terrible, dangereux, rempli d'horreurs, où les avions fonçaient dans des immeubles et les gens sautaient depuis des tours.

Huit ans plus tôt, elle avait compris que ce monde regorgeait de dangers invisibles et imprévus. Mais cette fois-ci, ils n'avaient pas eu la chance d'échapper au pire. Et maintenant, dans sa douleur, son amour pour Prem errait sans port d'attache.

8. Karina

Juin 2009

Deux semaines après la cérémonie de crémation de Prem, période durant laquelle elle avait à peine quitté son lit, Jaya descendit enfin dans la cuisine, les cheveux ébouriffés, une odeur aigre dans son sillon. Karina était tellement surprise de la voir qu'elle s'assit à la table de la cuisine, regardant sa mère ouvrir le réfrigérateur et fixer l'intérieur d'un regard vide avant de demander « On n'a pas d'œufs ? » Personne ne faisait plus les courses ; Keith tenait avec du café noir, sa fille avec des céréales froides.

Cette simple question déclencha quelque chose chez Karina – des mots que sa mère aurait pu dire Avant. « Je… je vais aller en chercher juste à côté, dit-elle. Je reviens tout de suite. » Elle sortit en courant, pieds nus, et traversa la pelouse couverte de rosée qui séparait leur maison de celle des voisins. Quelques œufs. Quelques œufs qui amélioreraient les choses, feraient plaisir à sa mère, ramèneraient un peu de normalité chez eux. Pour la première fois, la culpabilité et la honte qui la consumaient s'apaisèrent lorsqu'elle frappa à la porte des voisins.

Elle rentra quelques minutes plus tard avec une boîte pleine et mit de l'eau à bouillir dans une casserole, s'affairant dans la cuisine pour tout préparer comme sa mère l'aimait, comme Prem et elle avaient toujours aidé leur père à le faire pour la fête des mères – un œuf dur avec du sel et du piment rouge, une tranche de pain grillé beurré et une banane en rondelles –, le genre de petit déjeuner qu'elle n'avait jamais vu chez ses amies, qui mangeaient des pancakes au chocolat et des gaufres. Elle emporta le plateau à l'étage mais sa mère s'était rendormie, blottie en chien de fusil, un oreiller serré contre la poitrine, comme un enfant avec son animal en peluche. Karina déposa le plateau près du lit, où il demeura intact jusqu'à ce que son père rentre ce soir-là et le débarrasse.

*

« Karina a été tellement formidable, tellement responsable », dit Jaya en plaçant une main sur le genou de sa fille et en se penchant vers elle. « Elle a essayé de le sauver, de lui faire un massage cardiaque, mais c'était trop tard.

— Mmm, mmm », répondit la douzième « tante » de la semaine, assise en face d'eux sur l'une des chaises que Keith avait déplacées dans le salon pour recevoir la foule de visiteurs venus présenter leurs condoléances.

« On a fait installer cette clôture dès qu'on a

emménagé dans cette maison, pour empêcher justement ce genre de choses », poursuivit Jaya en réponse à une question que personne ne lui avait posée.

La vieille dame soupira bruyamment et fit claquer sa langue. Karina détestait ces Indiennes du temple qui défilaient l'une après l'autre chez eux, avec leurs plats enveloppés dans du papier aluminium et leur fausse sollicitude.

Jaya fit une pause et prit une gorgée de thé. Puis elle agrippa la cuisse de Karina. « Mais Karina a été si brave. Les infirmiers disent qu'elle était en train de lui faire calmement un massage cardiaque lorsqu'ils sont arrivés. Elle a essayé tout ce qu'elle a pu pour sauver son frère, s'est jetée à l'eau directement pour aller le récupérer. » Elle se tourna vers sa fille, un sourire attristé sur le visage et les yeux embués de larmes.

La « tante » invoqua Dieu, comme elles le faisaient toutes, prétendant savoir que *Bhagavan* prendrait soin d'eux. Karina sentit ses poumons se comprimer sous l'air qu'elle avait du mal à expulser. Elle ne comprenait pas pourquoi ils devaient endurer ces visites, vu qu'elle se sentait encore plus mal ensuite et qu'elles ne semblaient pas non plus aider sa mère. Elle aurait voulu hurler pour libérer la pression qui lui serrait la gorge, et s'éclipsa discrètement pour monter dans la salle de bains, cette pièce qu'elle aurait tant aimé avoir pour elle seule quand elle la partageait avec Prem. Après avoir fermé la porte à clé, elle s'appuya contre le rebord en pierre froid du meuble et se regarda dans le miroir, la respiration saccadée. Elle ouvrit le robinet et s'aspergea le visage d'eau fraîche, puis s'essuya avec une serviette et se rapprocha du miroir, détectant toutes les imperfections de son visage : la peau inégalement foncée, les quelques boutons sur le haut des joues, les poils qui poussaient à la racine du nez et commençaient à réunir ses deux sourcils. Karina se sentit envahie par un sentiment de laideur et curieusement, d'une certaine façon, cela lui semblait juste. C'est ainsi qu'on la voyait de l'extérieur : disgracieuse, affreuse. Et cela reflétait l'opinion qu'elle avait d'elle-même : mauvaise, indigne d'amour, de fierté ou de quoi que ce soit de bien. Elle ferma les yeux, rêvant d'effacer son image et de la remplacer par un visage vide qui se fondrait dans le décor.

Les paroles de sa mère planaient dans l'air et la hantaient, avec leur absence de vérité. La douleur dans ses yeux, les pleurs de son père dans le garage la nuit, toute cette souffrance qu'elle avait fait tomber sur sa famille – elle ne pouvait rien faire pour l'atténuer. Elle ouvrit le tiroir du meuble et fouilla à l'intérieur. Aucune couche de mascara ou de crayon pour les yeux ne pourrait jamais atténuer sa laideur, mais elle avait pensé à autre chose, attendant d'avoir le courage d'essayer. La sensation de malaise grandit dans son abdomen, au point qu'elle eut envie de vomir. Elle voulait la faire sortir, cette douleur qui menaçait de la consumer.

En le sentant sous ses doigts, elle sut. Elle prit le petit couteau suisse bleu qu'elle avait offert à Prem avec une boussole pour son dernier anniversaire, quand il avait rejoint les scouts. Puis elle s'assit sur le tapis de la salle de bains et sortit un à un tous les outils : lame, tournevis, ciseaux. Arrivée à la lime à ongles, elle referma les autres et glissa le petit bout en métal sous son ongle jusqu'à ce que la douleur, dans cet espace délicat, s'intensifie et commence à l'élancer.

Une nouvelle sensation l'envahit alors : une vague de soulagement.

Karina rouvrit la lame. Elle l'inséra au même endroit sous son ongle et appuya jusqu'à ce que la douleur devienne plus aiguë et qu'elle se mette à crier. Elle avait l'impression que le nuage noir qui l'enveloppait commençait à craquer et à pleuvoir sur elle. Elle ferma les yeux, rejeta la tête en arrière contre le meuble et s'abandonna à cette sensation : la douleur et la punition d'avoir été une si mauvaise fille. En rouvrant les yeux, elle vit un filet de sang rouge vif se répandre sous son ongle.

Elle entendit sa mère l'appeler d'en bas ; elle n'aimait pas qu'on la laisse trop longtemps seule avec les visiteurs. Elle porta son doigt à sa bouche pour goûter le sang, ce goût métallique âcre et familier, puis se rinça le doigt dans le lavabo et fouilla dans l'armoire à pharmacie. Tout ce qu'elle trouva, c'étaient des pansements Space Rangers, bleu foncé et de petite taille, pour des mains d'enfant. Pour les mains de Prem.

Les semaines qui suivirent, ils reçurent des visiteurs de la communauté indienne, du temple, du quartier, du bureau de son père, du travail de sa mère et de leur école. Alors qu'elle était censée rester poliment assise dans le salon ou la cuisine, Karina ne cessait de réfléchir au moyen de s'échapper un moment dans la salle de bains à l'étage, qui lui était désormais réservée. En montant l'escalier, elle sentait chaque fois son cœur s'accélérer. Derrière la porte fermée à clé, elle s'aspergeait le visage d'eau ou se coiffait, mais elle avait beau essayer de l'éviter de toutes les façons possibles, elle se retrouvait immanquablement à attraper le couteau suisse au fond de son tiroir. Une fois qu'elle eut des pansements à plusieurs doigts, elle commença à se couper sur l'intérieur de la cuisse, là où personne ne pourrait le voir.

Elle ressentait toujours une vague de soulagement, comme si elle relâchait tout le poison accumulé en elle. Au moment où elle sortait de la salle de bains, la honte de ce qu'elle avait fait commençait à reculer lentement dans son esprit, et elle descendait rejoindre sa mère et leurs invités pour prendre le thé.

9.Keith
Juin 2009

Les semaines qui suivirent la mort de Prem, Keith eut l'impression que son corps était possédé par une force extérieure : il dormait à peine, son appétit diminuait et ses yeux s'embuaient régulièrement de larmes. Il se cachait dans la douche ou parfois même dans le garage, à l'intérieur de sa voiture, pour pleurer si ce n'est librement, en tout cas moins timidement. Intellectuellement, il savait que c'était normal, mais le son de ses pleurs le détruisait. On aurait dit un enfant, on aurait dit Prem quand il était tombé de son vélo et s'était éraflé la jambe en heurtant le trottoir. Au souvenir de Prem et de tous les moments qu'il n'aurait plus, ses sanglots redoublaient.

Keith n'avait jamais vu son père pleurer, pas une seule fois. Il avait grandi dans une lointaine banlieue de Philadelphie, dans une famille luthérienne d'origine scandinave qui oscillait en permanence entre enrichissement et risque de faillite. Son père, entrepreneur en série bien que rarement à succès, prétendait toujours être sur le prochain gros coup et avait lancé toute une série d'activités, des peaux de chamois pour nettoyer les voitures aux lampes de poche à manivelle – des produits généralement vendus tard dans la nuit à la télévision ou par correspondance.

Lorsqu'une affaire marchait (les lampes à manivelle avaient décollé pendant la guerre froide, tous les voisins équipant leurs caves dans la perspective du désastre nucléaire imminent), le père de Keith les emmenait dîner dans des restaurants chics. Il s'était offert la voiture de ses rêves, une Thunderbird rouge décapotable, et dépensait sans compter jusqu'au jour où la prochaine affaire (des chargeurs de batterie portatifs qu'on rangeait dans le coffre) faisait faillite, comme c'était le cas pour la plupart d'entre elles. Lorsque Keith partit pour l'université, les boîtes remplies de stocks coûteux mais inutiles s'empilaient encore jusqu'au plafond sur tout un côté du garage. Les agents de recouvrement envoyaient des enveloppes menaçantes couvertes de caractères rouges et passaient des coups de fil persistants, qui arrivaient en double appel pendant que Keith bavardait avec ses copains ou essayait de convaincre une fille de sortir avec lui.

Même dans les pires moments, le père de Keith n'avait jamais pleuré. Ni quand ses sociétés avaient fait faillite, ni quand la banque avait saisi la Thunderbird (qui à ce stade n'avait plus quitté le garage depuis six mois, attendant des réparations trop dispendieuses), ni même quand son propre père était mort.

Keith ne savait absolument pas comment affronter la souffrance qui avait suivi la mort de Prem. À l'hôpital, l'assistante sociale lui avait donné le nom d'une thérapeute spécialiste du deuil. « Je crois qu'on devrait prendre rendez-vous », suggéra-t-il un soir, assis sur le bord du lit à côté de Jaya.

Elle hocha la tête, d'un mouvement léger mais ferme. « Je ne veux pas. Je ne veux pas parler à des *étrangers*. Je ne veux parler à *personne*, Keith. Je n'y arrive pas… » Elle se mordit la lèvre.

« Chérie, l'assistante sociale a dit que ce serait une bonne idée que toute la famille y aille. Pour aider Karina aussi, tu sais, ajouta-t-il, essayant d'en appeler à sa fibre maternelle irréductible.

— Comment une parfaite étrangère pourrait-elle aider notre fille ? Aider en *quoi que ce soit* ? Je t'en prie, Keith, laisse-moi tranquille. » Elle se glissa sous les couvertures et attrapa l'oreiller sous la tête. Il était dix-neuf heures quarante. « Est-ce que je peux juste me reposer ? » Elle se mit à pleurer, puis lui tourna le dos lorsqu'il essaya de la réconforter.

Keith revint à la charge le jour suivant et appela même la mère de Jaya pour qu'elle l'aide à la convaincre, mais ouvrir son âme et son cœur à un professionnel ne faisait manifestement pas partie de la culture indienne, de sorte qu'il n'obtint guère de soutien de son côté non plus. Jaya était forte, lui rappela sa mère. Les souvenirs du 11 septembre lui revinrent, quand elle s'était montrée dans son état le plus vulnérable et émotif, à quelques jours seulement de la naissance de Prem. Elle l'exhortait à comprendre combien ce monde était dangereux, alors que Keith voyait les choses de façon diamétralement opposée. Le fait d'avoir perdu des amis ce jour-là au World Trade Center lui avait donné envie de sortir dans le monde sans perdre une minute, sans en gaspiller la moindre bribe. D'aller faire du deltaplane au-dessus de l'océan, de courir un marathon, de découvrir des villes splendides comme Istanbul et Beyrouth, malgré les dangers. Oui, le monde était imprévisible et violent, mais également riche de possibilités et d'une beauté qu'il n'avait même pas commencé à contempler. En dehors de l'année passée à Londres, la ville où leurs orbites distinctes et improbables étaient entrées en collision, il avait vu si peu de ce monde. Il ne pouvait imaginer réagir comme Jaya, qui s'était repliée sur elle-même et avait rétréci progressivement son univers, sa façon à elle de les protéger.

Le voyage en Suisse qu'ils avaient enfin entrepris s'était avéré merveilleux. Les enfants furent gâtés par leurs grands-parents et Jaya et lui passèrent deux nuits romantiques sur le lac de Genève sans pratiquement quitter leur lit. Lors du vol de retour, Jaya avait retrouvé son état normal, distribuant des casse-croûte et des livres de coloriages pour occuper les enfants pendant ce long voyage tandis qu'elle lisait un roman. Son courage avait impressionné Keith à l'époque, et il devait avoir confiance en elle aujourd'hui. Puiser dans leurs forces respectives, c'est ce qui faisait la réussite de leur mariage.

Keith se présenta seul à la première session avec la thérapeute, par obligation envers le reste de la famille. Parler à une psy, comme aurait dit son père, n'était pas non plus chose facile pour lui ; il avait pour habitude de refouler les sentiments désagréables ou de les utiliser comme moteur de changement. La thérapeute était jeune, probablement trop jeune pour avoir des enfants. Keith, mal à l'aise, bougeait dans son fauteuil. Jaya avait peut-être raison. Comment une étrangère, qui ne le connaissait pas, qui n'avait pas connu Prem, pourrait-elle l'aider à faire son deuil ? « Parlez-moi de votre fils », dit-elle quand ils se furent assis.

Keith commença par le début. « C'était un bébé facile, toujours content. On l'emmenait partout – au restaurant, en randonnée, dans le train – et il faisait la sieste n'importe où, n'importe quand. » Il expliqua que Prem avait une légèreté et une joie qui contrebalançaient le sérieux de Karina. « Prem nous faisait toujours rire, volontairement ou pas. Un jour, il a réussi à nous persuader d'organiser une bataille de ballons d'eau *dans* la maison ». Keith rit au souvenir de Prem déroulant des sacs-poubelle géants pour couvrir tous les meubles afin de les convaincre.

Il *rit*. Si peu de temps après la mort de son fils. Il se sentit immédiatement coupable et les larmes lui montèrent aux yeux.

« Pas d'inquiétude, le rassura la psychologue. C'est normal de ressentir toutes sortes d'émotions à la suite d'un décès, surtout d'un décès brutal. Le décès d'un... enfant, ajouta-t-elle en disant prudemment le mot. Bien entendu, vous avez des souvenirs heureux de votre fils. C'est bien. » Elle se pencha vers lui et posa une main sur la table basse qui les séparait, comme si elle cherchait à l'atteindre. « Il viendra un moment, dans le futur, où les souvenirs heureux vous viendront à l'esprit avant que les larmes ne vous montent aux yeux lorsque vous penserez à votre fils. »

Keith n'était pas certain de la croire, mais le seul fait de savoir qu'une telle chose fût possible – qu'un jour il pourrait sourire avant de pleurer en pensant au mignon petit Prem et à tout ce qu'il avait raté de son avenir, à tout ce qu'ils avaient perdu avec lui – lui donnait de l'espoir. Une minuscule lueur d'espoir, mais Keith s'y raccrocha.

Il emmena Karina à la séance suivante. La psychologue lui posa en partie les mêmes questions. « Parle-moi de ton frère. De quoi te souviens-tu ? Qu'est-ce qui te manque ? » Karina se remémora les moments agréables passés ensemble, des moments dont Keith était vaguement au courant mais ne se souvenait pas lui-même. Il avait été trop inattentif, avait manqué tant de choses. Les larmes le submergèrent.

Karina pleura elle aussi en évoquant son frère, essuyant les petites larmes au coin de ses yeux avant qu'elles ne s'échappent. Mais lorsque la thérapeute lui posa des questions sur la mort de Prem et lui demanda si elle voulait parler de cette journée, Karina refusa catégoriquement de la tête et Keith se montra soucieux de la protéger. La police l'avait déjà interrogée et il jugeait que leurs questions étaient allées trop loin, à la limite de l'accusation. Sa fille avait besoin d'un lieu sûr où elle puisse guérir et dépasser le souvenir de ce jour terrible au lieu de s'appesantir dessus.

*

Après de nombreux soirs passés à réchauffer les plats apportés par les amis et voisins, Keith tenta de convaincre Jaya d'aller dîner dehors, pas plus loin que leur bistrot de quartier, mais elle refusa de quitter la maison. Alors il se rabattit sur l'un de ses plus vieux atouts avec les femmes et décida de cuisiner quelque chose. En fouillant dans le garde-manger, il trouva des linguine, des tomates en conserve, de l'huile d'olive, des câpres, des anchois et des flocons de piment, et improvisa un plat de pâtes. C'était étonnamment agréable de sentir la vapeur d'eau bouillante monter à son visage, d'entendre le grésillement satisfaisant de l'huile dans une poêle chaude tandis qu'il préparait la sauce. Il avait oublié le plaisir simple de préparer un repas, de jeter des pincées de sel et de piment jusqu'à ce que le goût lui plaise, puis un filet d'huile d'olive fruitée sur le tout une fois le plat terminé.

« Oh, Papa, c'est trop bon ! » s'exclama Karina alors qu'ils dînaient tous ensemble autour de la table de la cuisine, avec des serviettes en tissu et la bouteille de vin qu'il avait débouchée. Karina faisait tourner de grandes quantités de pâtes avec sa fourchette et les mangeait d'un coup, puis nettoya son assiette avec un morceau de pain jusqu'à ce qu'elle soit toute propre. Jaya mangea elle aussi de bon appétit, finissant son assiette et se resservant, au grand bonheur de son mari.

Le plaisir de bien manger faisait partie des choses qui les avaient réunis après leur rencontre à Londres. Contrairement à son épouse, Keith avait acquis de haute lutte son goût pour la cuisine raffinée. En période de vaches maigres, la mère de Keith découpait religieusement les bons de réduction et improvisait des repas à partir d'une combinaison improbable d'ingrédients vendus à prix fortement réduits : de la gelée de raisins venait agrémenter la sauce pour les spaghettis, du maïs en conserve accompagnait un pain de viande. Keith n'avait jamais compris ce que cette cuisine avait d'incohérent jusqu'à ce qu'il parte étudier à l'université et commence à manger avec des amis qui venaient de New York et de Boston. Il avait alors éprouvé le pur bonheur de déguster des aliments que l'on avait choisi de combiner, loin des associations contre nature forcées par le désespoir. Un morceau délicat de thon cru trempé dans de la sauce soja. Une feuille de basilic puissant sur une tranche de mozzarella. Un filet de vinaigre balsamique sur des fraises fraîches.

Une fois qu'il eut pénétré dans ce monde, sans limites à Manhattan, plus question de faire marche arrière. Il était bien décidé à apprendre à cuisiner pour lui. Pendant sa troisième année d'université, il vivait en colocation dans un appartement avec cuisine et dépensait son budget nourriture hebdomadaire chez Zabar's pour acheter de quoi préparer une sauce bolognaise ou un coq au vin bien mijotés. Ces compétences lui permettaient de marquer facilement des points avec les étudiantes, qui se laissaient convaincre par le moindre dîner cuisiné à la maison. Keith aimait toujours passer ses dimanches à regarder le football américain et boire des bières avec ses copains, mais il s'était fait une réputation sulfureuse pour ce qu'il accomplissait le samedi soir avec son fameux plat de linguine aux palourdes. Peut-être parce qu'il lui devenait soudain si facile d'attirer les filles, il s'ennuyait avec la plupart d'entre elles.

Jaya fut la première femme pour laquelle Keith montra de l'intérêt au-delà de quelques mois ; de fait, plus il la connaissait, plus elle l'attirait. Il ne fut pas surpris, même si cela l'intimidait, d'apprendre qu'elle avait vécu dans sept pays. Jaya collectionnait les langues comme les tampons de passeport et en parlait déjà quatre à sa sortie de l'université. Ils explorèrent ensemble la cuisine et la culture dans l'immense ville de Londres, essayant de nouveaux plats, afghans et éthiopiens notamment, puis recherchant des marchés spécialisés pour les reproduire dans la petite kitchenette de son appartement.

Aujourd'hui, dans l'immense cuisine de leur maison californienne, à Los Altos, Keith se remettait à cuisiner pour rétablir une communication avec sa femme. Il regrettait de ne pouvoir lui préparer un plat indien, la seule cuisine qu'il eût abandonnée à l'expertise de Jaya et celle qui la réconforterait certainement le plus en ce moment. Keith la regardait manger pour évaluer son état. Certains jours, elle dévorait ; d'autres, elle se contentait de picorer dans son assiette. Il finit par comprendre à contrecœur que la façon dont elle mangeait n'avait aucun rapport avec le goût des plats ni avec son appétit, comme c'était le cas autrefois. Elle s'alimentait uniquement pour se sustenter, lorsque son corps lui rappelait ses besoins. Malgré son indifférence, Keith continua à cuisiner, au moins pendant le week-end lorsque son emploi du temps le lui permettait, espérant que ce serait une raison suffisante pour les ramener tous autour de la table.

10. Karina

Juillet 2009

Le calendrier mensuel accroché au mur dans la chambre de Karina montrait des photos d'elle et de Prem. Lorsqu'elle afficha le mois de juillet, elle se retrouva face à une image en pleine page de son frère arborant un grand sourire édenté, un esquimau dégoulinant à la main. Il avait perdu deux dents du haut l'été précédent et s'était promené pendant des mois en affichant fièrement son « tunnel ». La qualité de la photo n'était pas terrible – il y avait du grain et Prem fermait à moitié les yeux, comme souvent quand il faisait un grand sourire ; c'était probablement son père qui l'avait prise sur son téléphone portable, mais elle exprimait bien la personnalité de son frère. Son sourire un peu ridicule était si contagieux, avec ce filet de glace au coin de la bouche, que Karina ne put s'empêcher de sourire à son tour. Elle se toucha le bout du nez, puis posa son doigt sur celui de son frère et s'y attarda un instant.

Il n'y avait rien d'inscrit sur la page de juillet hormis dans l'encadré du 15, où elle avait dessiné un visage souriant et noté « Gilly ». Ce serait bientôt le moment d'aller chercher leur Poo-Retriever, le ramasseur de crottes. Elle sourit à nouveau en se rappelant le plaisir que Prem avait pris à raconter à tout le monde à l'école qu'ils auraient bientôt un chiot autonettoyant. Son institutrice avait rapporté l'anecdote à ses parents quand elle était venue aux funérailles et n'avait pas arrêté de pleurer pendant toute la cérémonie.

*

« On doit installer la caisse de Gilly et tout préparer », dit Karina ce soir-là autour de la table en versant du curry thaï au coco parfumé sur son riz au jasmin. Les efforts de son père en cuisine n'étaient pas tous aussi concluants, mais ce plat était l'un de ses préférés. Elle se demandait pourtant à quel moment les choses reprendraient leur cours normal, avec ses deux parents qui iraient au travail et sa mère qui se dépêcherait de rentrer le soir pour préparer à dîner.

Elle vit ses parents échanger un regard. « Je peux le faire, dit Karina. C'est dans le garage ?

— Ma chérie », répondit son père, et elle remarqua qu'il ne s'était pas encore servi. Quant à sa mère, il n'y avait que du riz blanc devant elle, qu'elle poussait autour de son assiette avec sa fourchette. « Ma chérie, on en a discuté et… » Il soupira lourdement. « Nous ne pensons pas que ce soit le bon moment pour ramener un chiot à la maison. Peut-être dans…

— Quoi ? s'exclama Karina en se tournant vers sa mère. Non, on doit aller la chercher le 15 juillet. C'est la date.

— Ma chérie. » Son père se pencha vers elle et posa sa main sur la sienne. « On ne peut pas assumer ça pour le moment. D'ici un an, ce sera peut-être différent.

— Mais… on l'a *choisie.* » Karina sentit un picotement derrière les yeux et parla plus fort. « *Moi* je l'ai choisie. Gilly est à nous. On a décidé. »

La fourchette de sa mère retomba bruyamment sur son assiette. « Bon sang, Karina. Tu te soucies davantage de ce stupide chien que de ton frère ? » Ses yeux ressemblaient à des piscines noires et profondes. « On a annulé. C'est fait. » Elle reprit sa fourchette et ramassa un petit tas de riz qu'elle mit dans sa bouche.

Karina regarda son père. Elle n'en croyait pas ses oreilles. Il resta assis sans bouger, les mains repliées sous le menton. « Je suis désolé, ma chérie. »

Karina secoua la tête et s'écarta de la table. « Je ne peux pas croire que vous ayez fait ça. Je ne peux pas… » Et pourtant, c'était logique. Pourquoi mériterait-elle un chien ? Elle était incapable de s'occuper de quoi que ce soit, de quiconque. « Je n'ai pas faim », ajouta-t-elle en quittant la table, enfreignant la règle familiale qui voulait que l'on reste jusqu'à ce que les autres aient terminé, et qui ne semblait plus d'actualité. Karina se précipita dans la salle de bains à l'étage et trouva un peu de soulagement grâce à la seule méthode qui s'avérait fiable désormais : deux fines incisions verticales sur l'intérieur de sa cuisse gauche. Lorsqu'elle ressortit, elle s'assit en haut des escaliers et espionna la conversation de ses parents en bas.

« On n'a pas le choix, Keith, dit Jaya. Ça fait trop de distraction. Et ma mère arrive la semaine prochaine, elle n'est pas habituée aux animaux domestiques. Tu imagines cette chose faisant pipi partout dans la maison, mordant les chaussures ? »

Karina se souvint que sa grand-mère arrivait d'Inde et resterait au moins jusqu'à la fin de l'été. Ses parents baissèrent la voix. Elle entendit des murmures, puis des bribes de ce que disait sa mère : « Tu penses vraiment… prendre soin de… un être vivant… ? »

Donc c'était ça. Voilà ce qu'était devenue sa famille. Son père passait la moitié de la journée dans la cuisine à préparer des plats que sa mère touchait à peine. Sa mère était réduite à une version plus petite, plus soumise, de la femme qu'elle avait été, qui restait au lit toute la journée, les rideaux tirés. Prem était parti, sa grand-mère arrivait, il n'y avait de place pour personne d'autre. Et on ne pouvait lui faire confiance pour rien. Voilà ce qu'était devenue sa famille.

Karina retourna dans sa chambre, ferma discrètement la porte et s'assit sur le lit. Elle fixa un moment son téléphone, envoya un texto à Izzy et attendit la réponse, mais rien ne vint. Elle n'était pas censée emporter son téléphone dans sa chambre, règle qu'elle avait régulièrement enfreinte lorsqu'elle était seule à la maison avec Prem en rentrant de l'école. À cet instant, sa colère fut balayée par une nouvelle vague de culpabilité. Pourquoi avoir fait une telle scène à table à cause d'un stupide *chien*? Tout était sa faute, et maintenant elle venait encore d'aggraver les choses.

11. Jaya

Juillet 2009

Jaya savait qu'elle devait seulement tenir jusqu'à l'arrivée de sa mère. La nuit de la mort de Prem, elle avait téléphoné à ses parents, désormais retraités en Inde, et sa mère avait promis de venir dès que possible. Avec une rapidité typiquement américaine, toute la famille de Keith était arrivée en avion de Pennsylvanie pour les funérailles et repartie quelques jours plus tard. La mère de Jaya, elle, ne s'était pas précipitée pour assister à la cérémonie – en Inde, les femmes étaient généralement écartées des rituels funéraires – mais avait préparé sa valise pour pouvoir rester avec eux plusieurs semaines, voire plusieurs mois, comme si elle savait que c'était à ce moment-là qu'ils auraient le plus besoin d'elle, une fois que la sonnette aurait cessé de retentir, les fleurs d'arriver et les sacs de nourriture d'apparaître sur la véranda. Lorsque sa mère franchit la porte, Jaya lui tomba dans les bras, redevenue l'enfant qui pouvait pleurer librement, le corps tremblant, laissant couler les larmes et la morve sur son visage. Les jours suivants, elle ressentit un profond réconfort en présence de sa mère, qui endossa silencieusement le rôle que Jaya avait délaissé, s'occupant d'elle et nourrissant sa famille.

Un matin, réveillée tard, Jaya descendit l'escalier et la trouva assise en tailleur sur le plancher de la salle à manger face à un petit autel posé sur un tabouret recouvert d'un châle en soie. Elle psalmodiait en comptant les perles de son chapelet. Jaya s'approcha pour observer la scène. Il y avait là un petit temple en bois de santal sculpté à la main, quatre figurines massives de dieux et déesses en argent, un support pour faire brûler les bâtons d'encens, un plat en argent pour la boule de coton imbibée de ghee d'où sortait une petite flamme, et une cloche en argent – objets que sa mère avait probablement apportés d'Inde. Au milieu de cet assemblage, elle avait placé l'orchidée violet vif apparue dans la maison aux côtés de tant d'autres fleurs ce dernier mois. Les autres avaient fané et disparu, mais celle-ci résistait et continuait à pousser.

« Ma ? dit Jaya.

— Ah. » Sa mère se leva prestement, avec encore toute la grâce d'une danseuse malgré ses soixante ans passés. « Tu as dormi ? » Elle toucha une mèche de cheveux de Jaya sur toute sa longueur, puis fit délicatement le tour de son visage avec deux doigts.

Jaya acquiesça d'un léger signe de tête. « Tu… ? » Elle regarda le temple improvisé et le sol. « Tu veux t'asseoir sur une chaise ou sur le canapé ? Tu ne serais pas plus à l'aise ? »

Un éclair de confusion passa sur le visage de sa mère, puis elle sourit. « Ah, tu es devenue tellement américaine. Viens me rejoindre, prends juste ton bain avant. »

Jaya se lava les cheveux et mit des vêtements propres pour la première fois depuis des jours. En redescendant, elle fut attirée par le parfum de l'encens. Elle s'assit en tailleur par terre à côté de sa mère, face à l'autel. Sans ouvrir les yeux, sa mère entonna à voix basse un chant de prière monocorde. La mélodie lui était familière, Jaya l'avait apprise enfant et, comme un tapis roulant, elle l'emporta avec son rythme jusqu'à ce qu'elle saisisse les mots et se mette à chanter. Tandis que sa mère faisait tinter la clochette en argent pour garder le rythme, leurs voix s'harmonisèrent parfaitement et les deux sons n'en firent plus qu'un.

Fragile est l'être humain, avec un million de défauts. Mais tu es omniprésent et miséricordieux. De même que tu nous as donné naissance, de même tu porteras nos fardeaux. Elle laissa les mots la submerger, la pénétrer, l'envelopper. S'abandonner aux rituels qu'elle avait pratiqués enfant lui apportait un réconfort profond, viscéral.

À la troisième répétition du verset, Jaya sentit sa respiration ralentir et s'approfondir. Elle se redressa et laissa l'air et la prière circuler dans son corps et purifier son âme. Son esprit se détacha de son aura de douleur et se relia à quelque chose de plus profond, d'extérieur à elle. Après deux répétitions supplémentaires, sa mère ralentit sur le dernier verset et elles conclurent par un *Om shanti, shanti, shanti* retentissant. Paix. Au bout d'un long moment, Jaya ouvrit les yeux et vit le magnifique autel devant elle, remarquant les motifs finement sculptés dans le bois et l'expression élaborée sur le visage de Shiva. Elle cligna des yeux à plusieurs reprises, cherchant à comprendre ce qui venait de se passer : elle avait ressenti de la légèreté, pour la première fois depuis la mort de son petit garçon.

*

Jaya prit l'habitude de rejoindre chaque matin sa mère devant l'autel, ce qui lui donnait une raison de se lever, outre l'obligation sacrée de prendre un bain avant les prières. Ce moment où elle psalmodiait et chantait créait une sorte de torpeur et l'isolait de l'angoisse qui la saisissait généralement au moment du réveil. Elle avait envie de passer de plus en plus de temps dans cet état, attirée par le réconfort qu'il procurait. Lorsqu'il lui fut à nouveau naturel de s'asseoir par terre, elle repensa à la remarque de sa mère – qu'elle était devenue trop américaine.

Autrefois, quand on lui demandait d'où elle venait, Jaya avait du mal à répondre, expliquant que ses parents étaient originaires d'Inde et qu'elle était née à Delhi, mais avait vécu un peu partout dans le monde dans son enfance. Plus jeune, elle aurait pu se définir comme européenne, vu qu'elle avait passé ses années d'adolescence, déterminantes pour la construction de l'identité, au Portugal et en Irlande. Maintenant elle était considérée comme américaine et censée mettre un trait d'union entre le pays où elle avait commencé sa vie et celui où elle vivait aujourd'hui. Mais ce terme, *Indienne-Américaine*, reflétait-il réellement son identité ? Si elle n'avait pas rencontré Keith ce soir-là au pub, Jaya aurait très bien pu passer le restant de sa vie à Londres, ou s'installer dans un autre pays, là où son travail dans le domaine des relations internationales l'aurait menée. Elle serait peut-être rentrée à Delhi lorsque ses parents s'y étaient réinstallés.

Le mot *Indienne* représentait la partie la plus importante d'elle-même ; la culture et l'histoire qu'elle sentait couler dans son sang ; la langue, la nourriture et la musique qui la faisaient se sentir chez elle. C'était une composante essentielle, inextricable ; non seulement ce qu'elle avait reçu à la naissance, mais ce qu'elle avait adopté. *Américaine* représentait les choix qu'elle avait faits adulte. L'homme qu'elle avait choisi d'épouser, les enfants qu'elle avait choisi d'avoir : Prem et son amour du base-ball ; Karina et sa mèche rebelle. C'était le pays où elle avait décidé de faire sa vie, où elle avait prêté serment de citoyenneté debout dans un bâtiment officiel, les larmes aux yeux, dix ans auparavant.

C'était la nation où elle s'était sentie attaquée dans sa chair lorsque des terroristes avaient lancé leurs avions contre des immeubles par une claire matinée de septembre, où elle était allée l'après-midi même à la droguerie du coin acheter un drapeau américain pour le suspendre devant leur maison, simple geste de solidarité envers ses voisins. Son identité américaine était tissée dans la trame de sa vie ; ses liens avec les gens, les lieux, sa famille, la façon dont elle vivait. Se sentirait-elle encore à ce point américaine si elle devait s'extirper de cette trame, rentrer en Inde ou s'installer ailleurs ? Cette identité voyagerait-elle simplement avec elle comme les habitudes acquises dans les pays où elle avait vécu, par exemple l'habitude prise au Koweït de manger des dattes après le dîner ? Ou bien l'Amérique resterait-elle éternellement dans son sang, comme l'Inde ?

*

Lorsqu'elle eut terminé la boîte de pilules blanches, Jaya commença à se réveiller au milieu de la nuit sans pouvoir se rendormir. Une nuit, elle sortit discrètement du lit et descendit à la cuisine se faire une tisane. C'était un sentiment étrange d'être la seule personne réveillée dans la maison – la seule au monde, lui semblait-il. Son téléphone bipa et afficha un message de son petit frère, Devesh, qui démarrait sa journée de travail à Londres. Elle le prit et lut :

Meh
Indifférence; s'utilise quand quelqu'un n'en a vraiment rien à faire.
A : Qu'est-ce que tu veux pour le dîner ?
B : Meh.
Est-ce que les enfants disent cela en Amérique ?
Les miens n'arrêtent pas. À l'aide !

Jaya sourit. Tous les jours, Dev lui envoyait des e-mails tirés d'un site internet, Urban Dictionary, qu'il consultait pour s'efforcer de mieux comprendre ses enfants. Smita et Sachin avaient neuf et sept ans, soit un an de différence avec Prem, mais ils semblaient plus mûrs, sans doute parce qu'ils grandissaient en ville. Dev avait rencontré sa femme Chandra à Londres, à l'université. Ironiquement, c'était la première fois que l'un et l'autre fréquentaient une personne indienne, pour le plus grand plaisir de leurs parents respectifs, qui ne s'étaient pas moins attribué le mérite de cette union fortuite. Chandra travaillait comme gestionnaire d'un fonds commun de placement et Dev dans un grand cabinet d'avocats. Jaya lui renvoya un smiley et presque immédiatement, le téléphone sonna.

« Tu es réveillée ! » Dev eut l'air plus ravi qu'inquiet de son insomnie. « C'est tellement difficile de se joindre avec la différence d'heure. » C'est lui qui fit presque toute la conversation, se plaignant de la monotonie de son rôle d'avocat junior. Mais la fois suivante, lorsqu'elle se réveilla à la même heure, Jaya l'appela directement ; cela l'aidait à se sentir un peu moins seule dans l'obscurité de la maison. Dernièrement, elle avait souvent l'impression d'être suspendue dans le temps et dans l'espace, se rappelant le temps de ses dix ans, quand elle jouait avec son frère sur un tourniquet. Dev et d'autres petits enfants s'étaient assis dessus et avaient demandé à Jaya de les faire tourner de plus en plus vite, et elle faisait des cercles en courant avec l'impression qu'elle allait s'envoler. Elle s'était bel et bien envolée lorsqu'elle avait lâché la barre en métal, projetée par la force centrifuge du tourniquet, mais pour aller s'écraser sur le sol, ce qui lui avait valu deux fractures du bras.

Jaya s'était toujours sentie responsable de son petit frère et lui avait servi de conseillère, elle qui avait été la première à franchir les étapes majeures de la vie : université, mariage, maison et enfants. Mais à présent, elle se trouvait à l'aise avec lui comme elle ne pouvait l'être qu'avec quelqu'un qui l'avait toujours connue. Ils parlaient de leur mère sur un ton de conspirateurs, comme quand ils étaient petits, échangeant leurs impressions sur la méticulosité avec laquelle elle coupait les légumes et sa façon de chasser tout le monde quand elle cuisinait. Jaya se languissait de son frère et de ses parents, qui vivaient si loin. Une partie d'elle-même s'imaginait déménager pour se rapprocher d'eux, mue par le besoin de se raccrocher à la famille qu'elle avait quittée. Le fait d'avoir sa mère ici avec elle et de parler à Dev lui rappelait qui elle était au plus profond d'elle-même, avant de se construire cette nouvelle vie qui semblait désormais sur le point de voler en éclats.

12. Karina

Août 2009

Les roses jaunes commençaient juste à s'ouvrir. Cela faisait des semaines que Karina s'occupait des rosiers, les arrosant le matin et leur donnant des engrais spéciaux qu'elle prenait dans la caisse du garage. En temps normal, Jaya s'en occupait elle-même – c'était la seule tâche de jardinage pour laquelle elle ne demandait pas l'aide de sa fille. Karina caressa l'un des pétales jaune pâle jusqu'à sa base et fut surprise de la fermeté du bouton. En faisant descendre son doigt le long de la tige, elle arriva à la première épine et s'y attarda un moment, puis appuya son doigt contre la pointe pendant une seconde… deux… trois. Le soulagement l'envahit et sa main retomba.

Elle se pencha pour respirer son parfum. Sa mère allait adorer, se dit-elle en attrapant le sécateur. Karina disposa trois tiges à différents stades de floraison dans un grand vase et les plaça au milieu de la table de cuisine où Jaya buvait une tasse de thé en feuilletant distraitement le journal.

« Oh », s'exclama-t-elle en levant la tête et apercevant les roses. Elle tendit les mains vers l'une des fleurs mais interrompit son geste. « C'est beau, non ? dit-elle en se tournant vers Karina. Ça vient du jardin ? »

Karina acquiesça avec un sourire. Le regard de sa mère se dirigea vers la fenêtre et elle parut fixer quelque chose d'invisible au loin. « Ça ne semble pas juste que la beauté continue à exister dans le monde, n'est-ce pas ? »

*

Dans le désœuvrement des journées d'été, Karina passait de longues heures avec sa grand-mère et s'échappait de temps en temps chez Izzy, la seule qui continuait à la traiter normalement depuis la mort de Prem. Elle ne la regardait pas d'un air triste et ne l'évitait pas, contrairement à la plupart des autres enfants. Lorsque Karina était de mauvaise humeur ou n'avait pas envie de parler, Izzy la laissait tranquille. De toutes ses amies, c'était celle qui avait le mieux connu Prem et toutes ses petites habitudes amusantes. Elle l'évoquait parfois, par exemple quand les deux amies mangeaient des sandwiches à la crème glacée et qu'Izzy se rappelait comment Prem extrayait la glace d'entre les gaufrettes de chocolat en la léchant, plongeant sa petite langue dans l'interstice jusqu'à ce qu'il devienne de plus en plus profond et brandissant le sandwich pour le leur montrer, tout fier.

Chaque semaine, Keith emmenait Karina chez la psychologue. En sortant, ils allaient manger une glace et il tentait de parler de Prem, de demander à sa fille comment elle allait. Karina détestait ce cabinet, une pièce au sous-sol d'une maison avec une entrée indépendante sur la rue. Il n'y avait pas de lumière naturelle hormis celle qui filtrait depuis les soupiraux, ce qui renforçait sa sensation d'être sous l'eau.

Elle faisait parfois des cauchemars et se réveillait en se croyant perdue en mer sur un petit radeau qui coulait.

« À quels moments ressens-tu le plus la perte de ton frère ? » demanda la thérapeute.

Il ne se passait pas une seconde sans qu'elle ressente le vide là où Prem avait été, le sentiment aigu d'un déséquilibre dans leur famille. « Au moment des repas », répondit-elle. Il y avait de nouveau quatre corps à la table du dîner, mais la chaise de Prem était à moitié occupée par sa grand-mère, qui passait son temps à se lever pour aller chercher les plats sur la cuisinière. Prem n'était pas là pour les assommer avec le récit complet des épisodes des Space Rangers, ni pour tester l'une après l'autre huit devinettes tirées de son nouveau livre.

« Et quand il n'y a personne pour voter avec moi pour le Cluedo et contre le Trivial Pursuit », sourit Karina.

Plus vite elle arriverait à démontrer à cette femme qu'elle allait bien, plus vite elle pourrait cesser de venir ici.

La psychologue lui rendit son sourire. « À part ça, qu'y a-t-il d'autre qui semble différent ?

— Eh bien on ne prend plus de chien. On en avait déjà choisi un. » Karina haussa les épaules plutôt que d'essayer de parler la gorge serrée.

« Et qu'est-ce que tu en penses ? »

Elle secoua la tête. « Pas de problème. C'est normal. On ne pourrait pas assumer ça pour le moment, vous savez. Je ne peux pas vraiment… Je ne peux pas vraiment m'occuper de quelqu'un… de quelque chose d'autre. Peut-être dans un an ou deux. » Elle fit un grand sourire à la psychologue et jeta un coup d'œil à l'horloge sur le mur.

« Dans quelques semaines, tu vas retourner à l'école. Comment te sens-tu par rapport à cela ? »

Karina haussa les épaules. « C'est bon. Ça va. C'est-à-dire que c'est le lycée, alors ce sera différent. Plus grand, j'imagine.

— Ça te rend nerveuse, une école plus grande avec davantage d'élèves ?

— Non, au contraire. » Karina était soulagée à l'idée de se retrouver dans un océan de personnes dont la plupart ne la connaîtraient pas. Il n'y aurait pas forcément plus d'enfants qui lui ressembleraient, mais au moins elle pourrait se perdre dans la masse. Moins de risque que quelqu'un sache tout sur sa famille.

*

Deux semaines avant le début du lycée, les orchidées commencèrent à mourir. Il y avait cinq orchidées en pot chez eux, une dans chaque pièce du rez-de-chaussée, apportées à différents moments au cours des semaines qui avaient suivi l'accident, mais elles avaient toutes cessé de fleurir en même temps, comme une sorte de protestation collective. Celle de la salle à manger, la violette, fut la dernière à perdre ses fleurs ; un matin, au petit déjeuner, sa mère toucha longuement la tige nue dans le petit pot. Sa grand-mère s'apprêtait à les jeter, mais Karina voulut les garder pour voir si elle pourrait les ramener à la vie.

Le lycée commença à la fin du mois d'août et elle remplit son emploi du temps en s'inscrivant à tous les cours possibles, malgré les recommandations du conseiller pédagogique qui avait suggéré aux élèves de première année de se donner un peu de temps pour s'adapter. Elle travaillait dur, prenant du plaisir à l'épuisement qu'elle ressentait chaque soir en se glissant dans son lit, plusieurs heures après que ses parents s'étaient couchés. Son père lui laissait de l'argent pour ses repas, mais Karina se préparait elle-même son petit déjeuner et son déjeuner. Elle allait à l'école en voiture avec des amies ou à vélo. Il y avait tellement de douleur à la maison qu'elle voulait que ses parents ne voient que des choses positives quand ils la regardaient, qu'ils soient fiers et heureux ; qu'ils ne voient surtout pas en elle la raison de la disparition de son frère.

Après l'école, elle passait une grande partie de son temps chez Izzy à faire ses devoirs et jouer avec Dominick. Les parents d'Izzy l'invitaient souvent à rester dîner, ce qu'elle acceptait toujours avec reconnaissance, car les spaghettis et les ragoûts des Demetri la changeaient des plats indiens que sa grand-mère cuisinait tous les soirs.

*

Un soir après les cours, Mrs Galbraith, la professeure de biologie de Karina, était en train de noter des devoirs lorsque Karina entra dans la salle de sciences. « Bonjour Mrs G., vous auriez des livres sur les orchidées ?

— Les orchidées ? Hum, voyons voir. » Elle traversa la classe et commença à regarder dans la bibliothèque. Karina la rejoignit. « Ma foi, il y a ça – elle lui montra un livre sur les bonsaïs en riant. Pas exactement la même chose. Pourquoi les orchidées ?

— En fait, j'en... on en a plusieurs à la maison et elles ont donné des fleurs pendant quelques mois, mais là elles les ont toutes perdues. Je me demandais si j'avais fait quelque chose que je n'aurais pas dû faire. »

Mrs Galbraith s'appuya contre le mur. « Je sais qu'on est censé les laisser sécher entre deux arrosages, car elles sont habituées à des environnements tropicaux.

— Oui, j'ai lu ça sur internet.

— Tu as un compteur d'humidité ? » Mrs Galbraith plongea dans un placard sous l'évier et en sortit une longue tige en métal avec une grenouille verte à un bout. « Je sais que c'est un peu ridicule, mais c'est une sonde en cuivre. » Elle montra à Karina comment placer le bout métallique orange vif dans la terre pour qu'il enregistre le degré d'humidité bien au-dessous de la surface, près des racines. « Tu peux emprunter celui-ci si tu veux, dit-elle en tendant la grenouille à Karina.

— Merci. Je le rapporterai.

— Et moi je continuerai à chercher des livres sur les orchidées. Reviens dans quelques jours. »

*

Lorsque Karina revint la semaine suivante, Mrs Galbraith était debout devant l'une des paillasses de laboratoire, les mains gantées plongées dans un pot de terreau. « Ah, Karina, je suis contente que tu sois là. Donne-moi un coup de main, si tu veux bien. »

Karina laissa tomber son sac à dos par terre et la rejoignit.

« Cet arbre va dans ce récipient, dit-elle en montrant du menton un bol en céramique posé de l'autre côté de la table. Quand je le soulèverai sous les racines, pourras-tu prendre la terre qui reste dans le vieux pot et la mettre dans le nouveau ?

— Pas de problème. » Karina retroussa ses manches, renversa le vieux pot et ramassa la terre tout en examinant l'arbre miniature dans les mains de Mrs Galbraith. « C'est un…

— Bonsaï érable du Japon, lui répondit Mrs Galbraith avec un sourire. En voyant ce livre, je me suis dit que ça pourrait être un bon projet pour mes élèves. J'ai cet arbre chez moi depuis des années mais je n'y ai jamais vraiment fait attention. » Elle déposa le petit arbre dans sa nouvelle maison et tassa la terre tout autour. Karina n'avait jamais vu de bonsaï et elle était étrangement fascinée par cette si petite réplique.

Mrs Galbraith retira ses gants et alla les mettre dans l'évier. « J'ai quelque chose pour toi, dit-elle en ouvrant un tiroir pour en sortir deux livres. Ça devrait t'aider pour tes orchidées. Je n'ai pas eu le temps de les lire, mais il y a des informations intéressantes sur les périodes de dormance, et c'est peut-être la phase dans laquelle se trouvent les tiennes. Jette un coup d'œil et tu me diras ce que tu as appris ?

— D'accord. Merci. » Karina prit les livres, qui paraissaient tout neufs. « Il se trouve que je les ai trop arrosées. Quand je l'ai fait descendre sous la surface, le compteur d'humidité est allé jusqu'à dix. Je suis en train de les laisser sécher maintenant. Avec un peu de chance, on pourra en récupérer quelques-unes. »

Mrs Galbraith haussa les épaules. « Les orchidées sont dures. Je n'ai jamais eu le dessus sur elles. Les bonsaïs, en revanche… ils pardonnent facilement. » Elle sourit. « Tu veux voir comment on taille celui-ci ? » Karina la regarda tailler l'arbre, puis essaya à son tour avec les petits ciseaux.

Elle commença à aider Mrs Galbraith avec le bonsaï après l'école et parfois le matin, dès qu'elle avait un peu de temps. Sachant désormais quoi faire, elle tombait dans une concentration profonde pendant ces moments, se servant des petits sécateurs et des pincettes pour sculpter des branches et créer des couches uniformes de feuilles rouge vif. Un tableau miniature parfait qu'elle pouvait créer entièrement de ses propres mains.

13. Keith

Août 2009

Keith était reconnaissant à la mère de Jaya d'être venue. Elle s'occupait des visiteurs, nettoyait les traces de deuil dans leur maison et passait des heures avec Karina. Chaque soir, elle préparait un repas indien tout simple et, même si Jaya avait du mal à prendre plaisir à manger, Keith savait que la cuisine familière de sa mère lui apportait du réconfort.

Quant à lui, il avait besoin de répit après ces semaines où il avait eu l'impression de n'être qu'une coquille, les émotions à fleur de peau. L'associé principal de sa société avait envoyé le bouquet le plus gros qu'il ait jamais vu avec un gentil mot lui disant de prendre son temps. Mais Keith était censé devenir associé cette année ; il savait que ses collègues saisissaient toutes les occasions pour faire leurs preuves, et la pression l'incitait à faire de même. La mère de Jaya l'encourageait à retourner au travail et, sachant qu'elle était là pour veiller sur Jaya, Keith se sentait suffisamment à l'aise pour recommencer doucement.

Le jour où il le fit, il s'assit dans son bureau, entouré des trophées en plexiglas que la banque produisait pour célébrer chaque affaire conclue. Ils remplissaient une étagère entière, des dizaines et des dizaines de formes témoignant du travail accompli, un travail de qualité. Une carrière dont il pouvait s'enorgueillir. Il feuilleta les présentations qu'on lui avait soumises, écrivit des notes dans la marge, fit des suggestions utiles sur de nouvelles façons de lire les chiffres, remarqua même quelques erreurs. Il sortit déjeuner avec Matt et Greg, des gars qu'il connaissait depuis qu'ils avaient commencé ensemble comme collaborateurs à la sortie de leur école de commerce. Ils se montrèrent très embarrassés jusqu'à ce qu'il leur dise que le mieux était de le traiter exactement comme avant. Apparemment soulagés, ils glissèrent rapidement vers les conversations habituelles – les clients qui étaient des cons, la plus sexy parmi les nouvelles recrues d'été et quelle assistante Murphy se tapait. À la fin de la journée, Keith se sentait mieux que depuis des semaines. Il continua à travailler jusqu'en début de soirée, analysant des documents qui auraient pu attendre jusqu'au jour suivant. Ce soir-là, en se garant dans l'allée, il reprit espoir pour la première fois depuis la mort de Prem. Il était de retour au travail, à nouveau compétent. Il pouvait retrouver une vie normale. C'est ce qu'il souhaitait.

Et c'est ce qu'il s'efforça de faire, avec ce qui restait de sa famille. Il avait toujours une femme belle et intelligente. Il avait toujours une fille brillante et en bonne santé. Ils pouvaient toujours former une famille. Ils *formaient* toujours une famille. Il avait davantage que son chef de département, Bill Jeffs, et sa femme haut placée dans une autre direction, qui collectionnaient des motos hors de prix au lieu d'avoir des enfants. Il avait davantage que Chris Murphy, avec sa série de petites amies mais aucune qu'il jugeât assez bien pour s'installer avec elle. Keith avait une femme, une fille, une maison et une carrière. Il avait une famille et une vie qui méritaient d'être préservées et il allait se battre pour elles.

Au bout d'un certain nombre de visites chez la thérapeute, Karina annonça qu'elle ne voulait plus y retourner. Elle passait beaucoup de temps chez son amie Isabelle, ce qui semblait à Keith une bonne chose puisque la psychologue avait dit qu'il était important pour son processus de guérison qu'elle se reconnecte à son réseau de soutien. Il ne voyait pas vraiment l'intérêt de la forcer à retourner chez la thérapeute alors qu'elle semblait se débrouiller toute seule. Karina avait toujours été solide. Quand elle s'était coincé le doigt dans la porte de la voiture à l'âge de six ans, elle avait hurlé, mais le temps qu'il coure chercher une poche de glace, ses larmes avaient séché et elle était prête à aller à son cours de gymnastique. Certains enfants étaient nés comme ça, forts ; ils pouvaient supporter plus de choses que les autres.

*

Cela faisait huit semaines que sa belle-mère était chez eux lorsque, un matin, elle prit Keith à part dans la cuisine et lui dit qu'il était temps pour elle de rentrer en Inde.

« Bien sûr, répondit Keith. Je suis sûre que votre mari a hâte de vous revoir.

— Oui, nous sommes invités à un mariage dans la famille. Mais ce n'est pas la raison principale. »

Keith la regarda avec curiosité. Il n'avait pas l'impression d'avoir réussi à connaître vraiment cette femme. Jaya lui avait raconté de nombreuses histoires sur sa mère, son talent pour la danse, la façon dont elle recevait, la rigueur avec laquelle elle avait dirigé leur enfance. Mais avec quelques visites seulement ces vingt dernières années, il n'avait jamais eu le sentiment d'aller au-delà de la façade immaculée qu'elle affichait. À présent, elle parlait sans détours.

« Ma fille est une très forte femme, commença-t-elle, et Keith approuva de la tête. Elle possède la force nécessaire pour traverser cette épreuve. Mais elle ne la découvrira pas tant que je serai là. Ce sera difficile... – sa voix s'étrangla et elle s'éclaircit la gorge – de la laisser comme ça, mais je crois que c'est la meilleure chose à faire. Elle va apprendre à retomber sur ses pieds.

— Est-ce qu'elle... vous parle... un peu ? demanda Keith en butant sur les mots.

— Elle semble trouver du réconfort dans la prière. Elle s'assoit là-bas pendant une heure, parfois plus, et paraît plus calme ensuite. »

Keith regarda depuis la cuisine le temple improvisé que sa belle-mère avait installé dans leur salle à manger. Il avait pensé qu'elle l'avait apporté pour elle-même, pour remplacer la petite alcôve de son appartement à Delhi, mais si cela permettait à Jaya de trouver un peu de paix, il était soulagé. Il sentit une vague d'émotion l'envahir. « Elle… *nous* avons eu de la chance de vous avoir tout ce temps. Je ne sais pas comment vous remercier. »

Elle repoussa d'un geste sa remarque. Keith entendait la voix de Jaya en écho dans sa tête lui expliquer que dans les familles indiennes, on ne *remerciait* pas, on *faisait*. L'aide était un don, on ne la demandait pas. Il le sentait à présent, ce soutien inébranlable qui le portait, de même qu'il s'était senti enveloppé dans les bras de son père lorsqu'il l'avait embrassé après l'enterrement de Prem. Depuis qu'il avait quitté la maison familiale, vingt-cinq ans plus tôt, il n'avait plus compté sur son père ou ses parents pour quoi que ce soit, ni d'ordre financier, ni d'ordre émotionnel. Mais ce jour-là, il avait eu besoin de lui pour l'aider à tenir debout.

« Jaya va y arriver, dit-elle. Tu dois aussi t'occuper de toi. ». Elle le regarda. « Et de Karina. Elle joue les dures, mais c'est encore une enfant. »

Après son départ, Keith espéra que leur vie retrouverait un semblant de normalité. Il avait repris ses horaires habituels au travail et Karina avait commencé le lycée. Elle y allait à vélo et déjeunait à la cafétéria. Jaya, elle, ne se sentait pas encore prête à retourner travailler. Keith s'inquiétait de la savoir seule. Parfois, quand il rentrait, la maison et la cuisine étaient exactement dans le même état que lorsqu'il était parti le matin. Dans leur chambre, à l'étage, il trouvait des pochettes de biscuits ouvertes et des pots de yaourt vides sur sa table de nuit, et Jaya sous la douche, la porte fermée à clé. Il la soupçonnait de rester au lit toute la journée et de ne se lever que lorsqu'elle entendait la porte du garage s'ouvrir.

Tous les soirs, il posait des plats préparés sur la table de la cuisine. Quand Jaya descendait, les cheveux mouillés noués en une vague queue de cheval, elle les regardait sans le moindre intérêt, mais le remerciait toujours de les avoir apportés. Elle lui posait des questions sur sa journée tout en mangeant, écoutant ses réponses avec un regard vide. Lorsque Keith lui demandait ce qu'elle avait fait, elle haussait les épaules, son regard s'assombrissait et ses yeux s'embuaient de larmes. Elle secouait la tête et souriait comme pour s'excuser, comme si elle l'avait déçu. Les soirs où Karina dînait avec eux, ils la laissaient faire l'essentiel de la conversation, parler encore une fois de ses nouveaux cours, de ses entraînements de cross et de ses répétitions d'orchestre. Au milieu de la nuit, Keith entendait parfois Jaya discuter en bas au téléphone avec son frère Dev, à Londres, sans parvenir à déchiffrer ses chuchotements. Il était soulagé qu'elle parle à quelqu'un, mais blessé que ce ne soit pas à lui. Il était ici chaque jour avec elle, dans la même maison, aux prises avec la même douleur.

Keith tenta une nouvelle fois de la convaincre d'aller chez la psychologue, mais en vain, si bien qu'après quelques visites il cessa d'y aller lui aussi. Il savait qu'ils devaient tous faire leur deuil de façon individuelle. Jaya trouvait du réconfort dans la prière et passait souvent du temps dans la chambre de Prem. Karina emportait partout le petit couteau de son frère et le mettait sur sa table de chevet la nuit. Keith n'arrivait pas encore à rester dans l'espace de Prem, avec ses affaires. Qui pouvait dire que la thérapie était la meilleure façon d'affronter la douleur, après tout ? Ils étaient peut-être tous les trois engagés dans des chemins de deuil parallèles et se retrouveraient de l'autre côté intacts, voire plus forts.

Le seul endroit où Keith se sentait vraiment mieux, c'était au bureau. Au travail, il comprenait les règles et savait comment réussir. Ses collègues le traitaient comme avant. Il était surpris de voir à quel point il était heureux de la carrière qu'il s'était construite. Au lycée, il avait dressé une liste des professions les mieux payées : chirurgien cardiaque, actuaire, banquier d'affaires. Il n'était pas très bon en sciences et n'avait qu'un niveau passable en maths, ce qui excluait les deux premières options. Arrivé en dernière année, il avait jeté son dévolu sur Wall Street et réussi à décrocher trois offres parmi les plus convoitées, au grand dam de ses camarades qui peinaient à trouver un emploi dans une économie toujours tendue après le krach boursier de 1987.

Keith avait les notes qu'il fallait, mais ce que ces banquiers d'affaires bien établis adoraient entendre, c'était comment il avait réussi à financer ses études universitaires en occupant deux boulots à temps partiel pendant l'année et en travaillant dans l'entreprise de son père l'été. Il s'était bien gardé de préciser que son père avait perdu l'argent mis de côté pour ses études lors de la récession de 1982, obligeant Keith à trouver en toute hâte de quoi payer les frais d'inscription. Il avait occulté la vérité financière des entreprises de son père, le présentant simplement comme un petit entrepreneur qui avait lancé plus d'une dizaine d'affaires, ce qui, techniquement, était vrai.

Chez Morgan Stanley, il travaillait jour et nuit à l'époque, s'endormant aussi souvent au bureau qu'à la maison. Dans ses rares moments de liberté, il profitait de la scène gastronomique new-yorkaise comme il n'avait pu le faire en tant qu'étudiant. Il atteignit son objectif de devenir l'un des meilleurs analystes fusions-acquisitions pendant ses deux premières années, ce qui lui permit de choisir où passer sa troisième année facultative. Lorsqu'il partit pour Londres, la plaque tournante de l'activité de fusions-acquisitions en Europe et l'une des capitales de la gastronomie mondiale, il avait déjà surpassé ses parents en termes de réussite professionnelle.

À la fin de l'année de la mort de Prem, Keith fut promu associé-gérant, un des quatre postes de ce niveau sur la côte Ouest. Il s'inquiéta à l'idée que ce pût être un témoignage de sympathie, avant de se rappeler que personne ne faisait quoi que ce soit par sympathie dans une banque d'affaires. En tant qu'associé, Keith était censé amener de nouveaux clients, et il découvrit qu'il adorait l'excitation que procurait la course au contrat. La combinaison de son éducation modeste dans une petite banlieue, de l'esprit d'entreprise transmis par son père et de son MBA prestigieux faisait de lui le genre de type à qui tout le monde pouvait s'identifier. C'était une source de satisfaction de savoir qu'il avait rapporté une grosse affaire à sa société, qui se refléterait dans son bonus de fin d'année.

Les chiffres qui s'accumulaient sur le bilan comptable mental de Keith devenaient une couverture de survie dont il pouvait entourer sa famille et lui-même. Il n'avait pas été capable de protéger Prem, ne pouvait le ressusciter et n'avait pu éviter à sa famille la douleur qui l'avait affligée. Mais il pouvait faire une chose – petite, anodine peut-être –, et la faire bien. Il pouvait offrir à sa famille un sentiment de sécurité et de bien-être financiers pour le restant de leur vie, ce dont son père s'était montré incapable.

14. Karina

Janvier 2010

Assise devant un ordinateur de la bibliothèque de l'école, Karina sourit en découvrant son premier bulletin semestriel et imprima la page avant de la glisser dans son sac à dos. Elle déclina l'invitation d'Izzy, qui lui proposait de passer chez elle après l'école, et prit plaisir à rentrer à la maison à vélo malgré le crachin. Elle avait travaillé d'arrache-pied pendant tout le semestre, et le fait d'avoir accompli ce qu'elle s'était fixé la remplissait d'espoir. Elle avait hâte de partager la nouvelle avec ses parents, les bonnes notes ayant toujours été source de réjouissance chez eux. Ces derniers temps, sa mère sortait davantage, généralement pour se rendre au temple hindou. Elle avait également commencé à pratiquer de nouveaux rites à la maison : prier avant le petit déjeuner, allumer un bâton d'encens, ouvrir une noix de coco tous les week-ends.

En attendant la livraison de pizzas du vendredi soir, Maman remuait la salade pendant que Papa servait deux verres de vin et ouvrait une bouteille de limonade pour Karina. Karina sortit la page de son sac et la fit glisser sur l'îlot de cuisine vers ses parents. Son père la prit et la regarda, le sourire aux lèvres.

« Waouh, regarde ça, dit-il en montrant le papier à sa femme. Le bulletin de Karina. Elle a vraiment déchiré. »

Jaya lui lança un regard las tout en s'abstenant de commenter son langage, puis regarda la page sur le plan de travail en continuant à fatiguer la salade.

« Des A dès le début du lycée, poursuivit son père, rayonnant. C'est rarissime ! Impressionnant.

— A-plus en sciences naturelles. » Sa mère se força à sourire, même si la tristesse ne quittait jamais vraiment ses yeux. « C'est vraiment très bien, ma chérie. »

Son père passa le bras autour d'elle. « Je suis tellement fier de toi, ma jolie. »

Lorsque les pizzas arrivèrent, ils mangèrent assis sur des tabourets de bar autour de l'îlot. Sans en avoir jamais discuté, ils avaient abandonné la table de la cuisine depuis que la grand-mère était repartie en Inde.

« Mrs Galbraith m'a proposé de rejoindre l'équipe des Olympiades de sciences, dit Karina pour meubler le silence. En général c'est seulement à partir de la seconde, mais elle veut que je commence dès maintenant.

— C'est super, ma chérie. » Keith se resservit un peu de vin. « Tu vas le faire ? » Il se tourna vers Jaya, la bouteille au-dessus de son verre, mais elle fit non de la tête.

« Oui, je pense. Bon, c'est un investissement – quelques heures par semaine pour l'instant, mais beaucoup plus le mois d'avant le concours.

— Je suis sûre que tu peux le faire. Tu cartonnes déjà en classe. Tu n'es pas d'accord, Jaya ?

— Hmmm ? » répondit-elle, en levant les yeux de la salade qu'elle était en train de triturer avec sa fourchette.

« Est-ce qu'elle ne devrait pas rejoindre l'équipe des Olympiades de sciences ? insista Keith.

— Tu as toujours été bonne en sciences », dit Jaya sans ajouter ce à quoi ils pensaient tous les trois : Karina avait toujours été bonne en sciences et en maths, tandis que les langues et les matières artistiques étaient le domaine de Prem. Il avait beaucoup d'imagination pour raconter des histoires ; l'année d'avant, il avait même remporté le prix de la meilleure rédaction pour sa bande dessinée où un super-héros, WaterMan, sauvait le monde d'une sécheresse imminente. À présent, Karina avait compris qu'il lui faudrait être les deux à la fois ; réaliser tous les rêves de ses parents pour elle et pour son frère.

Soudain, sa mère se leva pour attraper son téléphone de l'autre côté de la table. « On devrait aller au temple demain, remercier pour ton bulletin. Je vais appeler le prêtre pour organiser une cérémonie de prières. » Elle se mit à composer un numéro, plus animée que pendant toute la soirée, mais pas pour les raisons que Karina aurait souhaitées.

Karina lança un regard incrédule à son père, mais son expression était vide. Ayant reçu une vague éducation luthérienne, Keith était heureux de confier le bien-être spirituel de la famille à sa femme. L'éducation des enfants avait été vite faite : leur mère leur avait enseigné quelques prières hindoues, les avait emmenés au temple pour Diwali et obligé Karina à nouer un bracelet décoratif autour du poignet de Prem une fois par an en échange d'une pièce de monnaie. Karina sentit une colère incontrôlable la submerger. Elle se leva et alla déposer son assiette dans l'évier. « Dieu n'a rien à voir là-dedans.

— Quoi ? » Sa mère s'arrêta et leva les yeux de son téléphone.

« J'ai dit, *Dieu* n'a rien à voir avec mes notes. Et je ne veux pas aller au temple. J'ai un gros projet à préparer en histoire. » C'était bien la dernière chose à laquelle elle voulait être associée, ces inepties qui arrachaient sa mère à leur famille pendant plusieurs heures chaque fois.

Un silence tendu s'installa dans la cuisine tandis qu'ils débarrassaient la table. Sa mère se retira ensuite à l'étage pour ses prières du soir et son père suggéra de regarder un film. Karina proposa de faire du pop-corn pendant qu'il s'installait sur le canapé. Lorsque le vacarme des grains qui éclataient diminua, elle entendit des voix courroucées à l'étage du dessus. Karina s'approcha de l'escalier de l'entrée et entendit son père crier : « Tu dois *faire* quelque chose, Jaya. Il te reste encore une enfant, tu l'as oubliée ?

— Et toi tu *avais* un autre enfant, tu l'as oublié ? » hurla à son tour sa mère.

Une pause, suivie d'échanges que Karina ne parvint pas à distinguer, puis à nouveau la voix retentissante de son père. « Tu dois trouver le moyen d'aller de l'avant.

— Qu'est-ce que ça veut dire, aller de l'avant ? Retourner au travail ? Je suis à la maison maintenant, tout le temps. Rien ne peut arriver. Ce n'est pas ce que tu voulais ?

— Quelle idée de penser une chose pareille ! Jaya, tu dois cesser de t'autoflageller.

— C'est bien ce que tu penses, non ? C'était ma faute ! »

Karina s'enferma dans la petite salle de bains sous l'escalier, la pièce où ils étaient censés s'abriter en cas de catastrophe naturelle, la seule pièce de la maison sans fenêtres. Elle alluma le ventilateur et courut ouvrir le robinet pour couvrir les sons venus d'en haut, puis s'accroupit par terre et fouilla dans le meuble sous le lavabo à la recherche de quelque chose, n'importe quoi, qui pût alléger sa souffrance. Elle tomba sur une épingle à nourrice et s'en servit pour tracer une fine ligne de sang sur l'intérieur de sa cuisse, soulagée de retrouver ce sentiment libérateur. Puis elle s'assit sur le carrelage froid et s'appuya contre le mur, laissant les larmes chaudes couler sur son visage et le goût réconfortant du sel imprégner ses lèvres. Cette sensation qui venait lui rappeler qu'elle était toujours en vie.

Dans son bureau en sous-sol, la thérapeute avait demandé à Karina de lui raconter des souvenirs heureux de sa famille, et il y en avait beaucoup : des promenades à vélo tous ensemble à Napa, où ils étaient allés pour un mariage ; une longue escale à l'aéroport d'O'Hare qu'ils avaient endurée à l'aide d'un marathon de huit américain ; des dimanches matin à pantoufler dans la maison, et Papa qui embrassait Maman derrière la tête en lui tendant une tasse de thé. Karina s'était rappelé ces images de contentement fugaces les semaines suivant la mort de Prem, lorsqu'il semblait que le bonheur avait été arraché à leur famille. Comme si c'était quelque chose qu'ils avaient toujours possédé, et que leur vie ait été une tapisserie de joie ininterrompue.

À l'évidence, ce n'était pas le cas, commençait-elle à comprendre maintenant que le temps s'était écoulé. Lorsque son père et sa mère se mirent à se disputer davantage, ce ne fut pas totalement nouveau, seulement plus ouvert. Ces petites piques existaient déjà auparavant : Karina se souvint de matins dans la cuisine où ils s'évitaient mutuellement, s'étant manifestement disputés la nuit précédente. Dans ces moments-là, Prem et elle s'efforçaient toujours de ne pas faire de vagues. À l'école, ils entendaient les enfants de parents divorcés parler de leurs allers-retours entre deux maisons, de la communication tendue lorsqu'il fallait échanger des week-ends. Elle et Prem, d'un commun accord, voulaient faire tout leur possible pour éviter un tel sort, la dissolution de cette famille qui était le seul lieu où ils avaient leur place, tous les deux.

Il y avait quelque chose que Karina n'avait raconté à personne, jamais. Pendant ces instants qui semblaient des heures, après avoir sorti Prem de l'eau et essayé de lui insuffler la vie, elle avait passé un pacte silencieux avec Dieu. Il pouvait lui prendre ses parents si seulement Prem restait en vie. Elle et son frère pourraient survivre à un divorce, ensemble. Mais sans lui, elle serait incapable d'endurer quoi que ce soit. Elle se demandait pourquoi elle pensait que son vœu se réaliserait et que le marché serait honoré, elle qui n'avait jamais cru à la prière, ni à la foi ou aux miracles. Peut-être parce qu'être prête à sacrifier une chose si importante constituait sa première démonstration de foi envers quelqu'un.

Ça devait bien valoir quelque chose, non ?

Karina aurait voulu dire à sa mère, assise en prière à l'étage, qu'il était futile d'en appeler à Dieu pour quoi que ce soit. Avaient-ils jamais été vraiment heureux ? Elle ne savait plus. La seule chose qu'elle savait, c'est que s'ils avaient eu la possibilité de l'être, cette possibilité était morte avec Prem.

*

Un jour, vers la fin de l'année scolaire, en rentrant à la maison, Karina trouva un camion garé dans l'allée et entendit le son d'un marteau-piqueur dans le jardin de derrière. Elle se rappela que sa mère avait mentionné que le chantier commencerait cette semaine : la piscine allait être remplie et recouverte par une pelouse. Son père était monté la voir dans sa chambre pour lui demander nerveusement si elle était d'accord, et elle avait dit que oui. En son for intérieur, elle se sentait soulagée. C'était peut-être la première fois de l'année qu'ils tombaient tous les trois d'accord sur quelque chose. Karina, incapable de marcher à côté de la piscine ou même de la regarder depuis la fenêtre de sa chambre, avait pris l'habitude de garder ses stores baissés toute la journée. Elle suivit les martèlements jusqu'au jardin et regarda pendant quelques minutes l'engin éventrer la coquille vide de la piscine ainsi que les gravats de béton et de carrelage qui jonchaient le fond.

Inexplicablement encouragée par ce spectacle, elle déposa son sac à dos et fouilla dans la poche avant pour trouver le petit couteau suisse de Prem. Elle le retourna dans sa main, palpant sa surface lisse, sans rayures. Elle sortit la lame et la pressa délicatement contre la pulpe de son doigt, puis, d'un seul mouvement rapide, elle recula le bras et lança le couteau dans la caverne éventrée.

15. Keith

Mai 2010

Le jour où les ouvriers commencèrent à travailler dans le jardin, Keith quitta le bureau plus tôt, sachant que ce serait probablement une journée difficile pour Jaya. Elle était étrangement obsédée par l'idée de faire disparaître la piscine avant le premier anniversaire de la mort de Prem, presque jusqu'à l'obsession. En entrant dans la maison, il entendit des voix à l'étage et les suivit. Appuyée contre l'encadrement de la porte de la chambre de Prem, Jaya regardait un ouvrier arracher la moquette tandis qu'un autre s'apprêtait à démonter la bibliothèque.

« Qu'est-ce… » demanda Keith en enregistrant le tableau qu'il avait devant les yeux. « Qu'est-ce qui se passe ici ?

— Oh ! » Jaya se tourna vers lui avec un sourire enthousiaste. « Te voilà ! dit-elle comme si c'était lui qui avait disparu. J'ai enfin décidé quoi faire. Ça m'est venu pendant que je priais. Et ces messieurs étaient déjà ici pour la piscine. Ça tombait à pic ! » Elle sortit de sa poche un petit calepin qu'elle se mit à feuilleter et s'arrêta devant un croquis au crayon. Le dessin représentait un temple de la taille d'une pièce, à côté duquel la petite alcôve nichée dans la maison de ses parents en Inde paraissait minuscule.

Keith ressentit une douleur viscérale à la poitrine. Où étaient passées toutes les affaires de Prem ? Ses livres, ses jouets, les fanions accrochés au mur ? Il regarda Jaya, incrédule. « Comment… ? » Comment pouvait-elle faire cela, voulait-il demander, mais il se rendit compte à sa grande surprise qu'elle avait revêtu un *salwar kameez* tout frais et s'était lavée et peigné les cheveux.

« Comme tu sais, on n'a jamais eu de véritable temple à la maison et maintenant on peut en avoir un, ici même », poursuivit Jaya en montrant la chambre de Prem débarrassée de toute trace de leur fils. Keith regarda le calepin, puis Jaya. Elle sourit à nouveau de ce sourire qui semblait surgi d'une autre personne en elle. « C'est parfait, non ? Une façon parfaite d'honorer Prem.

— Non. » Keith secoua la tête. « NON ! Dis-leur d'arrêter. Arrêtez !, hurla-t-il à l'ouvrier. Arrêtez tout de suite ! » Il se tourna vers le deuxième, qui arrachait la moquette. « Arrêtez, s'il vous plaît. Écoutez, euh… laissez tomber pour aujourd'hui, d'accord ? » Keith se posta au milieu de la pièce pour éviter toute destruction supplémentaire et attendit que les hommes rassemblent leurs affaires et quittent la maison. Il se passa une main dans les cheveux et regarda le chaos autour de lui. « Tu ne penses pas qu'on aurait dû en parler avant ? » dit-il après avoir pris une grande respiration et en s'efforçant de parler calmement.

Elle le regarda avec un étonnement non feint. « Ça ne t'a jamais intéressé de savoir où et comment je fais mes prières.

— Ça, ça m'intéresse ! lança-t-il en montrant la pièce vide et en élevant la voix malgré lui. La chambre de notre fils m'intéresse ! »

Jaya fronça les sourcils. « Tu n'as pratiquement jamais mis les pieds ici depuis un an…

— Oui, mais… » Keith bredouilla de colère sous la morsure de ses mots. Il s'était senti faible de ne pas réussir à entrer dans cette pièce comme elle, mais avait toujours pensé qu'il aurait un jour la possibilité de le faire. Il ne s'attendait pas à ce qu'elle *détruise* cet endroit pendant qu'il rassemblait ses forces. C'était comme si elle le lisait à livre ouvert, voyait sa partie la plus tendre et la plus vulnérable et plantait un tisonnier brûlant dedans. Submergé par la frustration, il frappa la porte de sa main. « Comment tu as pu faire ça ? Tu t'es juste débarrassée de toutes ses affaires ? Ses vêtements, ses meubles, ses posters ?

— J'ai tout emballé dans des boîtes dans le garage », répondit Jaya comme si cela pouvait arranger les choses et, lui touchant le creux du bras : « Mais tout ça n'a aucune importance. Son esprit est toujours ici.

— Ça a de l'importance, *pour moi* ! tonna Keith en faisant les cent pas dans la pièce. Tu ne vois pas ? ! Est-ce que tu arrives à voir plus loin que ta petite personne ? On souffre *tous*, Jaya. Tous les trois : toi, moi, Karina. » Il secoua la tête. « Je te promets, on dirait que tu ne me comprends absolument pas et que tu n'essaies même pas. T'en as rien à *foutre.* » Il tourna les talons et sortit de la pièce. Au bout du couloir, il entraperçut la silhouette de Karina sur le seuil de sa chambre. Il se retourna vers Jaya. « Elle est rentrée ? » murmura-t-il.

Jaya acquiesça. « L'entraînement a été annulé.

— Bon sang, Jaya. » Keith secoua la tête. Elle avait dû tout entendre. « Nom de Dieu. » Il dévala l'escalier et attrapa ses clés de voiture sur la table. Il parlerait à Karina plus tard, mais pour l'instant il était tellement furieux qu'il n'avait plus les idées claires. Il sentit l'adrénaline pomper dans ses veines tandis qu'il conduisait bien au-delà de la limite de vitesse dans les rues de leur quartier. Au moment de rejoindre l'autoroute, lorsqu'il put vraiment appuyer sur l'accélérateur, la boule qu'il ressentait dans sa gorge laissa place à des larmes sur son visage. Il n'était plus simplement en colère, il était abattu. Jaya s'était tellement éloignée de lui qu'elle ne le connaissait même plus. Ils restaient tous les deux de bons parents, des parents aimants, continuait-il à penser, mais ne pouvaient apparemment plus l'être ensemble.

*

À la fin de la semaine suivante, le chantier du jardin fut terminé et rien ne laissait penser qu'il y ait jamais eu autre chose qu'une vaste pelouse verte. Les ouvriers mirent encore six semaines à achever la transformation de la chambre de Prem. En juin, lorsque les travaux furent terminés, il y avait un sol en marbre frais et on avait retiré les portes du placard pour créer une alcôve ouverte abritant trois grandes statues de dieux recouvertes de vêtements en soie et de guirlandes florales, toutes importées d'Inde. Trois coussins brodés de petits miroirs et de pompons étaient posés par terre pour s'asseoir. Debout, seul, dans la version transformée de la chambre de Prem, Keith ne voyait plus ce qu'il pouvait faire pour essayer de sauver son mariage et sa famille. Il eut l'impression d'être en train de se perdre.

Le prêtre du temple hindou vint diriger une cérémonie de prières privée pour bénir leur nouveau temple. Jaya était animée comme elle ne l'avait plus été depuis Avant – comme si elle était revenue à la vie, mais une personne différente. Keith suivit le mouvement d'un air hébété : Karina et lui portaient les vêtements que Jaya avait choisis pour eux, se levaient et s'asseyaient où elle leur disait, et suivaient les instructions du prêtre qu'elle traduisait au fur et à mesure des diverses étapes de la cérémonie. Il y avait un parallélisme sinistre avec le service organisé un an plus tôt pour commémorer la mort de Prem, chez eux également, avec le même prêtre. Sauf que cette fois, c'est Jaya qu'ils avaient perdue.

16. Karina
2011-2013

Finalement, Karina perdit à la fois son frère et ses parents. Elle avait seize ans lorsqu'ils divorcèrent, deux ans après la mort de Prem. Étant donné l'emploi du temps de son père, il fut décidé qu'elle vivrait essentiellement chez sa mère, ou du moins c'est ainsi qu'on lui présenta les choses. Karina ne savait pas vraiment si Keith s'était battu pour l'avoir ou pas, mais lui et Jaya s'étaient mis d'accord sur des visites le week-end, dans la mesure du possible.

Malgré tous ses efforts pour rendre ses parents heureux et faire tenir la famille, Karina avait échoué, alors la seule chose qu'il lui restait, c'était de se sauver elle-même. Elle entrait en première et ne devrait plus supporter cette existence précaire que deux années encore, jusqu'à l'université. Ce serait alors un nouveau départ ; elle pourrait rechercher un endroit où elle se sentirait réellement à sa place, débarrassée du poids de sa famille.

Un changement important se produisit en elle, qui passa inaperçu de ses parents, tandis qu'elle redirigeait toute son énergie vers la seule chose qu'elle pouvait désormais contrôler : son avenir.

*

Karina assuma un rôle de premier plan dans l'équipe des Olympiades de sciences, organisant les réunions après l'école pour assister le capitaine. Avec l'aide de Mrs Galbraith, elle mit sur pied un programme de tutorat entre élèves pour les étudiants des deux premières années, qui lui prit tout son temps libre. Ses journées étaient remplies d'occupations, mais elle aimait cette sensation d'avoir un but dans la vie, des raisons de travailler tard le soir et l'assurance de savoir exactement quoi faire en se réveillant le matin.

« Alors, Karina », dit un jour Mrs Galbraith, après les cours, en s'appuyant contre la table de laboratoire où Karina était assise, occupée à agrafer des papiers pour la session de questions des Olympiades. « Tu as choisi tes matières pour le prochain semestre ? J'aimerais beaucoup t'avoir dans ma classe de sciences de l'environnement. »

Karina ne leva pas les yeux. Le formulaire de demande de cours attendait dans son sac à dos depuis une semaine, mais elle avait préféré éviter la confrontation avec ses parents. Dès qu'elle avait manifesté un intérêt précoce pour les sciences, ils l'avaient orientée vers la médecine. Pendant un temps, l'idée l'avait tentée elle aussi – aider les autres à se sentir mieux, voire sauver des vies. Elle avait aimé s'occuper des enfants et des animaux de ses voisins, ainsi que l'indépendance que cette activité conférait.

Mais tout cela avait pris fin avec la mort de Prem, ainsi que bien d'autres choses. L'idée d'être responsable d'un autre être vivant l'effrayait trop. Dans l'équipe des Olympiades, elle avait découvert les sciences de la terre, la géologie, l'ingénierie. Elle avait vu toute la diversité et la richesse que cela offrait, avec de nombreux champs qui semblaient tout aussi nobles et importants que la médecine. Le côté abstrait des sciences de l'environnement paraissait plus sûr, mais elle savait que cette discussion entraînerait une nouvelle dispute avec ses parents.

« Oui, avec plaisir », répondit-elle en souriant à Mrs Galbraith. Ce soir-là, elle imita la signature de sa mère sur le formulaire de demande et ne ressentit qu'un léger pincement de culpabilité.

*

« Action ou vérité, Karina ? demanda Maddie Kramer avant de boire une gorgée de bière Miller Lite à la bouteille.

— Action », répondit Karina. Ils étaient au sous-sol chez Maddie, dont les parents et la petite sœur étaient sortis pour la soirée.

« Elle choisit toujours action, marmonna quelqu'un dans le cercle. Fais-en une bonne. »

Parmi les actions dont Karina s'était acquittée avec succès, elle avait fait une fausse commande de pizzas au téléphone, pris une lampée de la bouteille d'alcool des parents et avalé une cuillerée entière de sauce au piment. La vérité aurait été plus facile, d'autant qu'elle pouvait toujours mentir, mais ça ne lui donnerait pas le même frisson. Un joint passa de main en main et Karina fit semblant d'en prendre une bouffée.

Maddie, l'une des filles populaires de l'école, qu'Izzy connaissait depuis longtemps, se concentra un moment en fronçant le front, puis une lueur éclaira son regard. « Tu dois faire tourner la bouteille, et celui sur qui elle s'arrête, tu vas avec lui dans la chambre pendant cinq minutes, tu enlèves ta chemise et tu le laisses te toucher les seins. » Maddie regarda le reste du groupe, qui répondit par des sifflements.

Karina prit son temps pour boire une gorgée de bière. Beaucoup de filles étaient en couple avec des garçons, assises entre leurs jambes ou lovées contre eux sous des couvertures qui les dissimulaient. Karina, la petite nouvelle, n'était jamais sortie avec un garçon et, à dire la vérité, n'en avait même encore jamais embrassé un.

Tout le monde attendait maintenant sa réaction. Elle sentit la transpiration humidifier ses aisselles. « Ça ne prendra pas cinq minutes, dit-elle en essayant de gagner du temps.

— Eh bien utilise ton temps comme tu en as envie, rétorqua Maddie avec un grand sourire.

Ou comme *lui* en a envie ! » Nouvelle salve de cris et de sifflements de la part du groupe, tandis que les garçons se dégageaient pour s'asseoir en cercle autour de la bouteille que Maddie avait posée par terre.

Sans s'accorder le moindre instant d'hésitation, Karina se pencha et la fit tourner à l'intérieur du cercle. Après quelques tours, elle s'arrêta sur Kyle Derrick, un garçon de terminale qui était dans l'équipe de football américain et ne lui avait jamais adressé la parole. Il lui fit un petit sourire narquois en se frottant les mains. Surmontant une fois encore son appréhension, Karina prit sa bière et se leva. Izzy lui décocha un regard inquiet, mais Karina lui répondit par un clin d'œil et un sourire confiants, que son amie lui retourna. Il suffirait d'un cri, et elle savait qu'Izzy accourrait. Kyle se leva d'un bond tandis que ses copains lui tapaient dans le dos en lui souhaitant bonne chance. « Je peux regarder ? » cria l'un d'eux alors qu'ils montaient l'escalier.

Karina choisit la première chambre, avec sa collection de peluches sur le lit, probablement celle de la petite sœur de Maddie. Kyle l'y suivit en fermant la porte derrière lui. Karina, près du lit, sortit son téléphone portable de la poche arrière de son jean.

« Hé, tu veux filmer ? Ouais, excitant, dit Kyle avec un sourire. Je savais pas que tu étais si coquine. » Il fit un pas vers elle et tendit la main vers le pan de sa chemise.

Karina éloigna sa main en la frappant d'un geste rapide. « Ne sois pas idiot, Derrick. Tu crois vraiment que je vais te laisser me toucher ? » Elle leva son téléphone pour afficher les grands chiffres numériques. « Quatre minutes quarante-cinq secondes. Le décompte a commencé. Va t'asseoir là-bas », lui ordonna-t-elle en montrant un fauteuil poire rose, dans le coin de la pièce, qui ressemblait à la barbe à papa d'un géant.

« Mais c'était pas ça, le marché.

— Maintenant c'est ça, répondit-elle. Ou bien je sors et je raconte à tout le monde que t'as pas réussi à bander. Comme tu préfères.

— Je peux pas leur dire qu'il s'est rien passé ici. Qu'est-ce que je suis censé leur dire ? » demanda-t-il, l'air peiné comme un gamin.

Karina s'obligea à ne pas lever les yeux au ciel. « Rien. Tu dis rien. Moi non plus. Tes potes peuvent en tirer leurs propres conclusions. Tu es considéré comme un gentleman – ou je raconte à tout le monde que t'es une couille molle. » Elle montra son téléphone. « Trois minutes cinquante et une secondes. Marché conclu ? »

Kyle haussa les épaules et se laissa tomber dans le fauteuil en soupirant. Il avait l'air tellement pathétique que Karina en eut presque pitié. Elle s'assit sur le lit et prit une gorgée de bière. Elle s'était sentie un peu étourdie après avoir bu trop vite la première, mais s'installait à présent dans un agréable état de griserie.

« Alors c'est quoi ton histoire, au fait ? » demanda Kyle tout en jouant avec un Rubik's Cube qu'il avait trouvé sur l'étagère d'à côté.

« C'est rare, les cracks en sciences qui aiment faire la fête. Tu devrais pas être à la maison en train d'étudier pour préparer l'examen du SAT ou autre ?

— Déjà passé, répondit Karina. Au début de l'année.

— Je parie que tu as eu une super note.

— J'ai bien réussi.

— Ha, pouffa-t-il, pas moi, j'ai eu à peine mille points. Mais j'ai quand même obtenu une bourse complète pour jouer dans l'équipe de l'université de Californie du Sud. »

À sa grande surprise, Karina vit que Kyle avait résolu le côté bleu du Rubik's Cube. « Félicitations », dit-elle. Ses propres résultats au SAT n'étaient peut-être pas parfaits, mais pas loin. Elle était en train de poser les jalons pour son avenir et ne laisserait rien se mettre en travers de son chemin, certainement pas les mains sales d'un petit imbécile de sportif comme Kyle Derrick.

« Donc tu es quoi, moyen-orientale ou quelque chose du genre ? demanda Kyle en continuant à triturer le Rubik's Cube.

— Non », répondit-elle impassiblement, sans en dire davantage.

« Quoi alors ? Tu as quelque chose de différent. » Il mima un cercle avec son doigt autour de son propre visage.

Karina leva le nez de son portable pour le regarder.

« Eh, te vexe pas. J'ai un huitième de sang navajo, même si j'ai l'air plutôt blanc. »

Elle attendit un moment avant de répondre. « Mon père est blanc, ma mère vient d'Inde. Mais j'ai l'air plutôt blanche, comme toi. » L'alarme sonna sur son téléphone. « Probablement la seule chose qu'on ait en commun. » Karina glissa le portable dans sa poche de jean tandis que Kyle s'extrayait péniblement du fauteuil avant de sortir derrière elle.

*

« L'école a appelé aujourd'hui », dit Jaya lorsqu'elles s'assirent pour dîner, perchées l'une à côté de l'autre sur les tabourets de cuisine. « Ils disent que tu as raté des cours. »

Karina avala ses haricots verts. « Un cours. Singulier.

— Ne fais pas la maligne. » Jaya l'observait. « Tu crois qu'on peut décider comme ça de ne pas aller à un cours ?

— Maman, c'est juste l'éducation physique. Pas vraiment un cours. » Deux semaines plus tôt, en se changeant dans les toilettes du vestiaire des filles, Karina s'était rendu compte que l'uniforme, un T-shirt gris avec le blason de l'école et un short de sport assez court, risquait de révéler la série de coupures à l'intérieur de sa cuisse. Ce jour-là, elle s'était fait dispenser en expliquant au professeur qu'elle avait de fortes douleurs menstruelles.

« Apparemment, ça fait déjà deux semaines. C'est juste ? »

Karina acquiesça d'un léger signe de tête.

« Ça n'affectera pas mes notes, Maman. Tout le monde s'en fiche si j'ai un B en gym. » Après s'être fait dispenser une première fois, elle était arrivée au cours suivant avec un short de vélo, plus long. Le professeur avait laissé passer, mais en la prévenant que la prochaine fois elle devrait porter son uniforme si elle ne voulait pas être marquée absente. Elle avait songé à couvrir les coupures avec un pansement ou à porter des leggings sous son short, mais elle attirerait encore plus l'attention, de sorte qu'elle avait décidé purement et simplement de ne plus aller en gym.

« Moi je ne m'en fiche pas, rétorqua Jaya en finissant par se servir. Je ne m'en fiche pas de savoir que tu ne vas pas en cours quand tu dois. D'abord c'est un cours, puis un autre. Et qu'est-ce que tu *fabriques* au fait pendant le temps où tu es censée être en classe ? Tu fumes ? Tu bois ? Tu quittes l'école ?

— Maman ! Non. Rien de tout ça. » La fourchette de Karina vint heurter l'assiette. « C'est juste un cours débile et le prof est nul, et je n'aime pas ça. Et d'ailleurs pourquoi je dois aller en éducation physique ? C'est un cours facultatif que Papa m'a obligée à prendre, mais je déteste ça. *Je déteste ça !* » répéta-t-elle en haussant la voix. « Tu ne pourrais pas lui parler ? Je peux toujours laisser tomber et utiliser mon temps pour étudier. »

Jaya porta son verre d'eau à ses lèvres et prit tranquillement une gorgée. « Tu peux lui en parler ce week-end. Il vient te chercher à l'école vendredi après les cours. N'oublie pas de préparer un sac. »

Karina hocha la tête et se leva. « J'ai terminé. J'ai des devoirs à faire », dit-elle en laissant son assiette à moitié pleine.

Vivre avec sa mère, c'était comme vivre avec un fantôme qui évoluait dans une sphère éthérée, manifestant de temps à autre sa présence. Ce n'était pas une partie de plaisir, mais Karina n'aimait pas beaucoup non plus aller chez son père. Lui adorait son appart'hôtel de luxe, mais elle le trouvait déprimant. Les appartements étaient tous identiques, jusqu'aux rideaux vert et or. Il n'y avait pas d'autres familles et elle se sentait gênée d'inviter ses amis. Son père l'encourageait à organiser une fête autour de la piscine pour ses seize ans, mais elle n'avait plus mis les pieds dans une piscine depuis Prem et faisait tout ce qu'elle pouvait pour éviter celle de l'hôtel. La dernière fois qu'elle était passée devant par hasard, quand son père l'avait emmenée à la salle de sport, l'odeur du chlore lui avait donné des palpitations. Lorsqu'elle restait chez lui le week-end, ils avaient leur routine : dîner au restaurant, service petit déjeuner dans la chambre et après-midi à son club de golf, où il essayait de lui apprendre à jouer. Elle n'attendait pas ces moments avec impatience, mais cet arrangement entre ses parents lui convenait car il lui donnait la liberté de faire ce qu'elle voulait. Lors d'une conversation sur Skype depuis Londres, récemment, oncle Dev avait encouragé sa sœur à donner plus d'indépendance à Karina. « Sachin et Smita prennent le métro pour aller à l'école depuis l'âge de dix ou onze ans », avait-il dit en se vantant de ses enfants, les cousins de Karina. « Tu ne peux pas l'enfermer, Jaya, tu dois la laisser grandir. » Karina ne racontait pas à sa mère que son père sifflait plusieurs bouteilles de vin chaque week-end, de même qu'elle n'avait pas mentionné à son père que sa mère restait si tard devant l'autel de Prem que Karina se faisait souvent une tartine au fromage pour le dîner. Ils avaient tous des secrets dans sa famille, et elle avait appris à les garder.

Lorsque la pression en elle devenait insupportable, elle allait chercher son matériel au fond du tiroir du meuble de salle de bains, avec une impatience croissante, et disposait son équipement de la façon habituelle, le rituel étant devenu partie intégrante du processus. Une petite serviette, un pansement déballé, des épingles à nourrice, des mouchoirs en papier et une bouteille de désinfectant datant de l'époque où elle s'était fait percer les oreilles. Elle commençait toujours par la petite épingle à nourrice, l'ouvrait et glissait le bout arrondi sous l'ongle de son pouce pour provoquer une douleur sourde. Elle nettoyait ensuite le bout pointu avec du désinfectant et traçait une fine ligne sur l'intérieur de sa cuisse, augmentant la pression jusqu'à ce que du sang apparaisse. Pendant un moment, cette coupure unique lui suffisait à retrouver la sensation recherchée : une onde de soulagement, voire de contentement. Juste après la coupure, son corps se sentait bien et son esprit en paix. Elle s'efforçait de faire durer cette sensation aussi longtemps que possible. Parfois, ce n'était pas suffisant et elle devait le refaire. Elle avait fini par utiliser une épingle à nourrice plus grande, avec un bout plus épais et plus coupant.

Les deux dernières années de lycée avaient été noyées sous une activité intense, et Karina savourait le sentiment d'épuisement que lui procurait son emploi du temps. Nommée capitaine en terminale, elle avait mené l'équipe des Olympiades de sciences en finale régionale et en avait rapporté de petits trophées pour la troisième place ainsi qu'un profond sentiment de réussite.

Son père voulait qu'elle aille dans une des meilleures universités. Il insista pour l'emmener visiter celles de la prestigieuse Ivy League et lui achetait régulièrement des T-shirts dans la boutique de Stanford. Elle avait parfois l'impression d'être l'une des employées qu'il dirigeait, ou un investissement dont on espérait obtenir un rendement. Karina, elle, avait un objectif différent : plutôt qu'une des universités les mieux cotées, elle recherchait celle qui lui offrirait la plus grosse bourse, et donc une véritable indépendance vis-à-vis de ses parents.

La fin du lycée approchant, Karina voyait de moins en moins ses amies. Izzy avait décidé d'aller à l'université sur la côte Est. Karina savait qu'il y avait peu de chances qu'elles se retrouvent à proximité l'une de l'autre, Izzy voulant vivre dans une région où elle connaîtrait l'hiver et échapperait à leur banlieue confortable. À l'aune de son courage, qu'elle admirait, Karina mesurait à quel point elle-même en manquait. À ses yeux, quitter la Californie du Nord représentait déjà un grand pas vers l'indépendance. Elle avait envoyé son dossier à toutes les meilleures universités de la côte Ouest, alors qu'Izzy n'avait postulé que pour la forme à celle de Californie, pour faire plaisir à ses parents. Karina savait bien, depuis le début de la terminale, que la remise du diplôme signerait la fin de leur amitié, mais lorsque le moment arriva, ce n'en fut pas moins douloureux.

17. Prem

En général, celui de la famille qui voit les choses spéciales, c'est moi, mais parfois c'est Kiki. Elle est la première à avoir remarqué quelque chose de spécial chez Gilly quand c'était juste un petit chiot. Gilly a finalement été adoptée par une famille inscrite sur la liste d'attente, avec des jumeaux de dix ans. Lorsqu'ils sont allés la prendre, elle avait tellement grandi qu'on n'aurait jamais deviné qu'elle avait été l'avorton, et ils l'ont appelée Maxi. Kiki avait vu dès le début que Gilly deviendrait forte, une petite battante qui passait son temps à mordre les chevilles de tout le monde. Je ne pense pas que j'aurais aimé ce côté-là, mais je l'aurais supporté pour Kiki. Gilly l'aurait rendue vraiment heureuse.

Mais c'est moi, chaque année, qui trouvais les bonbons dans leur cachette après Halloween. Maman mettait le seau sur l'étagère du haut dans le cellier et, quand elle n'était pas à la maison, je montais sur une des chaises de la cuisine et me mettais sur la pointe des pieds pour essayer de l'attraper. Quand j'avais six, sept ans, j'avais beau tendre le bras de toutes mes forces, je n'y arrivais pas et je devais demander à Kiki de le faire pour moi. En voyant ma famille aujourd'hui, j'ai la même impression : chacun essaie d'atteindre l'autre, tend les bras et remue les doigts autant que possible, mais il reste un espace géant entre eux. Et ils n'ont personne à qui demander de l'aide, comme lorsque Kiki m'aidait.

Parfois je me sentais laissé de côté, quand Kiki, Maman et Papa parlaient de la couleur de notre prochaine voiture ou des films qu'on devrait aller voir. Ils avaient pris l'habitude de parler de choses ensemble pendant cinq ans, avant ma naissance, et quelquefois j'avais du mal à me frayer un chemin dans leurs conversations. La plupart du temps, j'arrivais à le faire avec une blague. Tantôt ils riaient, tantôt non (même si j'étais *toujours* drôle), mais au moins ils m'entendaient.

Je me suis toujours considéré comme le clown de la famille, mais maintenant que je suis parti et que je vois ce qu'ils sont devenus sans moi, je sais que je n'étais pas seulement le clown, mais le ciment. J'étais celui qui les faisait tenir ensemble, que ce soit pour rire de ce que j'avais fait ou se fâcher quand je les ennuyais. Ils devaient toujours se préoccuper de savoir où j'étais, qui resterait avec moi, qui m'emmènerait à l'entraînement de base-ball. Une fois que je n'étais plus là pour qu'ils se tracassent, tout s'est effondré.

Papa passe de nouveau tout son temps au Travail, comme Avant. Je ne l'avais jamais su, mais maintenant je vois qu'il est tout excité quand il est là-bas. Exactement comme moi quand je jouais au base-ball le week-end avec mon équipe.

Maman est tout le temps dans ma chambre, qui ne ressemble plus vraiment à ma chambre. Ça me fait plaisir qu'elle passe ses journées là-bas avec moi, même si toutes les choses sympas ont disparu, emballées et déménagées dans le garage. Maman a dit qu'elle ne pouvait plus les regarder, mais elle a touché et embrassé l'un après l'autre mes livres et mes jouets (même mes T-shirts !) avant de les mettre dans des caisses. Il n'y avait personne d'autre que moi pour la voir, alors je sais qu'elle ne jouait pas la comédie.

Et Kiki, pauvre Kiki. Elle est seule maintenant. Avant on était tous les deux, toujours ensemble, et même si Kiki s'énervait après moi, je sais qu'elle aussi, elle aimait notre duo de choc super génial. Maintenant il n'y a plus personne – personne qui lui ressemble, personne qui la comprenne. Elle passe du temps avec ses amies, mais ne leur dit rien d'important. Elles ne connaissent pas les petits secrets sur elle que moi je connaissais, par exemple qu'elle rêvait d'avoir des cheveux raides comme Izzy ou qu'elle adore les nuggets de poulet en forme de dinosaures trempés dans le ketchup, exactement comme moi.

Kiki passe trop de temps dans la salle de

bains, mais pas seulement à essayer du maquillage comme avant. Maintenant elle fait des choses qu'elle croit que personne ne verra. Et elle a raison, car Maman et Papa ne la voient plus, plus vraiment. Ils ne voient plus *à l'intérieur* d'elle toute la souffrance et la douleur qu'elle ressent, l'armée de vipères qui s'enroulent autour de son ventre quand elle est réveillée et dans sa tête quand elle dort. Elle se fait mal juste pour les étouffer, mais ça ne marche jamais très longtemps. Je voudrais cogner à la porte de notre salle de bains, comme je faisais quand j'avais vraiment envie de faire pipi le matin et qu'elle était toujours en train de se coiffer. Je voudrais frapper et dire *Arrête Kiki, arrête !*

Je voudrais la faire sortir de notre salle de bains et faire sortir ma mère de Ce Qui N'est Plus Ma Chambre, et arracher Papa à son bureau, et les mettre tous ensemble, combler les espaces géants qui les séparent, les faire se prendre la main et dire *Voilà ! Maintenant ne vous lâchez plus. Vous n'avez pas intérêt à vous lâcher !*

Mais je n'arrive pas à les mettre ensemble. Ils ne m'entendent pas. Et ils ne s'entendent pas les uns les autres.

C'est pour ça que je savais ce qui allait se passer quand ils sont sortis dîner chez Alfredo peu de temps après ce qui aurait dû être mon dixième anniversaire. Ça faisait deux ans que j'étais mort et ils n'arrivaient toujours pas à se rejoindre. Ils s'éloignaient en flottant dans des directions différentes, chacun dans son orbite. Kiki n'a pas semblé surprise, elle non plus, quand Maman et Papa ont expliqué qu'ils allaient divorcer. Elle n'a même pas pleuré, en tout cas pas au restaurant. Plus tard seulement, toute seule dans son lit.

Quand on s'ennuyait pendant les longs trajets en voiture, on jouait au jeu du Pire avec Kiki, on essayait d'imaginer la pire chose qu'on puisse manger (des vers), qu'on puisse porter (de la peau de moufette), le pire travail au monde (laveur de toilettes portatives pour moi, employée d'abattoir pour elle). Le divorce était la pire chose qui puisse arriver à notre famille, on était toujours d'accord là-dessus.

J'aurais dû faire plus attention. J'aurais dû essayer de rester plus longtemps. Je ne savais pas que c'était moi le ciment.

LOIN

18. Les Olander

Septembre 2013

Lorsque Keith sortit de la douche, il constata que Courtney était encore endormie dans son lit, entortillée dans les draps gris acier, ses longs cheveux étalés sur l'oreiller. Il regarda l'heure et se dit qu'il allait devoir la réveiller et la mettre dehors. Il appuya sur un bouton de la télécommande pour relever les stores et sur un autre pour mettre la télé de la salle de bains sur Bloomberg, même si les marchés étaient fermés ce jour-là. Courtney ne bougeait pas. *Ah, avoir vingt ans et dormir comme ça.* Keith monta le volume et ouvrit le robinet de la salle de bains pour se raser. Après avoir terminé, il s'essuya le visage avec une serviette et vit que la jeune fille s'était tournée vers lui, les yeux paresseusement ouverts.

« Salut, murmura-t-elle. Tu t'es levé tôt.

— Je dois partir à huit heures, tu te rappelles ? » répliqua-t-il, nerveux à l'idée de la journée qui s'annonçait.

« Hmmm, dommage. Je pensais qu'on pourrait se commander un petit déjeuner et rester au lit toute la matinée, dit-elle en lui décochant un sourire espiègle qui n'eut pas l'effet escompté.

— Tu devrais te lever, il est huit heures moins le quart. » Keith quitta la chambre, une serviette nouée autour de la taille, espérant que son départ la ferait sortir du lit. Dans la cuisine, il se servit une tasse de café fraîchement préparé à partir de grains moulus pendant qu'il était sous la douche. Il avait fait une folie avec cette machine à expresso, l'un des rares objets qu'il ait choisis lui-même, tout le reste étant de l'ameublement standard livré avec l'appartement acheté deux ans plus tôt.

Shannon, une jeune femme qu'il avait fréquentée brièvement l'année passée, avait essayé de donner un peu d'âme à l'endroit en ajoutant quelques touches personnelles, notamment des photos d'eux deux prises en voyage. Keith lui avait dit de les retirer, première dispute dans leur prétendue relation, ce qui avait entraîné une discussion sur leur avenir et leur inévitable séparation. La famille parfaite, Keith l'avait déjà eue et perdue ; il ne s'attendait pas à une seconde chance, du moins pas avec quelqu'un de nouveau.

Pour des raisons qu'il ne souhaitait pas expliquer à Shannon, Courtney ni personne d'autre, il aimait avoir le sentiment de vivre dans un hôtel (ce qui était le cas d'ailleurs, puisqu'il s'agissait de l'étage résidentiel d'un hôtel de luxe récemment ouvert au cœur de la Silicon Valley pour loger les visiteurs venus du monde entier). Il avait davantage l'impression d'être en voyage professionnel. C'était une folie d'acheter cela après le divorce, alors qu'il allait devoir financer deux logements ainsi que les frais de scolarité de Karina. Il avait finalement décidé d'aller travailler chez Duncan Weiss après avoir longtemps résisté, ayant encore à l'esprit les remarques de Jaya. Le changement demandait un temps d'adaptation ; les politiques et les procédures n'étaient pas aussi bien établies que chez Morgan Stanley, mais il s'y était fait désormais. Culturellement, il se sentait plus à l'aise dans cette petite banque que dans l'entreprise prestigieuse où il travaillait auparavant : il avait beau être diplômé d'une des meilleures universités américaines, il restait au fond un gars de Philadelphie, fils d'un entrepreneur pugnace. Surtout, c'était un plus gros poisson dans la mare plus petite de Duncan Weiss et, en tant que tel, il empochait une plus large part du bonus. Celui de la première année lui avait permis de liquider le modeste crédit immobilier de leur maison de famille, afin que Jaya et Karina puissent continuer à y vivre sans inquiétude. Une année plus tard, il s'était offert cet appartement, le justifiant par la quantité de travail qu'il abattait. Comme il s'y attendait, lorsque ses parents étaient venus lui rendre visite, ils avaient été impressionnés par les hauteurs auxquelles leur fils s'était hissé dans la hiérarchie.

Courtney arriva derrière lui dans la cuisine, lui mit les bras autour de la taille, puis glissa ses doigts sous sa serviette en lui mordillant l'oreille. « Sûr que tu ne veux pas revenir quelques minutes dans le lit ? »

Keith posa sa tasse de café avant de se tourner pour faire face à son visage plein d'attentes. Il rassembla toute sa patience : il voulait à tout prix la mettre dehors, mais serait content de la retrouver là dans quelques jours. Il prit son visage dans ses mains. « Le week-end prochain, on se fera livrer à manger et on restera au lit toute la journée. Promis. Mais là, on doit y aller », conclut-il avec un baiser profond, espérant la satisfaire.

Il lui donna une petite tape sur les fesses avant de retourner dans la chambre, où il mit un temps exagéré à choisir une chemise en lin bleu pâle, puis il se regarda dans le miroir. *Comment pouvait-il avoir vieilli au point d'emmener sa fille à l'université ?* Parfois, lorsqu'il enfilait un costume, il avait encore l'impression d'avoir vingt ans de moins et de s'habiller pour son premier poste chez Morgan Stanley à New York. Les années avaient filé comme l'éclair. Et pourtant, quand il y pensait, le poids de cette période et de tout ce qui s'était passé avait laissé sa marque.

Courtney l'embrassa pour lui dire au revoir à l'entrée du garage, et il n'était pas plus tôt arrivé à sa voiture qu'elle lui envoyait déjà un texto coquin. Il l'effaça sans répondre, irrité par sa frivolité inconsciente de l'importance de ce jour. Cela faisait plus de quatre ans que Prem était mort, et Keith ressentait toujours vivement son absence. Que ferait son fils aujourd'hui, comment se sentirait-il ? Serait-il triste de voir partir sa sœur, ou heureux au contraire de pouvoir sortir de son ombre ? Keith était accompagné à chaque instant par le fantôme d'un garçon de huit ans figé dans le temps, un fils auquel il n'apprendrait jamais à se raser, à faire un nœud de cravate ou à conduire.

Keith s'était habitué à vivre avec les choses qu'il ne pouvait pas contrôler, à commencer par la mort de Prem et jusqu'à son propre mariage. Jaya était bien décidée à faire son chemin sans lui. Sa détermination, toujours impressionnante, devint déconcertante une fois qu'elle se fut tournée contre lui. Lorsqu'ils émergèrent de la période de deuil la plus aiguë, elle s'était construit un mur autour d'elle, rejetant tout le monde à l'extérieur, lui inclus. Finalement – après avoir compris qu'elle ne voulait plus reprendre sa vie avec lui –, l'impression qui restait, c'était celle-ci : elle n'avait jamais semblé apprécier ce qu'ils avaient créé ensemble. Il voulait lui faire admettre qu'ils avaient tout eu et qu'elle avait choisi de tout gâcher.

Il passa la troisième vitesse sur la courte portion d'autoroute qu'il empruntait pour aller chez Jaya et s'appuya contre le repose-tête, essayant de calmer ses nerfs. Sans savoir exactement pourquoi, il s'était fait couper les cheveux le jour d'avant et se sentait plus proche des débuts de leur relation que des dernières années de leur mariage. Quelques mois plus tôt, lors de la fête de baccalauréat de

Karina dans un restaurant mexicain, Jaya et lui s'étaient mis dans un coin avec leurs margaritas en regardant Karina et ses amis danser avec leurs sombreros. Ils s'étaient réjouis de voir la charmante jeune fille qu'elle était devenue, et Jaya avait souri et ri pendant presque toute la soirée. Il espérait toujours retrouver cette version de son ex-femme, mais elle ne se matérialisait pas souvent.

Keith avait appris à se concentrer sur ce qu'il pouvait maîtriser. Il avait gardé une bonne relation avec Karina, lui donnant la possibilité de faire ce qu'elle voulait au lycée et d'aller étudier où elle le souhaitait, sans regarder à la dépense. Il avait espéré qu'elle viserait un peu plus haut que l'université de Californie à Santa Barbara ; son propre parcours scolaire et universitaire lui avait incontestablement ouvert des portes. Mais, désormais, ces portes étaient ouvertes également pour sa fille, qui avait eu la chance de grandir dans un quartier privilégié et d'étudier dans un bon lycée. Il se consolait un peu à l'idée qu'elle resterait dans le même État, à quelques heures de route.

Ce qu'il arrivait à contrôler mieux que tout, c'était son travail. Duncan Weiss l'appréciait véritablement et lui donnait davantage de liberté, ainsi qu'une plus grande part des bénéfices. Keith avait gravi les échelons jusqu'à devenir le premier apporteur d'affaires de toute la côte Ouest, engrangeant plus de commissions que n'importe quel autre associé. Comme il n'avait plus de famille à la maison, il préférait travailler dur et voyager souvent, ce qui contribuait à sa réussite. Il avait appris que parfois, gagner n'était pas tant une question de survie du plus fort que de *survie* tout court – il s'agissait simplement de durer plus longtemps que tous les autres. Il possédait un solide réseau de clients avec lesquels il dînait et jouait au golf, des gens qu'il appréciait réellement. Cela lui donnait un avantage sur ses concurrents : lorsqu'une transaction se préparait, il était tout de suite là ; ils ne songeaient jamais à appeler un autre banquier. Et l'excitation que ce travail lui procurait n'avait pas faibli avec les ans.

En approchant de la maison, il ralentit, comme il le faisait toujours, se remémorant les fois où il avait poussé la bicyclette de Prem dans cette rue, remarquant le jardin de Mrs Gustafson, au coin, avec le grand chêne auquel Karina grimpait. Jaya avait mentionné en passant l'idée de vendre la maison après le départ de leur fille à l'université, mais Keith avait insisté pour qu'elle la garde. C'était la seule chose qui les reliait à leur vie d'autrefois.

*

Karina entendit depuis sa chambre le grondement sourd de la voiture de son père qui se garait dans l'allée et appela sa mère tout en dévalant l'escalier pour aller à sa rencontre. Elle était bien décidée à faire en sorte que ce soit une bonne journée, la première qu'ils passeraient ensemble depuis des années.

Probablement aussi la dernière avant qui sait combien de temps. À cette pensée, elle eut des frissons d'excitation et de peur.

Lorsque son père se pencha pour la prendre dans ses larges bras, Karina s'y blottit quelques instants. Il l'embrassa sur le front et se recula. « Bonjour ma chérie. Prête ?

— Ouaip ! Comme tu vois, c'était un sacré défi d'arriver à faire tout rentrer dans la voiture », dit-elle en montrant de l'autre côté de l'allée la nouvelle Volkswagen Jetta qu'il lui avait offerte, le siège arrière rempli jusqu'au plafond. « Impossible d'ouvrir le coffre avant d'être arrivée, sinon tout va tomber.

— Mais j'aurais pu t'aider, pourquoi tu ne me l'as pas dit ? » Keith retira ses lunettes de soleil et les cala sur sa tête. « Je peux au moins mettre des choses dans ma voiture. »

Karina décela dans sa voix cette pointe de regret qu'elle connaissait bien : son père voulait toujours qu'on lui dise quand on avait besoin de lui. Il refusait d'admettre que les choses ne fonctionnaient pas de cette manière. Elle inclina la tête et rit pour le réconforter. « Papa. Vraiment ? Dans ce truc-là ? » dit-elle en montrant du regard la Porsche 911 à deux places, avec son moteur à l'arrière et son tout petit compartiment de rangement sous le capot avant.

— Quoi ? Tu sais, on peut mettre six...

— Oui, six caisses de pommes dans le compartiment de devant. Tu me l'as déjà dit. » Elle rit à nouveau. « J'aimerais bien savoir combien de conducteurs de Porsche cultivent des pommes. Cela dit, tu peux prendre toute la nourriture que Maman a préparée pour moi. Je lui ai dit de ne pas se tracasser, mais elle a peur que je ne mange plus jamais.

— C'est juste qu'elle s'inquiète pour toi ». Keith ébouriffa ses cheveux et l'attira contre lui, l'entourant à nouveau de son bras. « Viens, on va voir ce que ta mère a cuisiné. »

*

Jaya jeta un coup d'œil dans la pièce du *mandir* et vit que l'encens et la flamme de la *diya*, la lampe à huile, brûlaient toujours. Elle ne pouvait pas quitter la maison avant qu'ils soient consumés ni provoquer le mauvais sort en les éteignant, pas aujourd'hui. Elle s'était réveillée avant l'aube afin de commencer ses prières pour ce grand jour. Elle avait prié Saraswati, la déesse du savoir, pour qu'elle guide l'éducation de sa fille, ainsi que Durga, la déesse mère, pour qu'elle veille sur son enfant. Mais ses pensées et ses prières, ce matin-là, la ramenaient sans cesse à Prem. La perspective de laisser sa fille aînée entrer dans le monde lui rappelait inévitablement l'enfant qui l'avait quitté.

Jaya avait survécu à ces quatre dernières années en développant une profonde pratique spirituelle. Elle comprenait à présent que, avant la mort de Prem, elle n'avait pas vécu en harmonie avec Dieu et l'univers ; elle avait provoqué le destin, qui lui avait envoyé un malheur. À l'époque, elle pensait que son travail à l'institut avait du sens, alors qu'il ne s'agissait en réalité que d'une tâche profane : s'occuper d'êtres humains et de situations qu'ils provoquaient eux-mêmes. Sa vie avec Keith – et la recherche constante d'argent pour la financer – constituait une fausse croyance, pour un objectif insignifiant. Elle avait pris conscience avec honte que leur maison, avec des peintures et des meubles si soigneusement choisis par elle, n'abritait pas d'autel avant que sa mère ne vienne leur rendre visite. Elle avait tellement intégré le mode de vie occidental qu'elle en était arrivée à négliger la partie la plus importante de la vie elle-même. Mais la mort de Prem lui avait donné la possibilité de réorienter son existence.

Jaya retourna dans sa chambre, mit les dernières affaires dans son sac de voyage, le ferma et le prit avec elle. En descendant l'escalier, elle vit Keith et Karina dans le hall d'entrée. Maintenant qu'elle vivait en accord avec sa spiritualité, il y avait peu de frictions dans sa vie quotidienne. Elle préparait de modestes repas végétariens et ne dépensait plus d'énergie pour les plaisirs des sens : elle portait des vêtements simples, avait les cheveux courts et ne se maquillait plus. Cela faisait des années qu'elle n'avait pas acheté de rouge à lèvres. Elle trouvait du réconfort dans ses *mantras*, ses prières et la conviction que sa vie actuelle honorait Dieu et les protégeait, elle et ceux qu'elle aimait. C'était mieux à présent, à la fois pour elle et pour Keith, même s'il ne semblait pas accepter cette vérité. Jaya regrettait de ne pas arriver à se libérer du sentiment de culpabilité qu'il suscitait encore en elle.

« Donne. » Keith monta les marches quatre à quatre pour aller l'aider. « Laisse-moi prendre ça. » Il attrapa son sac.

« Merci. » Même pendant le divorce, alors qu'ils s'employaient à tracer une ligne à travers leur vie, séparant leurs biens, leurs amis et leurs souvenirs, Keith était resté décent à son égard, plus dévasté qu'en colère. Malgré tout ce qui avait pu mal tourner, Jaya comprenait que ce n'avait pas été une erreur de l'épouser. Son mariage lui avait apporté deux bonnes choses, Karina et Prem. Et la mort de Prem une bonne chose également, la redécouverte de sa foi.

Il y avait une raison à tout, une fois que l'on comprenait les lois spirituelles de l'univers.

« Il faut encore emballer la nourriture, dit Jaya en se dirigeant vers la cuisine. Karina, quels fruits veux-tu emporter ? J'ai des pommes, des poires, du raisin…

— Maman, je n'ai pas besoin de tout ça. J'ai trois jours d'orientation en arrivant. Je ne serai probablement presque jamais dans ma chambre. »

Dans la cuisine, Jaya ferma les récipients en plastique contenant les plats qu'elle avait préparés : du riz, des chapatis, du dal et les currys aux légumes préférés de Karina. Au moins, sa fille mangerait correctement les premiers jours, en attendant d'être installée.

Keith retourna dans la cuisine. « Le dernier sac est dans la voiture et j'ai encore de la place. Tout est prêt ?

— Oui, répondit Jaya en se lavant les mains tandis que Karina mettait les récipients dans un sac avant de les tendre à son père. Je dois juste prendre une dernière chose. Je vous rejoins dehors. »

Jaya avait décidé d'emporter une statue de Saraswati pour leur voyage, une réplique miniature de celle qui trônait sur l'autel à l'étage. La déesse du savoir apporterait sa bénédiction à Karina pour le début de ses études universitaires et Jaya prévoyait de dire quelques prières supplémentaires pendant le trajet. Elle avait rangé en lieu sûr la statue achetée au magasin indien quelques mois plus tôt. *Mais où ?* se demanda-t-elle en fouillant toute la maison. Elle n'était pas dans le tiroir de son armoire, mais au passage Jaya tomba sur la statuette de Ganesh en argent massif qu'elle voulait envoyer à Devesh et Chandra à Londres pour bénir leur nouvelle maison. Pas non plus dans la pièce du temple, mais Jaya vit que la *diya* et l'encens avaient fini par se consumer et prit quelques instants pour les nettoyer. Elle ne pouvait décemment pas laisser le temple en désordre pendant ses deux jours d'absence. Imaginez quelles calamités elle pourrait attirer.

« Maman ! appela Karina depuis le rez-de-chaussée. On doit y aller, sinon on va se retrouver dans les embouteillages. »

Comme si les embouteillages étaient la pire

chose qui pût leur arriver en ce jour important. Qu'on la laisse faire le trajet sans sa Saraswati, et ces deux-là verraient quels malheurs pourraient leur tomber dessus. Elle entendit le moteur puissant de la voiture de Keith démarrer à l'extérieur. *Ah !* Elle se rappela soudain et alla ouvrir le placard de sa chambre pour prendre la statue sur l'étagère du haut. Elle la glissa dans son sac à main et descendit. *Bien*. Maintenant, elle était prête.

*

Après avoir patienté dix minutes, le moteur allumé, Karina vit enfin sa mère sortir de la maison. Tandis que Jaya s'installait sur le siège passager, Karina se rappela qu'elle avait décidé de rester calme et joyeuse aujourd'hui. Elle s'était habituée à voir sa mère vivre dans ses pensées, être en retard, oublier des choses. Elle avait appris à vivre avec, mais ça ne l'en énervait pas moins. Ses parents se montraient cordiaux en sa présence ; apparemment, leur mariage s'était éteint doucement plutôt que d'exploser en feu d'artifice, comme le décrivaient les autres enfants. Elle ressentait pourtant le besoin de leur servir de pont, trop consciente de constituer le seul élément qui les liait encore. Se verraient-ils, se parleraient-ils toujours une fois qu'elle serait partie ?

En suivant la voiture de son père dans les rues de son quartier, Karina s'attendait à éprouver de la nostalgie, or elle découvrit qu'elle se sentait prête à quitter cette vie : laisser derrière elle les souvenirs de Prem et le divorce de ses parents, la maison qui semblait vide maintenant qu'il y manquait la moitié de sa famille, l'école où tout le monde la regardait avec pitié. Izzy et Mrs Galbraith étaient les deux seules personnes qui lui manqueraient. Pendant l'été, Izzy et elle avaient dormi presque tous les week-ends l'une chez l'autre, choisissant leur garde-robe et ce qu'elles emporteraient pour meubler leur chambre à l'université. Izzy, toujours sûre d'elle à la veille de partir à Brown, avait déjà décidé de faire des études d'anglais et prévoyait de décrocher un stage dans une maison d'édition à Manhattan l'été suivant. Karina avait l'estomac noué à l'idée de se retrouver si loin de sa seule véritable amie. Elle savait qu'Izzy aurait une vie excitante.

Elle espérait seulement qu'il en serait de même pour elle. Elle avait choisi l'université de Californie à Santa Barbara car elle offrait un programme solide en sciences, le nombre d'étudiants lui garantissait l'anonymat et sa bourse généreuse limiterait sa dépendance financière par rapport à son père. Keith s'était montré déçu qu'elle ne soit pas prise à Stanford, mais Karina était secrètement soulagée ; Stanford était trop près de la maison et l'idée de rester là-bas l'étouffait. Mais de Santa Barbara, Los Angeles était à un jet de pierre, les plages de San Diego et les sensations fortes de Tijuana à quelques heures de voiture un peu plus au sud. En allant vers l'est, elle rejoindrait facilement Las Vegas ou Palm Springs et, de là, le pays entier. Il y avait encore toute une partie qu'elle n'avait jamais visitée : près de quarante États, à en croire la carte suspendue au-dessus de son bureau à la maison, qui avait cessé de se couvrir de punaises après leur dernier voyage en famille avec Prem au Grand Canyon.

L'université marquerait pour elle un nouveau départ. Elle avait même laissé sous l'évier de sa salle de bains le kit où elle rangeait ses épingles à nourrice et ses lames de rasoir, enterrées au fond d'une boîte à chaussures remplie de maquillage que sa mère lui avait cédée quelques années plus tôt. Elle laissait tout cela derrière elle également, avec l'espoir d'une nouvelle vie où elle n'éprouverait plus le besoin de se mutiler.

19. Karina

Septembre 2013

Karina faisait les cent pas en attendant la réunion d'orientation de la résidence fixée à sept heures du soir. Sa camarade de chambre arriverait plus tard et ses parents étaient repartis après l'avoir emmenée dîner en fin d'après-midi. Ayant pourtant attendu impatiemment ce moment de pure indépendance, elle se surprit à avoir le trac. Des rires et conversations joyeuses lui parvenaient du couloir. Elle changea de T-shirt trois fois, à la recherche de l'impossible look parfait.

À six heures quarante, elle entendit du bruit à la porte et se leva d'un bond pour aller ouvrir. Elle se retrouva face à une fille qui tirait une grosse valise derrière elle, un oreiller sous le bras. « Salut, dit-elle. Je suis Stephanie, j'imagine qu'on partage la chambre.

— Super ! Moi c'est Karina. Tu as encore des affaires en bas ? Je peux t'aider à les monter. Il y a une réunion à sept heures. » Elle s'entendit parler à toute vitesse et essaya de ralentir.

— Non, tout est là. » Stephanie se laissa

tomber sur le matelas. « Mon père m'a déposée et a dû repartir pour Redwood City, il travaille demain. Il est sur un gros projet de construction en ce moment. Un nouvel immeuble de bureaux, six étages, tout en verre, ajouta-t-elle fièrement.

— Waouh, c'est... c'est une longue route. » Karina repensait à la chambre d'hôtel luxueuse où elle avait logé avec ses parents la nuit d'avant, dans le centre de Santa Barbara.

Stephanie se débarrassa de son sac à dos. « Dix heures en une journée. » Elle sourit d'un air fatigué. « Le temps le plus long que j'aie passé avec lui de tout l'été. Il travaille tellement. » Stephanie Cortez, Karina l'apprendrait plus tard, était une Américaine de la première génération, la première à aller à l'université, portant tous les espoirs de sa famille élargie.

« Ouais, le mien aussi. » C'était la vérité, mais les mots de Karina sonnaient creux à ses oreilles.

« On descend ? demanda Stephanie en jetant un coup d'œil à sa montre. Il est presque sept heures. »

En voyant les filles rassemblées dans le vaste hall d'entrée, Karina fut frappée de constater combien elles se ressemblaient : cheveux longs et raides, le plus souvent blonds – le genre dont elle avait toujours rêvé, le contraire des siens. Elle glana des bribes de conversations au sujet de plages, de bars, de campagnes de recrutement des associations étudiantes, de fêtes prévues plus tard dans la soirée. Certaines de ces filles semblaient déjà se connaître. Karina chercha autour d'elle un visage familier, même si elle ne connaissait personne de son lycée qui se soit inscrit dans cette université. La réunion débutait par un jeu pour briser la glace : elles étaient censées parler à autant de camarades que possible en cinq minutes et partager une information personnelle avec chacune. Dès que la sonnerie retentit, une fille indienne que Karina avait aperçue de l'autre côté de la salle traversa la pièce en ligne droite pour venir la rejoindre.

« Salut, je m'appelle Priya Patel. Étudiante en médecine. Et non, mes parents ne tiennent pas de motel. » Elle sourit d'un air complice. « Ça fait deux informations. Et toi ?

— Moi c'est Karina, de Los Altos.

— Tiens ! Je suis de Fremont. Je ne t'ai jamais vue au CCI. » Devant l'air perplexe de Karina, Priya fronça les sourcils. « Le Centre communautaire indien, dit-elle avec un brin de sarcasme. Tu n'y es jamais allée ? Mon Dieu, ma famille vit pratiquement là-bas pendant le week-end. » Priya baissa le regard sur le badge de Karina et se sentit embarrassée. « Oh... désolée, je pensais...

— Je suis à moitié indienne. Ma mère, répondit Karina. Mais je ne suis jamais allée au CCI.

— Estime-toi heureuse », rétorqua Priya. La sonnerie retentit à ce moment-là pour indiquer qu'il ne restait plus qu'une minute. « Bon, ravie de t'avoir rencontrée. »

Karina fut à la fois soulagée et déçue lorsqu'elles se séparèrent. La prochaine fille à qui elle s'adressa avait ces fameux cheveux blonds et lisses. « Je m'appelle Jesse, dit-elle à Karina. Le diminutif de Jessica. Et je suis la cadette de sept enfants. » Elle hocha la tête en souriant d'un air entendu. « Eh oui. Trois frères et trois sœurs. Je suis le wagon de queue. Mes vieux comptent les jours qui leur restent à devoir payer les droits d'inscription. Et toi ? Des frères et sœurs ?

— Oh, je… je m'appelle Karina, de Los Altos », répondit Karina en réfléchissant à cent à l'heure. Elle était habituée à fréquenter des gens qui connaissaient toute son histoire et évitaient le sujet. « Je suis enfant unique, en fait. » Elle ne devait rien à une étrangère, et pourtant les mots qui sortaient de sa bouche lui semblaient déloyaux.

« Oh. Parfois je me dis que ce serait *sympa* », plaisanta Jesse, mais une lueur de pitié parut traverser son visage.

Karina se fraya un chemin à travers la foule pour retrouver Stephanie, qui parlait à toute vitesse en espagnol avec une autre fille. Elle resta à côté d'elles, l'air gêné, jusqu'à la sonnerie qui conclut la réunion. Stephanie et sa nouvelle amie s'embrassèrent en se promettant de se revoir bientôt. Karina regagna sa chambre avec sa camarade, qui semblait presque aussi peu à sa place qu'elle au milieu de cette mer de filles. Presque, mais pas tout à fait. Elle se sentit soudain très seule.

*

Cette première semaine, alors qu'elle errait sur le campus en essayant de se passer du plan plié dans sa poche, Karina éprouvait un étrange malaise. Elle s'était attendue à rencontrer plus de gens une fois que les cours auraient commencé, or à la fin tous les étudiants s'éparpillaient comme des billes. Autrefois, elle jouait aux billes avec Prem. Allongés sur le ventre dans le salon, ils les alignaient devant eux avant de tirer. Cela paraissait difficile à croire, mais Prem lui manquait encore plus aujourd'hui, quatre ans plus tard. Elle aurait aimé partager ce qu'elle vivait avec son petit frère, qu'elle se représentait avec l'ombre d'une moustache sur la lèvre supérieure. Elle trouvait du réconfort à l'imaginer l'accompagnant sur le campus, pensant à la façon dont elle lui décrirait tout. Quand elle étudiait, elle le voyait au pied de son lit avec un livre, ses jambes dégingandées de garçon de treize ans qui venaient cogner les siennes. Il n'aurait peut-être pas compris ce qu'elle ressentait, mais ça l'aurait réconfortée de pouvoir le lui raconter. À qui d'autre pouvait-elle parler de son regain de tristesse ? La seule chose qui lui était encore plus insupportable que de souffrir seule, c'était l'idée de devoir partager son mal-être avec l'un de ses parents, car cela ne ferait qu'amplifier les choses.

Malgré une bourse substantielle, Stephanie travaillait sur le campus et à l'extérieur pour payer ses études, ne regagnant leur chambre que tard le soir. Karina prit l'habitude de rester éveillée jusqu'à ce qu'elle termine son deuxième emploi dans un restaurant chinois près du campus.

« À la fin du service, je ne peux plus supporter l'odeur de cette cuisine mais bon, c'est gratuit. » Stephanie sourit en déballant des barquettes remplies de riz blanc et de nouilles, qu'elle s'employa à transformer en y ajoutant des ingrédients rapportés de chez elle. Elles s'assirent dans la cuisine commune et avalèrent un bol de soupe préparée avec un bouillon de poulet bien épais, des haricots en conserve et du piment séché.

« Tu dois être fatiguée de travailler autant tout le temps ? » demanda Karina. Après le repas qu'elles prenaient ensemble tard le soir, Stephanie restait souvent à étudier lorsque Karina allait se coucher.

Stephanie engloutit une cuillerée de riz en haussant les épaules. « Je suis habituée. Je travaille depuis que j'ai quatorze ans. » Elle s'essuya la bouche avec une serviette en papier. « Je préfère travailler dur maintenant plutôt que d'avoir une grosse dette, tu vois ? » Elle parla de sa mère qui faisait des ménages, de son père qui travaillait dans le bâtiment, de ses deux petits frères qui voulaient devenir respectivement footballeur et pilote de chasse. Lorsqu'elle raconta comment elle s'occupait de ses plus jeunes frères, Karina fut sur le point de mentionner Prem, mais quelque chose la retint. En rentrant de l'école, Stephanie préparait des quesadillas à ses frères et les aidait pour leurs devoirs de maths. Elle était responsable. C'était une fille bien.

Un soir, Karina lui fit la surprise de réchauffer des nouilles de riz du restaurant avec des épices indiennes et du *ghee* que sa mère avait insisté pour lui donner malgré ses protestations. C'était mangeable, mais sans saveur. Plus elle ajoutait d'épices, plus elle diluait le goût, et toutes deux finirent par avoir la gorge irritée et le nez qui coulait. « Laisse-moi m'occuper de ça, la taquina Stephanie. Tu peux sortir les poubelles. » Karina approuva en riant.

Stephanie n'étant pas souvent là, Karina essaya de se lier avec d'autres filles de la résidence. Elle entamait des conversations dans la salle de bains, se joignait à des groupes pour aller à la cafétéria, passait des soirées entières à étudier dans la salle commune. Les premiers mois, son emploi du temps était rempli, et pourtant elle avait du mal à s'y mettre vraiment. Ce désir qu'elle avait eu de se promener et d'explorer, cette curiosité de découvrir des choses différentes commençaient à s'estomper. Le confort et le caractère familier de sa vie à la maison, si imparfaite fût-elle, lui manquaient. Lorsqu'elle vit apparaître sur le campus des pancartes de l'Association des étudiants indiens, elle entendit la voix de sa mère dans sa tête et se rendit à la première réunion. Elle y retrouva Priya, de sa résidence, et espéra qu'elles s'assiéraient l'une à côté de l'autre, mais Priya était déjà entourée d'amis. Karina assista à des discussions sur un concours de danse bhangra, le lancer de couleurs pour Holi, la fête du printemps, et les nuits de films Bollywood une fois par mois. Elle était tentée de remplir son calendrier social ici, en participant à des événements chaque weekend, mais n'arrivait pas à suivre la conversation sur les films à sélectionner et n'entendait rien au bhangra. Mis à part la nourriture, sa connaissance de la culture indienne se limitait à la danse classique et aux prières de sa mère, qu'elle préférait oublier. Elle prit conscience qu'elle n'aurait pas plus sa place ici que parmi les filles de la résidence.

Avant d'arriver à l'université, elle s'était imaginé que ce serait très libérateur de se retrouver quelque part où on ignorait tout d'elle. Au lieu de quoi elle avait l'impression de porter un fardeau, le fardeau de la personne qu'elle était réellement, et de ces vérités qu'elle était seule à connaître. Elle ne savait pas comment être à la fois cette personne et quelqu'un de nouveau ici, à l'université.

*

Au bout de quelques mois, désormais à l'aise avec les cours et avec de bonnes notes dans toutes les matières, Karina voulut trouver de quoi s'occuper. Elle décida d'aller voir son professeur de biologie, Mr Choi, et frappa timidement à la porte de son bureau, restée ouverte.

« Bonjour, Mr Choi. Je suis Karina Olander. Je suis dans votre…

— Cours de biologie avancée. Oui, Karina. Que puis-je faire pour vous ?

— Eh bien, je me demandais s'il y avait moyen de gagner des points supplémentaires ?

— Si je me souviens bien, vous avez déjà de bons résultats. Vous voulez passer de A à A plus ? » Il glissa son crayon derrière l'oreille en lui adressant un sourire.

« En fait, je… ce n'est pas vraiment une question de note, je crois. Je cherche juste à m'impliquer davantage sur le campus et j'ai toujours adoré la botanique, les sciences de l'environnement. Au lycée, j'aidais beaucoup ma professeure de biologie. Je pensais que vous auriez peut-être des idées ? »

Mr Choi s'inclina sur sa chaise et l'étudia un moment. « Oui, en fait j'ai une idée, répondit-il enfin. Je donne un cours dans le département de sciences de l'environnement et je demande habituellement à quelques étudiants de travailler dans notre laboratoire de botanique là-bas. Quatre heures par semaine pour une demi-unité de crédit. Certains le font pendant leurs quatre ans. Ça pourrait vous intéresser ?

— Oui, ça me semble génial », dit-elle avec un grand sourire en entrevoyant le premier rayon de soleil depuis des semaines.

Le vendredi d'après, comme convenu, elle se présenta au laboratoire de botanique. Lorsque Mr Choi arriva, il la mit à travailler avec Claire, une étudiante de première année de Pasadena, une fille jolie sans apprêt, et leur demanda de greffer des tiges pour obtenir une variété de tomates hybride. Karina n'avait plus travaillé sur des légumes depuis que sa mère avait abandonné le jardinage quatre ans plus tôt, mais elle se rappela intuitivement comment arracher les surgeons des plants de tomates, et l'odeur familière de la terre sur ses mains lui fit du bien.

Claire était pétillante et bavarde et, quand elles eurent terminé, ce fut elle qui proposa qu'ils aillent tous manger thaï, et ils se partagèrent des bols remplis de nouilles et de curry en buvant de la bière. Les autres jeunes du laboratoire, quatre filles et deux garçons, étaient tous étudiants en sciences. C'est là que Karina trouva son premier groupe d'amis. Claire, qui donnait l'impression de pouvoir se lier avec n'importe qui, la prit sous son aile et l'invita partout. Leur groupe était studieux; ils avaient une lourde charge de travail et des goûts assez sages. En dehors du laboratoire de botanique, ils étudiaient ensemble, commandaient des pizzas dans leurs chambres et allaient de temps en temps à une fête bien arrosée, mais buvaient rarement plus de deux ou trois bières.

C'était agréable d'avoir des amis avec qui se déplacer sur cet immense campus. Karina avait enfin la sensation d'avoir trouvé sa place, de ne plus devoir regarder les autres d'un air embarrassé. Elle sentit sa confiance en elle revenir. Elle avait raconté le strict minimum à ses nouveaux amis sur sa famille : enfant unique, parents divorcés quand elle était au lycée, père banquier qui travaillait beaucoup et mère au foyer. Des faits exacts. Ce n'était pas la vérité, mais cela suffisait à satisfaire ses camarades.

20. *Karina*

Janvier 2014

Karina remarqua James dès qu'elle entra dans la salle pour le premier séminaire de politique de l'environnement, un cours réservé aux étudiants de troisième et quatrième années auquel elle avait été admise après avoir réussi à convaincre son conseiller. Il était assis au bout de la table rectangulaire, tout à fait à droite, le visage juvénile camouflé sous un bouc et des lunettes à la John Lennon. Pendant que le professeur expliquait le déroulement du séminaire, elle lui jetait des coups d'œil d'autant plus facilement qu'il était stratégiquement assis devant la seule horloge de la pièce.

Le séminaire devait se terminer par un projet à présenter à la fin du semestre. Le professeur les encouragea à former des groupes mêlant différentes disciplines et compétences. Karina regarda autour d'elle, se demandant si elle n'avait pas commis une erreur en insistant autant pour se retrouver ici. Qu'avait-elle à offrir à ses camarades, hormis un semestre de cours universitaires de base ? Elle regarda l'horloge. John Lennon attira son attention et lui fit un petit sourire. L'estomac noué, elle sut alors qu'elle resterait dans ce séminaire même si elle ne se sentait pas au niveau.

Le jour du deuxième cours, elle passa vingt minutes à choisir sa tenue et vingt minutes de plus à sécher sa crinière rebelle, ce qui ne l'empêcha pas d'arriver en classe cinq minutes en avance. Elle se demandait où s'asseoir lorsqu'une voix derrière elle la fit sursauter. « On a décidé de revenir, hein ? »

Elle se retourna et se retrouva nez à nez avec John Lennon. « Ouais. Et pourquoi pas ? » demanda-t-elle sur un ton plus défensif que prévu.

Il haussa un sourcil et esquissa un sourire du coin des lèvres. « C'est un séminaire difficile. Certains abandonnent après le premier cours. Je suis content que tu sois encore là. » Le sourire s'étira sur ses lèvres parfaitement dessinées. « Je m'appelle James, au fait. »

Elle leva la main et lui fit un petit coucou stupide. « Moi c'est Karina. » Puis elle contourna la table pour aller s'asseoir au milieu, et James prit place à côté d'elle.

Il dégageait une odeur de propreté – de savon mélangé à de l'herbe fraîchement coupée. Elle vit du coin de l'œil qu'il portait des chaussures de randonnée, des chaussettes de sport, un short kaki et un T-shirt rouge élimé au motif à moitié effacé. L'esprit ailleurs, elle entendit à peine quand le professeur leur demanda de former des groupes. La fille assise de l'autre côté de James se tourna vers lui et Karina sentit son cœur se serrer. Elle toucha l'épaule de James. « Hé, ça vous ennuie si je me joins à vous ? »

Un grand sourire éclaira son visage : « J'allais te demander la même chose. Je suis étudiant en sciences politiques, et Sophie en économie.

— Parfait, moi en sciences de l'environnement », répondit Karina même si dans les faits, elle n'avait pas encore choisi sa matière principale.

Ils décidèrent de se retrouver à la bibliothèque deux soirs par semaine. Le reste du temps, Karina rêvait de James, imaginant les doigts du jeune homme dans ses cheveux alors qu'il l'embrassait. Elle était persuadée qu'il n'était pas dupe des efforts qu'elle faisait pour paraître intellectuelle. Un soir où Sophie les avait quittés plus tôt pour aller à une réunion de son association d'étudiantes, Karina et James restèrent jusqu'à la fermeture de la bibliothèque, à dix heures. James avait son vélo mais elle était à pied, alors il proposa de marcher avec elle. La discussion passa de leur séminaire à leurs plans pour l'été ; lui prévoyait de randonner sur le Chemin des crêtes du Pacifique en réparant le sentier, elle de travailler dans une coopérative d'agriculture biologique en Équateur. En face de sa résidence, dans l'obscurité de la rue, James immobilisa son vélo d'une main tout en se penchant pour poser ses lèvres sur les siennes. Karina eut instantanément la chair de poule et une sensation de picotement sur sa langue, qui descendit jusqu'à son estomac. En étendant la main pour s'appuyer sur le cadre du vélo, elle le fit chanceler et il leur tomba dessus en lui faisant une entaille à la jambe. Elle hurla de douleur avant d'essayer de se reprendre.

« Oh, je suis vraiment désolé. » James s'agenouilla pour examiner sa blessure. « C'est assez profond. Tu dois nettoyer et mettre un bon pansement. Je vais venir t'aider.

— Non, c'est bon. » Karina se força à sourire. « Ce n'est pas ta faute. Ça va aller. » Elle s'éloigna dans la nuit en boitant, se sentant maladroite et impossible à aimer, telle que James venait de la voir. Il n'y avait pas le moindre pansement dans la chambre, elle était trop superstitieuse pour avoir gardé ses vieilles réserves. Stephanie alla emprunter la trousse de secours à l'assistant de la résidence, puis nettoya l'écorchure et mit un pansement. « Waouh, sourit-elle, là d'où je viens, si tu rentres d'un rendez-vous galant avec du sang sur toi, on envoie une bande rattraper le gars.

— Ce n'était pas un rendez-vous galant. » Karina grimaça en montant dans son lit. Son téléphone vibra et elle vit le SMS de James : *j'espère que tu vas mieux* ☺. Malgré la douleur fulgurante qui pulsait dans sa jambe, elle sentit un frémissement d'excitation à l'idée de le revoir.

*

Le matin suivant, lorsqu'elle partit en cours, James attendait à l'endroit où elle l'avait laissé le soir d'avant.

« Ça fait encore mal, hein ? », dit-il avec une grimace, la voyant traverser la rue en boitillant.

« Pas si terrible, répondit-elle.

— Menteuse. » Il sourit et marcha à ses côtés sur le trottoir en tenant son vélo. « Enfin, au moins on aura une bonne histoire à raconter un jour », ajouta-t-il, et Karina sentit une onde de chaleur l'envahir. Au moment de se séparer sur le campus, il demanda : « Dîner vendredi ?

— Avec plaisir. On propose à Sophie ? »

James sourit. « Non, on ne propose pas. »

*

Vendredi soir, James vint la chercher, l'accompagna jusqu'à sa voiture et lui ouvrit la portière. Elle pensait qu'ils iraient dans un endroit tout simple juste à la sortie du campus, mais il l'emmena dans un bon restaurant italien en ville où les clients avaient au moins dix ans de plus qu'eux. Il lui sourit à la lueur jaune de la bougie qui réchauffait la table. « Tu es élégante », dit-il en admirant la robe qu'elle avait mis une heure à choisir dans l'armoire de Claire.

« Merci, toi aussi, répondit-elle machinalement.

— Non, je le pense vraiment », insista-t-il en la regardant dans les yeux, sans détourner le regard quand cela devint gênant pour elle. « Tu es vraiment belle. »

Karina se sentit rougir et lui adressa un sourire sincère avant de se plonger dans le menu.

Autour d'un plat de pâtes et d'une salade, James lui parla de sa famille : deux frères avec lesquels il avait grandi à Carlsbad, une banlieue agréable de San Diego. Son père était conseil en brevets pour une grande entreprise, sa mère éducatrice spécialisée. Elle enseignait dans le lycée où James et ses frères étaient scolarisés et les y conduisait tous les jours. Il raconta combien il était gêné, quand il se retrouvait avec ses copains, à l'idée que sa mère passe par là. Tout en lui disant qu'elle comprenait, Karina se demandait si ce serait si terrible d'avoir une mère aussi présente dans sa vie quotidienne. Le grand frère de James, qui marchait sur les traces de son père, était en première année de droit à UCLA. Son petit frère passait son temps à faire du surf et menaçait de quitter le lycée ou de s'enrôler chez les Marines plutôt que d'aller à l'université. James parlait de ses frères avec affection, mentionnant au passage leurs vacances en famille au ski ou en camping. À l'évidence, la trame de sa vie était solide, sans trous au milieu, sans même le moindre effilochage sur les bords.

Quand ce fut à son tour de parler de sa famille, Karina raconta qu'elle avait un frère décédé dans son enfance et qu'elle n'aimait pas en parler. James prit un air compatissant et n'en demanda pas plus. Elle se sentait tellement à l'aise avec lui malgré la différence de leurs milieux d'origine, ou peut-être aimait-elle tant son monde à lui qu'elle rêvait d'en faire partie. Ce soir-là, lorsqu'il la raccompagna lentement jusqu'à sa porte en se calant patiemment sur son pas, il l'embrassa à nouveau, plus longuement cette fois.

Karina se réveilla tôt le lendemain matin, mourant d'envie de raconter sa soirée à quelqu'un. C'était le seul jour où Stephanie pouvait dormir tard, alors elle sortit à pas de loup dans le couloir pour appeler Izzy sur la côte Est. Il se trouvait qu'Izzy avait elle aussi rencontré un garçon, un étudiant en médecine espagnol. « Alvaro étudie tout le temps, mais littéralement tout le temps qu'il passe éveillé, donc il a une bonne influence sur moi. Et moi je veille à ce qu'il fasse des pauses de temps en temps », dit-elle en pouffant.

Karina raconta à son tour sa soirée avec James dans les moindres détails. « Et le baiser…

— Alors ? Est-ce qu'il embrasse aussi bien qu'il parle ?, la taquina Izzy.

— Non. » Karina marqua une pause. « Mieux ! » Elles éclatèrent de rire. « Mais je ne sais pas, Izzy…

— Quel est le problème ? Il a l'air parfait pour toi ! »

Karina savait que quelque chose la retenait, et c'était la peur de ne pas vraiment mériter quelqu'un comme James. Il ne la connaissait pas *réellement*, sinon il n'aurait peut-être pas les mêmes sentiments. « Je ne lui ai pas tout dit. Tu sais, ma famille et tout le reste.

— Vous venez juste de vous rencontrer, rétorqua Izzy. Donne-toi du temps, fais-le quand tu seras à l'aise. » Et comme son amie ne répondait rien, elle poursuivit : « K, tout ira bien, fais-moi confiance. »

Karina passa le reste du week-end seule, sans même répondre aux appels de Claire qui l'invitait à se joindre au groupe pour le dîner. Elle alla courir, lut, mangea et écrivit dans son journal intime. À la fin du week-end, elle avait pris la décision de s'autoriser à tomber amoureuse de James, à lui faire confiance.

*

James, qui était en troisième année d'université, vivait en colocation avec un ami à l'extérieur du campus. Le week-end, Karina passait l'après-midi avec lui à étudier, lire ou discuter, étendue sur son double futon luxueux ou allongée dans l'herbe sur la petite colline derrière le complexe. Ils allaient au marché fermier, achetaient des fraises dont le jus sucré dégoulinait sur le menton, faisaient réchauffer des pizzas bio surgelées dans le four pour dîner, préparaient des salades avec de la vinaigrette en bouteille. Karina adorait jouer au petit couple, s'endormir dans les bras de James et se réveiller dans son lit le matin.

Elle lui avait avoué qu'elle était vierge lors d'un échange embarrassant, peu de temps après leur rencontre, quand il l'avait surprise en glissant sa main sous son pantalon tandis qu'ils s'embrassaient sur son lit. « Quoi ? » demanda-t-il doucement en la voyant se retourner, gênée. « Personne ne t'a jamais fait ça ? » Elle fit non de la tête et sentit derrière elle le menton du garçon sur son épaule et ses bras autour d'elle.

« Pas de problème, murmura-t-elle. C'est juste que... je n'ai pas fait... ça. Pas encore. » Puis, comme une idiote, pensant qu'il n'avait pas compris, elle ressentit le besoin de préciser. « Je suis encore vierge. »

Il embrassa ses cheveux, son oreille, son cou. « Oui, c'est ce que je pensais », répondit-il, et elle sentit son cœur se serrer, son manque d'expérience mis à nu.

« Moi aussi », lui murmura-t-il doucement à l'oreille.

Il lui expliqua qu'il n'avait jamais vraiment eu de petite amie. « Bien sûr, mes parents m'ont dit d'attendre jusqu'au mariage, et il y a eu toutes ces années à entendre parler de péché sur les bancs de l'église. Maintenant que j'ai tellement attendu, je me dis que la première fois devrait être spéciale. » Il se pencha et lui embrassa à nouveau l'oreille. « Avec quelqu'un de spécial. Comme toi. »

Si Karina était restée vierge, cela n'avait rien à voir avec des questions de morale. Elle aurait pu trouver le moyen de perdre sa virginité au lycée lors d'une fête, loin des yeux de ses parents. Joanie Teager avait tellement hâte d'en être « débarrassée » qu'elle avait perdu sa fleur sur le siège arrière de la Lexus de ses parents. « Ces sièges en cuir collaient tellement », avait-elle raconté ensuite à Karina et Izzy, comme si c'était le souvenir le plus marquant qu'elle gardait de cette expérience. « J'ai dû littéralement me décoller les fesses pour pouvoir me relever ! »

À présent, Karina se disait qu'elle avait bien fait d'attendre. Toutes ces soirées embarrassantes au lycée, où elle n'avait personne à qui s'accrocher, et le beau Kyle Derrick avec ses mains baladeuses lors de cette fameuse fête. Quelque chose l'avait toujours retenue et elle avait cru que c'était de la pruderie ou de la timidité. Maintenant elle savait pourquoi elle avait patienté, et cela en valait la peine.

*

Le lundi matin qui suivit ce week-end, deux mois après le soir où James l'avait raccompagnée à la maison pour la première fois en sortant de la bibliothèque, Karina prit rendez-vous au centre de santé pour étudiants et en ressortit avec un sachet en papier contenant ses quatre premières semaines de patch contraceptif. Dans sa chambre, après la douche, elle contempla son corps nu dans le miroir en se demandant où appliquer son premier patch, puisqu'il s'agissait apparemment d'une décision de la plus haute importance. Le seul autre rite de passage de ce type avait été l'apparition de ses règles à l'âge de treize ans, trois mois avant la mort de Prem.

Lorsqu'elle avait aperçu le sang ce jour-là, dans les toilettes de l'école, Karina avait été terrifiée, puis excitée, puis à nouveau terrifiée. Elle s'était sentie mal à l'aise toute la journée, des feuilles de papier toilette coincées entre les jambes. Quand sa mère rentra à la maison le soir, elle s'assit à côté d'elle sur le lit et lui montra comment fixer les bords d'une serviette hygiénique sur un slip bleu propre qu'elle avait pris dans le placard. Elle fit disparaître la culotte tachée et alla la nettoyer, puis remplit le meuble de salle de bains de protections de toutes tailles. Le lendemain, Karina retourna à l'école rassurée, en bénissant sa mère.

La réserve sous le lavabo de la salle de bains dura six mois. Entre-temps, sa mère s'était retirée dans la chambre de Prem pour ses séances quotidiennes de prière et de méditation et on ne pouvait rien lui demander – même pas quelque chose d'important, comme de décider où disperser les cendres de Prem, alors encore moins une chose aussi triviale que le renouvellement des produits d'hygiène féminine de Karina. À cette époque, les ragoûts et les tartes des voisins et collègues avaient été consommés, et Karina et son père allaient tous les dimanches soir faire les courses de la semaine. Ils prirent l'habitude de manger des plats faciles à préparer : céréales et lait pour le petit déjeuner, sandwichs à la dinde ou au beurre de cacahuètes pour le déjeuner, lasagnes ou pizzas surgelées pour le dîner.

Avec des mini-carottes et des pommes en guise de concession aux exigences nutritionnelles.

Karina devait reconnaître à son père le mérite d'avoir essayé de faire de ce nouveau rituel hebdomadaire un amusement pour elle. Il l'envoyait dans un coin du magasin acheter ce qu'elle voulait pour le petit déjeuner, et peu importe si elle revenait du rayon boulangerie avec des pâtisseries recouvertes de glaçage que sa mère aurait désapprouvées. À l'occasion de l'une de ces expéditions, Karina, qui n'avait plus qu'une serviette hygiénique, était passée discrètement par le rayon pharmacie pour prendre un paquet qu'elle avait caché dans le caddie sous les donuts glacés. Elle était convaincue que son père l'avait vu, mais il n'avait pas fait de réflexion. Ni à ce moment-là, ni plus tard au moment de passer à la caisse, ni quand elle l'avait sorti du sac de courses à la maison pour l'emporter dans sa chambre. De même qu'il n'avait rien dit quand elle avait acheté un rasoir Gillette rose et de la crème à raser (la marque que la mère d'Izzy avait choisie pour sa fille), puis du déodorant quelques mois plus tard.

Aujourd'hui, en se regardant devant le miroir, elle avait du mal à croire que cinq années étaient passées. Elle effleura de ses doigts l'intérieur de sa cuisse, dont la peau douce ne gardait aucune trace visible des coupures qu'elle s'était infligées. Puis elle décolla la pellicule du patch, ombré pour convenir à toutes les couleurs de peau et de la taille d'une boîte d'allumettes, et le pressa contre sa fesse droite. *À ta santé, Joanie Teager*, se dit-elle.

*

Karina attendit quelques jours pour le dire à James, savourant son secret. Lorsqu'ils se retrouvèrent, elle l'autorisa à lui ôter tous ses vêtements, jusqu'au slip et au soutien-gorge. Leurs baisers se faisaient de plus en plus passionnés, leurs caresses plus impatientes, et cela semblait contre nature de ne pas aller là où leurs corps voulaient les emmener.

Elle avait pensé à tort être immédiatement protégée par le bouclier du patch, puis avait compris qu'il ne commencerait pas à faire effet avant un mois. Au début, cela ne semblait pas si long – après tout, elle avait déjà attendu dix-neuf ans, alors trente jours de plus… – mais, à présent, avec le souffle chaud de James dans son cou et ses mains sur ses hanches, cela paraissait impossible. Elle lui prit la main et la guida vers le patch. Il recula légèrement la tête. « C'est quoi ? » murmura-t-il en faisant courir ses doigts autour du bord, envoyant un frisson de tentation dans toute la jambe de Karina.

Elle lui sourit, soudain intimidée. « Un patch contraceptif. »

James écarquilla les yeux et un sourire incrédule illumina son visage. « Vraiment ?

— Vraiment, répondit-elle en le regardant dans les yeux. Moi aussi je suis prête. »

Les vingt-sept jours qui suivirent, alors qu'ils

attendaient sagement que le gros pansement fasse son travail, furent un mélange de torture et d'excitation. Karina commençait à comprendre ceux qui disaient que la moitié du plaisir réside dans l'attente. La tension liée à l'événement à venir imprégnait leurs échanges quotidiens, leurs nombreux textos. Ils discutaient de la façon dont ils voulaient faire de cette première fois un moment spécial, lui donner le sens qu'il méritait, et décidèrent finalement qu'ils profiteraient du week-end où ils étaient invités dans la maison de famille d'un ami au bord de la mer. Il y aurait un barbecue sur la terrasse, du surf sur l'océan, un fût de bière et les incontournables jeux à boire. Et ils feraient l'amour pour la première fois.

*

La première nuit dans la maison, après les festivités de la soirée, Karina prit une douche et regagna leur chambre, où James l'attendait. Il fit glisser sa robe de ses épaules et se pencha pour l'embrasser, puis l'attira sur le lit. Elle tendit la main pour éteindre la lampe de chevet et respira l'odeur salée de sa peau. Dans l'obscurité, ils se caressèrent et se heurtèrent comme deux partenaires de danse maladroits, avant de finir par trouver un rythme. Elle essayait de comprendre cette nouvelle sensation, le sentir en elle, lorsqu'il ouvrit les yeux pour la regarder.

« Je t'aime », dit-il avec douceur. Ce n'était

pas la première fois qu'il prononçait ces mots, ni elle, mais ils prenaient désormais un nouveau sens. Ils dormirent nus, enlacés. Au réveil, avec le soleil qui filtrait à travers les persiennes et tombait sur le lit, le bras de James autour de ses épaules, Karina se dit que c'était un moment de bonheur parfait.

« Tu devrais venir faire du surf aujourd'hui, dit James. Les vagues étaient géniales hier. »

Karina reprit lentement sa respiration avant de répondre doucement : « Mon frère s'appelait Prem. Il m'appelait Kiki. »

James souleva légèrement sa tête de l'oreiller pour la regarder. Elle ne se retourna pas, mais serra la main de James dans la sienne. « Il avait huit ans. Il s'est noyé dans notre piscine. » Elle l'entendit reprendre son souffle.

« C'est pour ça que tu ne nages pas ? demanda-t-il prudemment.

— Je sais nager. J'adore l'océan, en fait. C'est juste que… » Elle faisait tout ce qu'elle pouvait pour éviter les piscines mais, dans l'océan, elle se sentait bien. Ce n'était pas rationnel, si elle pensait à son étendue, aux courants, au danger inhérent à la mer ; cela faisait partie des nombreux points d'interrogation sur la façon dont son cerveau fonctionnait. Elle avait cessé d'essayer de comprendre pourquoi se couper lui faisait du bien, ou pourquoi elle n'avait pas l'impression d'être un mélange de ses deux parents, mais un être différent de chacun d'entre eux.

Il posa délicatement son nez et sa bouche

contre son oreille et la serra dans ses bras. Elle ferma les yeux, profitant encore des fins rayons de soleil qui tombaient sur son visage.

« C'est moi qui l'ai trouvé, poursuivit-elle. J'ai essayé. De le sauver. » Elle raconta à James ses tentatives infructueuses pour le réanimer, lui décrivit sa mère alitée pendant des semaines avant d'émerger débarrassée de tout ce que Karina aimait chez elle, comme une courge dont on aurait gratté l'intérieur et dont il ne resterait plus qu'une coquille dure. Une nouvelle personne était apparue à sa place, qui passait toutes ses journées assise devant l'autel érigé en mémoire de son seul fils, qui ne reviendrait jamais.

Des larmes chaudes coulèrent sur son visage et sur le bras de James. Elle sentit leur goût salé sur ses lèvres et s'essuya le visage contre les draps. « Moi aussi, ça m'a changée. Rendue plus indépendante. J'ai appris à cuisiner et à faire ma lessive, je me suis concentrée à fond sur l'école et le lycée. Et c'est à ce moment-là que je suis devenue très proche d'Izzy et de sa famille. »

James l'embrassa sur le haut de la tête. « Tu dois penser à lui tout le temps. »

Elle acquiesça d'un signe de tête, le menton appuyé sur le bras dont il l'entourait étroitement. « Il aurait presque quatorze ans aujourd'hui ». Elle eut un moment d'hésitation, se demandant si elle allait partager cette pensée avec lui : « Parfois je l'imagine… assis à côté de moi dans la voiture lorsque je rentre à Los

Altos. Je lui explique comment on conduit, comment on entre sur l'autoroute. Il adorait comprendre la façon dont les choses fonctionnaient. » Était-ce insensé de l'imaginer grandir à côté d'elle, sa façon à elle de rattraper tous les moments perdus ?

« Je suis content que tu me l'aies dit », déclara James en se blottissant contre sa tête avant de se laisser à nouveau gagner par le sommeil.

Voilà, ça y est, se dit Karina tout en restant éveillée dans ses bras à écouter sa respiration s'alourdir. Izzy avait raison. Elle lui avait raconté le pire de son passé, le pire de sa vérité, et il l'aimait encore. Il l'aimait, et elle était digne de cet amour.

*

La fin de l'année scolaire approchant, Karina se mit à redouter la séparation à venir. Pendant trois mois, James et elle se trouveraient à plusieurs milliers de kilomètres de distance et dans des endroits isolés, avec une possibilité limitée de communiquer. James partait avec une équipe réparer le Chemin des crêtes du Pacifique et couvrirait plus de neuf cents kilomètres, en camion et à pied. Karina, de son côté, allait en Équateur faire un stage à la Fair Coffee Co-op, une coopérative pionnière en matière d'agriculture biologique recommandée par Mr Choi, son professeur. Elle était à la fois excitée et effrayée, mais Stephanie l'avait encouragée. « Je partirais à la minute si c'était payé. En plus, ce sera peut-être même l'occasion de perdre cet accent gringo », la taquina-t-elle.

La dernière semaine de cours, une fois leurs examens passés et leurs travaux rendus, James lui fit la surprise de l'emmener au bord d'un lac, à vingt minutes en voiture du campus, et là, sous un arbre, il étendit une couverture et disposa un pique-nique. Ils savourèrent un repas de pain, de fromage, de raisin et de vin, s'allongèrent et se prirent en photo. Elle avait la tête posée sur la poitrine de James, les cheveux éparpillés comme une tache d'encre. Mais le plus beau, c'était le visage de James. Les yeux de Karina y retournaient sans cesse. Il avait l'air merveilleusement heureux.

Pendant ses deux mois en Équateur, elle regarda la photo tous les jours. Elle passait ses journées à donner des cours en espagnol aux employés-propriétaires et à rédiger un rapport sur les pratiques couronnées de succès de la coopérative. Le soir, allongée dans son lit, elle écoutait au casque des chansons d'amour en attendant que le sommeil la gagne. À la fin de l'été, au moment des adieux, une moitié d'elle-même se sentit coupable d'avoir passé une partie des dix dernières semaines à compter les jours avant le moment où elle pourrait retrouver l'intimité de son chez-elle, et de James.

21. Keith

Août 2014

Keith avait calé un dernier rendez-vous avant le retour de Karina, le lendemain. Il s'était arrangé pour prendre un congé toute la semaine qu'elle passerait chez lui avant de rejoindre sa mère pour la suivante, un arrangement fixé quelques jours plus tôt. Jaya et lui continuaient à se parler régulièrement, généralement à propos de Karina, de la maison ou de tâches administratives partagées, et se racontaient leur vie dans les grandes lignes. Jaya ressortait parfois une anecdote qui lui était revenue à propos de Prem et ils en riaient. Il lui arrivait aussi de prétendre sentir l'esprit de Prem chez quelqu'un d'autre, et cela mettait Keith si mal à l'aise qu'il trouvait une excuse pour terminer la conversation.

Récemment, Jaya semblait particulièrement distraite, comme si elle avait hâte de retourner à autre chose. Fréquentait-elle quelqu'un ? Elle pourrait, évidemment, elle en avait parfaitement le droit. Cela faisait des années que Keith voyait librement des filles, bien qu'uniquement pour se distraire. Ce qu'il avait eu avec Jaya était irrémédiablement terminé et il souhaitait réellement son bonheur. Il n'empêche, il avait du mal à accepter l'idée qu'elle soit avec un autre homme, qui lui donnait l'impression d'un échec ultime de la vie qu'ils avaient partagée.

Assis dans la salle d'attente de Machtel Industries, le leader mondial des semiconducteurs, Keith regarda sa montre et vit qu'il restait encore dix minutes avant son rendez-vous avec le PDG, Jeff Erstine. Il avait pour principe de se présenter toujours avec un peu d'avance aux rendez-vous de ce genre, des visites régulières destinées à se tenir informé des besoins de son client, histoire de montrer qu'il savait le temps du PDG plus précieux que le sien. L'humilité était rare chez les banquiers d'affaires et cela comptait beaucoup pour ces entrepreneurs. Son téléphone vibra et le nom de sa sœur s'afficha sur l'écran. Seule de la famille à être restée près de leur ville natale, c'est à elle qu'il incombait de veiller sur leurs parents. Il lui en était reconnaissant et lui envoyait des cadeaux d'anniversaire démesurés, ainsi que de l'argent dès qu'elle laissait entendre qu'elle avait besoin de quelque chose. Mais il devait se donner du cœur à l'ouvrage pour leurs coups de téléphone et les inévitables rapports sur l'arthrite invalidante de leur mère et le déclin de leur père. Il mit son téléphone en mode silencieux et le glissa dans sa poche.

« Je reviens tout de suite », dit-il à la réceptionniste avant de se diriger vers les toilettes.

Il venait ici depuis que les bureaux avaient été construits, trois ans auparavant, financés grâce aux bénéfices de l'offre sur le marché secondaire qu'il avait dirigée. C'était sa première commission énorme pour la société, quatre-vingts millions de dollars. Pour fêter cela, il avait offert une boîte d'authentiques cigares cubains à Jeff et s'était acheté une Porsche. En prenant le couloir, Keith vit, derrière les trois mètres de paroi vitrée de la salle de conférences, un groupe d'hommes asiatiques en costume qui rassemblaient leurs affaires. Il ralentit pour regarder de plus près et aperçut un visage qui lui paraissait familier. Une vérification rapide sur son téléphone depuis les toilettes le confirma : la personne qu'il avait reconnue était bien John Cho, l'héritier de HyunCom, le fabricant de semi-conducteurs coréen.

Son cerveau se mit à bouillonner. Qu'est-ce qui se tramait ici ? Machtel envisageait-il d'acquérir HyunCom, ou d'établir un partenariat pour la fabrication ou la distribution ? Ce serait une sacrée bonne idée. Machtel contrôlait les marchés nord-américain et européen et HyunCom était leader en Asie. Ensemble, ils deviendraient une entreprise puissante, élimineraient tous les petits acteurs et récupéreraient leur part de marché. C'était une idée si brillante, *bon sang*, que Keith se demandait pourquoi il ne l'avait pas proposée lui-même.

Avec qui Jeff travaillait-il sur ce projet ? Y avait-il une autre banque sur le coup ? Cela le contrarierait beaucoup qu'on ne lui ait même pas donné la possibilité de se battre pour emporter le contrat. Écartant son agacement, il regagna d'un bon pas la réception où l'attendait une jeune femme souriante en jupe et chemisier moulants. Elle se présenta comme Rachel, la seconde assistante de Jeff, et semblait avoir au bas mot vingt ans de moins que l'assistante qu'il connaissait.

« Je vous accompagne, Mr Olander. Vous voulez manger quelque chose ? Je viens d'aller chercher un sandwich pour Mr Erstine.

— Non merci », répondit-il, un peu troublé par ce qu'il venait de voir, et maintenant par cette femme. Comment Jeff arrivait-il à se concentrer avec cette nymphe de l'autre côté de sa porte ? Il reprit ses esprits avant de rentrer dans le bureau du PDG.

« Keith ! » Jeff se leva et contourna son bureau pour venir lui serrer la main, lui faisant signe de prendre place à la table sur laquelle l'attendait son sandwich encore emballé. « Désolé, obligé de faire un déjeuner de travail. Journée de folie. Rachel peut aller te chercher quelque chose ?

— Non merci. Elle a déjà proposé », dit-il avec un geste amical en direction de la jeune fille, qu'il regarda sortir du bureau. Il essaya de ne pas se laisser affecter par le déclassement implicite de leur relation d'affaires qu'impliquait ce déjeuner, bien loin de leurs rendez-vous habituels dans des restaurants de luxe.

« Alors, quelles sont les nouvelles ? » demanda Jeff en déballant son sandwich.

Keith hésitait à se renseigner directement sur les cadres de HyunCom. Il préféra poser des questions détaillées sur l'entreprise et le secteur, auxquelles il s'était préparé avec l'aide de ses analystes. Comment se passait le contrôle qualité à la sortie de la nouvelle usine ? Où en étaient les commandes par rapport au dernier trimestre ? Quand pensait-il que la nouvelle puce serait terminée ? Entre deux bouchées de sandwich à la dinde, Jeff se contenta de répéter les informations débitées lors de la conférence sur les résultats trimestriels. De plus en plus impatient, Keith se montra incapable d'éviter le sujet. « As-tu un gros partenariat en chantier ? J'ai quelques idées de fusions-acquisitions que j'aimerais bien te soumettre. Si tu achetais l'un des leaders sur le marché asiatique, par exemple, tu pourrais réellement occuper tout l'espace. »

Jeff eut un petit rire et hocha la tête tout en lançant l'emballage froissé de son sandwich droit dans la poubelle. « Keith, mon objectif est simplement de faire tourner mon affaire, de poursuivre une croissance trimestrielle et de continuer à augmenter notre taux de recrutement sur ce marché. On n'arrive pas à recruter assez vite pour accompagner notre croissance.

— En tout cas, j'espère que si vous avez un jour des besoins dans ce domaine, vous viendrez nous voir, nous donner au moins une chance de vous aider. » Keith détestait avoir l'air de ramper devant lui. « Machtel est un client très important pour nous, tu sais.

— Oui, moyennant une commission de 0,5 %, répondit Jeff avec un grand sourire.

— Bon », Keith haussa les épaules, comme un élève convoqué chez le directeur. « Oui, mais j'espère que tu as conscience d'avoir reçu un excellent service pour ce que tu as payé. Comme j'ai dit, vous êtes un client très important pour nous.

— Absolument, Keith, absolument. Et j'apprécie tout ce que tu as fait. » Jeff se leva, donnant le signal à Keith de l'imiter, moins de quarante-cinq minutes après son arrivée. « On reste en contact.

— Oui. Et la prochaine fois, je t'emmène à mon club pour un vrai déjeuner, histoire de te sortir de ce bureau et de faire une pause. »

Jeff sourit, ils se serrèrent la main et Keith se dirigea vers la porte. « Au revoir, Mr Olander », dit Rachel au moment où il passait devant son bureau.

Keith s'arrêta. « Appelez-moi Keith.

— D'accord. Keith », répondit-elle en inclinant la tête avec un sourire.

Keith se pencha vers elle. « Alors Rachel, vu que je n'ai pas réussi à déjeuner, vous voulez aller manger quelque chose ce soir ? »

*

Même un soir de semaine, Rachel n'hésita pas à boire trois Cosmo bien forts. Keith se demanda combien de temps Jeff la garderait. Ils n'étaient pas encore arrivés chez lui qu'elle lui avait déjà parlé des vols réservés pour les cadres de Séoul et des équipes d'avocats qui avaient élu domicile dans la salle de conférences les semaines précédentes. Ils étaient en train de conclure un marché. Keith s'en voulait de ne pas y avoir pensé et il était furieux que sa société ait été tenue à l'écart.

Il fulmina toute la semaine, secoué par la nouvelle et ses répercussions. Lorsque ses collègues apprendraient qu'il était passé à côté d'une affaire pareille, il donnerait l'impression de perdre son avantage sur les autres, sans parler du manque à gagner. Keith fit comme souvent en période de stress : il passa en revue son portefeuille pendant plusieurs heures chaque soir, évaluant ses gains et procédant à quelques achats d'actions pour rééquilibrer son allocation d'actifs. La seule chose qui l'empêchait de craquer complètement était d'avoir Karina chez lui pour la semaine. Elle était intarissable sur ses cours, sa résidence universitaire et ses nouveaux amis au laboratoire de botanique. Elle lui révéla qu'elle avait un petit ami, ce qui créa un cocktail de réactions émotionnelles chez Keith. Il se réjouissait qu'elle se soit confiée à lui, son père. Il y avait des choses qu'il avait abandonnées au domaine mère-fille, certaines conversations qu'il avait renoncé définitivement à avoir depuis la mort de son fils. Il l'encouragea tout de même à ne pas prendre trop au sérieux sa relation avec James qui était probablement, dans une certaine mesure, comme tous les garçons de son âge. « Fais juste attention, ma chérie. Je ne veux pas que tu souffres. »

Elle se contenta de sourire, se jeta à son cou et l'embrassa sur la joue. C'était réconfortant pour Keith de voir que Karina, après tout ce qu'elle avait traversé, semblait être retombée sur ses pieds.

22. *Jaya*
Août 2014

Jaya avait acheté ses tickets dès leur mise en vente, trois mois plus tôt, lorsque le gourou avait annoncé sa venue : cinq jours de conférences au centre de conventions de San Jose, de dix heures du matin à huit heures du soir. En avançant dans la file qui faisait le tour du bâtiment et s'étendait jusqu'au parking, elle sentait l'excitation, croissante ces dernières semaines, atteindre un niveau d'intensité qui la surprit.

Quelques années plus tôt, après la mort de Prem et la séparation d'avec Keith, sa cousine lui avait envoyé d'Inde un CD des conférences du gourou, qu'elle n'avait ouvert qu'après le départ de Karina. Les paroles de cet homme l'avaient captivée et lui avaient remonté le moral. La vie humaine était remplie de souffrance, et la souffrance était causée par l'attachement ; il s'agissait d'une vérité fondamentale dans la *Bhagavad-Gîtâ* et bien d'autres textes sacrés. Ces dernières années, en quête de simplicité, Jaya s'était débarrassée de tout ce qui avait le pouvoir de la blesser ou de la distraire : sa carrière, son mari, ses amis. Lorsqu'elle s'asseyait dans l'ashram de Prem, elle pouvait se concentrer exclusivement sur sa connexion avec la force spirituelle supérieure qui guidait l'univers et y trouver du réconfort. Mais lorsqu'elle quittait cette pièce pour retourner dans le monde extérieur, avec ses périls et ses souvenirs, ses peurs et sa culpabilité revenaient. Elle se sentait obligée de tout faire exactement comme il fallait, des rituels de prière à la préparation de ses repas ayurvédiques, afin d'éviter le désastre et la pénitence qu'elle sentait planer en permanence au-dessus d'elle. En entendant le gourou, Jaya comprit qu'elle n'avait fait qu'échanger une forme de souffrance contre une autre. Il expliquait qu'il n'était pas seulement possible d'atténuer temporairement sa peine, mais qu'on pouvait la dépasser. Ses mots la guidaient délicatement à travers une exploration de sa douleur, l'aidaient à sonder ses sentiments, tel un témoin intérieur capable de se tenir à distance tout en restant présent. Jaya avait hâte de poursuivre ce processus de détachement des pressions extérieures, mais aussi de ces sentiments ; d'atteindre le niveau de conscience supérieur dont il parlait.

Les paroles du gourou l'apaisaient également lorsqu'elle pensait à Prem. Toutes nos vies sur terre étaient passagères, reliées à ce que nous étions auparavant et à tout ce qui viendrait après, expliquait-il, de sorte qu'elle n'était jamais vraiment séparée de son fils. Jaya connaissait la notion de réincarnation depuis son enfance – le cycle de la naissance, de la vie et de la mort qui se répétait dans le temps, à travers les âges –, et elle y croyait de façon obscure. Mais elle se surprenait désormais à chercher des signes de Prem partout : son sourire sur un nouveau-né, le cri joyeux d'un petit enfant s'aventurant sur un pont en corde suspendu. Parfois, elle sentait très fortement sa présence, comme s'il était juste à côté d'elle, lui racontant une blague pour la faire rire aux éclats, l'aidant délicatement à s'extraire de son gouffre de tristesse. D'autres fois, elle avait l'impression de faire des efforts en vain, de tenter de retrouver quelque chose qui était perdu à jamais.

Devant, dans la file d'attente, un groupe de dames provoqua une petite échauffourée en essayant de doubler pour rejoindre des amies. Le ton monta, on joua des coudes pour bloquer les resquilleuses, mais finalement les organisateurs cédèrent et laissèrent passer les intruses, et la lente procession reprit. Jaya portait un sac de toile contenant uniquement un coussin de sol, une gourde et ses clés de voiture. Un repas végétarien très simple était prévu en milieu de journée.

Dès qu'elle entra dans le bâtiment, Jaya se joignit à ceux qui accéléraient le pas devant elle, allant jusqu'à courir, s'ils en étaient capables, car une grande partie du public était en chaise roulante ou marchait avec un déambulateur, afin d'être bien placés dans le grand auditorium. Jaya, venue seule contrairement à de nombreux fidèles, contourna la foule et se trouva facilement une bonne place vers l'avant, directement en face de la scène.

Assise en tailleur sur son coussin, elle ferma les yeux et commença à faire ses *pranayama*, les exercices de respiration profonde. Elle n'était pas habituée à se retrouver dans de telles foules. Soudain, le silence se fit et elle ouvrit les yeux. Le gourou arrivait, escorté par une femme en sari blanc, la couleur des veuves et des fidèles. Il s'assit sur un coussin, comme le reste du public, sur une plate-forme surélevée. On n'entendait pas une mouche voler dans l'immense auditorium, et même cet instant de calme absolu semblait sacré. Le gourou joignit les mains et inclina la tête. Les gens l'imitèrent, certains se prosternant à terre.

D'une voix mélodieuse qui ne transparaissait pas sur les CD, il se mit à raconter l'histoire du prince Rama, le héros du *Ramayana*, le texte sacré hindou que tout le monde ici connaissait. Il commença par l'enfance de Rama, décrivit sa maison et la terre où il avait grandi, ses ambitions et ses altercations avec les autres, et enfin son exil dans la forêt. Il s'écartait parfois du récit pour expliquer que la vie de Rama et ses péripéties reflétaient la nôtre. Lorsque Rama avait été attaqué par ses opposants, il avait d'abord réagi avec orgueil et colère. Il s'était battu contre eux en raison de son ego, et ce n'est qu'après avoir été banni et contraint de vivre seul dans la forêt pendant plusieurs années qu'il avait compris ses erreurs.

Quand il se tut, la femme en sari blanc l'aida à se lever et on annonça que le déjeuner serait servi. Jaya déplia ses jambes engourdies ; elle jeta un coup d'œil autour d'elle et fut presque étonnée de voir tant de gens, une foule de deux mille personnes qu'elle avait oubliée lorsqu'elle écoutait, tellement concentrée sur les paroles du gourou qu'elle n'avait pas vu les trois heures passer.

Au cours de la session de l'après-midi, lorsque le gourou parla de Rama et de la perte de son épouse Sita, rappelant que nous perdons tous les personnes que nous aimons, qu'il s'agit de l'une des grandes vérités unissant les êtres humains, Jaya se mit à pleurer. Les larmes coulaient sur son visage et elle essaya de les essuyer discrètement avec sa manche. Mais en entendant des reniflements et des pleurs étouffés autour d'elle, elle comprit qu'elle n'était pas la seule. Sa voisine, une femme âgée à chignon gris, se pencha vers elle et lui prit la main. Les pleurs de Jaya redoublèrent et elle sentit la force de la vieille femme s'infiltrer en elle, au plus profond. À la fin de la conférence du soir, à huit heures, Jaya se sentait clouée au sol. Elle observa un petit groupe qui entourait le gourou pendant qu'il quittait la scène.

« Ce sont les disciples, dit sa voisine en indiquant la scène d'un signe de tête. Ils voyagent et vivent avec lui dans son ashram en Inde. » Elle se leva et coinça son coussin sous le bras. « C'est la première fois que vous le voyez ? » demanda-t-elle et, lorsque Jaya acquiesça, elle hocha la tête avant de partir. « À demain, alors. »

Le lendemain, Jaya avait hâte de voir si la conférence lui inspirerait la même intensité de sentiments, et elle fut surprise de constater que c'était le cas. À la fin de la semaine, elle avait appris de nouvelles vérités et se sentait une personne différente. Elle n'était pas prête à se passer du gourou et voulait le suivre à Sacramento, la prochaine ville au programme de sa tournée. Même s'il répétait sa conférence, elle savait que sa compréhension continuerait à s'approfondir. Comment serait-ce de devenir l'une de ses disciples, d'être en permanence en sa présence, de voyager à ses côtés, partager ses repas, avoir des conversations privées avec lui ?

Hélas, elle ne pourrait pas le suivre à Sacramento. Karina venait de rentrer d'Équateur et, après une semaine avec Keith, elle devait lui rendre visite avant de retourner à l'université. Jaya était frappée de constater à quel point elle voyait rarement sa fille désormais : elle revenait deux semaines l'été, deux semaines pendant les vacances d'hiver et quelques week-ends ici et là. Ces séjours étant partagés entre Keith et elle, il ne restait plus que deux semaines par an. D'un autre côté, bien sûr, elle était rassurée de savoir sa fille adulte et indépendante, poursuivant sa vie et ses rêves à elle. Et, de ce fait, Jaya avait plus de temps pour les siens. Elle ne pourrait pas aller à Sacramento, mais elle avait déjà consulté le site du gourou pour connaître le reste de son itinéraire.

23. *Prem*

Ma famille me rappelle mes cours de maths avec Miss Gaither à l'école élémentaire. D'abord tous divisés : trois personnes séparées, chacune dans son monde individuel. Maintenant ils se sont tous multipliés par deux. Chacun d'entre eux appartient à une nouvelle paire.

Quand j'étais vivant, j'aimais bien former une paire avec Kiki, après l'école. J'aimais passer du temps à la maison avec elle, même si on faisait des choses différentes. C'est ce qu'il y a de mieux quand on forme une paire, non ? Être simplement avec quelqu'un et se sentir bien, même si on ne fait rien ensemble ou qu'on ne parle pas. Une paire silencieuse, ça peut être vraiment très bien.

Parfois c'était avec Papa, quand il m'emmenait au lavage auto et m'autorisait à m'asseoir à l'avant pendant que le monde à l'extérieur de la voiture devenait blanc savonneux et magique. On faisait comme si on marchait en grelottant sur la montagne, pris dans une tempête de neige, et qu'on montrait une maison bien chaude à l'horizon. Ou bien Papa mettait la musique à fond et on jouait de la batterie sur le tableau de bord en rythme avec les pulvérisations d'eau.

Et quand j'avais vraiment de la chance, je faisais une paire avec Maman et le soir, au lit, elle me lisait les *Contes d'Akbar et de Birbal*, un livre rapporté d'Inde. Akbar et Birbal formaient une paire eux aussi : Akbar, le grand empereur moghol d'Inde, et Birbal, son sage conseiller qui trouvait toujours une solution astucieuse à ses problèmes. Birbal était très intelligent et aussi très drôle, un peu comme moi (même Maman le disait). J'aimais toutes les histoires, mais ma préférée était « Le conte de la question difficile », où un visiteur de marque à la cour du Roi, qui voulait ridiculiser Birbal, lui demandait s'il préférait cent questions faciles ou une question difficile. Birbal choisissait la question difficile et le visiteur disait *Qui est venu avant, la poule ou l'œuf ?* et Birbal répondait *La poule.* Quand le visiteur demandait comment c'était possible, Birbal lui faisait remarquer qu'il avait déjà posé sa question et n'avait pas le droit à une autre. Trop intelligent, ce Birbal !

Lorsqu'elle a transformé ma chambre en Plus Ma Chambre, Maman a empaqueté presque tout, mais après avoir mis les *Contes d'Akbar et de Birbal* dans la boîte, elle a ressorti le livre, l'a feuilleté en souriant, puis l'a posé sur le côté avant de mettre du scotch sur les cartons et de les descendre au garage. Elle garde le livre dans sa chambre, sur une étagère près du fauteuil. Parfois, quand elle n'arrive pas à dormir, Maman allume la petite lampe, s'assoit dans le fauteuil confortable et lit une des histoires.

Sa préférée n'est pas la même que la mienne : c'est « Le conte du bien le plus précieux », où le Roi se dispute avec sa Reine et la bannit de son palais, lui disant qu'elle n'a le droit d'emporter que son bien le plus précieux. Le cœur brisé, la Reine consulte Birbal et, le lendemain, elle prépare son jeune fils pour l'emmener avec elle. Lorsque le Roi comprend que le garçon constitue son bien le plus précieux et qu'elle est prête à abandonner tous ses bijoux et ses richesses, il change d'avis. Maman lit les histoires tout doucement, mais assez fort pour que je les entende. Elle se sent toujours mieux après, et moi aussi. J'adorais former une paire avec Maman, et maintenant on le fait encore plus souvent qu'Avant.

Il semble que tout le monde trouve sa paire. Maintenant, Papa a une petite amie presque tout le temps. Elle change plusieurs fois par an, mais ils vont toujours dans des restaurants chics – encore plus chics qu'Alfredo ou le Spaghetti House, mais sans les crayons et les nappes en papier. Au lieu de jouer au morpion ou au pendu en attendant d'être servis, Papa et sa copine boivent du vin et parlent des films qu'ils ont vus ou des voyages qu'ils envisagent. Mais il ne fait jamais aucune des choses qu'il faisait avec nous. Il ne l'emmène jamais au lavage auto.

Maman a son gourou et bien qu'elle ne lui parle pas directement, c'est quand même sa paire. Elle écoute ses paroles dans la voiture et suspend sa photo dans Plus Ma Chambre. Je ne savais pas que ça pouvait marcher comme ça – que quelqu'un pouvait être votre paire sans même vous connaître. Sinon j'aurais choisi le Capitaine du vaisseau des Space Rangers. On se serait tellement amusés ! En tout cas, Maman est beaucoup plus paisible depuis qu'elle forme une paire avec son gourou. Elle pleure moins et sort plus souvent de la maison. Elle n'a jamais eu l'air aussi calme depuis que je suis mort. Je n'aurais pas deviné que le gourou puisse être sa paire, mais je suis content qu'elle semble heureuse.

Et Kiki a James. James est avec elle tout le temps, dans la vie réelle et aussi dans sa tête et dans son cœur. Il a remplacé les serpents qui se lovaient à l'intérieur d'elle. James aime jouer au basket et il adore vraiment être dans la nature, c'est peut-être pour ça que lui et Kiki forment une si belle paire. Je pense que j'aimerais bien James si je le rencontrais et j'espère qu'il m'aimerait aussi. Je le laisserais même gagner au basket. Je suis à peu près sûr que Kiki et moi, on serait restés amis quand j'aurais grandi, à cause de tous ces petits secrets que j'étais le seul à connaître en tant que frère. Mais si elle ne peut plus former un duo de choc super génial avec moi, je suis contente qu'elle ait James.

Quand ma famille existait encore, on

échangeait tout le temps les paires. Maintenant, chacun est dans son monde et dérive de plus en plus loin des autres. Kiki n'a présenté James à personne, Papa garde ses petites amies pour lui et personne d'autre que Maman n'a rencontré le gourou. Il semble impossible pour eux de former un groupe de six. Plus chaque personne se rapproche de sa paire, moins elle se souvient de notre famille. Même s'ils ont tous l'air heureux, je sais qu'ils continuent à être tristes que je ne sois plus là. C'est comme ça, les paires. Même les meilleures ne durent pas éternellement.

24. *Karina*

Septembre 2014

Karina était rentrée d'Équateur depuis quelques jours seulement lorsqu'elle prit sa décision. L'idée initiale était de rester une semaine chez son père et la deuxième chez sa mère, avant de retourner à l'université. Mais James passait à Santa Barbara pour le week-end afin de nettoyer l'appartement après le départ de ses sous-locataires, et elle avait décidé de lui faire la surprise de l'y retrouver. Même si cela signifiait dix heures de voiture pour y aller et rentrer le lendemain, il y aurait une nuit merveilleuse entre les deux. Son nouvel appartement n'était pas encore prêt, mais lorsqu'elle raconta à sa mère qu'elle devait faire un saut sur le campus pour récupérer ses clés et apporter une cargaison d'affaires, celle-ci se montra étonnamment conciliante.

C'était un samedi matin lumineux et chaud. Karina remplit sa voiture de cartons de vêtements et de livres qu'elle entreposerait chez James en attendant que son appartement soit prêt. Elle avait réussi à convaincre son père de lui en payer un, qui lui permettrait d'étudier dans de meilleures conditions pour une année qui s'annonçait plus chargée. « Mais tu ne vas pas te sentir seule ? » avait demandé Keith. Elle s'était contentée de sourire, car la vraie raison était d'avoir plus d'intimité avec James. Elle brûlait d'impatience à l'idée d'y passer les nuits et les matinées avec lui sans être dérangée ; elle s'imaginait des plantes sur le rebord de la fenêtre, elle et James cuisinant ensemble dans la cuisine ou étendus sur le canapé pour étudier, ses pieds à elle sur ses genoux à lui.

Tout au long des cinq heures de trajet sur l'autoroute 101, Karina chantonna en écoutant la radio et en imaginant leurs retrouvailles. Le soleil équatorien avait donné une couleur chaude à sa peau et elle s'était musclé les mollets sur le terrain montagneux. Elle se représenta James les cheveux plus longs, avec davantage de taches de rousseur, après être resté à l'extérieur tout l'été. En arrivant devant chez lui, elle gara sa voiture près de celle du jeune homme et avala un bonbon à la menthe. Elle cueillit quelques fleurs sauvages sur les buissons en pleine floraison et trouva la fausse pierre sous laquelle James et son colocataire cachaient leur clé.

La porte d'entrée grinça lorsqu'elle entra dans le salon, complètement vide à l'exception de quelques sacs-poubelle pleins. Karina prit le couloir pour aller dans la chambre, dont elle vit la porte entrebâillée. Son cœur s'emballa, mais un bruit de voix – une femme qui riait – la cloua sur place. Après quelques instants, elle continua à avancer, la poitrine serrée par une appréhension croissante. Dans sa chambre, sur son lit, elle aperçut James – ses cheveux bruns ébouriffés, son dos large et pâle, ses petites fesses, un corps qu'elle reconnaîtrait entre mille – sur le corps de quelqu'un d'autre. Des rires et des mots doux effleurèrent ses oreilles.

La gorge serrée, une énergie qui lui nouait le ventre s'empara d'elle. Ses mains se crispèrent sur ce qu'elles tenaient : le bouquet de fleurs sauvages, qu'elle laissa tomber, et les clés de voiture, qu'elle leva au-dessus de sa tête et jeta vers le lit. Traçant un magnifique arc de cercle dans l'air, elles allèrent frapper le cou de James en faisant un bruit métallique avant d'atterrir par terre.

« Qu'est-ce que… ? » James porta la main à son cou et tourna la tête, puis blêmit en voyant Karina. Il roula sur le côté, exposant le corps nu de la fille qui hurla comme si elle était dans un film d'horreur avant de ramener les draps sur elle. « Putain ! ? T'es qui, *toi* ? Et qu'est-ce qu'elle fait ici ? James ? »

James attrapa son caleçon. « Karina ? Quoi ? Qu'est-ce que tu… ?

— Qu'est-ce que je fais ici ? siffla Karina en se penchant pour ramasser ses clés. T'inquiète pas, je m'en vais. » Elle se retourna et quitta la pièce.

« Karina ! » l'appela-t-il alors qu'elle ouvrait la porte d'entrée à toute volée et descendait en courant les quelques marches jusqu'à la rue. Il la rattrapa et lui saisit le bras par-derrière, mais elle fit brusquement volte-face en dégageant sa main et lui décocha un regard qui le mettait au défi de réessayer.

Il recula. « Écoute, Karina, je suis désolé que tu aies dû voir ça, vraiment. J'allais te parler quand tu rentrerais… Je voulais juste le faire en face-à-face. » Il bafouillait et elle garda le silence, le laissant poursuivre. « J'ai juste pensé… ce serait peut-être bien pour nous de faire une pause. »

Une pause ? N'était-ce pas ce qu'ils venaient d'avoir pendant trois bons mois ? « Ça a commencé quand ? demanda Karina. Pendant l'été ? L'année dernière ?

— Quoi ? » James eut l'air blessé. « Non, bien sûr que non. Tout récemment. » Il baissa les épaules. « Karina, écoute, on est allés tellement vite, non ? Et on est encore jeunes. Je pense que ce serait bien de passer un peu de temps séparés, quelques mois. On pourrait se donner rendez-vous pour le Nouvel An, par exemple », suggéra-t-il, un faible sourire plaqué sur son visage.

Karina sentit quelque chose abandonner son cœur, battre à l'extérieur de son corps avant de le quitter. « Le Nouvel An ? reprit-elle.

— Oui, ça te paraît bien ? »

Karina pencha la tête vers lui. *L'avait-il jamais connue ?* « Non, pas vraiment. Pourquoi pas à la Trinité ? Ça irait pour toi, *James* ? » Elle cracha son nom avant de tourner les talons, se forçant à tenir le coup, les ongles plantés dans ses paumes tandis qu'elle retournait à sa voiture.

Elle conduisit quelques minutes, puis s'arrêta dans une rue déserte. Elle éteignit le moteur et posa la tête sur le volant. Les larmes ne vinrent pas immédiatement. Sondant la plaie ouverte, elle revit le dos et les épaules de James bougeant au-dessus de la fille. C'est alors qu'elle se mit à pleurer – de grosses larmes laides, accompagnées d'un gémissement à vif qu'elle reconnut à peine. Elle n'avait pleuré ainsi qu'une fois dans sa vie, la nuit de la mort de Prem, et non seulement cela n'avait rien changé, mais elle ne s'était pas sentie mieux. Son père était venu dans sa chambre pour essayer de la consoler, mais son regard meurtri et impuissant lui avait donné la nausée. Au fil des ans, Karina avait appris à réprimer ses larmes ; elles ne lui faisaient pas de bien.

Avec tout un chargement d'affaires et nulle part où les entreposer, elle essaya de réfléchir à la suite et finit par envoyer un texto à sa mère : « Tout terminé ici ! Embrouille avec les clés. Rentre à la maison ce soir. » Elle alla ensuite acheter une barre de Snickers géante, un paquet de chips et un grand Coca light pour la route du retour, ainsi que des pansements, un antiseptique et des lames de rasoir. Le simple fait de sortir du magasin avec ce sac l'aida à reprendre un peu le contrôle.

Fort heureusement, la semaine chez sa mère fut remplie d'activités. Izzy était encore là pour les vacances d'été et Karina avait quelqu'un avec qui partager ses peines de cœur. Elle pouvait pleurer devant son amie, exprimer toute sa tristesse et sa douleur sans se préoccuper de sa réaction. Elles allèrent ensemble rendre visite à Mr Chuckles qui, malgré son âge et son cancer, respirait toujours la sérénité. Tout en caressant sa tête longue et élégante et en brossant sa crinière, Karina essayait de respirer profondément et de s'imaginer un nouvel avenir supportable sans la présence de James.

Lorsque arriva l'heure de retourner à Santa Barbara, elle fut sur le point de demander à sa mère de l'accompagner pour l'aider à emménager dans son appartement vide, suspendre des posters au mur, remplir le réfrigérateur, mais elle monta finalement dans sa voiture et partit en essuyant ses larmes. Une certaine torpeur s'empara d'elle en retournant sur le campus et, en passant devant le lac où elle avait pique-niqué avec James, elle fit barrage à ses souvenirs.

*

Alors qu'elle entamait sa deuxième année et les étapes désormais familières de la vie étudiante, Karina parvint à reconstituer ce qui s'était passé. L'université, qui lui semblait autrefois immense, était devenue plus intime au fur et à mesure qu'elle et James restreignaient leur circuit à certaines sections de la bibliothèque et à leurs restaurants préférés à l'extérieur. Lorsqu'elle se rendait dans ces endroits, il arrivait maintenant qu'elle les voie ensemble : James et la Fille du yoga. Karina avait reconnu à ses vêtements celle qui animait les cours de yoga du samedi matin. Ironie du sort, c'était Karina qui avait suggéré que James et elle y aillent à la fin de l'année passée, une semaine avant les examens, histoire de décompresser. Karina n'avait jamais fait de yoga, mais elle savait que la fille ne prononçait pas correctement des mots comme *chakra* et *asana* et ça l'exaspérait, cette créature qui essayait de s'approprier la culture indienne. Mais n'était-ce pas hypocrite de la part de Karina aussi ? Ce n'était pas comme si elle savait où se trouvaient tous ses chakras.

Elle la voyait désormais partout, reconnaissait de derrière sa queue de cheval lorsqu'elle marchait à côté du vélo de James, apercevait sa jolie petite Fiat rouge garée devant l'appartement du garçon le week-end. Karina savait qu'elle aurait dû éviter les endroits où elle risquait de les croiser, or elle y était au contraire attirée. Pourtant, rien ne venait soulager la douleur aiguë dans sa poitrine ou les heures gâchées à pleurer. Elle avait perdu confiance en elle pour avoir fait confiance à James. Elle rentrait dans un appartement vide qui lui donnait l'impression de se retrouver en prison. Tout ce qu'elle faisait lui rappelait qu'elle était seule. Le campus avait beau lui être familier, elle ne s'y sentait plus à sa place.

L'année précédente, elle avait délaissé Claire et ses autres amis du laboratoire pour passer son temps avec James, et maintenant elle avait honte d'avouer qu'ils s'étaient séparés. Elle avait tout misé sur cet amour qu'elle pensait d'abord ne pas mériter, et savait désormais qu'elle avait vu juste. Alors elle soulageait sa douleur comme elle l'avait toujours fait : toute seule, assise par terre dans la salle de bains, en faisant sortir les gouttes pourpres sur l'intérieur de sa cuisse, là où plus personne n'irait voir.

*

Afin de combler le vide qui avait remplacé James au cœur de sa vie, Karina se mit à passer davantage de temps seule au laboratoire de botanique, aidant Mr Choi à remanier le système d'irrigation avant que le groupe ne recommence à travailler. Un vendredi après-midi, trois semaines après le début du premier trimestre, Karina traînait encore à cinq heures pour éviter de retourner dans son appartement vide.

« Karina, tu ne devrais pas être ici, lui dit son professeur en venant fermer. Allez, c'est le week-end, va t'amuser un peu ! »

Karina rentra à vélo en pleurant tout le long du chemin, le visage éclaboussé par les larmes dans le vent. Arrivée à la maison, elle envoya un message à Claire : *Hé, quoi de neuf ?* Quelques instants plus tard, son téléphone sonna.

« Karina ! cria Claire. Comment s'est passé ton été ? Je veux tout savoir. Les cours d'été étaient *tellement* barbants. C'était une ville fantôme, ici. J'avais hâte que tout le monde rentre. Comment ça va ? Et James ? »

Karina sentit les larmes lui picoter les yeux. « Parti. On s'est… séparés », répondit-elle en se remettant à pleurer et en se mordant la lèvre inférieure.

« Oh, Kar, je suis désolée. Les mecs peuvent être tellement cons », et Karina sourit. « Qu'est-ce que tu fais ce soir ? Viens avec nous ! Avec Patrick et d'autres amis, on sort boire des bières pas chères et danser. On passe te chercher dans une heure, OK ? »

Karina se sentit soulagée et même un peu excitée, passant l'heure suivante à se laver et sécher les cheveux, se maquiller soigneusement et choisir son jean préféré ainsi qu'un chemisier ample qui retombait sur une épaule. Elle pouvait être jolie quand elle faisait un effort, se dit-elle en examinant son image dans le miroir. Avait-elle cessé de faire des efforts et James avait-il perdu son intérêt ? Elle mit des pendentifs à ses oreilles et s'interdit de penser à lui pendant la soirée.

Lorsque Claire arriva, elle donna une longue accolade à Karina, puis la présenta à Patrick, qu'elle avait commencé à fréquenter pendant l'été. Au bar, ils retrouvèrent des amis et une partie de leur groupe du laboratoire, qui accueillirent tous Karina chaleureusement sans lui demander où elle était passée les derniers mois. Patrick était du genre boute-en-train, toujours à raconter des blagues. Il était visiblement amoureux de Claire. Karina ne savait pas vraiment combien de bières elle avait englouties, vu que Patrick ne cessait de remplir son verre, mais elle se sentit bientôt légère et heureuse comme elle ne l'avait plus été depuis son retour à Santa Barbara un mois plus tôt, voire depuis qu'elle avait quitté le campus au printemps. C'était bien la peine d'avoir tant souffert et de s'être languie tout l'été !

« Alors, pourquoi tu t'es séparée de ton copain ? » Henry, un des amis de Patrick, se pencha vers elle. Il s'était montré relativement calme pendant la soirée, du moins comparé à l'agitation de Patrick. Karina se tourna vers lui : il était mignon, avec ses cheveux châtain clair et ses yeux doux. Il lui sourit d'un sourire qui disait que sa réponse l'intéressait.

« Quoi ? » fit-elle en mettant la main sur son oreille pour bloquer le vacarme du bar. Elle l'avait entendu, mais ne savait quoi répondre.

« Claire a dit que tu venais de te séparer de ton copain et qu'il fallait que tu t'amuses ce soir. » Le sourire malicieux de Henry la titillait.

« Ah », répondit-elle avec un signe de tête. La façon dont il l'avait formulé laissait penser que Karina avait eu son mot à dire, comme si c'était elle qui avait pris la décision et ruiné la vie de James, et non l'inverse. Elle préférait cette version. « Ouais, bon », elle marqua une pause et secoua l'épaule sur laquelle son chemisier retombait. « C'était un con.

— Tout est dit. » Henry lui sourit. « Il me semble qu'il faut fêter ça. Je reviens tout de suite. »

Il réapparut avec un plateau rond chargé de verres à liqueur à moitié remplis. « C'est quoi, ça ? vociféra Patrick en faisant glisser les verres sur la table devant chaque personne.

— En l'honneur de l'indépendance de Karina », expliqua Henry, le verre levé. Karina regarda ses camarades autour de la table, qui levaient tous leur verre pour lui souhaiter bonne chance. Une douce impression de bien-être l'envahit. Elle voulait avaler le verre d'un trait, comme Patrick, mais ne parvint à boire que la moitié du liquide (de la tequila, apprendrait-elle par la suite), qui lui brûla l'œsophage et lui donna immédiatement le tournis.

« Cul sec, Karina ! hurla Claire. Tu dois le terminer, sinon ça porte malchance. »

Karina approcha le verre de ses lèvres, pencha la tête en arrière et avala le reste sous les braillements et les acclamations.

*

Karina se réveilla le lendemain matin dans son lit sans trop savoir comment elle était rentrée chez elle. Elle se pencha pour regarder le réveil et fut choquée de voir qu'il était presque midi. Même un mouvement aussi léger lui faisait mal, comme si d'énormes briques s'entrechoquaient dans son crâne. Elle ferma les yeux et essaya de ne pas bouger la tête afin que la douleur s'estompe.

Des souvenirs lui revinrent de la soirée. Le bar, les pichets de bière, un plateau de verres de tequila, puis encore un autre. Combien de verres avait-elle bus ? Elle sentait encore l'alcool dans sa gorge, ce goût âcre et astringent, la sensation de brûlure sur sa langue. Prise d'un haut-le-cœur, elle eut tout juste le temps d'arriver dans la salle de bains pour vomir, s'apercevant en s'agenouillant devant les toilettes qu'elle était nue. Reconnaissante pour la première fois d'avoir son propre appartement et sa salle de bains, Karina se rinça la bouche, s'aspergea le visage d'eau et trouva une bouteille d'Advil derrière le miroir, qui reflétait son mascara tout étalé. Elle regagna lentement son lit, marchant par-dessus son chemisier violet et son jean retourné, emmêlé avec sa culotte.

Une image passa dans sa tête : le visage de Henry au-dessus d'elle, le garçon déboutonnant son jean, elle tapant sa main pour l'écarter, repoussant son épaule, se tortillant sous lui. Oh non, que s'était-il passé la nuit dernière ?

En reconnaissant la sensation de brûlure dans son vagin, elle *sut* en tout cas qu'il s'était passé une chose. *Oh non.* Elle tendit la main vers le bas de son dos et toucha la surface lisse du patch, exactement là où il devait être. Dieu merci, le patch lui était devenu si familier qu'il faisait partie de son corps. Elle avait posé le dernier par habitude avant de se rendre compte qu'elle n'en aurait peut-être plus besoin. Karina ferma les yeux et se rendormit un moment, avant d'être réveillée par la sonnerie de son téléphone. Elle tendit les mains et le récupéra sous son jean.

« Eh bien bonjour ! » C'était la voix enjouée de Claire. « Tu as décidément été la reine de la soirée hier. Je ne savais pas que tu dansais de cette façon.

— Hmmm, gémit Karina. Claire ?

— Henry a été si gentil de te ramener chez toi. Il est *mignon*, chérie. Et c'est vraiment un type bien. Patrick le connaît depuis des lustres. On va tous manger des pancakes dans le restau près de l'autoroute. Cinq dollars pour une grande pile. Tu viens ? »

Karina ferma les yeux. « Je ne peux pas, j'ai un gros devoir à préparer.

— OK. Tu vas nous manquer. Surtout à Henry, gloussa-t-elle. Hé, le week-end prochain on va peut-être aller faire du ski nautique au port. Tu devrais venir. »

Karina murmura quelque chose pour se débarrasser de Claire, puis éteignit son portable et le jeta par terre. Pourquoi n'avait-elle rien dit ? Et qu'était-elle censée dire, d'ailleurs – je ne me rappelle pas ce qui s'est passé hier soir car j'avais trop bu ? Je crois que Henry m'a forcée à coucher avec lui ? J'ai perdu le contrôle de tout ce qui fait de moi la personne que je suis ? Claire pourrait même ne pas la croire, étant donné sa loyauté envers Patrick et la si bonne opinion qu'elle avait de Henry. De plus, elle avait vu Karina s'enfiler ces verres de tequila et flirter avec Henry dans le bar. Karina était peut-être responsable, elle aussi. Lui avait-elle fait des avances ? Lui avait-elle vraiment dit non ? Elle roula sur le côté, ramena ses genoux à la poitrine et pleura doucement avant de se rendormir.

Lorsqu'elle se réveilla en milieu d'après-midi, le martèlement avait cessé dans sa tête. Elle prit une longue douche chaude et nettoya scrupuleusement chaque partie de son corps jusqu'à ce qu'elle se sente propre. Puis elle sortit son matériel du tiroir du bas du meuble de salle de bains, étala tout et prit soin de nettoyer les bords de la lame de rasoir avec du désinfectant. Elle ressentit un soulagement immédiat dès que la lame coupa dans la peau, et resta assise sur le siège fermé des toilettes tandis qu'un filet de sang coulait le long de sa cuisse.

Le soir, elle s'endormit sur le canapé et se réveilla paniquée le lendemain matin en se remémorant des fragments de cauchemar. Elle nageait d'île en île au milieu d'un océan, à la recherche d'un endroit où s'accrocher mais, dès qu'elle y parvenait, l'île se dissolvait pour se transformer en un amas de sable. Après la mort de Prem, Karina avait cessé de redouter qu'un malheur ne lui arrive, puisqu'il ne pouvait y avoir plus grand malheur que de perdre son frère. C'était un raisonnement erroné, elle s'en rendait compte à présent, car désormais chaque nouvelle perte la faisait souffrir davantage, et non l'inverse, entamant encore davantage le peu qu'il restait d'elle. Il n'empêche, il restait quelque chose, quelque chose qui méritait d'être préservé. Le dimanche soir, Karina sortit un carnet et l'ouvrit sur une page blanche. Elle avait besoin d'un plan.

Devait-elle raconter à quelqu'un ce qui s'était passé avec Henry ? Elle se souvint de la présentation, en début de première année, sur les dangers et tentations auxquels les étudiants seraient confrontés : bizutage, coma éthylique, agressions sexuelles. Comme la plupart de ses camarades, Karina n'avait pas écouté grand-chose. C'était un peu comme essayer de donner des brocolis à un groupe d'enfants dans un magasin de bonbons. Ils les auraient peut-être avalés, mais uniquement pour qu'on les laisse faire ce pour quoi ils étaient venus. Liberté. Indépendance. La possibilité de faire leurs propres choix, d'orienter leur vie comme des adultes. Karina connaissait les histoires de ces filles intervenant pour rapporter des agressions sexuelles. Elles traversaient le campus avec leur matelas, se faisaient traiter de putes, devaient raconter des dizaines de fois leur histoire à des adultes qui ne s'y intéressaient pas, perdant chaque fois au passage un peu de leur dignité et de leur intimité.

Sa mère n'était même pas au courant de l'histoire avec James, ni qu'elle avait une vie sexuelle, alors ce serait probablement trop pour elle. Quant à son père, il avait beau comprendre que les étudiants buvaient et pouvaient avoir une vie amoureuse, il se mettrait en colère, voudrait se venger, s'en prendrait à l'université et à Henry et ferait toute une histoire ; ce n'était surtout pas ce qu'elle voulait. Ce qu'elle voulait, c'était s'en débarrasser, oublier cela, et surtout que cette mauvaise nuit, cette erreur de jugement passagère, ce moment où elle avait baissé la garde ne laissent aucune trace dans sa vie.

Izzy, écrivit-elle en haut de la page. Elle l'appellerait demain.

Médecine scolaire – MST, poursuivit-elle au-dessous. Merde. Elle avait fait tellement attention toute sa vie, s'était tenue à distance pendant tout le lycée, avait attendu de rencontrer quelqu'un qu'elle aimait, qui l'aimait. Une larme tomba sur la page, qu'elle essuya.

Boulot, écrivit-elle enfin. Elle voulait ce qu'avait Stephanie, son ancienne colocataire : un emploi du temps si chargé qu'elle aurait à peine le temps d'étudier et de dormir. Pas de temps libre pour aller dans des bars, des restaurants à pancakes ou faire du ski nautique. Pas de temps mort pour réfléchir. Pas d'heures vides à remplir.

La nuit arriva vite et, malgré son épuisement, Karina eut du mal à trouver le sommeil. Chaque fois qu'elle était sur le point de s'assoupir, des images de Henry lui venaient à l'esprit : eux deux riant ensemble dans le bar et dansant serrés dans la boîte de nuit, lui la poussant sur le lit, son coude allant cogner le mur tandis qu'elle essayait de se dégager. Elle finit par prendre sa couverture et alla dormir sur le canapé du salon.

Le lendemain matin, en sortant, elle jeta un sac contenant son jean préféré et son chemisier violet dans l'incinérateur.

25. *Karina*

Octobre 2014

Le téléphone de Karina sonna et le visage souriant de son père apparut sur l'écran. Elle hésita un instant avant de renvoyer l'appel sur sa messagerie. Elle ne pourrait pas l'éviter éternellement mais, pour le moment, cela paraissait la seule chose à faire. Ses notes de la première moitié du trimestre venaient d'être affichées et n'avaient jamais été aussi mauvaises : un B, deux C et un D. Avec un emploi du temps plus chargé cette année, elle avait eu du mal à se concentrer pendant les cours de maths et de sciences avancés, accumulant le retard. La veille, elle avait reçu un courrier lui rappelant les exigences minimales pour conserver sa bourse. Si ses notes ne s'amélioraient pas d'ici la fin du trimestre, elle serait mise à l'essai et, après le trimestre suivant, son allocation serait révoquée. Elle ne pouvait même pas imaginer avoir cette discussion avec son père.

La bourse couvrant les frais de scolarité de chaque semestre, elle devait lui demander de l'argent tous les mois pour couvrir les autres dépenses. Il lui transférait toujours les fonds immédiatement, mais attendait qu'elle l'appelle, afin d'avoir l'occasion de lui parler de temps en temps. La première année, elle aimait ces conversations. Après avoir fini un examen ou rendu un devoir, elle s'allongeait sur le lit et lui racontait tout en détail, épuisée et soulagée d'avoir terminé. Lorsqu'elle commença à passer son temps libre avec James, ces appels se mirent à ressembler aux échanges qu'elle avait toujours eus avec sa mère – des conversations brèves et obligatoires où elle le rassurait : elle allait bien et avait de bonnes notes. Cette année, après la séparation avec James et l'incident avec Henry (c'est ainsi qu'elle y pensait désormais, refusant de lui donner une plus grande importance dans sa vie), elle avait évité d'appeler Keith, essayant de s'en tirer avec des textos et des e-mails. Elle savait que, si elle entendait cette légère nuance d'inquiétude dans la voix qui affleurait à la surface, elle craquerait. Karina essayait de se construire une nouvelle vie, une nouvelle peau recouvrant les cicatrices ; elle devait se protéger jusqu'à ce que cette peau ait suffisamment durci pour lui servir de bouclier.

Il s'était aussi passé quelque chose ces dernières semaines : elle avait perdu Prem. Elle ne parvenait plus à l'imaginer grandissant à ses côtés, soit qu'elle eût atteint les limites de son imagination, soit qu'elle eût franchi un stade dans sa vie d'adulte en le laissant derrière.

Qu'importe, le fait de le perdre une nouvelle fois ravivait la douleur et la culpabilité.

*

Après avoir consulté les annonces en ligne pendant quelques semaines et s'être rendue à vélo à plusieurs entretiens, Karina finit par trouver un emploi à temps partiel chez Natural Foods Market, un magasin de produits bio et naturels à trois kilomètres du campus. Il faisait le quart de la taille d'un supermarché normal et le rayon fruits et légumes, où elle travaillait deux soirs par semaine ainsi que le dimanche, tenait la vedette. Karina avait pour tâche de s'assurer que sa section soit approvisionnée en produits frais et attrayants. Elle encourageait les clients à sentir et toucher les fruits et leur en offrait. C'était l'un des aspects qu'elle préférait : sortir un petit couteau, comme celui qu'elle avait autrefois offert à Prem, de la poche de son tablier et couper une poire parfaitement mûre ou une pomme acidulée. À tous les coups, le client appréciait le geste et le goût l'impressionnait généralement assez pour qu'il achète le fruit.

Pour la première fois, elle avait un travail qui sollicitait son corps plus que son esprit, et c'était reposant. Le temps passait vite et il lui restait juste assez d'énergie à consacrer à ses études. Elle commença à se sentir en visite sur le campus, n'y allant que pour assister aux cours. Elle évitait la bibliothèque, les restaurants, tous les endroits où elle aurait pu tomber sur James, la Fille du yoga, Henry ou même Claire, qui lui avait envoyé plusieurs textos pour l'inviter à sortir avec eux. Elle retrouvait de temps en temps Stephanie pour étudier, mais son cercle d'amis s'étant restreint, elle ne socialisait plus et cette pénitence lui convenait. Elle allait à vélo de ses cours à son travail ou à son appartement, où elle continuait à dormir sur le canapé, toujours incapable de retourner dans son lit.

Elle avait pris un travail pour s'occuper, mais l'argent s'avéra une véritable aubaine, lui permettant de couvrir ses dépenses et lui évitant d'appeler son père. Elle faisait ses courses chez NatMark avec sa remise d'employée, qui venait compléter ses deux cents dollars de salaire hebdomadaire, et en apprenait beaucoup sur la préparation des aliments, par exemple faire griller les tomates trop mûres et démarquées afin d'obtenir un concentré pour les sauces et les soupes.

Un jour, dans la salle où elle prenait sa pause, d'autres employés essayèrent de la convaincre de se joindre à eux pour le dîner à la fortune du pot qu'ils organisaient le dimanche soir. Leur esprit de camaraderie lui faisait du bien, et lorsque son téléphone sonna et qu'elle vit que c'était son père, elle répondit sans réfléchir. « Salut Papa. » Cela faisait plusieurs semaines qu'ils ne s'étaient pas parlé, se contentant d'échanger des textos.

« Ma chérie, bonjour ! Je commençais à

me demander si tu avais été engloutie par la bibliothèque.

— C'est ça, dit-elle en souriant. Désolée, j'ai été vraiment occupée.

— Comment va le cours d'analyse, toujours aussi dur ?

— Eh bien, oui. » Elle ne décollait pas du D en analyse. « Je crois que je vais laisser tomber. Je suis la seule étudiante de deuxième année et je crois que c'est juste trop avancé pour moi.

— Quoi ? Non, ma chérie, n'abandonne pas. On va te trouver un professeur. Tu veux que je t'en trouve un ? »

Karina se tut un instant, énervée qu'il se mêle de ses affaires. « Je ne veux pas de professeur particulier, Papa. Je ne veux pas suivre ce cours. C'est juste que… ce n'est pas le bon cours pour moi. »

Son père eut un petit rire, ce qui l'irrita encore davantage. « Comment ça, pas le bon cours ? C'est le prochain cours de maths dans la série, non ? Tu as toujours été forte en maths. Peut-être que, cette fois, tu as juste besoin d'un peu d'aide.

— Papa, je déciderai ça toute seule, d'accord ? » répondit-elle les dents serrées.

La pause à l'autre bout de la ligne lui apporta une certaine satisfaction, car elle l'imaginait battant en retraite. « Je dois y aller, Papa. Je suis à la bibliothèque, peux pas rester au téléphone.

— D'accord. Au revoir ma chérie, je… »

Elle mit fin à l'appel et coinça son portable dans sa poche arrière, puis quitta la pièce pour prendre son service. Quelques minutes plus tard, elle recevait un texto de lui : *J'imagine que tu sais ce qui est le mieux pour toi. Suis là pour toi, si tu as besoin. Ai fait le virement ce matin. Je t'aime.* Karina hocha la tête et renvoya un rapide smiley.

*

Un mois après avoir commencé à travailler chez NatMark, l'un de ses collègues partit faire un safari en Afrique et le responsable du magasin chargea Karina de réceptionner les livraisons et de s'assurer que les produits étaient en bon état. Elle aimait enfiler le bleu de travail en caoutchouc par-dessus ses vêtements et s'occuper des chariots élévateurs et des palettes à l'arrière du magasin, une activité si différente du travail cérébral de ses parents, auquel on la pensait destinée elle aussi. Bien que ses notes ne se soient pas améliorées, Karina demanda à faire davantage d'heures, de plus en plus attirée par son travail, par le sentiment d'être compétente en quelque chose et reconnue comme telle. Voyant ses gains augmenter avec sa promotion et ses heures supplémentaires, elle envisagea la possibilité de devenir totalement indépendante de ses parents.

Un jour, tandis qu'elle disposait une nouvelle cargaison d'oranges, Karina se sentit observée. Elle leva les yeux et vit un homme à quelques mètres de là. Plus âgé, la petite trentaine peut-être, avec des cheveux bruns ondulés et des traits rudes.

« Oh, je peux vous aider ? » demanda Karina en écartant du dos de sa main gantée les cheveux qui dépassaient de sa queue de cheval.

Il lui sourit. « Mes voisins ont un oranger dont les fruits ont un zeste extraordinaire – un goût et un arôme intenses. Vous avez quelque chose dans le genre ?

— Hum. À vrai dire, on ne m'a jamais posé la question. Je peux vous dire quelles sont les meilleures oranges à jus, répondit-elle en montrant l'une des Navel qu'elle était en train de disposer. Ou bien… » Elle fit quelques pas jusqu'au rayon clémentines et en prit une paire, réunie par leurs tiges feuillées. « Les plus populaires pour le déjeuner et les pique-niques.

— Et celles-ci ? » Il montrait une orange Sumo. « Elles ressemblent un peu à celles de mes voisins.

— Ah, les Sumo sont délicieuses. Mes préférées. Mais il ne faut pas s'arrêter à leur aspect, elles sont affreuses.

— Ah non, alors ce n'est pas ça. Celles de mes voisins sont encore pires à voir.

— Alors je suis désolée, monsieur, répliqua-t-elle en riant, je ne crois pas qu'on ait ce genre-là. »

Son rire à lui ressemblait à sa voix, grave et sonore. « Ça va, ne m'appelle pas monsieur. » Il pointa le doigt vers elle. « Je ne suis pas *tellement* plus âgé que toi. Je m'appelle Micah, dit-il en tendant la main.

— Karina. » Elle retira son gant en plastique

pour lui serrer la main et sentit une chaleur électrisante irradier de sa paume.

« Karina, répéta-t-il. La jolie fille qui aime les oranges les plus moches. » Il lança la Sumo en l'air et la rattrapa.

L'éclair d'attirance qu'elle ressentit, pour la première fois depuis la rencontre avec James, la prit par surprise et elle baissa le regard pour masquer son sourire instinctif. « Vous voulez goûter une de celles-là ? demanda-t-elle en sortant son couteau. Elles ont une peau épaisse, donc peut-être le zeste que vous cherchez.

— Avec plaisir, dit-il en fixant le regard sur elle. J'adorerais. »

*

Le dimanche suivant, Micah réapparut à la fin du service de Karina. Ils discutèrent ensemble du goût des asperges selon leur couleur : quelle déception la première fois qu'il avait cuisiné des asperges violettes ! Le weekend d'après, il lui raconta qu'il faisait pousser de la rhubarbe et que sa récolte de laitues presque parfaites avait été décimée par une famille de lapins. « J'allais installer une clôture grillagée, mais je savais qu'ils essaieraient de sauter par-dessus et se blesseraient sur le grillage. Une tête de romaine perdue, c'est une chose, mais un lapin en sang, je l'aurais sur la conscience, tu vois ? » Il rit, et Karina essaya de trouver quelque chose d'intéressant à dire pour prolonger la conversation, le garder là avec ses yeux intenses et son sourire chaleureux.

Chaque semaine, elle se mit à attendre sa venue et leurs conversations se faisaient de plus en plus longues et personnelles. « Qu'est-ce que tu étudies ? » lui demanda-t-il un jour, et il parut réellement intéressé lorsqu'elle lui parla de ses cours interdisciplinaires de sciences de l'environnement. Il l'interrogea sur son projet de séminaire sur les systèmes d'eau et lorsqu'elle en vint aux conclusions, une image de James lui traversa l'esprit sans aucune émotion. Micah paraissait fasciné par ce qu'elle décrivait, admiratif devant ses connaissances. Karina lui raconta ce qu'elle faisait au laboratoire de botanique, où elle produisait de nouvelles variétés de tomates anciennes et de haricots grimpants.

« Et qu'est-ce que tu fais pousser dans ton jardin à toi ? » lui demanda Micah.

Karina hocha la tête. « Je n'ai pas de jardin. Je vis dans un appartement près du campus. Pas d'espace extérieur, malheureusement.

— Quoi ? Une jeune femme si savante sur les fruits et légumes sans jardin à elle ? » s'étonna-t-il en penchant la tête.

Karina rit en haussant les épaules. « Je prends tout ici. »

Micah étudia un moment son visage. « Cultiver soi-même, ça apporte quelque chose de très spécial. Tu commences par les toutes petites graines, celles qui restent de la tomate que tu as mangée au déjeuner. Tu les enterres bien profondément dans la terre, invisibles pour le reste du monde. Tu les arroses, tu observes et tu attends – et un jour, la première pousse verte apparaît. Et tu sais que c'est *toi* qui as fait ça. C'est *toi* qui as nourri, qui as créé la vie. » Micah choisit une tomate dans le panier – rouge vif, parfaitement ronde, la peau immaculée – et la tint dans sa main. « Et puis tu la goûtes. » Il ferma les yeux et approcha la tomate de son nez, puis respira profondément.

Karina l'observait avec une vive curiosité. Elle avait l'impression qu'il allait mordre dans la tomate comme dans une pomme et fut prise d'une envie inexplicable de l'imiter. Mais après un long moment, il se contenta d'ouvrir les yeux et lui tendit la tomate. Elle se pencha pour la sentir, fermant les yeux pour s'imprégner de son arôme, fruité et terrestre à la fois. Lorsqu'elle les rouvrit, la proximité et le regard intense de Micah la surprirent. Karina sentit son cœur s'accélérer et recula d'un pas.

« Je partage un terrain avec des amis au jardin communautaire de Rancheria. Tu connais ? »

Karina fit non de la tête.

« Pourquoi tu ne viens pas un de ces jours ? On aurait bien besoin de quelqu'un comme toi. Nos poivrons et nos tomates se portent à merveille, mais les herbes et les laitues sont dévorées par les bestioles. Si on n'arrive pas à arrêter ça, on sera condamnés à manger de la ratatouille pendant tout l'hiver plutôt que des salades. Samedi matin, vers neuf heures ? »

Karina le regarda s'éloigner en se demandant si elle devrait y aller, et pourtant déjà impatiente. Elle allait devoir attendre six jours jusqu'au samedi.

26. Karina

Octobre 2014

De retour à la maison, Karina se renseigna sur le jardin communautaire de Rancheria, un terrain communal d'un kilomètre carré réservé aux personnes habitant dans des immeubles collectifs ou n'ayant pas accès à un espace extérieur pour jardiner. Des gens comme elle. Elle se sentait un peu nerveuse à l'idée d'y aller toute seule et appela Stephanie, qui vivait toujours dans leur ancienne résidence sur le campus. « Hé, Steph ! » lança-t-elle, heureuse d'entendre la voix de son amie pour la première fois depuis des semaines. « T'es libre samedi matin ? »

Lorsque Karina et Stephanie arrivèrent, Micah se trouvait déjà là avec deux amis qui paraissaient plus âgés, entre vingt-cinq et trente ans. « Karina ! » l'appela-t-il, et toutes les appréhensions qu'elle nourrissait avant de venir s'évanouirent. Karina présenta Stephanie ; Micah les présenta à son tour à Ericka, une Eurasienne menue qui portait une salopette et un bandana violet autour de ses cheveux bruns coupés à la garçonne ; et Jeremy, en T-shirt délavé, avec une barbe de plusieurs jours qu'il n'arrêtait pas de caresser. De la musique sortait d'une petite enceinte sans fil. Micah leur servit du café d'une grande thermos et leur fit faire le tour du jardin, montrant les blettes arc-en-ciel de telle personne et le chou romanesco de telle autre.

« Ça, c'est le carré de Mrs Godfrey, dit-il en indiquant des fanes de carotte flétries. Elle n'est pas revenue depuis son opération de la hanche. Elles ont l'air sèches. » Il tira un tuyau d'arrosage et le pointa vers le centre du carré. « Il faut s'en occuper pendant qu'elle n'est pas là – ce jardin, c'est toute sa vie, à cette gentille petite dame. »

Lui et ses amis cultivaient en réalité quatre lopins individuels qu'ils avaient mis en commun pour travailler de façon collective. Ils y faisaient pousser des tomates, des poivrons, des courgettes, des laitues et différents types d'herbes. Stephanie se pencha sur une plante qui portait des piments vert foncé. « Ah, des poblanos. Ma mère fait le meilleur *mole* du monde quand c'est la saison.

— Prends-les, lui proposa Micah en souriant.

— Vraiment ? » Stephanie le regarda. « Je rentre à la maison le week-end prochain. Elle adorerait.

— Absolument ! Ta mère en fera un bien meilleur usage que nous. » Micah lui tendit un sac en toile. « Tiens, prends tout. » Stephanie prit le sac en lui faisant un grand sourire.

Micah poursuivit son tour du jardin avec Karina. « Verveine citronnelle ? demanda Karina en montrant une parcelle. Qu'est-ce que vous en faites ? »

Micah sourit et haussa les épaules. « Pas encore sûrs, mais on va en avoir énormément. Si tu as des idées, je suis preneur. » Ils retournèrent près du seau à outils et il lui tendit une paire de gants. « Karina, vu ton nom, j'imagine que tu es indienne. » Il leva un doigt et poursuivit. « Mais pas entièrement. Peut-être aussi du sang blanc ?

— Euh, oui. Exact », répondit Karina, prise de court. « Comment ?... Tu peux deviner tout ça à partir de mon nom ?

— Ton nom. Tes yeux en amande. Ta couleur de peau. » Micah lui sourit. « Tu ne me croiras peut-être pas, mais j'ai fait un peu de sanskrit.

— Quoi ? Non, c'est une blague.

— Si, apparemment je suis doué pour les langues. Je les apprends facilement.

— Tu en connais combien ?

— Sept ou huit. » Il sourit en haussant les épaules. « En fait, j'ai voyagé dans le monde entier, donc j'ai vu beaucoup de personnes et de combinaisons différentes dans ma vie. Ça fait quoi, d'avoir deux cultures ? Est-ce que les gens essaient toujours de te rattacher à l'une ou à l'autre ? »

Karina l'observa, essayant de déchiffrer son visage. « Les gens ne savent pas quoi penser de moi.

— Et quelle impression ça fait ? »

Micah soulevait des questions qu'on ne lui avait encore jamais posées et auxquelles elle avait encore moins de réponses. Elle était heureuse d'avoir des lunettes de soleil et une casquette de base-ball pour cacher son visage.

« L'impression d'être sans ancrage, je dirais. Tu sais, j'aimerais bien pouvoir entrer quelque part et avoir le sentiment d'être avec les miens. Mais ça n'arrive pas. *Jamais.* J'ai essayé l'Association des étudiants indiens sur le campus, ça a été un fiasco. Pas assez indienne. Partout un peu trop différente pour m'intégrer. »

Micah sourit et murmura d'une voix bienveillante : « C'est dans la nature humaine de vouloir classer les choses pour les rendre reconnaissables. » Il ouvrit un nouveau sac de fumier entre eux deux. « Les gens ne comprennent pas que c'est le mélange qui produit les grandes choses. Le rock'n'roll est né de la confluence du R&B et de la musique country. Les tomates hybrides, comme celles-ci – il fit une pause le temps d'arracher un surgeon sur le plant de tomates – sont les plus savoureuses. Et les enfants métis combinent le meilleur de chaque parent. Toujours les plus beaux. »

Karina sourit malgré elle, tout en se disant qu'il ne l'avait pas complimentée directement. Micah la voyait pour ce qu'elle était, et elle constatait avec étonnement l'effet que cela produisait chez elle. Il ne la considérait pas comme une nouveauté, contrairement à certains, mais n'ignorait pas non plus complètement ses différences, comme l'avait fait James.

« Attends de rencontrer August, lui dit-il en souriant. Il a au moins quatre types de sang qui coulent dans ses veines. Et c'est un être magnifique, intérieurement et extérieurement. Tout est là : dans la façon dont tu te sens intérieurement, peu importe la façon dont les autres te perçoivent. C'est le seul moyen d'avoir sa place quelque part. Qu'est-ce que ça veut dire, au fait ? demanda Micah. Karina ? »

Karina haussa les épaules. « Pas grand-chose pour moi, à part d'avoir hérité d'un prénom que personne n'arrive à épeler correctement. » Elle sourit et lui raconta en bref ce que son nom signifiait pour ses parents.

Micah hocha la tête. « C'est le nom qu'on t'a donné, ça ne veut pas dire que tu doives le porter éternellement. Peut-être qu'il a joué son rôle dans ta vie et ne t'est plus utile aujourd'hui. »

Prem ne l'avait jamais appelée par son prénom, en tout cas. Il avait commencé à l'appeler Kiki quand il était tout petit, car il n'arrivait pas à le prononcer en entier, puis avait continué. Elle adorait ce petit surnom, même si elle ne l'avait jamais dit. Mais il était mort avec Prem, et depuis lors plus personne n'avait prononcé ces deux syllabes.

Stephanie vint les rejoindre, rayonnante, un sac rempli de piments poblanos dans les bras. « Qu'est-ce que je peux faire ? Mettez-moi au travail. » Micah lui tendit une paire de gants et une pelle pour répandre du fumier autour de la base des plantes. Pendant qu'ils continuaient à travailler tous ensemble, Karina remarqua que Micah, Ericka et Jeremy paraissaient très à l'aise les uns avec les autres. Ericka était une jeune femme frêle d'un mètre cinquante, peut-être, et tout chez elle semblait compact jusqu'à ce qu'elle se mette à rire, un rire puissant qui surprenait. Jeremy était plus calme, très musclé, et se précipitait si nécessaire pour porter sur son épaule des sacs géants de terreau organique de l'autre côté du jardin.

Micah demanda à Karina de jeter un coup d'œil au système d'irrigation qu'ils avaient installé, essentiellement des goutte-à-goutte sur des minuteurs. Elle remarqua que les trous étaient trop éloignés les uns des autres et que plusieurs tuyaux faisaient des nœuds. « Hé, écoutez un peu ça, dit-il en appelant les autres. Karina est experte pour faire pousser des plantes dans des conditions de sécheresse.

— Ce qui est assurément le cas ici. » Ericka retira son bandana pour s'essuyer le front et le cou. « Pff. »

Alors seulement Karina se rendit compte que le soleil tapait, presque à la verticale, et que son estomac commençait à gargouiller. Elle regarda sa montre et vit que trois heures étaient passées.

« Commence à faire chaud ici, hein ? » Micah but une longue gorgée à sa gourde. « On devrait peut-être arrêter là pour aujourd'hui. »

Oui, il faisait chaud et le T-shirt de Karina collait, avec la sueur. Elle avait du fumier sous les ongles, sentait probablement mauvais et mourait de faim. Mais elle n'avait pas envie de quitter cet endroit, ni ces personnes agréables et chaleureuses qu'elle venait de rencontrer. Elle sentit un voile de mélancolie l'envelopper tandis qu'elle aidait à nettoyer les outils et à secouer la terre des gants.

« Hé, Ericka, appela Micah. On va ramasser des laitues et des herbes et les apporter à Mrs Godfrey en rentrant. À mon avis, elle serait bien contente d'avoir des légumes frais et de la visite. » Et, se tournant vers Karina : « Elle est tellement active, pour une septuagénaire. Elle doit devenir folle à force de rester au lit. » Micah releva ses lunettes de soleil sur la tête, révélant ses yeux chaleureux. « Merci d'être venues, Karina et Stephanie. J'espère qu'on vous reverra samedi prochain ?

— En général je travaille le samedi, répondit Stephanie. Mais j'essaierai de rapporter du *mole* après le week-end prochain pour que Karina vous en donne. Merci pour les piments.

— Salut Karina ! » Ericka l'attira pour la serrer dans ses bras. « Super de t'avoir rencontrée ! »

Karina et Stephanie traversèrent la rue pour regagner la voiture de Karina. « Tu n'avais pas dit qu'il était *super* beau, dit Stephanie avec un sourire coquin.

— Carrément ? Bon, moi je le trouve mignon.

— Oui, et *sympa*. Intelligent, charmant,

continua Stephanie. Pas comme ces gars immatures sur le campus. »

*

Karina continuait à aller aux cours et à étudier pendant la semaine, mais elle se mit à attendre avec impatience le samedi matin, jour où elle retournait fidèlement au jardin communautaire. Micah était là toutes les semaines, parfois avec Ericka ou Jeremy, parfois avec Zoe, une jeune femme blonde portant des dreadlocks, ou August, un gars au teint mat et aux cheveux noirs en épi. Ils apportaient toujours une thermos de café et mettaient des musiques éclectiques, si bien que le temps passait vite.

Le dimanche, lorsque Karina travaillait chez NatMark, Micah venait généralement vers midi. Un jour, elle lui montra les betteraves arc-en-ciel et les betteraves de Chioggia qui venaient juste de rentrer et pouvaient se manger crues, râpées finement, tant leur chair était tendre.

« Tu sais que j'en ai goûté pour la première fois à vingt-cinq ans ? dit Micah. Et les aubergines, et les avocats. J'ai grandi dans le Midwest, alors mon univers de légumes, c'étaient les pommes de terre, le maïs, les carottes et les petits pois. » Il rit en voyant l'expression de Karina. « Eh oui, et la moitié du temps en boîtes de conserve. Et toi ? Tu as grandi où ?

— Dans la baie de San Francisco. »

Micah haussa un sourcil. « Hmm. Chic.

— En fait pas vraiment, mais j'ai mangé de tout. Mes parents sont tous les deux des gourmets et ma mère est indienne, alors des tas de légumes dont tu n'as jamais entendu parler.

— Une belle enfance, apparemment. » Micah l'observa et, heureusement, il changea de sujet. « Celles-ci sont d'où, tu sais ? » Il montra l'une des betteraves.

Elle regarda l'étiquette. « De l'Oregon.

— Ah. » Il se dirigea vers les panais. « Ce ne serait pas fabuleux si on pouvait couvrir tous nos besoins avec des produits bio qu'on ferait pousser ? Nous regrouper et faire tout nous-mêmes, plutôt que de sous-traiter l'aspect le plus important de notre santé à des entreprises commerciales ?

— Ça pourrait devenir un peu ennuyeux, non ? dit-elle en riant. Toute cette verveine citronnelle et pas de tomates ? »

Micah rejeta la tête en arrière et partit de ce rire profond et sonore qui réjouissait Karina. « Vraiment, avec le climat qu'on a ici toute l'année, il n'y a aucune raison de ne pas y arriver. Et d'ailleurs, dit-il en faisant un pas vers elle, c'est déjà en train de se faire. On a un terrain. » Il baissa la voix. « *Plus de trois hectares*, avec une maison de huit cents mètres carrés, plein d'espace pour tout le monde. Ericka et Jeremy ont emménagé il y a quelques mois.

— Vous vivez tous ensemble ? » demanda-t-elle.

Il hocha la tête. « On est douze. Il y a encore de l'espace pour une ou deux personnes peut-être, mais pas plus. On fait très attention à qui nous rejoint parce que c'est très spécial, ce qu'on est en train de créer. Une nouvelle façon de vivre, en harmonie avec la terre et avec les autres.

— Une sorte de… communauté ? » lança-t-elle comme une boutade, s'attendant à ce qu'il rie ou la démente.

Micah pencha la tête sans se départir de son sérieux. « C'est une façon de dire. Ce n'est pas un hasard si l'idée perdure à travers les siècles et les cultures. Communauté, kibboutz, collectif, coopérative – appelle cela comme tu veux –, c'est un concept magnifique. Fondamentalement, nous, les êtres humains, avons besoin de vivre ensemble, de partager fardeaux et défis, de célébrer les fruits de notre travail et nos victoires. Autrefois, les familles élargies cohabitaient – grands-parents, parents, oncles et tantes, des dizaines d'enfants – et dans certains pays, c'est toujours le cas. Mais aujourd'hui… Bon, je ne sais pas pour toi, mais je n'ai pas exactement une grande famille pour partager ma vie. Alors on est en train d'en créer une. »

Karina se vit dans son appartement solitaire de Santa Barbara, vit sa mère dans leur maison à Los Altos, l'appartement de son père à Palo Alto, ses parents à lui sur la côte Est, ceux de sa mère en Inde. Chaque étape importante franchie dans sa vie – la réussite au lycée, la bourse pour l'université, James – l'avait été avec l'espoir de s'éloigner du dysfonctionnement et de la tristesse de sa famille, de trouver une place où se sentir chez elle. En vain.

« Je pourrais venir un jour ? » Les mots lui sortirent de la bouche sans qu'elle ait eu le temps d'y réfléchir.

Micah sourit et mit un sac de carottes arc-en-ciel dans son panier. « Je demanderai aux autres. »

*

Lorsque Karina se présenta au jardin communautaire le troisième week-end de novembre, elle y trouva un groupe plus important, une douzaine de personnes. Ericka, Jeremy, August et Zoe lui donnèrent l'accolade, puis Ericka la prit par le bras et la présenta aux autres. Il y avait plusieurs cageots de lait et des bacs en plastique empilés au centre du groupe et, bizarrement, de la musique de Noël.

Micah monta sur un banc en bois : « Quelle magnifique matinée ! », puis leva les mains vers le ciel. « Aujourd'hui, c'est l'aboutissement de plusieurs mois de travail acharné. Aujourd'hui nous récoltons ce que nous cultivons depuis septembre. Vous vous rendez compte qu'en septembre, rien de tout cela n'existait ? » dit-il en étendant les bras et en regardant tout autour de lui.

Karina se revit avec un pincement au cœur en septembre dernier, faisant la route de Los Alamos à Santa Barbara, impatiente de retrouver James. Sa gorge se serra et elle redirigea son attention vers Micah.

« Et maintenant nous avons des courgettes, des tomates, des betteraves, des choux de Bruxelles, des brocolis et encore plein d'autres choses, poursuivit celui-ci. Chacune de ces plantes est ici car vous avez pris soin d'elle. » Au moment de dire *vous*, ses yeux rencontrèrent ceux de Karina. « Vous l'avez nourrie, arrosée, avez enlevé les mauvaises herbes et l'avez aidée à pousser. Toute fin est un nouveau début. Aujourd'hui nous faisons notre dernière récolte dans notre jardin communautaire bien-aimé et transférons nos énergies vers le Sanctuaire. Après avoir célébré et remercié jeudi prochain, nous commencerons à planter nos nouveaux champs là-bas vendredi. »

Thanksgiving approchait et les parents de Karina lui avaient demandé si elle comptait rentrer à la maison. Dans son enfance, la fête était une affaire discrète réduite à la famille immédiate. Pas question de caser davantage de personnes autour de la table. Aucune des pitreries d'une grande famille bruyante réunie pour se disputer sur la politique ou rire de blagues éculées. C'était toujours un défi de trouver une dinde assez petite pour eux quatre (puis pour eux trois). Sa mère détestait laisser de la nourriture et, toutes les plus petites volailles étant apparemment vendues très tôt, elle avait pris l'habitude d'acheter la dinde un mois à l'avance et de la stocker dans le congélateur. Le jour où leur mère la rapportait, Karina et Prem se goinfraient de glaces pour lui faire de la place. C'était souvent le meilleur moment de la fête, et c'était ce qui manquait le plus à Karina depuis la mort de Prem.

Pendant toutes les années de lycée de sa fille, Keith avait insisté pour qu'ils fêtent ce jour ensemble, rapportant des sacs remplis de courses à la maison même après avoir quitté le domicile familial. Et pourtant, il manquait quelque chose d'essentiel lorsqu'ils se retrouvaient uniquement à trois, comme le sel dans les aliments. Au fil des ans, ses parents avaient perfectionné le menu et s'enorgueillissaient des plats qu'ils préparaient. Mais malgré la purée de pommes de terre à la ciboulette crémeuse à souhait, la sauce au porto et les haricots verts délicats aux amandes grillées, la fête de Thanksgiving ne l'avait jamais vraiment comblée.

Elle n'avait nulle part où aller à Santa Barbara et une partie d'elle-même refusait de marquer l'événement. Elle ressentait trop l'absence de ce qui aurait dû être là, comme si sa langue revenait toucher une dent perdue. C'était tentant de rester en ville pour étudier et travailler, sachant qu'elle pourrait demander quelques heures supplémentaires chez NatMark, car il y avait beaucoup à faire la semaine de Thanksgiving.

« Allez, prenez un panier et mettons-nous au travail », dit Micah en claquant des mains. Le groupe poussa un cri de joie et il y eut quelques applaudissements.

Karina se dirigea vers les paniers, des gants

à la main, et s'accroupit à côté d'August, qui fouillait à la recherche d'une paire. « Alors, August, tu vis au…

— Sanctuaire ? » Il la regarda. « Oui, j'ai emménagé il y a six mois environ. C'est un lieu magnifique, vraiment. » Il se tut, puis reprit. « Parfois, je pense que Micah m'a sauvé la vie avec cet endroit. » Avant qu'elle puisse lui demander ce qu'il voulait dire, celui-ci arriva et accueillit Karina par une accolade chaleureuse, laissant traîner confortablement son bras autour de ses épaules. « Tu veux travailler sur les betteraves avec moi ? »

Ils s'agenouillèrent par terre à deux coins adjacents du terrain. Micah tira l'une des plantes par les feuilles, révélant un bulbe rose bosselé. « Betterave de Chioggia, dit-il. Rose veinée de blanc à l'intérieur. Tellement belle quand tu l'ouvres. » Il frotta vigoureusement la betterave contre son T-shirt et mordit dedans.

« Donc vous ne viendrez plus ici ? demanda-t-elle en s'efforçant de chasser l'angoisse de sa voix.

— Exact », répondit Micah en plongeant sa pelle dans la terre pour en extraire une autre betterave. « C'est excitant, ce qu'on a prévu, Karina. Une terre magnifique de trois hectares nettoyée et améliorée avec des amendements agricoles et de l'engrais. Il y a un puits sur le terrain, qu'on a relié à un système d'irrigation efficace par goutte-à-goutte, et on est prêts à commencer à planter les premières récoltes. Quand on sera à plein rendement, on aura encore plus que ce dont on a besoin, donc on pourra donner à des banques alimentaires. »

Elle rit. « Un puits ? Où est cet endroit, en pleine campagne ?

— Rancho Paraíso, à une trentaine de kilomètres d'ici. Le Ranch du paradis, comme l'ont appelé les premiers colons mexicains. Aujourd'hui, c'est une communauté super riche avec des maisons énormes sur d'immenses terrains, toutes conçues pour offrir un maximum d'intimité. »

Karina prit une grande inspiration. « En fait, je… je serai ici pour Thanksgiving », dit-elle le cœur battant. Elle prit une betterave par les feuilles. « Et je fais une délicieuse salade de betteraves rôties.

— Tu sais, c'est normal de ressentir ça, la rassura Micah. De ne pas vouloir rentrer voir sa famille. C'est normal. Thanksgiving est une fête chargée. Tellement d'attentes sur la façon dont on est censé se sentir, comment les choses doivent être, qui doit être autour de la table. » Micah mit un bras autour de ses épaules. « Tu peux te joindre à nous cette année. »

27. *Karina*

Novembre 2014

Dans le quartier de Rancho Paraíso, des routes à une voie serpentaient entre des collines recouvertes d'un feuillage épais. Ici et là, une allée privée menait à un imposant portail flanqué de piliers, mais aucune maison n'était visible depuis la rue. Karina finit par trouver la bonne adresse et s'engagea sur une longue allée en gravier bordée de citronniers, avec au bout un rond-point agrémenté d'une fontaine à plusieurs niveaux et une vaste demeure à deux étages, plus un garage à quatre portes devant lequel des voitures étaient garées.

Karina tira sur l'ourlet de la robe-pull en tricot qu'elle avait décidé de porter avec ses bottes hautes préférées et s'approcha de la porte d'entrée monumentale, d'épais panneaux de bois contre lesquels ses doigts se firent à peine entendre. Elle s'ouvrit sur Micah, habillé plus formellement que d'habitude, en jean bleu foncé et chemise blanche à manches longues sans col. Karina tendit la bouteille de pinot noir californien qu'elle avait apportée.

« Karina. » Les bras grands ouverts, il recula de quelques pas pour la laisser entrer. Derrière lui, une immense baie vitrée offrait une vue impressionnante sur la piscine, les jardins et les collines au loin. « Bienvenue au Sanctuaire, notre petit paradis. » Il prit le vin en s'inclinant pour remercier et la conduisit à l'intérieur. « Entre. »

Ils arrivèrent dans la cuisine la plus spacieuse qu'elle ait jamais vue. Une douzaine de personnes s'affairaient autour d'un îlot immense et l'accueillirent chaleureusement. Ericka s'essuya les mains sur un torchon de cuisine et vint lui faire une accolade avant de retourner à ses haricots verts.

« Aux fourneaux c'est Guy, le chef, qui fait le plus gros du boulot », dit Micah en montrant un homme noir rondouillard en tablier.

« Salut, ma chérie », lui lança Guy avec un grand sourire et un accent français prononcé en se penchant pour l'embrasser sur les joues.

« Je peux faire quelque chose ? » demanda Karina en voyant la ruche bourdonnant d'activité autour d'elle.

Micah lui tendit un verre de vin blanc et désigna un tabouret de bar. « Repose-toi d'abord un peu, j'imagine que tu as couru toute la matinée, non ? »

Karina acquiesça et s'assit. « J'ai aidé à ouvrir le magasin. Ça fait du bien de se poser une minute. » Le vin était vif, pas trop doux, et lui donnait le sentiment d'être très adulte. Les seules fois où elle en avait goûté d'aussi bons, c'était lors d'occasions spéciales avec ses parents, et elle n'avait bu que quelques gorgées. La dinde à l'ail et aux herbes amères qui rôtissait dans le four embaumait la cuisine. Karina enregistra la scène : le raclement des couteaux, les rires et les bavardages des amis qui travaillaient l'un à côté de l'autre, les tabliers dépareillés et les verres éparpillés sur le long plan de travail en granit. Il y avait une atmosphère désordonnée, délicieuse, chaleureuse et festive.

« Quand tu auras terminé, dit Micah en indiquant son vin d'un signe de tête, je te montrerai la propriété. » Karina se réjouit à l'idée de passer un peu de temps seule avec lui. Elle prit une dernière gorgée et se leva. En parcourant le couloir principal, elle ne cessait de s'émerveiller de l'immensité de la maison : les hauts plafonds, la salle à manger avec son énorme table ronde dressée pour quatorze convives, le salon et son écran de télévision de la taille de son lit.

Lorsque Micah la conduisit dehors, elle détourna les yeux de la piscine qui se trouvait au centre du jardin. Apercevant un verger de citronniers sur le côté, elle obliqua dans cette direction. « Combien d'arbres y a-t-il ici ? demanda-t-elle en se penchant pour sentir les fruits.

— Encore une centaine. On a dû en couper pas mal pour faire de la place à cela. » Micah tendit le bras vers le champ de terre noire parcouru de tuyaux d'irrigation et montra l'endroit où ils étaient connectés au puits souterrain. « On a pratiquement terminé le système de compostage, ajouta-t-il en grimpant sur un talus. Je veux installer des panneaux solaires sur cette colline pour générer toute notre électricité, mais c'est un gros investissement – soixante mille dollars – et je suis toujours en train d'essayer de rassembler l'argent. À terme, ce sera un système en circuit fermé où on ne prendra rien de la terre que l'on ne remette d'une façon ou d'une autre. Imagine si tout le monde vivait comme ça, tous les problèmes qu'on pourrait résoudre – changement climatique, manque d'eau…

— Tu sais que soixante-dix pour cent de la consommation d'eau douce est destinée à l'agriculture ? » intervint Karina. Cette pensée la ramena au séminaire où elle avait rencontré James, aux heures passées ensemble en bibliothèque à lire des articles de revues spécialisées sur la sécheresse, les systèmes d'approvisionnement en eau, les usines de dessalement. « Et que la production alimentaire devra augmenter de plus de soixante pour cent au cours des vingt prochaines années, rien que pour suivre la croissance démographique ?

— Oui, et c'est pourquoi ce que nous faisons ici est si important. Nous créons un modèle qui pourra être répliqué dans tout le pays, puis dans le monde entier. » Micah montra l'océan, visible à l'horizon. Il se pencha sur l'épaule de Karina, qui sentit son souffle chaud sur son cou. « Tu sais quand j'ai vu l'océan Pacifique pour la première fois ? Je n'étais jamais sorti du

Midwest – jamais vu autre chose que le maïs et les champs de blé. Et un jour, à dix-huit ans, j'ai pris une Chevrolet Cavalier déglinguée sans air conditionné et j'ai traversé le pays, raconta-t-il avec un petit rire. Et quand je suis arrivé à Santa Cruz, en Californie, j'ai pensé que j'avais atterri au paradis. J'ai enlevé mes tennis, je me suis assis sur la plage et j'ai trempé les pieds dans l'eau. Pour la première fois de ma vie, je sentais que j'étais à ma place. » Il lui sourit. « J'ai jeté mes tennis à la poubelle ; je savais que je ne rentrerais plus.

— Et qu'est-ce que tu as fait ? » demanda Karina, essayant de se remémorer des images de ses visites sur le front de mer de Santa Cruz avec ses parents.

Micah haussa les épaules. « Des petits boulots dans la construction, la restauration. Ce que j'ai préféré, c'était tenir un stand à la fête foraine de Santa Cruz. »

Karina éclata de rire. « Tu as fait ça ?

— Hé, j'étais bon ! » Micah lui toucha le bras tout en continuant à marcher. « J'avais du nez pour ces choses-là. Comment pousser quelqu'un à cracher au bassinet pour décrocher un prix : quand un type essayait d'impressionner une fille, ou que des parents voulaient se débarrasser de leur enfant cinq minutes.

— Donc, en gros, tu as refourgué des tas d'animaux en peluche géants ? le taquina Karina.

— Sérieusement, une fois que tu comprends

ce qui motive les gens, tu peux contribuer à améliorer leur existence. Si tous les êtres humains vivaient ainsi, le monde serait différent. Un jour j'étais assis sur la plage à Santa Cruz, les pieds nus dans le sable, le regard perdu vers les eaux bleues, et j'ai eu cette vision d'un monde où tous les organismes fonctionneraient ensemble et chaque être humain s'efforcerait d'atteindre son plein potentiel. » Il avait l'air perdu dans ses pensées. « Depuis ce jour, je travaille à construire un tel endroit.

— Tu t'es intéressé à l'hydroponie ? demanda Karina, toute excitée. Je pourrais te montrer certaines des choses qu'on a mises en place au laboratoire de botanique si vous voulez les essayer, dans une serre ou à l'extérieur.

— C'est exactement le type d'expertise dont on a besoin », lui répondit Micah avec un sourire tandis qu'ils arrivaient devant un grand abri protégé, un poulailler avec une douzaine de volatiles qui gloussaient à l'intérieur. Il s'arrêta et se tourna vers elle. « Je voudrais te poser une question, Karina. Es-tu satisfaite de ta vie à présent, vraiment satisfaite ? » Micah la regarda droit dans les yeux. « As-tu le sentiment d'être à la hauteur de ton potentiel ? As-tu des relations qui comptent ? Un travail gratifiant ? »

Son estomac se noua lorsqu'il mentionna les relations. Karina réfléchit à sa réponse. Elle aimait son travail chez NatMark et le faisait bien, mais disposer des pommes de terre sur les rayons, était-ce vraiment valorisant ? Elle pensa à son père qui passait son temps au bureau, préférant cela aux loisirs. Mais lui croyait aux choses de l'esprit ; elle savait qu'il serait sidéré à l'idée qu'elle ait une activité manuelle.

« Je... » Karina hésita, ne sachant comment admettre ce qui ressemblait à de la faiblesse. « Je ne crois pas. J'ai l'impression que je me contente de suivre le mouvement, sans trop savoir où je vais. Je pense... *j'espère...* qu'il y a autre chose dans la vie.

— Il y a autre chose, affirma tranquillement Micah. C'est évident, Karina. » Il lui tendit un panier grillagé avant d'ouvrir l'une des portes du poulailler, où deux œufs bleu pâle les attendaient nichés dans la paille. « Ça peut être agréable d'être assis dans une salle de classe, mais la réalité est très différente de l'école. La possibilité d'avoir un impact, c'est tout de suite, chaque jour, dans la façon dont tu vis et travailles. » Il déposa un œuf dans la main de Karina, qui sentit sa chaleur. Après en avoir ramassé plus d'une douzaine, ils poursuivirent leur chemin et traversèrent le domaine. Micah lui montra le terrain de beach-volley, le green et le court de tennis. En approchant du coin des chevaux, ils furent accueillis par une odeur familière qui ramena Karina au temps où elle allait aux écuries avec Izzy.

« C'est une beauté, non ? » s'extasia Micah en arrivant devant le box qui abritait un majestueux cheval marron. « On l'a recueilli. Je l'ai emmené l'été dernier après les feux de forêt qui ont déplacé beaucoup de grands animaux. Malheureusement, personne ici ne s'y connaît vraiment. Mais je lui ai amené celui-ci pour lui tenir compagnie », ajouta-t-il en montrant un bouc noir et blanc dans la stalle d'à côté.

Karina monta sur le rebord du box et avança le dos de sa main sous les naseaux du cheval pour qu'il la sente. Elle était captivée par les yeux énormes qui la fixaient sereinement et, à cet instant, son cœur se serra à la pensée d'Izzy. Elle aurait tellement voulu l'appeler, tout lui raconter sur sa rencontre avec Micah, le jardin communautaire et ses nouveaux amis. Mais ces derniers mois, leurs conversations téléphoniques s'étaient espacées, principalement car Karina ne pouvait se résoudre à lui raconter toute la vérité sur cette fameuse nuit avec Henry. Elle s'était contentée de dire qu'elle avait fréquenté un garçon, le premier depuis James, mais que ça ne collait pas, que ça l'avait rendue triste. Trop honteuse pour admettre le reste, elle envisageait de plus en plus difficilement de parler à Izzy, qui la connaissait si bien qu'elle devinerait que quelque chose n'allait pas.

« Il t'apprécie, dit Micah en voyant le cheval frotter son museau contre la main de Karina.

— Il s'appelle comment ? » Karina le caressa sur un côté de la tête.

Micah haussa les épaules. « Tu veux lui trouver un nom ?

— Il aurait besoin d'un bon brossage. » Elle passa la main sur les nœuds de sa crinière et le poil emmêlé de sa robe. « Si tu as des brosses, je peux le faire. »

Micah se mit à rire. « OK, j'en trouverai une pour ta prochaine visite. »

Karina le regarda en souriant, réconfortée à l'idée de revenir. Elle descendit du rebord et caressa une dernière fois le cou élégant du cheval.

« On prévoit d'avoir aussi des vaches, reprit Micah tandis qu'ils s'éloignaient. Du lait frais, peut-être de la crème et du beurre. Tu as déjà goûté ça quand c'est frais ? » Il secoua la tête. « Tellement bon. »

Lorsqu'il fit demi-tour pour retourner vers la maison, Karina formula une question qu'elle gardait en tête depuis un moment. « August m'a raconté que tu lui avais sauvé la vie. Qu'est-ce qu'il voulait dire par là ? »

Micah poursuivit son chemin en regardant par terre, les mains dans ses poches arrière. « On a tous nos démons, Karina, chacun d'entre nous. Quelque chose qui nous hante, nous empêche d'atteindre notre véritable potentiel. J'ai simplement aidé August à s'en libérer. Il est peut-être reconnaissant, mais je lui ai seulement montré la voie. C'est lui qui a fait tout le boulot. Chacun de nous peut y arriver. » Il s'arrêta et se tourna vers elle. « Toi aussi, Karina. Tu peux faire des choses extraordinaires de ta vie, si tu le décides. »

Karina hochait la tête en l'écoutant parler, intriguée par un avenir où elle se libérerait de ses démons, de la honte qu'elle portait en elle d'avoir détruit sa famille et son corps. Que ne pourrait-elle accomplir si elle parvenait à laisser derrière elle ces erreurs de jugement terribles qui avaient conduit à la mort de Prem, à la trahison de James, à l'incident avec Henry ? Tandis qu'ils rentraient en silence vers la maison, elle osa en rêver.

*

Ils étaient dix-huit pour Thanksgiving : douze qui vivaient là et six personnes extérieures comme Karina. Certains de ces invités, apprit-elle, faisaient du surf sur une plage où Micah et August avaient leurs habitudes. D'autres tenaient un stand de jus de fruits frais au marché fermier du coin. L'atmosphère était joyeuse et détendue et le buffet abondant, avec une bonne vingtaine de plats : les incontournables de Thanksgiving, comme la farce, la sauce aux canneberges et la tarte au potiron, ainsi que des options moins traditionnelles. Au lieu de la tarte aux pommes habituelle, le chef avait fait une tarte tatin, Zoe des haricots rouges et du riz à la façon cajun, et tout le monde applaudit lorsque Ericka sortit du four des travers de porc coréens encore grésillants. En avançant dans la queue pour le buffet, Karina remarqua un bol de chou-fleur rôti parfumé au cumin, combinaison qui lui rappela l'un des plats indiens de sa mère.

Debout sous la voûte entre la salle à manger et le salon où ils avaient tous pris place, Micah leur dit son émotion à l'idée de construire un nouveau type de communauté qui refléterait leurs valeurs. Il ajouta quelques mots de remerciements pour chaque personne présente, puis leva son verre en direction de Karina. « Et je veux remercier Karina de s'être jointe à notre famille aujourd'hui. Elle est incroyablement savante, n'a pas peur de se salir les mains et a un goût parfait pour le vin. Mais surtout, elle a une belle énergie et c'est merveilleux d'être à ses côtés. »

Karina eut les larmes aux yeux lorsque Micah exprima sa gratitude pour ce repas sain préparé avec amour, pour la fraîcheur de l'air dehors, et le fait de pouvoir passer cette journée particulière avec des personnes auxquelles il se sentait profondément lié. Elle était émue parce qu'elle partageait ce sentiment. En regardant autour de la table, elle constata que le groupe représentait un mélange de langues, de cultures et de couleurs de peau. Pour une fois, elle n'avait pas l'impression d'être une anomalie. Elle s'autorisa à penser qu'ils voyaient quelque chose en elle, la personne plus accomplie qu'elle pourrait aider à éclore. Elle sut alors, pour la première fois, aussi loin qu'elle s'en souvienne, pour la première fois de sa vie peut-être, que sa place était ici.

*

Le dimanche suivant, Karina fit quelques efforts vestimentaires avant d'aller prendre son service chez NatMark. Elle enfila un nouveau jean qui la flattait, mit une fine chaîne en or, une touche de mascara et un peu de brillant sur les lèvres. C'était une journée calme au magasin et elle trouva le temps long en attendant Micah. Elle avait répété ce qu'elle s'apprêtait à dire, mais faillit pourtant perdre contenance lorsqu'elle l'aperçut poussant un chariot qui débordait. « Ouah. Laisses-en un peu pour les autres », plaisanta-t-elle, et Micah lui rendit son sourire. « Notre frigo est vide. Vendredi, on a donné tous les restes au foyer pour sans-abri du centre-ville et on a servi un déjeuner à une vingtaine de personnes. Ericka a dû aller racheter de la tarte au potiron pour éviter l'émeute. »

Karina remarqua qu'ils intégraient apparemment ces bonnes actions à presque toutes leurs activités, comme si cela faisait partie de leur ADN. Elle prit une longue inspiration. « Merci de m'avoir invitée, Micah. J'ai adoré.

— Ma foi, tout le monde t'a adorée *toi*, Karina. Vraiment. Tu es parfaitement à ta place. Je crois qu'Ericka pense que tu es sa sœur perdue depuis si longtemps », ajouta-t-il les yeux brillants.

Karina sourit, soulagée de voir qu'ils partageaient ce qu'elle ressentait, espérant Micah sur la même longueur d'onde. « J'ai pensé à ta question – qu'est-ce que j'attends de ma vie ? Je crois profondément à tout ce que vous faites au Sanctuaire et… je veux en faire partie. » Elle respira à nouveau. « J'aimerais vous rejoindre, vivre là. » Elle retint son souffle en attendant la réponse qui signifierait tout pour elle, dirait si elle pouvait enfin orienter sa vie dans la bonne direction.

Micah hocha lentement la tête. « Et tes études ? On est assez loin du campus.

— J'ai pris conscience que tu avais raison. La salle de classe, ce n'est pas le monde réel. Je veux sortir et avoir un impact réel maintenant. Je veux faire cela. »

Micah la regardait parler, un léger sourire au coin des lèvres. Au bout d'un temps qui lui parut interminable, il répondit. « Je vais devoir en parler avec les autres ; on fait tout d'un commun accord. Mais personnellement, j'adorerais que tu nous rejoignes, et je suis prêt à parier qu'ils seront du même avis. »

28. Les Olander

Décembre 2014

La deuxième semaine de décembre, avec la fin imminente du trimestre, une sorte de frénésie s'empara du campus. La bibliothèque était soudain remplie, toutes les tables occupées par des étudiants angoissés. Karina allait en cours, étudiait pour les examens, faisait ses heures chez NatMark et rentrait dans son appartement vide, mais ses pensées ne cessaient de revenir au Sanctuaire et à la vie qu'elle imaginait là-bas.

Quinze jours après Thanksgiving, Micah finit par la recontacter. « On va convertir la salle de cinéma en haut et en faire une chambre pour quatre, lui annonça-t-il au téléphone. On invitera ensuite trois personnes de plus à nous rejoindre mais c'était unanime, Karina, tu es notre premier choix. Il nous faudra quelques semaines pour nous préparer, donc tu as le temps d'y penser…

— Non, c'est bon. C'est tout réfléchi. » Karina sentit son corps trembler. « Je suis tellement contente. Merci Micah. »

Tout se mettait en place. Ces derniers temps, depuis Thanksgiving et la lettre d'avertissement à propos de sa bourse, elle avait accordé moins d'importance à ses études. Au Sanctuaire, elle vivrait parmi des gens qu'elle respectait, qui la respectaient. Des gens auxquels elle pouvait faire confiance, même quand elle avait bu trop de tequila ; qui ne promettaient pas de l'amour un jour pour le reprendre le lendemain. À quoi bon faire des analyses, lire des déclarations politiques, cultiver des plantes dans un laboratoire ou écrire des articles pour sauver la planète ? Elle pouvait le *faire* chaque jour, dans sa façon de vivre.

Karina informa son conseiller pédagogique qu'elle prendrait un semestre sabbatique pour gagner de l'argent, excuse qu'il accepta aisément. Ses notes du trimestre risquaient de lui faire perdre sa bourse, mais elle aurait un an pour s'inscrire à nouveau et préparer son diplôme. Elle prévint son propriétaire qu'elle allait partir et commença à emballer ses affaires dans des cartons. Puis elle demanda à son chef chez NatMark s'il pouvait lui donner davantage d'heures, lui servant la même histoire qu'à son conseiller pédagogique. À Stephanie, Claire et quelques autres amies, elle raconta qu'elle retournait en Équateur pour étudier. Elle souhaitait couper totalement les ponts, qu'elles cessent de l'appeler pour l'inviter à sortir avec elles.

C'était remarquablement simple car,

hormis James, personne ne la connaissait très bien à l'université. Parmi les avantages qu'elle voyait à quitter la bulle du campus, à franchir trente kilomètres et tout un monde pour rejoindre Rancho Paraíso, il y avait le fait de ne plus jamais devoir croiser James ni la Fille du yoga. C'était facile aussi car, Karina s'en rendait compte, elle mentait très bien, à force de dissimuler certaines vérités sur elle-même, de mentir par omission : dire à sa mère qu'en rentrant de l'école, elle et Prem avaient passé tout leur temps à étudier, se gardant de préciser que son frère avait fait ses devoirs devant la télé pendant qu'elle profitait de l'intimité de sa chambre ; expliquer à la psychologue qu'elle n'avait pas d'émotions particulières à partager à propos de Prem ; raconter au reste du monde, aux amis, aux voisins, aux professeurs et à son père que *Oui, elle allait bien. Non, ils ne pouvaient rien faire pour elle.* Omission. Omission. Mensonge. Mensonge. Mensonges.

Alors maintenant, elle pouvait bien le faire une dernière fois : raconter l'histoire que les autres voulaient entendre. Et à ceux qui auraient dû la connaître le mieux, Papa et Maman ? À eux, elle ne dirait rien, du moins pas tout de suite. Ils savaient qu'elle était très occupée et ne pouvait pas rentrer souvent. Tant qu'elle maintenait une communication régulière, ils n'auraient aucune raison de suspecter quoi que ce soit. Une fois installée et heureuse dans sa nouvelle vie, elle pourrait leur en dire davantage. Karina rentra à la maison pour les vacances d'hiver, tout excitée à l'idée de ce qui l'attendait à son retour.

*

Keith s'assit dans le bureau de son avocat, les nerfs à vif. La semaine précédente, la commission des opérations de Bourse, la SEC, l'avait informé qu'elle enquêtait sur son achat d'un gros paquet d'actions HyunCom, peu de temps avant l'annonce de son acquisition par Machtel Industries et l'augmentation du titre de trente pour cent. Au départ, Keith s'était montré enclin à coopérer, malgré les réserves de son avocat qui jugeait que ce n'était peut-être pas dans son intérêt. Il ne pensait pas avoir fait quoi que ce soit de répréhensible, ni au moment de l'achat ni après. Même si les règles étaient un peu moins strictes chez Duncan Weiss, il avait suivi des formations poussées sur la fraude boursière et les lois sur le délit d'initié au début de sa carrière. Il connaissait les règles. On ne pouvait pas acheter d'actions en rapport avec ses propres négociations ou d'autres tractations en cours au bureau. Mais il n'était *pas* intervenu dans le rapprochement entre Machtel et HyunCom, c'est justement ce qui l'avait irrité. Et Jeff Erstine ne lui avait rien dit. Keith avait acheté les actions sur une intuition ; c'était un bon investisseur, avec beaucoup de flair et une excellente connaissance du marché. Cette fois-là, il n'avait pas fait un calcul rationnel ; ses émotions avaient pris le dessus. Mais il persistait à penser que son geste était innocent et qu'il s'agissait d'une somme insignifiante.

Sauf lorsque Carl, son avocat, lui expliqua comment la SEC voyait les choses, et là c'était une tout autre histoire. Keith bénéficiait d'un accès privilégié au siège de Machtel et donc de la possibilité d'espionner les activités non publiques de la société. Il avait sondé une ancienne employée (comme il l'avait prévu, Rachel n'était pas restée très longtemps l'assistante du PDG et coopérait désormais avec la SEC) afin d'obtenir d'autres informations confidentielles sur l'acquisition, et acheté des actions une semaine plus tard. Keith accepta de laisser Carl enquêter pour savoir si la SEC détenait un dossier solide et si l'on pouvait parvenir à un accord.

« Ça ne se présente pas bien, annonça Carl en s'asseyant derrière son imposant bureau en bois. Même si tu n'avais pas de mauvaises intentions. »

Keith hocha la tête. « Mais je suis du menu fretin. On parle de moins d'un million. La SEC ne va sûrement pas se battre pour un dossier pareil. » C'était un pari et une revanche mesquine, bon sang. « Ils accepteront sûrement un arrangement, renchérit-il en essayant de ne pas prendre une voix désespérée.

— C'est ce que j'espère, mais on ne peut jamais savoir quand ils veulent faire un exemple de quelqu'un. De plus, le procureur est totalement indépendant, donc même si on arrive à un règlement au civil, il y a toujours la possibilité d'une condamnation au pénal – ce qui veut dire un procès, une condamnation et de la prison. »

Keith sentit sa vision se brouiller et les livres reliés en cuir qui occupaient le mur derrière Carl se mirent à danser devant ses yeux dans un mélange de couleurs. Il ne pouvait se résoudre à envisager de telles éventualités, qui bouleversaient l'image qu'il cultivait de lui-même. Il s'était lancé dans la banque d'affaires à l'époque de Boesky et Milken, deux cas régulièrement cités en guise de mise en garde lors de ses jeunes années. Ce genre de choses ne se produirait jamais chez Morgan Stanley, avait-il alors assuré à Jaya, où ils leur martelaient les règles et avaient mis en place de multiples précautions. Lorsque Jaya lui avait déconseillé d'aller travailler chez Duncan Weiss quelques années plus tôt, il l'avait jugée trop prudente et pensait depuis lors son choix justifié, en partie du fait de son salaire élevé. Mais la récompense venait rarement sans risque. Le sens moral absolu de Jaya l'avait toujours maintenu sur la bonne voie. Peut-être que, sans elle, il avait dérivé ; une chose de plus qu'il avait perdue, en même temps que son épouse et sa famille, sans même s'en rendre compte. Jaya semblait désormais évoluer dans une autre sphère, où ce qui occupait Keith – ce qui, par le passé, les occupait tous les deux – ne figurait plus.

Keith devait se débarrasser de ces problèmes avec la SEC, calmement. En reprenant la route pour retrouver Karina, rentrée pour les vacances d'hiver, il s'efforça de chasser ces questions de son esprit. Sa fille était arrivée en début de semaine et c'était l'une de ses visites les plus réussies. Ils avaient fait du patin à glace au centre commercial, traversé le Bay Bridge pour contempler les lumières de San Francisco la nuit. Il l'avait aussi emmenée plusieurs fois sur le practice de golf, lui donnant quelques conseils sur son swing, qui s'était détérioré depuis qu'elle ne jouait plus. « Tu vis à Santa Barbara, s'étonna-t-il. Comment tu fais pour ne jamais aller au golf ? C'est juste sur ton campus ! »

Karina expliqua qu'elle avait été très absorbée par ses cours et un projet de recherche au laboratoire de botanique qui pourrait déboucher sur une publication, ce qui serait formidable pour un futur master. Il lui acheta un gros manuel de préparation au GRE, le test d'admission en deuxième cycle. Elle parut intéressée, le feuilleta tous les jours. Elle avait même plusieurs pistes pour des stages d'été à proximité de Santa Barbara. Le dernier soir, ils allèrent chercher des pizzas dans leur endroit préféré et il se servit un bon cabernet, avec un fond de verre pour elle.

« Tu as l'air vraiment heureuse, ma chérie, dit-il. J'imagine que ce jeune homme s'occupe bien de toi ? »

Karina secoua la tête. « On s'est séparés, James et moi.

— Oh. Pourtant, ça fait longtemps que je ne

t'ai pas vue aussi… » Il s'interrompit pour trouver le mot juste. « … épanouie. » Il lui sourit, posa sa main sur les siennes et les serra.

« Merci Papa. » Elle lui rendit son sourire. «Je suis vraiment heureuse.

— Tant mieux, tu le mérites. Et je suis sûre que ce *James* ne te méritait pas, ajouta-t-il avec un clin d'œil. Écoute, avant que tu n'ailles chez ta mère demain, je voudrais te mettre au courant de quelque chose. »

Karina s'assit confortablement et prit une gorgée de vin. Elle ressemblait davantage à une femme que la jeune fille qu'il connaissait. Keith respira profondément. « Ta mère suit un gourou – un de ces saints hommes indiens autoproclamés qui parcourent le monde pour donner des conférences et attirer des disciples. Probablement inoffensif », assura-t-il à Karina en la voyant hausser les sourcils d'un air interrogateur. Lorsque Jaya lui avait parlé de cette histoire, quelques mois plus tôt, Keith s'était d'abord inquiété, mais depuis il avait remarqué un changement positif chez elle. Elle semblait plus calme lorsqu'ils parlaient.

« D'après ce que j'ai lu, il a l'air honnête, ajouta-t-il. Elle ne lui donne pas d'argent, je ne pense pas, ou alors pas beaucoup. Elle est allée à sa conférence lorsqu'il est passé à San Jose et elle écoute ses CD à la maison. Ça lui donne le sentiment d'appartenir à une sorte de communauté, en fait, de retrouver ces autres… *adeptes*, je crois qu'elle les appelle. » Il poussa un grand soupir. « Chacun son truc, tu me diras. En tout cas, je voulais juste que tu le saches, histoire de ne pas être prise de court. »

*

« Il s'appelle Gourou Brahmananda. » Jaya était fière de montrer à Karina son portrait encadré orné d'une guirlande de fleurs fraîches, dans la pièce du *mandir*.

« On dirait oncle Dev », répondit Karina.

Jaya observa la photo en plissant les yeux, cherchant la ressemblance avec son frère. À part les cheveux grisonnants et l'âge, elle ne voyait rien de commun. Est-ce que tous les hommes indiens se ressemblaient aux yeux de sa fille ? Elle déplorait que leurs familles se voient si peu en raison de la distance et de leurs emplois du temps. Leurs enfants ne s'étaient rencontrés qu'à deux reprises avant la mort de Prem ; les cousins n'étaient guère plus que des connaissances à l'accent étranger. Jaya repoussa cette pensée troublante.

« Je regrette que tu n'aies pas été là quand il est venu donner ses conférences, reprit-elle. Il est tellement sage. Et la façon dont il formule ses idées… comme de la poésie, magnifique. J'y suis allée cinq jours de suite, je ne me suis pas ennuyée un seul instant et n'ai jamais trouvé cela inconfortable, même assise par terre en tailleur. Il y a quelque chose de… d'apaisant à l'entendre parler. » Jaya fit un grand sourire en se rappelant cette première expérience magique qui s'était répétée depuis dans les quatre villes où elle l'avait écouté. Comment expliquer cela ? Ce qui rendait ses paroles si émouvantes, c'est qu'il se gardait de prêcher, utilisant plutôt le pouvoir des histoires personnelles pour transformer son auditoire. « J'ai des CD, si tu veux…

— Maman ! s'exclama Karina en se rapprochant du visage de sa mère. Qu'est-ce qui s'est passé avec ta dent ? » Elle montra sa joue.

« Oh, ça, dit Jaya en écartant le sujet. J'avais tellement mal à une molaire que le dentiste l'a enlevée il y a quelques semaines.

— Mais… quoi ? » Karina, très animée, agitait les bras. « L'a enlevée ?! Tu ne pourrais pas la faire remplacer ? Tu ne vas quand même pas te promener avec un grand trou dans la bouche ! »

Jaya sourit sans comprendre pourquoi Karina semblait tellement perturbée par un si petit détail. Elle la rassura d'un geste de la main. « Ça ne me dérange pas, alors on s'en fiche. » Elle aurait aimé aider sa fille à comprendre que les choses qui la préoccupaient – les vêtements de marque, le mascara hors de prix, cet abat-jour bleu pour son nouvel appartement –, rien de tout cela n'avait d'importance. Mais Jaya avait appris que chacun poursuivait son propre voyage spirituel dans cette vie : elle ne pouvait pas forcer Karina à être réceptive à ses idées, pas plus que Keith ne pouvait l'influencer, elle. Elle devait la rencontrer à l'endroit où elle était pour le moment, trouver un terrain d'entente avec sa fille qui grandissait et s'éloignait. « Viens, dit Jaya en la prenant par la main pour sortir de la pièce du *mandir.* Viens voir la boîte de bulbes de tulipes que j'ai achetée chez Costco. On pourrait peut-être les planter demain. »

*

Quelques jours plus tard, Karina inventa une excuse et raconta à Jaya qu'elle devait retourner sur le campus un peu plus tôt pour s'inscrire à de nouveaux cours. Elle avait du mal à croire que sa mère ait autrefois travaillé comme analyste, à évaluer des travaux de recherche et interpréter des données ; aujourd'hui, elle semblait presque naïve. Le sentiment qu'elle lui était indifférente, comme si son inquiétude de parent avait été totalement épuisée par Prem, touchait encore une corde sensible chez Karina. Mais elle avait fini par compter sur la crédulité de sa mère ; cela facilitait son indépendance, si bien qu'elle ne la remettait pas en question.

Elle rentra à Santa Barbara dans la soirée du 30 décembre, ce qui lui laissait la journée du lendemain pour vider son appartement et déménager. Elle choisit avec beaucoup de soin ce qu'elle allait emporter. Elle fixa un long moment le sac glissé sous le meuble de salle de bains, où elle prenait toujours la peine de cacher ses réserves alors même qu'elle vivait seule. En retirant et en examinant chaque objet – les lames de rasoir, les carrés de coton et la bande de pansement qu'elle en était venue à utiliser, vu la longueur de ses entailles –, elle se souvint du réconfort que tout cela lui avait apporté. Son premier réflexe fut de ranger le sac dans un de ses cartons, puis elle le retira et l'emporta immédiatement à l'incinérateur avant de pouvoir changer d'avis. Demain serait un autre jour, un nouveau chapitre. Une nouvelle vie.

29. Prem

Le plus bel endroit que j'aie jamais vu, c'est Hawaii. On y est allés un jour en vacances. C'était au bord du même océan que la Californie, et pourtant on se serait crus sur une autre planète. Le sable était doux comme du velours sous mes pieds, mais dur comme de l'argile quand je le mélangeais avec de l'eau. Kiki m'en apportait de pleins seaux, car ils pesaient lourd et elle était deux fois plus âgée que moi, comme elle se plaisait à le répéter – le seul moment de notre vie où ce serait le cas, quand j'avais cinq ans, comme je le rappelais à tout le monde. Chaque jour, je faisais un énorme château de sable sur la plage et chaque soir, après notre départ, la mer l'emportait. Ça m'était égal ; le lendemain, j'en construisais un encore plus grand et plus beau, avec des murs d'enceinte, des tours de guet, des douves et des ponts-levis.

Pendant que je les bâtissais sur la terre ferme, Kiki, elle, se régalait dans l'océan. Elle restait des heures et des heures à faire la planche et regarder le ciel. Lorsque l'eau avait la même température que l'air chaud, elle disait qu'elle avait l'impression d'être *amphibie* (un mot qu'elle venait d'apprendre), alternant confortablement entre terre et mer. Au retour, dans l'avion, j'ai dessiné Kiki en sirène, avec des écailles vertes et de longs cheveux dénoués. Et puis comme il manquait encore quelque chose, j'ai ajouté une cape de super-héroïne. Il m'arrive encore de penser à elle comme ça même maintenant, avec une touche de pouvoirs magiques.

Les adultes croient qu'il y a une grande différence entre la magie et le monde réel, mais je n'en suis pas si sûr. Dans les BD, le méchant et le super-héros sont toujours clairement reconnaissables mais dans la vraie vie, c'est plus difficile à distinguer. Si vous vous voyez tout le temps en héros de votre propre histoire, comme Papa, parfois vous ne savez plus avec certitude ce qui est bien ou mal. Ça peut sembler impossible que le héros se comporte comme le méchant, et pourtant j'ai vu cela plus souvent que vous ne le penseriez.

Quelquefois, comme Karina, vous n'êtes même plus sûr de ce qui est vrai ou non et, si vous y réfléchissez assez longtemps, vous pouvez arriver à vous convaincre que quelque chose s'est ou ne s'est pas passé. Même si vous croyez à la magie, comme Maman, vous pensez peut-être que seules certaines personnes spéciales la détiennent et que vous avez besoin qu'elles la partagent avec vous. Mais personne ne peut vraiment vous la donner. Tout le monde sait que vous devez la trouver en vous.

Exactement comme les Space Rangers quand ils sont en vol stationnaire dans l'espace et regardent les planètes, vous pouvez voir que le monde réel ne ressemble pas du tout à ce que vous attendiez. Tout est une illusion. Tout est dans la façon dont vous le voyez.

SANCTUAIRE

30. Karina

1er janvier 2015

Le lendemain matin, Micah arriva avec Jeremy et August pour aider Karina à déménager. Tandis qu'ils descendaient les caisses vers le parking, Karina se rappela combien tout était différent en septembre, lorsqu'elle avait traîné seule ses affaires après la trahison inattendue de James. Elle se félicitait que le Nouvel An soit passé sans qu'elle ait même pensé à lui ou aux retrouvailles qu'il avait suggérées. Une fois l'appartement vidé, elle ne ressentit aucune nostalgie au moment de laisser les clés sur le comptoir de la cuisine.

« On devrait faire quelque chose de spécial pour fêter l'arrivée de Karina, suggéra Micah avant de démarrer. Pourquoi on ne prendrait pas la route de la côte pour aller dans la crique où il y a cette baraque à burritos géniale, histoire d'attraper quelques vagues ? » Il se tourna vers Karina. « Tu as déjà fait du surf ? »

Karina fit non de la tête. Elle avait passé très peu de temps à la plage ces dernières années : une fête d'intégration pour les nouveaux étudiants, une visite de terrain avec l'un de ses cours de sciences de l'environnement, et le week-end où James et elle avaient perdu leur virginité. Elle était toujours restée au bord de l'eau pour être en sécurité, même si elle aimait la sensation de ses pieds enfoncés dans le sable mouillé et l'écume qui venait lui lécher les chevilles.

Micah ouvrit la porte du minivan. « Je t'apprendrai. Tu vas adorer. »

Tout en les suivant dans sa voiture, Karina s'efforça de repousser l'angoisse qu'elle sentait monter dans sa poitrine, mais lorsqu'ils arrivèrent à la crique, elle était sur les nerfs. Le rugissement de l'eau emplit ses oreilles. Les garçons se mirent en caleçon et Micah détacha les planches qu'il transportait toujours attachées sur le toit de son minivan, puis épousseta le sable. « Je vais juste regarder cette fois-ci, dit Karina. Je n'ai pas de maillot.

— Tu peux mettre ma combinaison. » Il se retourna pour faire face à l'océan, ferma les yeux et prit une profonde inspiration ; puis il coinça le surf sous son bras et se mit à courir vers la plage, et August et Jeremy le suivirent avec le deuxième. Debout au loin, toute seule, Karina se sentait prise entre deux forces opposées, celle qui l'attirait vers Micah et la peur qui la retenait. Elle respira à fond et les rejoignit au bord de l'eau.

August et Jeremy entrèrent tandis que Micah restait sur la plage pour expliquer les bases du surf à Karina, dessinant avec un bâton une planche sur le sable. Il lui montra où positionner les pieds quand elle se mettait debout, comment équilibrer son poids, et la fit pratiquer le take-off en passant de la position étendue sur le ventre à la position debout. Tout cela demandait de la concentration et de la force et le soleil la faisait transpirer.

Après dix minutes d'entraînement, elle lui prit le bras. « Micah, pourquoi tu n'y vas pas ? J'attendrai ici, vraiment. »

Micah s'arrêta et la regarda. « Tu sais nager, non ?

— Oui, mais… »

Il posa les mains sur les épaules de Karina en la regardant dans les yeux. « La peur est le principal élément qui t'empêche d'avancer dans la vie, Karina. Tu te sentiras tellement plus forte après. Tu me fais confiance ? »

Elle acquiesça d'un signe de tête, voulant le croire.

« Bien. Je serai tout le temps avec toi. »

Pendant que Micah attachait le leash de la planche à sa cheville et la guidait vers l'eau, elle essayait de se convaincre que ce n'était pas une idée stupide. Il resta juste à côté d'elle et lui donna des instructions alors qu'elle entrait dans l'eau, passait par-dessus les rouleaux et s'éloignait en pagayant au-delà de l'endroit où les vagues cassaient. La sensation familière du surf qui la faisait flotter lui rappela pourquoi elle aimait tant l'océan quand elle était enfant. Elle s'assit sur la planche et ils attendirent patiemment la bonne vague. « Je compterai jusqu'à trois et te pousserai devant, et là tu te relèves comme je t'ai montré, OK?

— OK», répondit Karina en regardant l'étendue devant elle. Elle revit dans son esprit l'image de la sirène super-héroïne que Prem avait dessinée à Hawaii. Micah compta « 1... 2... 3 ! » Elle sentit la planche être poussée vers l'avant, comme propulsée par un moteur, entendit les instructions de Micah et sauta instinctivement pour se mettre en position accroupie. Le surf effleurait la surface tel un goéland et avec l'air qui sifflait à ses oreilles, un sentiment d'ivresse l'envahit l'espace d'un instant, puis elle perdit l'équilibre, bascula et plongea dans l'eau.

Lorsqu'elle parvint à remettre les pieds par terre, August accourut depuis la plage pour prendre sa planche. Il la sortit et elle s'assit dessus en toussant à cause de l'eau salée dans ses poumons. Elle avait le nez et les yeux brûlants et l'air frais lui donnait la chair de poule, mais elle était sidérée de ce qui venait de se passer : elle avait volé au-dessus de l'océan, comme si c'était son environnement naturel.

Micah avait rejoint le bord à la nage et marchait vers elle avec un grand sourire. « Tu l'as fait ! cria-t-il. Comment tu te sens ? »

Karina recommença à tousser et August lui mit une serviette de plage épaisse autour des épaules. Elle la serra contre elle en frissonnant. « Comme si... je volais.

— Tu es douée. » Micah secoua la tête. « Tu sais à quel point c'est difficile de se mettre debout sur la planche la première fois ?

— Ouais, tes mouvements étaient *fluides*, renchérit August.

— Jusqu'à ce que je tombe, dit-elle en riant.

— On tombe tous, la rassura Micah. Tu devrais voir les gamelles que je me suis prises. » Il montra une petite cicatrice blanche au-dessus de son sourcil gauche. « Celle-ci, je me la suis faite à Bondi. » Il tendit la main pour l'aider à se relever. « Je suis vraiment fier de toi. »

Ils déjeunèrent rapidement à la baraque à burritos et Karina savoura la chaleur du soleil sur sa peau, le sable sous ses doigts de pied et même le grondement de l'océan. Elle ne s'était plus immergée ainsi depuis l'époque de leur piscine à Los Altos et avait oublié le plaisir d'être sous l'eau, hantée pendant si longtemps par ce qu'elle y associait. Pendant qu'ils mangeaient, Karina regardait les autres surfeurs glisser sur les vagues, ébahie d'avoir pu en faire autant : se déplacer sans effort dans l'eau, défier la gravité et ses appréhensions. Que *lui* l'ait aidée à faire cela.

« Merci, Micah, dit-elle alors qu'ils quittaient la plage. Tu avais raison, à propos de ce que je ressentirais. »

Micah lui sourit. « Tout ce que tu désires se trouve de l'autre côté de la peur, Karina. »

*

Une fois à la maison, Micah emmena Karina à l'étage, dans la salle de cinéma où elle prendrait ses quartiers. « N'est-ce pas magnifique ?

dit-il en montrant le plafond doré à la feuille. Les gens s'asseyaient ici dans le noir et fixaient un écran au lieu de communiquer les uns avec les autres. Je te laisse t'installer avant le dîner. » Au moment de quitter la pièce, il se pencha et l'embrassa sur le front. D'abord surprise, puis ravie, Karina finit par se dire que c'était probablement un geste platonique, tout en souhaitant qu'il y ait quelque chose de plus.

On frappa à la porte et son cœur s'emballa à l'idée que ce soit à nouveau Micah mais, lorsqu'elle ouvrit la porte, elle se retrouva face à Ericka qui se pencha pour l'embrasser. « Tellement contente que tu sois là ! On est voisines, dit-elle en montrant la pièce de l'autre côté du couloir. Besoin d'aide ?

— Je me demande juste où suspendre mes vêtements, vu qu'il n'y a pas d'armoire ici.

— Mets-les dans notre placard, à Zoe et moi.

— Oh, je ne veux pas vous déranger chaque fois que j'ai besoin de quelque chose.

— Quoi ? pouffa Ericka. La porte n'est jamais fermée. Micah te l'a dit, non ? On la laisse tous ouverte au lieu de s'enfermer derrière des murs.

— Ah, OK, répondit Karina sans se souvenir d'avoir entendu cela. Si ça ne vous embête pas. » Elle ramassa un tas de vêtements et suivit Ericka dans sa chambre.

Ericka fit de la place dans l'armoire. « Sers-toi. On partage tout avec Zoe. On n'a pas besoin de beaucoup, juste quelques tenues chacune. »

Karina remarqua une *kurta* rouge vif brodée de petits miroirs qui ressemblait à celles que portait sa mère, en plus décoratif. « C'est à toi ? demanda-t-elle en touchant la manche. Ça vient d'Inde ?

— J'aimerais bien, dit Ericka. Je l'ai achetée à Artesia il y a quelques années. Mais j'ai toujours voulu aller en Inde, dans un centre de méditation ou faire une retraite de yoga. Je me suis toujours senti une âme un peu indienne. Ça semble fou ? Tu y es allée ? C'est comment ?

— Quand j'étais petite », répondit Karina en continuant à palper les broderies élaborées de la tunique. Elle avait rendu visite à ses grands-parents dans le monde entier, à ses cousins à Londres. Son seul lien avec l'Inde venait de sa mère : ses idoles et ses prières, sa musique et ses costumes de danse, les plats qu'elle préparait. Karina poursuivit ces réflexions en terminant de déballer ses affaires dans sa chambre, se demandant comment Ericka, à moitié coréenne, pouvait se sentir indienne dans l'âme alors qu'elle-même ne savait pas quoi en penser. Elle essaya de se montrer à la hauteur de l'esprit de simplicité de sa camarade et ne sortit que les choses dont elle avait besoin pour vivre, laissant le reste empilé sous son lit, puis redescendit.

« Salut », dit Micah en passant le bras autour de ses épaules, avant de l'attirer vers la cuisine. « On a préparé un dîner spécial pour t'accueillir. » Il montra un grand plat tout juste sorti du four avec des poulets nichés entre carottes, panais et navets.

« Ça a l'air fabuleux, dit Karina.

— Et ça, poursuivit Micah en montrant le téléphone qu'elle tenait à la main, tu dois le laisser à l'entrée. On le fait tous – on le met dans un panier, dans la penderie. » Il sourit en plissant ses yeux noirs chaleureux.

Karina hésita, habituée à sentir tout le temps son portable dans sa poche arrière.

« Essaie, l'encouragea Micah. Je parie que tu apprécieras autant que nous. Et sinon, tu peux toujours le reprendre. Mais tu devrais faire l'effort d'*être* réellement ici, avec nous.

— D'accord. » Karina se dirigea vers le placard. Elle n'avait pas beaucoup vu les autres utiliser leur téléphone dans la maison, ni au jardin communautaire. C'est peut-être pour cela que le temps paraissait ralentir ici. Elle le déposa précautionneusement dans le panier avec les autres portables, portefeuilles et trousseaux de clés. Lorsqu'elle retourna à la cuisine, le dîner était prêt. L'eau à la bouche, elle versa une cuillerée de riz sauvage au milieu de son assiette, le recouvrit de poulet et ajouta un filet de sauce. L'arôme de thym et de citron était divin. La cuisine de sa mère était devenue de plus en plus fade depuis qu'elle avait décidé, sur les conseils de Gourou Brahmananda, que l'ail, l'oignon et les piments nuisaient à sa santé spirituelle.

Ils se serrèrent autour de la table au son d'une musique reggae. Micah lui fit signe de s'asseoir à côté d'elle. « La dernière arrivée dans notre famille, Karina ! » dit-il en levant son verre de vin rouge jusqu'à ce qu'elle prenne le sien et trinque avec lui. « Dès que je t'ai rencontrée, j'ai su que tu étais une bonne personne, avec un cœur pur. Maintenant tu es entourée de cœurs purs. »

Ericka leva son verre à son tour. « Karina, je t'ai aimée dès le premier jour où tu es venue au jardin communautaire. C'est vraiment super de parler avec toi : tu es intelligente, tu t'exprimes bien et tu en connais un rayon sur tout ce qui se passe dans le monde. Bienvenue, ma sœur ! »

Chacune des personnes autour de la table prononça quelques mots pour l'accueillir, la complimenter et lui dire ce qu'elle aimait chez elle. Karina buvait une gorgée à chaque toast et se sentit bientôt emportée par l'émotion. August parla le dernier. « Karina, tu m'as vraiment impressionnée aujourd'hui, sur la planche de surf. » Les rires fusèrent. « Sérieusement, ça demande beaucoup de courage d'essayer quelque chose de nouveau. Tu es intrépide, *sister* ! J'ai hâte de voir ce que tu vas faire. » Il leva son verre pour lui porter un toast et tous les autres l'imitèrent, et Karina sentit la chaleur du vin rouge glisser le long de sa gorge.

31. Karina

2 janvier 2015

Le premier matin, Karina fut réveillée par le son d'un gong. Elle se sentait clouée au lit par la fatigue physique du déménagement et la quantité de vin rouge absorbée la veille au soir. Mais les notes se poursuivirent, alors elle se traîna vers le couloir. Par la fenêtre, elle vit Micah dehors, debout à côté d'un immense gong tandis que plusieurs personnes se rassemblaient sur la terrasse.

Une porte s'ouvrit derrière elle et August la dépassa en courant dans l'escalier. « Méditation du matin, dit-il. Veux pas être en retard.

— Il est quelle heure ? demanda-t-elle, un peu mal à l'aise dans son T-shirt fin et son short.

— Cinq heures. Ne t'inquiète pas, tu vas t'habituer. » Le son du gong s'amplifia. Ne voulant pas se démarquer du groupe, elle suivit August dans l'escalier.

Dehors, l'air frais lui donna la chair de poule. Les participants étaient assis en tailleur, les yeux fermés. Un bâton d'encens brûlait sur la table, diffusant un parfum sucré dans l'air.

Micah désigna une place libre à l'avant de la terrasse et Karina s'assit dans la même position que les autres. Elle avait une vue magnifique sur les collines au loin ; une brume légère se levait à l'horizon.

« Fermez les yeux, entonna Micah à voix basse. Suivez votre respiration au moment où elle entre dans votre corps puis en ressort, faites en sorte qu'elle soit chaque fois plus profonde et plus longue que la précédente. » Karina essaya de se concentrer sur ses instructions, mais se surprit à s'efforcer de discerner dans quelle direction Micah bougeait, à quel moment il se trouvait à côté d'elle. Elle pouvait entendre les respirations lourdes de ses camarades.

« Respirez. » Micah prit une inspiration longue et profonde. « Inspirez… Expirez. » Karina essaya de suivre son rythme. « Prêtez attention à vos pensées. » Sa voix semblait venir d'au-dessus d'elle. Une légère brise la fit à nouveau frissonner. Elle redressa la colonne vertébrale et poussa les épaules en arrière. « Si vous avez des pensées intrusives, écartez-les doucement, continua Micah d'une voix plus lointaine. Elles ne sont pas productives, ne vous serviront à rien. »

Une série d'images déconnectées les unes des autres traversèrent l'esprit de Karina. Elle sur la planche de surf en train d'effleurer l'eau. Le délicieux burrito sur la plage. Son appartement vide. James. La Fille du yoga avec sa queue de cheval. Sa petite Fiat rouge. Les photos de

Karina et James pendant leur pique-nique. Les lézards et les noix de coco en Équateur.

Le son profond du gong qui résonna à nouveau à trois reprises la surprit. Lorsque le dernier écho se fut estompé, elle ouvrit les yeux et se sentit lamentable. En s'asseyant pour faire face au groupe, Micah fit un signe de la tête dans sa direction. Elle plia les genoux devant elle et les entoura de ses bras, consciente de sa tenue quelque peu impudique.

« Karina, dit Micah. Première méditation pour toi ? »

Elle acquiesça. « Je ne suis pas très douée.

— Tu vas progresser, dit-il en souriant. Cela demande une pratique quotidienne de calmer son esprit et diriger ses pensées. Il y aura un moment où tu y parviendras, et ce sera magnifique. » Micah se tourna vers le groupe. « Quelqu'un veut partager quelque chose sur l'exercice de ce matin ? »

August s'éclaircit la gorge. « Ça m'aide… à me centrer. Je m'aperçois, les jours où j'arrive vraiment à me concentrer pendant la méditation du matin, que ça aide, avec les envies. »

Micah hocha la tête. « Ça t'aide à éviter de penser à te shooter ? »

August se balança légèrement. « Pas arrêter d'y penser, pas exactement… mais cesser de le *vouloir* tellement. Ça me donne de la force pour résister, je crois que c'est ce que je veux dire. »

Zoe le regardait parler, une ébauche de sourire aux lèvres. Après que tous les autres lui eurent murmuré leur approbation pour sa confession, elle se pencha vers lui et lui prit la main.

*

À la fin de la méditation, Karina ne rêvait que d'une chose : se remettre au lit. Mais lorsque Micah eut terminé de parler, Zoe s'avança devant le groupe et se mit à distribuer des tapis de yoga. Karina en déroula un à contrecœur. Elle n'avait plus repris de cours depuis la séance sur le campus avec James et la Fille du yoga l'année précédente et, pendant l'heure qui suivit, les images de leurs corps entrelacés ne cessèrent de se présenter spontanément à son esprit tandis qu'elle s'efforçait à grand-peine d'écouter les instructions de Zoe.

Après le yoga, Karina suivit les autres dans la cuisine pour le petit déjeuner. Guy, le chef, prépara deux grandes poêlées d'œufs brouillés crémeux tandis qu'Ericka faisait griller tout un pain complet. Karina proposa de donner un coup de main, mais comme personne n'acceptait, elle s'assit et se servit une tasse de café en bâillant.

« Fatiguée ? » demanda August en la rejoignant avec une assiette bien remplie.

Karina acquiesça. « Je crois que j'ai besoin d'une sieste.

— Tu vas t'habituer, dit-il avec un petit rire. Du temps où je faisais des concerts tous les soirs, j'avais besoin de neuf à dix heures de sommeil. Jamais levé avant midi. » Il montra le ciel strié de rose et de rouge. « Pendant des années, j'ai raté ces magnifiques levers de soleil. Ici, tout est si tranquille, je me contente de cinq heures. »

Karina trouvait cela difficile à imaginer mais, si c'était vrai, ce serait probablement bien utile. Après le petit déjeuner, Micah exposa les projets du jour : désherber un champ de cultures, répandre du paillis frais dans la plantation d'agrumes, tondre la pelouse de devant, nettoyer le poulailler. Karina s'approcha de Micah. « Hé, tu as récupéré des brosses pour le cheval ? Je pourrais peut-être faire ça aujourd'hui ?

— Pas encore. Peut-être plus tard, on pourra y aller ensemble. Pourquoi tu ne t'occupes pas plutôt du désherbage ? Tu as l'œil pour ces petites choses insidieuses. »

Il était huit heures lorsqu'ils se mirent à l'ouvrage et, hormis quelques pauses pour boire de l'eau, ils travaillèrent sans interruption jusqu'après midi. Karina commençait à avoir faim. « Est-ce qu'on… s'arrêterait pour déjeuner ? demanda-t-elle à Ericka.

— En général non, répondit Ericka sans détacher le regard du sol. On ne s'interrompt pas pendant nos périodes de travail, pour garder la concentration et l'autodiscipline. »

Karina ne savait trop qu'en penser, mais hésitait à retourner seule dans la maison alors que tous les autres semblaient contents de continuer à travailler. Elle but encore un peu d'eau et s'efforça d'ignorer son estomac qui gargouillait. Vers quatre heures, heureusement, ils eurent terminé. Plusieurs personnes se jetèrent dans la piscine pour se rafraîchir et Karina rentra prendre une douche. Elle portait toujours les vêtements qu'elle avait enfilés pour dormir, couverts de transpiration. Tout ce qu'elle voulait, c'était se coucher et dormir jusqu'au lendemain, mais la faim la tenaillait.

Lorsqu'elle redescendit, elle fut accueillie par un fumet de viande grillée. Elle s'assit de façon stratégique dos à la piscine, où nageaient encore quelques personnes. Affamée, elle plongea une chips de maïs dans le bol de guacamole qui se trouvait sur la table. Micah surveillait les côtelettes d'agneau sur le barbecue, une bouteille de bière à la main. Elle savait qu'elle aurait dû proposer d'aider à la préparation du dîner, mais se sentait trop épuisée. Ils mangèrent à l'extérieur et les conversations fusèrent.

Karina se tourna vers Micah pour s'excuser et sortir de table mais, avant qu'elle puisse parler, il lui mit la main sur l'épaule : « Karina, ce soir tu vas découvrir l'une des choses les plus spéciales qu'on ait ici, le Salon de musique. » Elle suivit les autres dans le couloir vers le son d'une guitare électrique qu'on accordait. Dans le salon, il y avait un grand canapé en cuir, une batterie dans un coin, des guitares posées sur des pieds et de gros amplis par terre. Ne sachant pas trop où s'asseoir, elle se percha sur l'un des accoudoirs du canapé.

August jouait de la guitare électrique et,

après avoir accordé son instrument, il entama directement un solo. Sa main gauche glissait de haut en bas sur la touche tandis que sa main droite faisait vibrer les cordes. Karina ne reconnaissait pas la mélodie, mais sa virtuosité sautait aux yeux. Il termina sur un vibrato ardent et fit un signe de tête à Micah, debout derrière le clavier, qui se mit à faire danser ses doigts sur l'instrument. Rufus, un autre résident que Karina avait rencontré à Thanksgiving, les rejoignit à la basse. Ils jouèrent ensemble un moment jusqu'à ce que Micah termine sur une série d'accords dramatiques. Karina applaudit avec les autres mais se sentait toujours aussi faible. La musique à plein volume ajoutait à son épuisement et elle commençait à avoir mal à la tête.

Ericka se pencha vers elle. « Tu joues d'un instrument ? murmura-t-elle.

— Pas vraiment. Un peu de clarinette quand j'étais petite. » La clarinette que ses parents lui avaient achetée pour ses douze ans se trouvait toujours sur la dernière étagère de son armoire à la maison. Au début, elle était tout excitée et fière de posséder un instrument à elle qu'elle emportait à l'école, son nom inscrit sur l'étui. Elle avait interdit à son frère de la toucher et hurla sur lui le jour où elle le trouva par terre dans sa chambre, la clarinette à la bouche. « C'est dégoûtant ! cria-t-elle en la lui arrachant des mains. Maintenant je dois désinfecter l'embout et jeter cette anche ! »

Lorsqu'ils reprirent une vie normale après la

mort de Prem, son père l'encouragea à continuer à jouer dans l'orchestre. Il la conduisait consciencieusement à l'école et elle suivait le mouvement, mais n'arrivait pas à tenir sa clarinette sans repenser au regard blessé de Prem et au cri qui s'était échappé de sa gorge quand elle l'avait tiré à travers la pièce. Lorsqu'elle annonça à son père quelques semaines plus tard qu'elle voulait arrêter, il ne chercha pas à la contredire.

Micah appela Zoe sur scène et elle s'assit dans le coin derrière la batterie, les baguettes en l'air. Quand la musique reprit, Karina parvint à quitter discrètement la pièce. Elle se mit au lit avec un étrange sentiment de déception à l'égard d'elle-même. Après avoir dormi si longtemps sur un canapé, elle avait oublié le confort de son lit, qui lui donnait un sentiment de sécurité dans ce nouvel espace. Étendue seule dans la salle de cinéma, elle se sentait toutefois entourée par un océan d'inconnu, s'efforçant de comprendre la routine quotidienne et les règles de son nouveau foyer. Tandis que la musique d'en bas résonnait à travers le plancher, Karina espéra qu'elle ne mettrait pas trop de temps à se sentir à sa place ici.

*

Lorsqu'elle se réveilla en pleine nuit, l'obscurité totale la dérouta et il lui fallut un moment pour se rappeler où elle se trouvait. Elle avait mal à la tête et désespérément besoin de boire. Elle s'engagea dans le couloir. Toutes les portes étaient ouvertes, la maison plongée dans le silence, endormie dans une même respiration. Elle descendit tout doucement l'escalier en se tenant à la rampe. Dans la cuisine, elle se servit un verre d'eau, puis un deuxième. En repassant par le salon, faiblement éclairé par la lune qui filtrait à travers les fenêtres sans rideaux, elle eut la surprise de voir deux silhouettes étendues sur le canapé, nues et enlacées, un poncho étendu sur leurs jambes. L'un des corps était mat et musclé, l'autre très clair. On ne voyait pas de visage, mais Karina reconnut les dreadlocks blondes de Zoe. Gênée de s'immiscer dans leur vie privée, elle retourna rapidement dans sa chambre se remettre au lit, et ne se rappela que plus tard avoir oublié de laisser sa porte ouverte.

32. Karina

3 janvier 2015

Elle avait l'impression de s'être rendormie quelques instants seulement lorsque le gong retentit le matin suivant et, malgré la fatigue, Karina ne s'autorisa pas à traîner au lit. Elle s'habilla rapidement pour rejoindre les autres sur la terrasse, déterminée à mieux faire aujourd'hui. Tandis qu'elle méditait assise, les yeux fermés, le parfum de l'encens parvenait à ses narines, la ramenant à son enfance. Elle essaya de se concentrer sur la voix de Micah mais son esprit rebondissait d'une pensée à l'autre. Lorsqu'il frappa à nouveau le gong, Karina prit conscience qu'elle n'avait pas vraiment entendu ce qu'il disait et toujours pas réussi à méditer. Était-ce pareil pour sa mère, lorsqu'elle restait des heures en prière devant l'autel de Prem ? Comment parvenait-elle à garder sa concentration ? Karina sentit monter une admiration nouvelle pour elle, pour tout ce temps passé à quelque chose qui lui avait paru vide et lui semblait désormais inatteignable.

Après un petit déjeuner à base de yaourt

grec et de céréales à la cannelle faites maison, Ericka l'interpella : « Hé, Karina, Micah a dit que tu savais t'occuper des chevaux. Tu me montres ? »

Elles prirent ensemble le chemin des écuries. « Tu vis ici depuis quand ? demanda Karina.

— Depuis la fin de l'été dernier, il y a quatre mois environ. C'était un don du ciel, cet endroit. Micah. J'avais besoin d'un refuge et j'ai tellement de chance de l'avoir trouvé. »

Karina la regarda du coin de l'œil tandis qu'elles approchaient des écuries. Le cheval était en train de mâchouiller la barre de devant, impatient de sortir. Lorsqu'elle ouvrit le box, il s'élança dans le champ avec un hennissement. « C'est-à-dire ? » Elle prit une pelle sur le mur de la sellerie et se mit à déblayer ce qui était manifestement le crottin de plusieurs jours.

« J'étais dans une mauvaise passe. Je vivais avec cet homme… l'amour de ma vie, je pensais. » Ericka hocha la tête. « Au début c'était le bonheur, mais au bout de quelques mois… Il ne me traitait pas bien. Il était colérique. » Elle regarda Karina. « C'était horrible, mais je n'avais personne vers qui me tourner. Pas vraiment en bons termes avec ma famille, si tu vois ce que je veux dire. Et c'est pas malin, je sais – tout le monde te dit de ne pas le faire – mais je me suis progressivement éloignée de mes amies. C'était tellement *intense*. Ça me prenait toute mon énergie, tu comprends ? » Ericka proposa de la relayer et prit la pelle pour continuer à nettoyer le box.

Karina opina, ne connaissant que trop ce sentiment de se donner à fond, qui pouvait vous détruire lorsque ce à quoi vous vous étiez consacré disparaissait, laissant un immense vide. Elle fut soulagée de savoir qu'elle n'était pas seule dans ce cas et ressentit une lueur de gratitude inattendue à l'idée que James l'avait bien traitée, du moins jusqu'à leur séparation. Elle ouvrit un sac de copeaux de bois à répandre sur le sol.

« Je travaillais dans un bar à jus sur la plage où Micah et ses amis vont parfois surfer, et ils arrivaient en sortant de l'eau, leur combinaison ouverte jusqu'à la taille, comme des bananes à moitié épluchées, raconta Ericka avec un petit rire. Le patron leur demandait toujours de s'asseoir à l'extérieur pour ne pas tremper le sol. Quand la situation s'est détériorée à la maison, j'ai commencé à travailler plus souvent – pour l'argent, mais aussi pour m'éloigner. Un jour, Micah est venu prendre son jus carottes-gingembre et il s'est arrêté et m'a regardée, mais *vraiment* regardée. Et il m'a demandé pourquoi j'étais si triste. » La voix d'Ericka se brisa et ses yeux s'embuèrent. « J'ai éclaté en sanglots et mon patron était tellement flippé qu'il m'a donné ma journée. » Elle prit une longue inspiration. « Pas très à l'aise avec ce débordement d'œstrogène, tu comprends. »

Karina sourit tout en remplissant le seau à eau.

« Alors j'ai enlevé mon tablier et je me suis assise dehors avec Micah, Justin et Cameron.

Tu as déjà rencontré Cameron, du magasin de vélos ? »

Karina acquiesça. Cameron était venu pour Thanksgiving. Elle avait été fière d'être la première de ce groupe à emménager. En jetant du foin dans le box, elle eut honte de sa futilité.

« C'était comme si le nuage noir qui planait au-dessus de moi s'éloignait un peu. Ils étaient tellement gentils. Ils m'ont fait rire. Ce soir-là, je suis venue dîner au Sanctuaire. » Elle regarda Karina en souriant. « Le lendemain matin, j'ai attendu qu'il quitte l'appartement, j'ai fait mon sac et je suis partie. Après deux ans de vie commune, c'était finalement aussi simple que ça. Nouvelle maison, nouveaux amis. J'ai même pris un nouveau nom. » Karina lui jeta un regard incrédule. « Au début, c'était pour éviter qu'il me retrouve, poursuivit-elle en caressant le long cou du cheval. Mais parfois, quand la réponse vient aussi facilement, tu sais que c'est la bonne chose à faire. Je te dis, Karina, cet endroit est magique. Laisse-toi aller et observe ce qui arrive. »

*

En fin d'après-midi, Micah les appela depuis les champs. « Réunion en cercle dans une heure, les amis.

— C'est quoi ? » demanda Karina à August qui travaillait à côté d'elle. Il avait retroussé les manches de sa chemise, révélant des bras couverts de tatouages voyants : le symbole de l'ankh à gauche, une clé de fa à droite. Elle prit conscience que c'était le corps qu'elle avait vu entrelacé avec celui de Zoe la nuit d'avant.

August haussa un sourcil. « La réunion en cercle ? On le fait plusieurs fois par semaine. Une sorte de session de thérapie de groupe – la possibilité pour nous de rester honnêtes et de nettoyer l'air qui nous entoure. »

Une heure plus tard, ils étaient assis sur l'herbe de façon à se voir tous. Micah cueillit un citron sur un arbre et le brandit. « Mêmes règles que d'habitude. Ne parlez que si vous avez le citron. Et parlez en toute honnêteté. » Micah lui avait expliqué que l'une des règles cardinales au Sanctuaire était de ne demander à quelqu'un comment il allait que si l'on avait réellement le temps et l'envie d'entendre une réponse honnête. De même, on n'était pas censé répondre gaiement « rien de spécial » ou « bien », comme avant.

David, qui à près de quarante ans était l'un des doyens, leva la main et Micah lui lança le citron. Il le retourna un moment avant de prendre la parole, puis regarda directement en face de lui. « Justin, il me semble que tu cherches à fuir tes responsabilités aux champs. Tu aides un peu à désherber ou à fertiliser, et puis tu vas te promener quelque part dans la propriété et tu reviens quand le travail est quasiment terminé. Il fallait que je dise quelque chose, mon vieux, après aujourd'hui, dit-il en regardant les autres pour se justifier. Il s'est autorisé une sieste sous ce gros chêne de l'autre côté de la colline. On ne peut pas faire ça.

— Parle directement à Justin, intervint doucement Micah, et contente-toi d'exprimer tes sentiments à toi. »

Justin leva la main et David lui lança le citron. « Aujourd'hui je me suis senti vraiment violé dans mon intimité, mec. J'ai l'impression que tu essaies de me contrôler, de t'imposer…

— Souviens-toi d'utiliser *je* plutôt que *tu* », lui rappela Micah. La discussion dégénéra : David, impatient, se mit en colère et Justin était sur la défensive. Karina se sentit mal à l'aise d'assister à ce qui ressemblait à une altercation privée entre deux personnes devant une galerie d'observateurs, même s'il y avait un peu de plaisir voyeuriste.

Ericka, toujours gaie avec tout le monde, prit la parole. « Justin, j'ai été déçue quand on est allés faire les courses la semaine dernière. Tu m'as laissée pour déambuler dans le rayon des fruits et légumes, goûter des produits et bavarder avec le personnel. » Le ton d'Ericka n'avait rien de conflictuel. Micah hocha la tête. « J'étais simplement déçue que tu ne sois pas véritablement mon partenaire. » Lorsqu'elle eut terminé, Justin changea de position. Il s'assit par terre en tailleur, les bras autour des genoux et le regard fixé au sol. Justin était l'un des derniers arrivés avec Karina, et à cet instant elle partagea sa gêne. Elle se promit mentalement d'aider davantage à la préparation des repas et au ménage, même quand elle était épuisée.

« Justin, comment tu te sens quand tu entends cela ? demanda Micah.

— Je me sens merdeux, mon pote. » Justin gratta l'un de ses favoris et hocha la tête. « Je ne veux pas faire cavalier seul ici, et pourtant c'est le cas. » Il leva la tête et parcourut le cercle du regard. « Ce n'est pas une excuse, mais ça fait du bien d'être dans un endroit où je peux compter sur les gens, vous comprenez ? Où tout le monde... » Karina fut étonnée d'entendre une fêlure dans sa voix bourrue. « Où tout le monde s'occupe de moi. » Il renifla et s'essuya grossièrement le nez avec son pouce. « Je n'ai jamais connu ça, vous savez, en grandissant avec une mère alcoolique et sans père. Personne n'en avait rien à foutre de moi. »

Sa voix se brisa et Karina sentit sa gorge se nouer en reconnaissant ce sentiment de solitude, même si elle n'avait pas été négligée comme lui. Il s'éclaircit la voix et poursuivit. « Je ne suis pas habitué à pouvoir compter sur les autres. Je pense que j'en ai profité. Je suis désolé, les amis, ajouta-t-il doucement en baissant la tête. Vraiment désolé. Je vais essayer de mieux faire. »

Ne sachant trop comment réagir, Karina observa le groupe. À sa grande surprise, ce fut David qui se leva pour traverser le cercle. Il aida Justin à se lever et le serra très fort dans ses bras, puis il posa ses mains solides sur ses épaules et lui dit : « Je veux juste que tu donnes le meilleur de toi-même, mon vieux. » Justin hocha la tête, puis Ericka se leva pour le prendre à son tour dans ses bras. Karina se demanda s'ils étaient tous censés l'imiter et se préparait à se lever, mais Micah intervint. « Faisons dix minutes de pause et retrouvons-nous ici. »

Micah, David et Justin se rassemblèrent dans un coin. Karina, sur la terrasse, retrouva August, qui allumait une cigarette. « C'est autorisé ? » demanda-t-elle. August eut un sourire ironique et hocha la tête. « Normalement non, mais j'ai le droit à un répit pendant les réunions de groupe. Tellement tendu parfois, j'ai besoin de quelque chose pour décompresser, tu vois. »

Karina acquiesça. Elle venait d'assister à une interaction remarquable. L'honnêteté brute et la révélation de soi-même lui étaient étrangères, d'où son étonnement.

August tourna la tête pour cracher la fumée. « Trois cigarettes par semaine, c'est déjà mieux qu'un paquet et demi par jour. À ce rythme, je serai complètement sevré d'ici l'été. De toute façon, je n'ai jamais aimé fumer l'été.

— Ah, tu es plutôt un fumeur saisonnier alors ? » dit Karina en souriant, soulagée de pouvoir discuter de choses légères après l'intensité émotionnelle de la réunion de groupe. « Au fait, tu étais vraiment super hier au Salon de musique. »

August sourit. « Tu sais, Micah est un *génie* de la musique. Il joue de quatre instruments à l'oreille. Il n'aime pas qu'on le sache, mais il est allé quelques années à la Julliard School avant d'emménager ici.

— C'est vrai ? Et pourquoi il ne voudrait pas qu'on le sache ? »

August haussa les épaules. « Micah ne croit pas aux étiquettes. Elles interfèrent avec ton véritable moi. C'est l'une des raisons pour lesquelles il a créé le Sanctuaire, où on peut donner le meilleur de soi-même. Sans toutes ces idioties, là-bas », dit-il en montrant l'horizon et le monde qui s'étendait au-delà de leur propriété.

33. Les Olander

Février 2015

Keith entra dans la salle de bal de l'hôtel juste avant le début de l'événement, et vit l'organisatrice passer en vitesse d'une table à l'autre pour rectifier les décorations. Lorsqu'elle se pencha, il ne put s'empêcher de remarquer sa silhouette plantureuse dans sa robe noire moulante.

« Oh ! » Elle cessa de s'affairer en l'apercevant et s'approcha de lui, essoufflée. « Tout semble en ordre. Les types de l'air conditionné étaient là il y a une heure et on a vérifié à nouveau le matériel. L'ordinateur portable est relié à l'écran et… quoi d'autre ? » Elle jeta un coup d'œil à la salle avec ses tables recouvertes de nappes, les élégants arrangements floraux vert et blanc et les lumières, stratégiquement placées, qui donnaient un éclairage doux et sophistiqué. De grosses caméras perchées sur des tripodes étaient disposées dans les coins de la pièce et des étoiles en argent scintillantes pendaient du plafond. Une réplique du Walk of Fame de Hollywood ornait l'entrée de la salle, où le nom de chaque membre de la direction de l'entreprise était inscrit à l'intérieur d'une étoile.

« Ça me semble parfait », dit Keith. Brittany... Brandy... Comment diable s'appelait-elle ? Il lui avait parlé une dizaine de fois, car elle organisait le dîner de clôture pour l'un des principaux clients de la société. Vida était devenu numéro un sur le marché des logiciels de montage vidéo après avoir acquis un concurrent, transaction que Keith avait menée avec succès.

« Brianna ? appela quelqu'un de l'équipe de restauration. Vous voulez qu'on installe la pièce montée avant l'arrivée des invités ou après le dîner ? »

Brianna. C'était ça.

*

Quelques heures plus tard, après deux verres de champagne et un bourgogne terreux, Keith monta sur le podium et loua le PDG ainsi que l'équipe de direction de Vida pour leur leadership visionnaire et leur sens aigu des affaires. Après un petit film satirique sur le processus d'acquisition laborieux, qui suscita des rires et applaudissements nourris, le PDG remplaça Keith sur l'estrade.

Mack leva son verre. « Je voudrais d'abord remercier Keith Olander d'avoir conclu cette transaction malgré les nombreux obstacles. Non seulement il est compétent, mais il fait vraiment partie des types bien. » Mack but une gorgée et tous les autres l'imitèrent, et le bruit des verres qui s'entrechoquaient et des participants qui criaient le nom de Keith emplit la salle.

Il fait partie des types bien. Qu'est-ce que cela signifiait ? Dans ce milieu, on ne plaçait pas la barre très haut ; Keith avait été un époux fidèle, se montrait généreux au moment des bonus et ne hurlait pas sur ses collègues. Tout cela en faisait-il pour autant quelqu'un de *bien* ?

Que se passerait-il si l'on découvrait l'enquête de la SEC ? La réputation qu'il s'était acharné à bâtir serait entachée en un instant. Jaya lui avait toujours conseillé de faire doublement attention à chaque note de frais, à chaque interaction avec des subordonnés potentiellement sensibles à la critique. Il pensait qu'elle ne connaissait pas la culture des banques d'affaires ni les gens qui les peuplaient : le langage cru, les analystes qui se faisaient crier dessus comme dans un camp d'entraînement militaire, les longues heures et la surcharge de travail, une punition qui faisait partie du métier. Il n'avait encore rien dit à Robbie Weiss, son chef et le patron de la société, mais devrait bientôt le faire si l'enquête se poursuivait. L'estomac noué, il se rappela les mots de son père : *Ne t'en fais pas à l'avance. Occupe-toi des problèmes quand ils surviennent.* C'était son mantra chaque fois que les créanciers se présentaient ou qu'une affaire commençait à péricliter. Et où ce conseil l'avait-il mené ? Keith avait toujours pensé qu'il avait fait de lui un lâche, avec cette façon de se dérober à ses échecs imminents, mais tout dépendait de la manière dont on définissait le succès.

*

Un peu plus tard, autour d'un verre au bar, Mack et l'équipe le taquinèrent sur la jolie serveuse qui n'arrêtait pas de flirter avec lui. Mariés pour la plupart, ils adoraient vivre par procuration à travers Keith, qu'ils imaginaient ramenant une femme différente chez lui chaque soir. Ils n'avaient aucune idée de ce que cela voulait dire d'être seul dans une chambre d'hôtel, à passer d'une chaîne de télé à l'autre pour meubler les quelques heures entre sommeil et travail. De savoir que personne n'attendait son retour de voyage le lendemain ou qu'il appelle pour souhaiter bonne nuit. Ces types enviaient sa liberté, sans comprendre ce que les rencontres pouvaient avoir d'épuisant : le rituel de découverte d'une nouvelle personne, les attentes différentes et les incidents de communication qui ne manquaient pas de survenir. Et il n'aimait guère être perçu comme un libertin plutôt qu'un mari et un père ; cela lui rappelait qu'il avait échoué dans ses rôles les plus fondamentaux. Renonçant à satisfaire les intérêts lubriques de ses collègues, Keith prit prétexte de son vol tôt le lendemain matin pour quitter la soirée.

Seul dans sa chambre, il s'étendit sur le lit et ferma les yeux, essayant de mettre le doigt sur ce qui l'avait tant déstabilisé. Il voulait désespérément parler à quelqu'un, à un ami, de ce qui était en train de se passer. Peut-être que s'il se contentait de partager la mauvaise nouvelle, d'exprimer ses pires craintes, il se sentirait mieux. Bien entendu, il ne pouvait le raconter à quiconque dans son milieu professionnel. Keith attrapa son téléphone et commença à faire défiler les noms, prenant conscience qu'il y avait très peu de gens, sur sa liste des personnes importantes, qui ne soient pas liés à son travail : il vit le nom de son avocat, celui de Karina (non, évidemment) et il hésita en arrivant à Jaya. Son ex-femme se trouvait en Inde en ce moment, mais il regrettait de ne pouvoir lui parler comme auparavant. Cela faisait cinq ans qu'ils avaient divorcé, et pourtant il souffrait presque toujours autant de son absence dans sa vie. Il hocha la tête. La personne dont il se souvenait n'était plus. Il ne savait pas comment Jaya réagirait, avec ses nouvelles idées de piété et de droiture. Elle n'avait peut-être plus de place dans sa tête pour cette zone grise que représentaient la vie et le travail de Keith. Et elle n'en avait certainement pas dans son cœur.

Vers la fin de la liste, les yeux de Keith se posèrent sur le nom de son père, à côté du numéro de téléphone qui était le sien dans son enfance. Il y avait tant de numéros qu'il composait régulièrement sans les connaître par cœur, mais celui-ci restait gravé dans sa mémoire. Il appela et, sans surprise, son père décrocha à la troisième sonnerie.

« Bonjour Papa, comment vas-tu ? J'appelle trop tard ?

— Non, répondit son père. Je regarde le match de base-ball, les Phillies jouent les prolongations. Comment ça va, fiston ? Tout va bien ?

— En fait, pas vraiment, Papa. » Keith lui expliqua, en termes simples, de quoi il retournait avec l'affaire de la SEC. Il reconnut qu'il avait probablement agi de façon inconsidérée et eu tort d'effectuer cette transaction, mais il l'avait fait sans malice, sans intention de se livrer à une fraude conséquente.

Il ne savait pas exactement ce qu'il attendait, mais certainement pas le long silence gênant qui suivit ses explications.

« Tu as un bon avocat, mon fils ? demanda son père lorsqu'il prit enfin la parole.

— Je… oui. Carl a beaucoup d'expérience dans ce genre de dossiers. » Keith bredouilla une réponse. « Et j'ai déjà mis de côté un compte en fiducie pour Karina, donc elle n'aura pas à se préoccuper de payer ses études. » Juste après l'avoir dit, il se sentit mesquin d'avoir tenu à préciser cela, comme s'il voulait prouver sa supériorité.

Ils se souhaitèrent bonne nuit et Keith, encore plus perturbé qu'avant, appuya sa tête contre les oreillers. Comme toujours, il tenta de se consoler en se disant que son père n'était pas très sophistiqué ; il ne fallait pas s'attendre à ce qu'il comprenne. Mais une autre idée lui vint à l'esprit, qu'il se hasarda à examiner au lieu de la repousser instinctivement. Son père avait certainement ses torts, en tant qu'homme et en tant que chef de famille, mais il était toujours resté honnête, à défaut de réussir chaque fois. À cet égard, peut-être que Keith n'était pas à sa hauteur.

*

Depuis son arrivée à Pune, en Inde, cinq jours plus tôt, Jaya n'avait pas encore eu de vraie nuit de sommeil, ne sachant si c'était dû au décalage horaire de dix heures, au lit de camp spartiate sur lequel elle dormait dans la maison d'une adepte ou aux journées de quatorze heures passées dans l'ashram du gourou. Elle était réveillée chaque matin à l'aube par le gloussement guttural des pigeons à l'extérieur et attendait avec une telle impatience la journée à venir qu'elle ne parvenait pas à se rendormir. Elle avait prévu de rester ici une semaine après avoir rendu visite à ses parents à Delhi, mais avait déjà prolongé son séjour grâce à la générosité d'Aparna, son hôtesse.

Celle-ci, une veuve qui n'avait que dix ans de plus qu'elle mais paraissait beaucoup plus âgée, était mince, portait des saris blancs et avait cessé depuis bien longtemps de se teindre les cheveux, qu'elle coiffait en tresse ou en chignon. Après la mort de son mari, quelques années auparavant, elle avait quitté Mumbai pour s'installer à Pune et se rapprocher de l'ashram. Elle habitait une maison modeste à moins d'un kilomètre du centre, où elle passait la plupart de son temps, voyageant parfois avec l'entourage du gourou pour l'accompagner à des conférences dans d'autres régions de l'Inde. C'était une femme gaie et posée qui semblait avoir trouvé un épanouissement intérieur comme on en rencontrait chez peu de gens.

« Tout a changé une fois que je suis arrivée ici, lui dit Aparna. Tout s'est mis en place. Mes journées, la façon dont j'occupe mon temps, les personnes qui entrent dans ma vie, comme toi.

— De quoi… de quoi tu vis ? » Jaya était un peu gênée de poser la question mais elle était curieuse, et Aparna n'eut pas l'air de s'en offusquer.

« Je touche une partie de la pension de mon mari, répondit-elle. Le reste, Dieu y pourvoit. Gourou y pourvoit. Tout est pris en charge. » Jaya se dit qu'elle avait de la chance de pouvoir venir sans devoir faire aucun sacrifice financier, grâce au soutien de Keith.

L'ashram servait des plats végétariens très simples deux fois par jour, aux adeptes ainsi qu'aux visiteurs de passage. Le gourou donnait parfois une conférence, mais tous les jours une foule affluait pour présenter ses respects et faire une offrande. De grandes boîtes destinées aux dons étaient disposées à chaque entrée, fixées au sol et vidées chaque soir. À l'intérieur de l'ashram, un petit magasin vendait les livres du maître et les enregistrements de ses conférences, ainsi que des photos encadrées comme celle que Jaya avait accrochée dans la pièce du temple à la maison. Tout cela était très pragmatique et servait à financer les opérations considérables du saint homme.

Pour Jaya, c'était une expérience forte de se trouver là, à la source même de son énergie. Tout le monde à l'ashram, de la personne qui balayait par terre au cercle rapproché du gourou, semblait refléter et exacerber sa présence rayonnante. Assise pendant des heures en prière et en méditation, entourée de disciples qui partageaient son état d'esprit, Jaya avait l'impression d'atteindre un niveau de spiritualité qui allait bien au-delà des rituels religieux mécaniques pratiqués enfant. À son grand étonnement, après quelques jours seulement en compagnie de ces personnes inconnues à Pune, elle se sentait stimulée comme elle ne l'avait jamais été pendant plus de vingt ans de vie commune avec Keith.

Elle n'avait plus besoin de chercher la réincarnation de Prem chez d'autres individus, son esprit l'habitait désormais. Elle s'émerveillait avec son étonnement d'enfant devant les vrilles du jasmin qui fleurissait devant l'ashram. Ses journées s'écoulaient sans hâte, emplies de ces petits plaisirs qu'il savourait autrefois pendant que le reste de la famille s'affairait autour de lui : une averse inattendue en plein soleil, un oreiller confortable, une sieste l'après-midi. Après la mort de Prem, son amour inébranlable pour son fils errait sans foyer. Elle en avait désormais trouvé un, et Prem l'accompagnait partout. Elle avait eu la chance de profiter pendant huit ans de sa présence dans sa vie et, même après sa mort, elle continuait à apprendre de lui.

Lorsque Jaya retourna chez ses parents à Delhi, elle avait hâte de partager cette expérience avec sa mère. « L'année prochaine, je voudrais y retourner pour tout un mois. Tu pourrais peut-être venir ? » Elle s'attendait à ce que sa mère, avec son intérêt pour la spiritualité, approuve l'idée.

« Ah, je ne sais pas, Jaya, soupira-t-elle. J'ai tellement bougé pendant ma vie, j'ai envie de rester au même endroit en ce moment. Et puis j'ai mon club de bridge, mes visites guidées avec l'ambassade, mes leçons de danse à la petite fille au-dessous de chez nous. Ma vie est tellement remplie, comment pourrais-je quitter tout le monde pendant si longtemps ? Comment peux-tu le faire, *toi* ? » Sa mère la regarda d'un air préoccupé, les sourcils froncés. « J'ai peur que ça n'aille trop loin, Jaya. C'est une chose de prier une fois par jour, comme nous l'avons toujours fait. Une autre d'y consacrer toute sa vie. Ce n'est pas… équilibré.

— Ça m'apaise, Ma, dit Jaya. Mais ce n'est pas toute ma vie. J'ai d'autres choses.

— Quoi d'autre ? Pas de travail, pas de mari, et tu as à peine parlé de Karina pendant tout le séjour. »

Les mots lui firent l'effet d'une gifle. Sa mère pensait-elle réellement cela ? Après tout, c'est elle qui l'avait ramenée vers la spiritualité. « Karina va bien, dit Jaya. Elle est… occupée avec sa vie, c'est une adulte maintenant. Elle n'a plus besoin de moi. »

Sa mère sourit et tendit la main. « Détrompe-toi, ma chérie. Elle aura toujours besoin de toi. » Elle serra le bras de Jaya. « Je ne dis pas que tu doives interrompre ton voyage spirituel. Je sais que cela t'a apaisée. Mais n'en fais pas *tout.* Tu mérites d'avoir autre chose. Regarde Dev : il a une famille, une carrière, une vie à part entière. » La comparaison avec son frère l'ébranla. Il avait fait des choix différents, épousé une femme indienne, choisi d'habiter dans une ville cosmopolite. À quoi aurait ressemblé son existence si elle avait suivi cette voie ? Son mariage aurait-il tenu, auraient-ils reçu davantage de soutien de la famille ? Elle avait toujours vaguement à l'esprit que Dev possédait plus qu'elle, avec ses deux enfants et un mariage solide, mais ce constat la frappait plus que jamais.

Sur le chemin du retour, elle fit escale à Londres pour passer quelques jours avec lui et sa famille. Sa nièce et son neveu étaient désormais adolescents, ils avaient à peu près l'âge qu'aurait eu Prem. C'était un rappel douloureux, mais Jaya se força à faire face à ce sentiment et, petit à petit, elle sentit qu'il avait moins de prise sur elle. Ils étaient merveilleux, ces jeunes gens débordant de vitalité qui se débrouillaient tout seuls en métro dans la ville. Dev et Chandra rentraient le soir avec des plats rapportés de l'un des restaurants du quartier : de la cuisine chinoise, des kebabs et les meilleurs currys que Jaya ait jamais mangés à l'extérieur de l'Inde. Ils avaient tous les deux un travail prenant, et les parents âgés de Chandra, avec leurs attentes traditionnelles, habitaient juste à côté : leur vie n'était pas parfaite, mais elle possédait une plénitude qui mettait en relief le contraste souligné par sa mère.

C'est seulement dans l'avion de retour pour la Californie, en réfléchissant à sa réflexion sur Karina, que Jaya prit conscience qu'elle faisait peut-être allusion à leur relation à elles, au fait que Jaya aurait toujours besoin de sa mère, et c'était manifestement vrai.

34. Karina

Février 2015

Au bout de quelques semaines, Karina finit par s'habituer à l'organisation de ses journées au Sanctuaire. Elle commençait tous les matins à cinq heures avec une méditation guidée par Micah, suivie d'une séance de yoga avec Zoe. Malgré ses réticences initiales à l'égard de la pratique du yoga, elle se mit à apprécier les cours. Le rituel quotidien de la salutation au soleil qui se levait sur ce terrain paisible ; le travail sur son corps et la prise de conscience de ses forces et de ses limites ; l'arôme floral de l'encens, qui lui rappelait le temple où sa mère les emmenait, elle et Prem, pour des occasions spéciales. Tout cela entrait en résonance avec une partie inexploitée au plus profond d'elle-même, restée en hibernation depuis l'enfance, depuis la naissance. Pour la première fois, la culture du pays de sa mère prenait du sens : la sensation d'unité, l'alignement entre corps, esprit et nature. Elle comprit ce qui lui avait échappé jusqu'alors, la justesse parfaite émanant d'un tout qui se mettait en place comme il fallait. Au Sanctuaire, Karina pouvait pour la première fois être elle-même : sans rien cacher, sans chercher à compenser ce qui lui manquait.

Les méditations quotidiennes restaient néanmoins difficiles. Plus elle passait de temps assise, plus son esprit se laissait troubler par des souvenirs perturbants enterrés depuis longtemps. Elle revoyait la piscine avec le vaisseau gonflable gris et le petit bras brun de Prem qui émergeait d'en dessous. Elle entendait ses propres cris, le bourdonnement dans ses oreilles. Elle sentait la peau froide et humide des bras de son frère, le bout de ses doigts blanc et ridé, ses côtes fines craquer quand elle lui faisait le massage cardiaque, les joues humides du garçon contre les siennes tandis qu'elle tentait de lui insuffler de la vie. Elle sentait sa gorge à vif, brûlante à force de crier, ne pouvait oublier le spectacle de sa mère couchée sur le corps inerte de Prem, ni le désespoir dans ses yeux lorsqu'elle avait levé la tête et vu sa fille. Les sessions du matin plongeaient Karina dans un état de vulnérabilité qui ne semblait pas s'atténuer au fil des jours. Elle se demandait combien de temps il avait fallu à sa mère pour apprendre à s'asseoir ainsi en silence. À quoi réfléchissait-elle pendant ces longues heures dans la chambre-autel de Prem ?

Heureusement, Karina avait suffisamment d'occupations pendant le restant de la journée pour écarter ces pensées. Lorsqu'elle n'allait pas à Natural Market, elle travaillait avec les autres au Sanctuaire et participait aux différentes tâches en extérieur, s'occupant tour à tour des poules, des ruches, des cultures de légumes ou des arbres fruitiers et du brassage du tas de compost. Deux fois par jour, elle prenait soin du cheval : elle le brossait, lui donnait à manger, nettoyait son box et le faisait sortir dans le pré. Et, avec treize résidents et toutes sortes de visiteurs, les tâches ménagères – cuisine, nettoyage et lessives – paraissaient interminables. En comparaison, son travail chez NatMark lui semblait reposant, même si elle assumait une plus grosse charge maintenant qu'elle ne devait plus jongler avec ses cours. Les six à huit heures passaient vite et elle était fière de rapporter des provisions à la maison grâce à sa réduction d'employée. August poussa des cris de joie le jour où elle rentra avec cinq kilos d'oranges Navel démarquées et Guy, le chef, adorait les topinambours noueux et les kakis de saison qu'elle arrivait à dénicher.

Chaque jour, Karina enchaînait les tâches jusqu'à l'épuisement physique et mental. Elle s'était habituée à se sentir fatiguée en permanence et se fortifiait en buvant continuellement du café. Elle avait également pris l'habitude de sauter le repas de midi quand elle travaillait dehors, se contentant comme les autres d'un petit déjeuner copieux. Elle ne se retrouvait seule dans sa chambre qu'à l'heure du coucher et du réveil mais savait qu'elle devrait bientôt partager son espace, lorsque de nouveaux résidents seraient invités à les rejoindre, comme tous ses camarades dans la maison à l'exception de Micah. Qu'importe, elle aimait faire partie de cette communauté, sentir qu'elle y avait trouvé sa place, avoir toujours quelqu'un avec qui prendre les repas, travailler, parler ouvertement. Elle avait presque oublié à quoi ressemblait ce sentiment d'intimité, avec sa famille, Avant.

Le week-end, Karina appelait ses parents tout en faisant une longue promenade dans la propriété. Elle ne manquait jamais de « faits » à raconter sur la semaine écoulée : sa note à l'examen de chimie, le devoir qu'elle écrivait sur Hamlet, la salade de chou et de *jicama* à la cafétéria. Elle n'avait pas l'impression de mentir, se contentant de refléter la vie qu'ils souhaitaient pour elle, comme elle l'avait toujours fait. Au lycée, elle ne leur disait pas qu'elle trouvait du réconfort dans les fines coupures sur l'intérieur de ses cuisses. Pour garantir la paix entre ses parents, elle avait également appris à garder leurs petits secrets. Sa vie réelle, ce qu'elle ressentait dans son cœur et les expériences qu'elle faisait ne ressemblaient que très vaguement au personnage créé pour eux. Cette dissonance, se disait-elle, était le prix à payer pour la vie qu'elle s'était choisie.

*

« Karina, appela un jour Micah depuis l'extérieur. Viens voir un peu ça. » Elle alla le rejoindre sur la terrasse. Il était tard dans la soirée, mais il faisait plus clair que d'habitude.

Là-haut dans le ciel noir, on aurait dit que la lune planait juste au-dessus d'eux.

« Waouh, murmura-t-elle, c'est beau.

— La pleine lune, dit Micah en regardant sa montre pour vérifier la date. Et l'équinoxe de printemps. On devrait faire quelque chose pour marquer ce jour. » Il regarda autour de lui, scrutant l'horizon et le domaine. « Viens, allons nager », suggéra-t-il en la prenant par le coude pour l'emmener vers la piscine.

August et Zoe étaient sortis de la maison pour les rejoindre et s'extasièrent eux aussi devant cette beauté. « Ouais, mec, allons nager sous les étoiles. Sous la pleine lune. »

Karina sentit la peur lui glacer les veines. Elle hocha la tête en direction de Micah. « Je n'aime pas nager. Vas-y, toi, je vais m'asseoir ici. » Elle se demandait si elle arriverait même à regarder. Presque chaque matin, lors de la méditation, son esprit revenait à l'accident de Prem, explorant son rôle et l'ombre de culpabilité qui l'accompagnait. Le souvenir de son frère était presque plus vivace aujourd'hui que ces dernières années où elle l'avait délibérément refoulé.

Micah s'appuya contre l'un des piliers en pierre qui délimitaient la terrasse et enleva ses sandales. « Allez, je t'ai vue surfer dans le Pacifique ! Tu dois bannir ce genre de discours négatif, Karina, ça ne te fait pas de bien. »

Elle tremblait et s'efforça de se calmer. Elle lui faisait confiance. Il ne l'avait pas laissée s'égarer jusqu'à présent, l'avait aidée à entrer dans l'océan. Il était peut-être temps de le faire, enfin. « D'accord, dit-elle en repartant vers la maison. Je vais me changer.

— Quoi ? » Micah éclata de rire en la tirant vers lui. « Sérieusement ? Ne fais pas ça. C'est si beau de nager de façon naturelle. » Il sourit, lâcha sa main et enfouit la tête dans son T-shirt pour le retirer.

Pas besoin d'en faire toute une histoire. Un bain de minuit, ce n'était pas un délit majeur. Les marques sur sa cuisse s'étaient suffisamment estompées pour qu'on ne les voie pas de loin. Karina suivit Micah et descendit les marches vers la piscine. Elle se réfugia près d'une chaise longue dans le coin le plus éloigné de la terrasse et se déshabilla aussi lentement que possible. Zoe rassembla ses dreadlocks au-dessus de sa tête, debout dans le plus simple appareil au bord de la piscine. August passa à côté d'elle en courant et fit une bombe dans l'eau, éclaboussant tout le monde au passage, puis Justin lui lança un ballon de plage et sauta à son tour. Karina roula ses habits en boule pour cacher ses sous-vêtements.

« Viens ! l'encouragea Micah. Ce n'est pas si froid que ça une fois que tu t'habitues. »

Karina s'assit sur le bord, les bras autour des genoux. Une odeur de chlore parvint à ses narines et elle dut retenir sa respiration ; elle avait l'impression d'avoir le cerveau et les nerfs en feu. Elle tremblait, luttant contre l'envie de s'enfuir, lorsqu'elle aperçut Justin qui flottait, le visage dans l'eau, au centre de la piscine. Son cœur se mit à battre de plus en plus vite tandis qu'elle observait la scène pendant ce qui lui parut un long moment. Elle essaya de hurler le nom de Micah, mais aucun son ne sortit de sa bouche. La terreur envahissait sa poitrine. Elle se leva et mit le pied sur la première marche, puis la seconde. Elle avait de l'eau jusqu'à mi-mollets lorsque Justin se releva tout à coup et secoua vigoureusement la tête, envoyant de l'eau partout comme un arroseur automatique. « L'homme mort qui flotte, dit-il à August juste à côté de lui. Complètement méditatif. »

Karina se figea sur place, le cerveau submergé par un mélange de soulagement, de peur et de colère. Elle avait du mal à respirer, était sur le point d'éclater en sanglots. Elle fit volte-face et sortit de la piscine. Elle entendit loin dans sa tête Micah l'appeler : « Karina, que se passe-t-il ? », mais attrapa une serviette sans se retourner, s'en enveloppa et courut vers la maison, abandonnant ses vêtements soigneusement pliés.

Elle se précipita dans l'escalier et fila dans la salle de bains, où elle s'enferma à clé et ouvrit le robinet d'eau chaude de la douche au maximum. Elle respirait vite, son cœur battait la chamade. La pièce se remplissait de vapeur ; en prenant une longue et profonde inspiration, elle se mit à tousser et but un peu d'eau froide au lavabo. Quand elle leva la tête, le miroir était couvert de buée. Elle dessina un grand cœur avec son doigt. « Tout va bien, Kiki », dit-elle à son reflet, puis elle lâcha la serviette et entra dans la douche brûlante.

Elle se frotta avec une éponge trouvée là en utilisant chacun des produits posés sur le rebord de la douche, jusqu'à ce que le chlore sur sa peau soit remplacé par de la mangue, du kiwi, de la noix de coco et du beurre de cacao. L'eau finit par devenir tiède, puis froide. Elle ferma à regret le robinet avec l'impression de rompre un sortilège et se remit à sangloter. Ses yeux la brûlaient, elle avait des élancements dans la tête et seule la douleur l'empêchait de pleurer davantage.

Elle entrouvrit la porte de la salle de bains et, entendant la musique à plein volume qui venait d'en bas, se sentit soulagée de ne pas devoir croiser qui que ce soit. Elle regagna sa chambre à pas de loup et ouvrit la porte. À l'intérieur, une lampe illuminait la silhouette de Micah allongé sur le lit, les pieds croisés et les mains serrées contre la poitrine.

« J'étais inquiet », dit-il sans se tourner pour la regarder. « Qu'est-ce qui s'est passé là-bas ? »

Elle s'effondra dans l'un des fauteuils en velours qui meublaient la pièce, à bonne distance du lit. « Rien », répondit-elle avant de se reprendre au moment où Micah tournait la tête vers elle. « C'est juste que je ne trouvais pas ça drôle, ce que Justin faisait, ajouta-t-elle.

— De flotter dans la piscine ?

— L'homme mort qui flotte, il a appelé ça, expliqua-t-elle sans parvenir à contrôler sa voix. Ce n'était pas drôle.

— Je ne crois pas qu'il voulait que ce soit drôle, tempéra Micah. C'était juste quelque chose qui lui faisait du bien. Méditatif, je crois qu'il a dit. »

Elle émit un ricanement et secoua la tête. Puis, à sa grande horreur, elle recommença à sangloter, de grosses larmes coulaient sur ses joues. Elle avait la gorge serrée, sa respiration irrégulière était ponctuée de pleurs venus du fond de sa gorge. Puis elle se mit à se balancer d'avant en arrière en posant la main sur son front, parce qu'il fallait qu'une main s'y pose, mais elle n'était pas aussi fraîche que celle de sa mère et ne lui apporta aucun soulagement. Elle sentit que celle de Micah prenait sa place, une main apaisante face au feu qui faisait rage à l'intérieur. Il la tira du fauteuil et l'étendit sur le sol, les bras serrés autour d'elle, et se mit à se balancer avec elle. Lorsqu'elle cessa de pleurer, ils étaient toujours dans la même position, étendus par terre sur le côté.

Elle lui raconta alors l'histoire de Prem. Cette fois, elle partagea tout. Non seulement que c'était elle qui avait découvert Prem sans réussir à le sauver, mais qu'elle avait peu à peu pris conscience d'avoir causé cette chose indicible. C'est elle qui avait négligé son petit frère et ignoré ses demandes innocentes d'aller nager ce jour-là. Elle portait la responsabilité de la douleur qui avait transformé chacun de ses parents à sa manière et fini par entraîner la dissolution de sa famille.

« Et depuis, tu te punis, n'est-ce pas ? » demanda Micah en lui caressant les cheveux.

Karina ferma les yeux. « Avant, je faisais des

trucs pour… me faire mal. Et je me sentais vraiment mieux pendant un moment. C'est taré, non ? » Elle eut un rire ironique.

« Regarde-moi. » Micah la retourna vers lui. Au lieu de la pitié à laquelle elle s'attendait, elle ne vit que de la compassion dans ses yeux. Il posa ses mains de part et d'autre de son visage. « Ce n'était pas ta faute. »

Elle hocha la tête, un ruisseau de larmes le long des joues.

« Ce n'était pas ta faute. Tu n'étais qu'une enfant.

— Alors la faute de qui ?

— Eh bien d'abord de tes parents, qui t'ont mise dans cette position, répondit-il, et négligée par la suite. C'est pourquoi ils ne peuvent t'aider, ils sont consumés par leur propre souffrance. Mais tu m'as, moi, tu nous as tous maintenant. » Il la serra très fort dans ses bras et elle s'autorisa à y rester jusqu'à ce que ses larmes aient séché.

« Tu viens de franchir une barrière importante, Karina, dit Micah. Tu t'es autorisée à faire face à ta souffrance passée, à t'y confronter en disant : *Tu n'as pas de pouvoir sur moi. Ce n'est pas toi qui me définis.* » Il la regarda droit dans les yeux.

Elle acquiesça en soutenant son regard.

« Et tu sais pourquoi ? Parce que tu t'es ouverte au message, au pouvoir de la présence ici et de notre type de vie. Tu es consciente que tu mérites mieux que ce que tu as connu jusqu'à présent. Tu es destinée à cela. »

Il se leva, passa à côté d'elle et ferma à clé la porte de sa chambre, contre laquelle il s'appuya, et elle fut attirée vers lui comme par une force magnétique. « Je sais ce que tu ressens, murmura-t-il en tendant la main pour lui caresser la joue avec la plus grande délicatesse. C'est indéniable, entre nous. » Ils s'embrassèrent et se retrouvèrent bientôt sur le lit, aboutissement de toute l'ardeur qui couvait entre eux. Les mains de Micah explorèrent le corps de Karina avec la douceur à laquelle elle s'attendait. Plus tard, elle se remit à pleurer, envahie cette fois d'émotion et de gratitude. Elle avait l'impression d'avoir franchi un seuil, laissant derrière elle Henry, James, l'université, ses lames de rasoir et tout ce qui l'avait empoisonnée. Avant de s'endormir, elle se releva pour ouvrir la porte, mais Micah lui dit de la laisser fermée. Cette nuit-là, en le regardant dormir, elle prit conscience de sa chance : la rencontre avec Micah, le pouvoir de son amour et de sa présence dans sa vie.

*

Le lendemain matin, lorsqu'elle se réveilla, il était en train de l'observer. « Serotina », dit-il.

Elle lui jeta un regard interrogateur.

« Serotina, répéta-t-il, est le mot latin pour floraison tardive. Il est associé à de nombreux arbres fruitiers – les pruniers, les cerisiers sauvages. C'est un très beau nom, je me disais. Pour toi.

— Pour moi ? » Karina rit. « J'ai déjà un nom.

— Tu dois avoir le courage d'inventer ta propre vie désormais, ta propre histoire, au lieu d'accepter celle qu'on t'a donnée. Tu es en train de t'éloigner du passé, de la personne qui a subi ce traumatisme. » Il coinça une mèche de cheveux derrière l'oreille de Karina. « Et *floraison tardive* possède une si belle connotation. Cela signifie : soyez patients, le meilleur est encore à venir. C'est très joli. Serotina. » Il lui sourit. « Peut-être Sero en diminutif, comme Sara. »

Karina lui rendit son sourire. Elle avait passé des années, enfant, à regretter de ne pas avoir un prénom américain facile à prononcer. « OK. Je vais y penser. »

*

Le lendemain après-midi, au cours de la réunion en cercle, Micah s'assit en face d'elle et la regarda dans les yeux. « Aujourd'hui, nous allons parler de la douleur, annonça-t-il au groupe. Chacun d'entre nous vit avec de la douleur. Et plus nous gardons cette souffrance à l'intérieur, plus elle nous ronge. Mais ce n'est pas une fatalité. Aujourd'hui, Karina va se montrer très courageuse et partager sa peine avec nous. » Il sourit et lui fit un signe de tête.

Elle prit une longue inspiration et commença.

À la fin de son récit, elle était en larmes. Mais Micah également, ainsi que toutes les personnes présentes. Ericka et Zoe, assises de part et d'autre d'elle, lui prirent les mains. De l'autre côté du cercle, Justin se leva et vint s'agenouiller devant elle : « Je suis vraiment désolé, Karina », dit-il en se penchant pour la serrer contre lui. Son geste déclencha un flot d'émotions et elle pleura dans ses bras jusqu'à ce qu'elle se sente prête à lâcher prise. En regardant autour d'elle, elle vit que tous ressentaient la même chose, partageaient son chagrin. Ils célébraient la présence de Prem dans sa vie et pleuraient sa perte. Ils divisaient, diffusaient et diluaient sa souffrance, cette souffrance qu'elle avait portée en elle si longtemps. Elle pensait à tort que si les personnes qui la connaissaient le mieux et l'aimaient le plus – Papa, Maman, Izzy (en fait ceux qui avaient le mieux connu Prem) –, si *eux* ne pouvaient l'aider à atténuer sa douleur, personne n'y parviendrait jamais.

Mais, comme le lui avait dit Micah l'autre soir, le Sanctuaire était là pour elle, et pas seulement pour partager repas, travail et joie, mais tourments et peines également. Elle ne devait pas se sentir coupable de leur rappeler à tous quelque chose d'aussi douloureux, ni obligée de leur faire comprendre qu'ils pouvaient arrêter de s'inquiéter pour elle. Ils n'attendaient rien, n'avaient besoin de rien de sa part, si ce n'est écouter, honorer et partager sa tristesse.

*

Le jour suivant, elle et Micah étaient occupés à construire des cages à tomates afin de maintenir les plants qui dépassaient désormais le mètre cinquante. « Je suis vraiment fier de toi, que tu aies partagé ça hier, dit-il. Comment tu te sens maintenant ?

— Je me sens… plus légère, répondit Karina. Je ne me rendais pas compte de ce que je portais en moi, durant toutes ces années. Et maintenant, j'ai l'impression de m'être délestée d'un fardeau. »

Micah lui tendit le rouleau de fil. « Je te l'avais dit.

— C'est vrai. » Elle sourit et coupa le fil avec un sécateur. « J'ai réfléchi. Je suis prête à laisser tout cela derrière moi – la personne qui a porté cette histoire et toute cette douleur pendant tant d'années. Je suis prête à tout abandonner. Même mon nom. »

Micah sourit, lui prit le fil et le sécateur des mains et les laissa tomber par terre. Il l'attira à lui, posa ses lèvres près de son oreille qu'il embrassa à travers ses cheveux et murmura son nouveau prénom, Serotina. Et, au moment où il le prononça, elle se l'appropria, totalement.

35. Prem

Je ne suis pas sûr de comprendre pourquoi Kiki a finalement décidé de tout raconter. Elle avait peut-être besoin de ces personnes autour d'elle pour absorber sa souffrance. Ou bien elle en avait simplement assez de la porter en elle depuis si longtemps. Kiki pense qu'elle vit avec des gens spéciaux. Elle ne s'énerve jamais, pourtant elle passe son temps avec eux, jour et nuit, et elle partage beaucoup plus volontiers la salle de bains qu'avec moi. Mais pour ce que j'en vois, ils sont exactement comme tout le monde : ils se préoccupent quand même de s'intégrer au groupe et les garçons pètent quand même en dormant.

Kiki ne ressemble pas vraiment à la sœur que j'ai connue. Je ne suis pas certain d'aimer cette nouvelle personne, mais c'est vrai que tous les gens au monde continuent à grandir et à changer alors que moi je reste identique. Je ne sais pas comment j'aurais évolué ces six dernières années si j'étais resté en vie. Je porterais peut-être des lunettes, ou un appareil dentaire, ou si ça se trouve je serais même en train de publier ma première bande dessinée à l'heure qu'il est. C'est ce qui rend ma famille le plus triste, de penser à tout ce qui aurait pu se passer et à ce que je serais devenu. Ils n'imaginent que le meilleur pour moi et se sentent floués.

Mais, en regardant mes amis qui grandissent, je sais que tout n'aurait pas été forcément rose. Je pourrais être comme Tommy, qui a tapé si fort dans le mur qu'il a fait un trou, et qu'on a envoyé dans une école militaire. Ou Brendan, sur qui ses parents hurlent dès qu'il a un B, alors il se ronge les ongles jusqu'au sang. Ou simplement comme les garçons de mon âge, à avoir honte de mes boutons et me sentir nerveux avec les filles, et frustré quand personne ne comprend ce que ça veut dire d'être moi. Ce n'est pas bon pour ma famille de jouer au jeu du « et si ? », alors je ne le fais pas non plus.

J'ai beau ne plus grandir, j'observe les autres et j'ai beaucoup appris. Papa continue à penser à moi comme si j'avais huit ans et Maman me cherche partout. Pendant un temps, ma sœur me faisait vieillir dans sa tête, mais maintenant elle a arrêté.

De toute façon, je ne comprends pas pourquoi c'est si important de grandir. Tous ces soucis, tout ce travail. En fait, j'ai peut-être de la chance de pouvoir rester éternellement à mon âge préféré.

J'essaie d'imaginer à quoi ressemblerait notre famille si je n'étais pas allé nager ce jour-là. Ce que j'aimais le plus, c'est quand on était tous ensemble. Comme la fois où on est allés voir un film au drive-in, pour une expérience à l'ancienne (dixit Papa). La radio grésillait et Kiki et moi, on se battait pour les oreillers sur le siège arrière et je m'étais renversé du milk-shake vanille partout, je collais pendant le restant de la soirée. Tout était allé de travers et on s'était *quand même* tellement amusés. Je me souviens que le film m'avait fait rire, que j'avais posé la tête sur l'épaule de Kiki quand je m'étais senti fatigué et que Papa m'avait pris dans ses bras pour me faire sortir de la voiture et me mettre au lit. Ces fois où on était ensemble tous les quatre, c'est ce qui me manque le plus.

Maintenant, on est tous seuls. Maman, Papa et Kiki ont chacun leur vie. Ils ne se voient pas beaucoup. Ils ne parlent presque jamais, et pas des choses importantes. Kiki ne raconte pas la vérité à nos parents sur ce qu'elle fait, et cette vérité prend de plus en plus d'ampleur à l'arrière-plan, comme le vaisseau extraterrestre géant qui surgit derrière le capitaine des Space Rangers. Elle ne leur parle jamais de moi. En un sens, c'est moi qui m'en sors le mieux car je peux toujours être avec chacun d'entre eux quand je veux, mais eux ne peuvent pas vraiment être avec moi. Et ils ont cessé d'être réellement l'un avec l'autre.

Je ne sais pas quoi penser de ce nouveau groupe d'amis, mais peut-être que Kiki a établi de l'intimité avec eux. Peut-être qu'ils peuvent lui tenir lieu de famille, puisque la nôtre n'existe plus.

36. Serotina

Février 2015

Sero s'était demandé comment contribuer utilement au Sanctuaire, hormis en faisant des provisions chez NatMark avec sa réduction d'employée et en s'occupant du cheval. « J'ai une idée », dit-elle un soir à Micah au lit. « J'ai de l'argent sur mon compte épargne – mon dépôt de garantie, plus ce que mon père m'a donné pour ce semestre –, environ dix mille dollars. On pourrait peut-être utiliser cette somme pour acheter des panneaux solaires ? »

Micah se recula légèrement pour la regarder, le bras autour de ses épaules. « Tu ferais ça ?

— Bien sûr », répondit Karina. Elle n'avait plus besoin de cet argent pour ses études, même si elle se rappelait au passage qu'elle devrait bien informer ses parents, d'ici l'été, qu'elle avait quitté l'université. Elle chassa cette pensée. « Je vis ici et je ne paie pas grand-chose à part les courses. Les autres pourraient peut-être participer et on aurait assez ?

— C'est déjà fait. C'est ce qui nous a

permis de rassembler la première moitié pour l'acompte, expliqua Micah. Tu sais, tous ceux qui travaillent à l'extérieur donnent une partie de leur salaire pour contribuer aux dépenses de la collectivité. Et honnêtement, ça suffit tout juste. Certains mois, on est un peu serrés. »

Karina remarqua les rides sur le front de Micah et pensa pour la première fois aux détails logistiques et financiers de la gestion de ce lieu. Tous les résidents n'avaient pas un emploi salarié. August et Zoe faisaient partie d'un groupe de musique qui jouait les soirs et les week-ends. D'autres, comme Ericka, avaient débarqué sans le sou et travaillaient uniquement au Sanctuaire. Ils cultivaient la plupart des légumes qu'ils consommaient et s'occupaient des poules. Presque tous les dimanches, David allait au marché fermier du coin pour vendre leur surplus d'œufs bio et de légumes avec un bon bénéfice.

« Je réfléchis à une autre idée pour nous procurer des revenus supplémentaires…, commença Micah.

— Laquelle ? » demanda-t-elle. Micah garda le silence et caressa son épaule nue. « Dis-moi », insista-t-elle en le regardant.

Il l'étudia un moment, comme s'il essayait de prendre une décision, puis s'assit sur le lit. « Sero, je vais te confier quelque chose parce que je te fais confiance. Je *peux* te faire confiance, n'est-ce pas ?

— Évidemment. »

Il hocha la tête. « Habille-toi. »

Elle le suivit dans la maison silencieuse, puis ils sortirent par l'arrière et descendirent les quelques marches en pierre qui menaient vers une porte extérieure qu'elle n'avait jamais remarquée. Il prit une clé de sa poche, l'ouvrit et entra dans un sous-sol bien éclairé. C'était un immense espace divisé en plusieurs pièces, sans rien d'autre que deux tables pliantes rectangulaires, du genre de celles que ses parents gardaient au garage pour les fêtes dans le jardin. Sur chacune d'entre elles, une dizaine de plantes en pots. Sero s'approcha pour examiner les feuilles, bien reconnaissables. « C'est… ? »

Micah sourit. « De la marijuana bio de qualité médicale, la plus pure qui soit. »

Elle l'observa en se demandant s'il était sérieux. « C'est ça, ton idée de revenu ?

— Ce que tu vois ici, une fois arrivé à maturité et récolté, partira pour vingt mille dollars environ. Tu imagines si on convertissait tout cet espace en ferme de culture ? » Il ouvrit grand les bras. « On pourrait faire dix ou vingt fois ça. Les précédents propriétaires utilisaient cet espace comme cave à vin, donc il y a déjà des contrôles de température et d'humidité.

— Tu… tu n'as pas besoin de licence pour ça ? » Sero, sentant son cœur s'emballer, s'appuya contre une des colonnes.

« Si. » Micah pointa l'index vers elle comme si elle avait soulevé un point important. « Si, on en a besoin et on l'obtiendra, c'est en cours, la rassura-t-il en mettant les mains dans ses poches. Alors, qu'en penses-tu ? »

Karina hésita, ne sachant trop que dire ou penser. « Je… j'imagine que c'est une bonne idée… si c'est légal ?

— Eh bien, maintenant c'est légal en Californie. » Micah arracha une feuille sur l'une des plantes et la frotta entre ses doigts. « Ce sont de jeunes plants de qualité supérieure provenant d'une source fiable. Je les ai reçus en décembre. Ils devraient fleurir bientôt. Mais, Sero, tu ne peux pas en parler. Je te fais confiance, personne d'autre n'est au courant. »

Elle hocha la tête. Tandis qu'ils regagnaient sa chambre, le secret et le fait qu'il le lui ait confié la remplirent de bonheur.

*

Le lendemain soir, après avoir réfléchi toute la journée en travaillant dehors, elle alla trouver Micah avec les questions qui lui étaient passées par la tête.

« Dis-moi encore ce qui te plaît dans ce projet ? Tu n'as pas peur des risques ?

— D'abord, ce n'est pas plus risqué que de faire pousser et vendre n'importe quelle autre culture, maintenant que c'est légal, répondit Micah. Les cultivateurs et les officines ont une licence, le produit est testé dans des laboratoires indépendants, tout le monde paie des impôts. Une industrie parfaitement légitime. Deuxièmement, c'est beaucoup plus rentable que les autres cultures. Cette vision qu'on a de construire une communauté à zéro impact et un modèle qui puisse être répliqué dans le monde entier ? Eh bien, alimenter un grand rêve coûte cher. Il faut financer ces panneaux solaires, creuser un autre puits sur le terrain, et tout le reste. » Micah pencha la tête en souriant. « Et c'est *là* que ton expertise entre en ligne de compte. La culture hydroponique et la diminution de l'utilisation d'eau.

— Et donc, on a une licence ? demanda-t-elle.

— Oui, je t'ai dit. C'est en cours. » Il l'embrassa délicatement sur les lèvres. « Quoi, tu as besoin de la voir ? ajouta-t-il sur un ton badin. Tu n'as pas confiance en moi ? » Il l'embrassa à nouveau, entrouvrant avec sa langue la bouche de Serotina, qui sentit tout son corps vibrer. Elle se rappela comment il l'avait aidée à entrer dans l'océan et à dévoiler ses secrets les plus noirs devant le groupe. Bien sûr qu'elle avait confiance. « Tu t'inquiètes trop, murmura-t-il. Tu as quelqu'un pour te rattraper maintenant. »

*

Le lendemain matin, après la méditation, le yoga et le petit déjeuner, Serotina monta à l'étage s'habiller pour son service chez NatMark tandis que les autres sortaient travailler. Avant de se doucher, elle récupéra son ordinateur portable sous son lit, où elle le laissait la plupart du temps, et commença à faire des recherches sur la culture des plants de cannabis. Elle prit quelques notes et continua à y penser tout en travaillant au magasin. Lorsqu'elle retrouva Micah ce soir-là dans sa chambre, elle avait hâte de partager ses idées avec lui. « Tu dis que ces plants ont environ six semaines ? »

Micah acquiesça. « J'ai laissé les lumières dix-huit heures par jour, je les allumais avant la méditation et les éteignais avant de me coucher. »

Karina feuilleta ses notes. « Donc si on passe à un cycle d'éclairage de douze heures, ils devraient fleurir et seraient prêts à être coupés et séchés dans quelques mois. Et si on ajoute des ampoules de mille watts à cet espace, on peut accroître le rendement. » Elle le regarda. « Si nos rendements sont aussi élevés que ce que j'ai lu, on peut générer environ deux cent trente grammes par plant… ce qui donnerait combien ?

— La qualité supérieure se vend à plus de cent dollars les trente grammes, donc ça fait… » Micah tendit la main vers la table de nuit et sortit un téléphone portable du tiroir. « Près de mille dollars pour un plant, et… » Elle avait le tournis avec ces chiffres.

Micah tapota sur l'écran et le lui montra. Tous ces zéros. « Combien tu penses qu'on pourrait en caser là-bas ?

— Il faudrait que je mesure l'espace, mais on devrait pouvoir en mettre beaucoup si on fait ça de façon méthodique, dit-elle. On peut s'en procurer davantage ? »

Micah sourit. « Autant que tu veux, chérie.

— Vu que le cycle entier prend quatre à cinq

mois, il faudrait probablement plusieurs cycles en parallèle pour obtenir en permanence des plantes qui arrivent à maturation, donc assurer un approvisionnement régulier. » Son cerveau carburait tandis qu'elle réfléchissait au cycle de culture et aux systèmes du laboratoire de botanique qu'elle pourrait installer. L'espace d'un instant, son cerveau enregistra que c'était délirant d'être en train de réfléchir à de la marijuana.

Micah se pencha vers elle, lui prit le visage entre les mains et l'embrassa. « Tu es formidable, Sero. Je savais que tu étais la bonne personne pour ça.

— On peut avoir les panneaux solaires. » Elle sourit.

« On peut avoir les panneaux solaires, répéta Micah. Et les vaches laitières. Et un autre composteur. Et peut-être du matériel agricole sophistiqué. On peut tout avoir. » Micah ferma les yeux un moment. « Tu ne seras pas seule. Jasmine peut t'aider à mettre les choses en place et à t'occuper des plants. Rufus est en train de faire un site web pour commencer à prendre les commandes dès que nous serons prêts.

— Je pensais que personne d'autre n'était au courant ?

— Oui, uniquement vous trois. Jasmine nous a mis en contact avec son cousin près de Sacramento, qui fait pousser des plants depuis des années. Et Rufus est notre génie de l'informatique. Mais je préfère quand même garder le silence pour l'instant. Je ne veux blesser personne en te choisissant pour diriger l'opération. » Il l'embrassa délicatement. « Cela dit, on est un peu dans l'urgence, ajouta-t-il. On a fait un gros investissement pour démarrer le Sanctuaire et il y a beaucoup de factures à payer. Je compte sur toi. » Il ferma les yeux de Sero avec ses pouces et les embrassa tour à tour. Lorsqu'elle les rouvrit, Micah la regardait comme si elle était la personne la plus importante au monde – la *seule* personne au monde – et elle eut envie de préserver pour l'éternité ce sentiment qu'il avait suscité en elle.

*

On accédait à la cave par la porte latérale à l'extérieur de la maison, ce qui permettait de rester discret. Serotina décida qu'une pièce abriterait les plants existants pendant leur floraison, exigeant un cycle d'éclairage de douze heures ; la seconde accueillerait les nouveaux plants pendant leurs six semaines d'état végétatif, avec dix-huit heures de lumière. Après avoir calculé combien de plants l'espace pourrait contenir, elle et Jasmine commandèrent les deux cents premiers au cousin de celle-ci, qui les apporterait le week-end suivant en échange d'un paiement en cash de Micah.

Les jours où elle ne travaillait pas chez NatMark, au lieu d'aller aux champs, Sero faisait des heures de route jusqu'aux magasins Hydro Store, dans des zones périphériques, où elle achetait des lumières spéciales, des tubes d'irrigation, des minuteurs, des bidons d'engrais et autres fournitures pour leur opération, payant avec la carte de crédit de son père. S'il posait des questions, ce qui n'arrivait jamais, elle dirait qu'il s'agissait de fournitures pour le jardin communautaire de Santa Barbara dont elle avait parlé. Elle passait quatorze heures par jour à faire des recherches, conduire, travailler, et avait mal aux bras et au dos à force de porter des sacs de fibre de coco et de matériel, mais l'importance de ce projet pour Micah, pour eux *tous*, lui donnait des ailes.

Lorsqu'elles reçurent la cargaison de nouveaux plants, Jasmine et elle disposèrent méticuleusement les tables, les projecteurs minutés et les tuyaux d'arrosage goutte à goutte pour l'irrigation et la solution nutritive. « C'est fabuleux, s'exclama Micah en voyant l'installation. *Tu es* fabuleuse. » Il l'attira à lui et l'embrassa fougueusement sur la bouche.

Encouragée par ses louanges, Sero descendait tous les matins dans la cave inspecter les plants après la méditation et le yoga. Elle vérifiait le sol avec une sonde en cuivre et mesurait l'humidité de l'air, effectuant les ajustements nécessaires avant de remonter pour le petit déjeuner. Elle établit une courbe de croissance de façon à pouvoir planifier les cycles de culture et prédire les rendements de l'opération dans son ensemble. S'occuper à nouveau de plantes, comme autrefois au laboratoire de botanique, lui procurait une joie inattendue. Elle n'avait pas remarqué à quel point ce travail de réflexion lui manquait chez NatMark. Sentant qu'elle apportait une contribution réelle à ce lieu auquel elle croyait si fort, elle commençait à trouver davantage de sens à ses journées.

37. Serotina

Mars 2015

Après un service éreintant chez Natural Market, Serotina s'engagea dans la longue montée qui l'aidait toujours à se mettre dans l'état d'esprit du retour au Sanctuaire. En se garant, elle aperçut Micah et Jeremy au bout de l'allée, chacun une grande pelle à la main. Elle sortit deux sacs de provisions du coffre et, lorsqu'elle s'approcha, elle les vit en train de déterrer les pavés emboîtés. Ils avaient dégagé une parcelle d'environ un mètre carré et on voyait de la poussière, des pierres et des touffes d'herbes partout autour. Les conduites enterrées étaient désormais à nu.

« Que se passe-t-il ? demanda-t-elle

— Un problème avec la plomberie, répondit Micah avec un sourire. On essaie de le localiser. »

Jeremy planta sa pelle sous une pierre et parvint à la soulever. « Une racine s'est probablement infiltrée dans une canalisation.

— On a dû couper l'eau un moment, ajouta Micah. Mais il y a des seaux à l'intérieur.

— Pas de problème. » Elle entra dans la maison, impressionnée par leur débrouillardise.

Dans la cuisine, Guy l'embrassa sur les deux joues lorsqu'elle lui tendit un sachet de champignons des bois. Elle aidait à préparer le dîner – du filet de bœuf élevé en plein air avec une sauce aux champignons, un gratin de pommes de terre et des asperges grillées – lorsque l'eau gicla tout à coup du robinet de la cuisine, puis se mit à s'écouler normalement. Tout le monde applaudit.

Comme il lui restait un peu de temps avant le dîner, Sero alla vers les écuries. « Salut, Buddy », dit-elle au cheval qui l'accueillit avec un petit hennissement. Elle l'avait d'abord surnommé Buddy – « copain » –, puis avait décidé que c'était un nom comme un autre et l'avait officialisé. Elle entra dans le box et entreprit de toiletter sa robe épaisse avec l'étrille et la brosse achetées dans la semaine. Elle repensa à Izzy, songea à l'appeler mais, ne sachant par où commencer pour lui raconter sa nouvelle vie et n'étant pas sûre que son amie comprendrait, elle se contenta de prendre une photo d'elle avec Buddy et de l'envoyer.

Le soir, pendant le dîner, elle fit tinter son verre de vin avec une fourchette et attendit que la conversation cesse. Elle assumait désormais le rôle de bras droit de Micah, à cause peut-être du projet confidentiel qu'il lui avait confié, de leur relation amoureuse ou des deux à la fois, et c'était une responsabilité dont elle se délectait. Elle leva son verre. « Un grand merci à Micah d'avoir réparé notre problème de plomberie.

— Oui, je ne savais pas que tu étais si adroit, Micah, renchérit August. La plomberie *et* le clavier, mec, une combinaison unique. »

Micah sourit en hochant la tête. « Malheureusement, ce n'est pas réparé. Je vais devoir informer le propriétaire. Bon, rien de grave, cela dit. Pas comme si on avait besoin d'eau pour survivre. »

Sero sourit de le voir toujours aussi positif, même dans l'adversité.

*

Au bout de neuf semaines à raison de douze heures d'éclairage par jour, les plantes du premier lot avaient atteint leur taille maximale et terminé leur floraison, prêtes à être séchées. Jasmine et elle les coupèrent et les suspendirent tête en bas au plafond de la cave. Sero les contrôlait avec impatience chaque jour mais, comme elle l'avait lu, elles mirent deux semaines entières à sécher complètement. Elle coupa les premières elle-même, utilisant un petit sécateur pour séparer les bourgeons des tiges et des feuilles. Les bourgeons les plus gros pouvaient être vendus au prix fort, les plus petits roulés en cigarettes et le reste utilisé pour des produits alimentaires. Elle montra à Jasmine comment tailler et elles mirent tout le restant de la journée à terminer le lot. Sero avait mal au cou et les doigts engourdis, mais elle était fière de ce qu'elle avait créé, espérant que Micah le serait tout autant.

Il descendit les rejoindre après le dîner, sortit en grande pompe du papier de sa poche de chemise et roula le premier joint. Au lycée, Sero avait essayé plusieurs fois de fumer de l'herbe lors de soirées, sans vraiment apprécier, car en général ça lui donnait envie de dormir. À l'université, ses amis du laboratoire ne fumaient pas, et James non plus. Voyant maintenant Micah prendre une longue inhalation et y trouver du plaisir, elle était curieuse de refaire un essai. La première bouffée la fit tousser et la seconde lui monta droit à la tête. « Herbe de première qualité », déclara Micah, et tous se congratulèrent en se tombant dans les bras. Une fois les autres partis, Micah lui dit : « Je suis tellement fier de toi, Sero. Tu apportes vraiment une contribution décisive à ce lieu. Je ne sais pas ce que je ferais sans toi. » Sero rougit de fierté et, cette nuit-là, dormit d'un sommeil lourd, peuplé de rêves merveilleux.

*

Le lendemain matin, elle sentait encore un peu les effets de l'herbe, et, peut-être grâce à cela, parvint à une concentration profonde durant la session de méditation. « Nous pouvons contrôler chaque élément de notre vie, dit Micah. Songez à la nourriture. Nous pouvons choisir non seulement ce que nous mangeons et en quelle quantité, mais aussi à quelle vitesse et avec qui. Et même décider de nous alimenter ou non. La pratique du jeûne nous apprend à tolérer l'inconfort, elle nous montre l'importance de l'autodiscipline. C'est la raison pour laquelle nous ne faisons pas de pause déjeuner lorsque nous travaillons dehors. Jeûner aide à concentrer le mental et à focaliser notre engagement. »

Sero réfléchit. Elle aimait beaucoup manger, mais prenait-elle toujours le temps de goûter chaque bouchée, ou de comprendre dans quelle mesure son environnement affectait sa perception de la nourriture ? Elle avait peut-être aussi le tort d'avaler sans réfléchir et de s'abandonner au plaisir hédoniste d'un bon repas. Elle se promettait d'essayer d'y penser de façon plus consciente lorsqu'une sonnerie la fit sursauter. Entrouvrant les yeux, elle vit les jambes de Micah passer rapidement à travers le groupe et entrer dans la maison. Au second coup, elle reconnut la sonnette de l'entrée, que l'on entendait très rarement puisque la porte n'était jamais fermée à clé et qu'il y avait toujours quelqu'un sur place.

Distraite de sa méditation, elle entendit Micah échanger dehors des mots durs avec quelqu'un. Quelques instants plus tard, il était de retour et poursuivit son discours sur les mérites de l'autodiscipline. Sero referma les yeux.

Dans la soirée, lorsqu'elle voulut revenir sur le thème de la méditation, Micah lui répondit sèchement, refusant d'en discuter. « Je suis désolé, Sero, je suis fatigué, se justifia-t-il. J'ai la migraine et je n'ai pas bien dormi. Je pense que ce serait mieux qu'on reste chacun dans notre lit cette nuit. » Il l'embrassa délicatement en pressant ses épaules.

« OK, pas de problème, j'espère que ça ira mieux », répondit-elle en se demandant pourquoi il paraissait si perturbé. En quittant la chambre de Micah, elle se retourna : « Au fait, qui était à la porte ce matin ?

— Hein ? Oh, rien. Personne », dit-il en débouchant un flacon de médicaments sur sa table de nuit. Puis, voyant le doute sur son visage : « C'était le plombier. Il est passé sans prévenir et je lui ai dit qu'il fallait prendre rendez-vous.

— Oh. » Elle sourit. « Bon, fais-moi savoir si je peux aider quand il reviendra. » Elle regagna sa chambre, rassurée : c'étaient les responsabilités de la maison qui le préoccupaient, rien à voir avec elle. Elle aurait aimé pouvoir partager et alléger son fardeau, comme il l'avait fait pour elle.

*

Le lendemain, elle participait à la préparation du dîner lorsque August entra dans la cuisine et tendit une pile de courrier à Micah.

« Tu veux de l'aide ? » August se glissa à côté de Zoe, qui épluchait du maïs.

« Merci, chéri, répondit Zoe devant une montagne d'épis de maïs frais. On les fait griller et on les sert avec de la mayonnaise et des épices, à la mexicaine.

— Mmm… » August lui donna un petit coup d'épaule.

Sero aimait les voir flirter ensemble, heureux, surtout après cette première fois embarrassante où elle les avait surpris sur le canapé.

« Nom de Dieu », marmonna Micah à mi-voix. Il venait d'ouvrir une lettre et parlait d'une voix à peine audible, mais Sero était pleinement à l'écoute. Elle le rejoignit. « Qu'est-ce qui ne va pas ? » demanda-t-elle doucement en se penchant vers lui.

Micah hocha la tête et elle remarqua la ride profonde qui creusait son front. Elle en voulait à ce bout de papier sur la table, même si elle ignorait la raison de sa préoccupation.

« Connards de voisins, dit-il en pointant de sa main droite les portes vitrées coulissantes. Ils créent à nouveau des problèmes, se plaignent au propriétaire. D'abord, ils ont refusé qu'on ait des vaches laitières sur notre terrain, à plus de deux hectares de leur maison, juste au cas où des *odeurs déplaisantes*… – il mima des guillemets – dériveraient vers l'espace précieux où ils organisent leurs fêtes. Tu sais que c'est uniquement à cause d'*eux* qu'on ne peut pas avoir nos propres produits laitiers ? Ces deux personnes nous forcent à aller au magasin toutes les semaines acheter du lait et des yaourts !

— Ils peuvent faire ça ? » Elle tendit le cou pour voir le papier.

« Et maintenant, poursuivit Micah en agitant

la feuille, de sorte qu'elle n'arrivait pas à lire, ils se plaignent des coqs qui chantent trop tôt le matin et créent – à nouveau entre guillemets – une *pollution sonore* dans un environnement bucolique connu pour son calme et sa tranquillité. » Ses mains retombèrent sur la table.

Zoe jeta un coup d'œil inquisiteur dans leur direction, comme si Sero avait fait quelque chose pour provoquer la colère de Micah. Se sentant mal à l'aise et responsable, si ce n'était de son humeur, du moins de sa propre incapacité à y remédier, Sero se plaça derrière la chaise de Micah, posa les mains sur ses épaules et commença à les masser doucement.

« Est-ce que ces richards savent même ce qu'est un cadre bucolique ? fulmina Micah, indifférent aux efforts de Sero. C'est un cadre qui comprend des animaux, avec leurs *bruits* et leurs *odeurs*, bon sang. C'est *quoi* leur problème ?

— Viens », suggéra Sero, déstabilisée par son impuissance à le calmer. « On va faire une promenade. » Elle lui prit la main et l'entraîna dehors. « On pourrait peut-être déplacer le poulailler un peu plus loin des voisins pour qu'ils n'entendent pas le bruit ? » suggéra-t-elle.

Micah secoua la tête. « Parfois je me sens comme le gladiateur qui doit courir entre deux rangées d'hommes armés, tu comprends ? Partout où je vais, je me heurte à un nouvel obstacle. Quand on a emménagé, c'était ce conseil de quartier tyrannique qui ne nous a pas permis de nous débarrasser des citronniers, tu te rends compte ? Cette plantation qui accapare toute l'eau, sous prétexte qu'elle avait une « valeur historique locale ».

— Et qu'est-ce que tu as fait, du coup ?

— J'ai calculé le montant d'eau absurde que ces arbres utilisaient et j'ai raconté que j'avais parlé à un journaliste de l'*Union-Tribune*, qui a dit que ça ferait un bon papier. » L'année précédente, Rancho Paraíso s'était retrouvé à la une des journaux en tant que premier consommateur d'eau *per capita* de tout l'État pendant la sécheresse exceptionnelle.

« Tu vois ? sourit Serotina. Tu as été plus malin qu'eux. Et on a remplacé tout cela par des plantes qui supportent la sécheresse et de l'irrigation goutte à goutte, ce qui revient à diminuer de moitié l'utilisation d'eau, voire davantage, non ? »

Micah haussa les épaules. « En plus, cet enfoiré de propriétaire me harcèle sans relâche chaque fois que le loyer n'arrive pas exactement le premier du mois. Tu imagines ? » Il la regarda. « Je veux dire, qui a décidé que c'était juste de payer le premier du mois ? Pourquoi on devrait être obligé de payer à l'avance ? Le loyer lui parvient toujours avant la fin du mois. » Serotina essaya de réfléchir à une réponse. « Il n'est pas très intelligent, voilà le problème, ajouta-t-il. Même quand je lui ai démontré que l'investissement en panneaux solaires serait rentabilisé en cinq ans, il n'a rien pigé. Il ne comprend pas qu'il faut parfois dépenser de l'argent pour en gagner. Et de toute façon, il y a des choses plus importantes que l'argent, comme préserver la planète. »

« Maintenant », poursuivit-il en pointant le doigt vers la clôture de la propriété, de l'autre côté de la colline, « c'est ce connard de voisin qui ne veut pas qu'on ait nos poules ! Qu'est-ce qu'il y connaît, avec ses bagnoles qui consomment des tonnes d'essence et sa villa chic avec tout cet espace perdu ? Deux personnes seules dans une maison de sept cents mètres carrés à trois millions de dollars, et il essaie de nous dire à *nous* comment vivre ? On représente le contraire absolu de ce que ce type incarne : le Sanctuaire loge treize personnes, bientôt *quinze*... »

Serotina aurait voulu poser une question à ce propos – sa chambre était la seule à pouvoir accueillir encore quelques personnes –, mais il valait mieux ne pas l'interrompre. Micah semblait plus animé maintenant, de meilleure humeur.

« Le Sanctuaire est plein de joie, de vie et de chaleur. On serait économes en eau et neutres en carbone si tous ces obstacles ne se mettaient pas sur notre chemin. » Il s'arrêta un instant et se tourna face à elle, les mains sur les hanches. « Ça finit par peser, tu sais. Sur moi. » Il regarda la terre et donna un coup de pied dedans. « Je sais que tout le monde ici compte sur moi, et mon corps absorbe toute cette responsabilité. »

Sero le voyait bien, le poids de ce fardeau, dans les lignes creusées sur son front, le tic au coin de l'œil. Elle mit les bras autour de sa taille, essayant de le soulager un peu de toute cette tension.

« Je me réveille le matin avec la mâchoire douloureuse d'avoir grincé des dents toute la nuit, murmura-t-il. Ça ne m'était jamais arrivé. Et ça. » Il releva une manche pour montrer l'éruption blanchâtre qui lui couvrait le bras. « Le stress.

— Qu'est-ce que je peux faire ? demanda Serotina en mêlant ses doigts à ceux de Micah. Laisse-moi t'aider. Je veux aider.

— Je sais, répondit-il en se penchant pour l'embrasser sur le front. Je sais que chacun ici se sacrifiera si on le lui demande, comme je le fais en ce moment. C'est ce qui me donne l'énergie de continuer. On va gagner cette bataille, Sero. On va réaliser notre vision ici, au Sanctuaire, ensemble. »

Sero sourit, le croyant de tout son cœur. Ce n'était pas sa colère qu'elle venait de voir sortir, c'était sa passion. Cette passion qui l'avait aidé à faire pousser deux cents kilos de fruits et légumes bio au jardin communautaire, avait permis à August de triompher de son addiction, à Ericka de mettre un terme à sa relation violente, l'avait encouragée elle-même à faire sortir la culpabilité qu'elle portait depuis la mort de Prem six ans plus tôt. Cette ardeur qui rendait possible tant de choses positives, elle se sentait honorée d'en être le témoin. Elle se promit de tout faire pour contribuer au succès du Sanctuaire, d'être la confidente et le soutien dont Micah avait besoin.

38. Les Olander

Avril 2015

Il ne lui restait plus qu'à obtenir la signature de Jaya sur les documents de transfert. Son comptable lui avait demandé à plusieurs reprises s'il était sûr de sa décision : transférer une grande quantité d'actifs à une ex-épouse sans décision judiciaire était inhabituel. Jaya pourrait faire ce que bon lui semblait de cet argent, lui avait-il rappelé, le dépenser entièrement, partir avec un autre homme. Keith avait ri de cette idée ; à l'évidence, son comptable n'avait jamais rencontré de femme comme Jaya. Oui, il était sûr. Une fois les papiers signés, il aurait au moins le réconfort de savoir que l'avenir de Jaya, et celui de Karina, était assuré, quoi qu'il lui arrive.

Établir les comptes, orchestrer les transferts, ainsi que la paperasserie juridique et fiscale, lui avait permis de se concentrer sur quelque chose de productif ces dernières semaines, pendant que son avocat cherchait à en savoir plus sur l'affaire de la SEC. Sur les conseils de ce dernier, Keith avait déjà mis de côté les actifs nécessaires pour couvrir la plus-value sur les actions, la pénalité éventuelle et les frais d'avocat.

« J'essaie d'avoir une réunion avec la SEC pour discuter des poursuites civiles, mais ils prennent tout leur temps. La bonne nouvelle, c'est que le ministère de la Justice n'a pas l'air de vouloir engager de poursuites pénales, Keith. Tu as de la chance d'être dans la Silicon Valley. À New York, ils feraient probablement un exemple de ton cas, mais en Californie ils s'intéressent davantage aux délits transfrontaliers – drogue et immigration. »

Keith se sentit penaud à l'idée que son cas soit mis dans le même panier que ces délits-là. Il ne savait pas encore comment expliquer ce transfert d'avoirs à Jaya, ni même s'il pourrait se résoudre à lui avouer son comportement douteux. Son comportement *criminel.* Elle l'avait toujours jugé trop ambitieux, motivé par l'argent, et cette affaire lui donnait raison. Et pourtant, il aurait aimé pouvoir parler à la personne dont il se souvenait : intelligente, réfléchie, les pieds sur terre. Il regrettait de ne plus avoir cette sagacité et cette perspective dans sa vie. Mais cette femme-là était partie et Jaya semblait devenue au mieux indifférente à lui.

Bien entendu, Keith ne pouvait même pas imaginer raconter cela à Karina. Sa fille n'avait pas à savoir quoi que ce soit pour l'instant, ni jamais, avec un peu de chance. Lors de sa dernière visite, pendant les vacances de Noël, elle paraissait si heureuse. Elle débordait d'énergie, ne tarissait pas d'histoires sur les cours qu'elle avait terminés, ceux auxquels elle s'était inscrite, les nouvelles recettes essayées avec des amis. Il ne lui parlait pas aussi souvent qu'avant et cela lui manquait, mais d'autres parents lui avaient dit de s'y attendre ; cela faisait partie du processus de développement normal, le signe qu'elle était réellement prête à vivre de façon indépendante.

*

Jaya était assise face à Christophe, arrivé trois semaines plus tôt de sa Côte d'Ivoire natale. « N'importe quel travail, je ferai n'importe quel travail », disait-il sincèrement après avoir postulé auprès de toutes les compagnies de taxi de la baie de San Francisco. Christophe avait trente-huit ans et une formation de médecin en Afrique mais, avec une épouse et trois enfants à nourrir, les modestes économies dont il disposait en arrivant aux États-Unis fondaient comme neige au soleil.

Jaya avait beau lui dire qu'il pouvait s'habiller de façon moins formelle pour leurs rendez-vous, Christophe portait comme toujours costume et cravate.

« Le premier emploi est toujours le plus difficile à décrocher », expliqua-t-elle, comme elle le répétait régulièrement au Centre de soutien pour les réfugiés et immigrants où elle travaillait bénévolement. À son retour d'Inde, en repensant aux reproches de sa mère, elle avait décidé de s'impliquer dans de nouvelles activités. Le *seva*, le service désintéressé, l'un des piliers de l'organisation du gourou, consistait à renforcer la communauté en soutenant ses membres les plus vulnérables. Avec d'autres adeptes, elle avait essayé de travailler dans une soupe populaire et un foyer pour sans-abri mais, après avoir vécu si longtemps dans le monde qu'elle s'était construit, elle avait du mal à interagir avec des étrangers, à discuter de choses et d'autres, à raconter sa vie. C'est alors qu'elle avait entendu parler du Centre à la radio ; dès sa première visite, elle avait ressenti une connexion immédiate. Depuis lors, elle faisait partie des bénévoles réguliers.

« D'où venez-vous, madame ? » demanda Christophe, enfin assez à l'aise, lors de cette visite, pour lui poser une question personnelle. « Vous n'êtes pas d'ici, une… autochtone ? »

Jaya sourit sans prendre la peine de corriger l'usage qu'il faisait de ce terme. « Non, je suis une citoyenne naturalisée et je viens d'Inde. » Après des années aux prises avec cette question – qui elle était, où était sa place –, elle avait décidé que l'on ne pouvait la résumer à une nationalité ; son véritable foyer, c'était sa conscience, qui voyageait avec elle. C'était à l'intérieur d'elle-même qu'elle se sentait ou non à sa place. L'idée que ses démons intérieurs la suivent partout l'avait d'abord déstabilisée, mais elle y avait peu à peu trouvé du réconfort. Si elle investissait du temps et de l'énergie pour suivre les enseignements du gourou et progresser sur la voie d'un niveau de conscience plus élevé, ce serait quelque chose qu'elle posséderait à jamais, qu'on ne pourrait lui retirer. L'essence de son humanité n'était pas liée à une géographie, à un lieu ou même à des gens. Cette idée lui permettait d'être en paix avec le fait de vivre si loin de ses parents et de la famille de Dev, et savoir que son réseau de soutien ne connaissait pas de frontières lui donnait même de la force.

Au Centre, Jaya aidait des individus à s'acclimater aux États-Unis, à s'orienter dans les arcanes des organismes gouvernementaux et à s'installer dans une nouvelle vie. Son travail n'avait rien de compliqué : remplir des contrats de location et des demandes de permis de conduire, entre autres incontournables de la vie américaine.

C'était, comme on l'appelait à l'Institut de politique où elle travaillait auparavant, du travail à petite échelle : elle servait une personne à la fois. L'Institut ne finançait pas de projets de ce type parce qu'ils n'étaient pas extensibles, leur croissance dépendant de la disponibilité de bénévoles comme elle. À l'époque, Jaya avait pour mission de développer des programmes efficaces pouvant être élargis rapidement à des groupes plus importants, grâce à la technologie ou aux efforts de terrain. Dans ce monde-là, elle essayait de résoudre les problèmes à un niveau systémique. Mais les systèmes, après tout, sont faits d'individus, et la plupart des changements échouent à cause d'eux – corruption, politique, ego. Il s'agissait d'un travail illusoire qui l'éloignait du réel.

Elle avait compris petit à petit que les épreuves affrontées sur terre visaient à l'aider à se relier à la douleur et à la souffrance des autres, à pratiquer l'amour et la bienveillance universels, à s'éloigner des préoccupations matérielles pour se rapprocher de la sphère spirituelle. Cela demandait du travail, mais c'était une vision du monde qui avait du sens et qu'elle trouvait gratifiante. Elle s'efforçait désormais de rendre chacune de ses interactions authentique, de toucher les autres personnellement comme elle avait été touchée. Au Centre, Jaya avait un impact réel, apportait une contribution véritable, importante, à de vraies personnes. Dieu avait créé des individus humains, pas des systèmes. Lorsqu'on perdait ce lien avec le côté personnel, on perdait ce qui faisait de nous des êtres humains.

« On va répéter quelques questions, si vous voulez bien, suggéra Jaya, qui souhaitait faire prendre confiance à Christophe avant son prochain entretien.

— D'accord, madame. » Il se redressa et tira sur les revers de sa veste. « Je suis prêt. »

39. Serotina

Avril 2015

« À ce rythme-là, on devrait avoir fini tout le lot en deux semaines », annonça Serotina à Micah. Jasmine et elle effectuaient de longues journées de travail pour couper leur première récolte. « Et on aura une production totale d'environ cinq kilos. »

Micah fit un grand sourire. « Fantastique. Hé, Rufus, viens voir ici. Apporte l'ordinateur. »

Rufus les rejoignit et leur montra son écran. « Je vous présente… Greenfields. Le meilleur fournisseur agréé de marijuana médicale du web. » On voyait le nom de la société ainsi qu'un logo affichant un soleil souriant affublé de lunettes noires. « Pour notre site. Et je l'imprimerai sur nos étiquettes.

— Ooh, s'exclama Jasmine en s'appuyant sur l'épaule de Rufus pour regarder.

— Ça a l'air cool, mec. » Micah lui donna une tape dans le dos. « Donner le sourire aux gens partout. Sero dit qu'on aura cinq kilos prêts dans deux semaines, alors lançons le site web et que le spectacle commence ! »

Le lendemain, les commandes commencèrent à affluer. Rufus entreprit de préparer les étiquettes et les paquets tandis que Sero et Jasmine continuaient de couper les bourgeons.

« On est bien sûrs que tout ça est légal, n'est-ce pas ? demanda Jasmine.

— En Californie, dit Rufus, la marijuana est légale, qu'elle soit médicale ou récréative. Pour faire une commande sur notre site, les clients doivent télécharger l'ordonnance de leur médecin et on demande la signature d'un adulte pour les livraisons par UPS. Donc je dirais qu'on est *hyper* prudents.

— Et on a une licence de distribution », ajouta Serotina, qui tenait cela de ses conversations avec Micah.

Tous les soirs après le dîner, elle emmenait Micah dans la cave pour faire le point sur les progrès de l'opération. Le lot s'était vendu dans son intégralité dès la première semaine, générant près de vingt mille dollars de revenus. Micah avait hâte de l'expédier pour pouvoir empocher l'argent. « Il faudra combien de temps pour que le prochain soit prêt ? lui demanda-t-il en léchant du papier pour se rouler un joint.

— Douze semaines », répondit-elle en regardant les enveloppes prêtes à l'expédition, rangées dans une caisse sur la table de Rufus.

« Pas moyen de faire plus vite ? »

Sero secoua la tête. « Malheureusement, non. Hé… » Elle s'arrêta devant l'une des enveloppes, puis en examina quelques autres.

« Nouveau Mexique ? » Elle regarda Micah. « Et Montana? On peut faire ça, légalement?

— Écoute, Sero. » Micah lui sourit en se calant dans son fauteuil. « Il y a ce qui est *légal* et il y a ce qui est *bien.* Quelque chose peut être légal, mais pas bien. Et quelque chose peut être bien, mais pas forcément légal. Je suis pour qu'on applique notre intelligence et notre sens du bien et du mal aux différentes situations, au lieu de suivre aveuglément la loi à la lettre comme des moutons. Tu es d'accord?

— Ben, je crois que ça dépend…

— OK, laisse-moi te donner un exemple, l'interrompit Micah. Tu ne le sais peut-être pas, parce que cette fille est solide comme un roc, mais Ericka souffre d'une hernie discale et d'un mal de dos chronique. La *loi* lui donnerait le droit d'avoir une carte d'handicapé pour sa voiture. Tu sais que ce serait utile, quand on va au marché ou à la serre, de pouvoir se garer tout près quand on charge ces arbres qui pèsent des tonnes et ces sacs de terre ? Oui, super utile. Mais est-ce que c'est juste ? A-t-elle besoin de cette place plus que quelqu'un autre ? Probablement pas. Alors elle n'utilise pas la carte et on se gare loin. Si on prenait une place d'handicapé, ce serait légal, mais pas bien.

— D'accord, répondit-elle, mais dans les deux cas elle ne fait rien de mal.

— Maintenant prenons une autre situation avec Ericka. Les antidouleurs sans ordonnance ne lui font aucun effet, ils ne la soulagent absolument pas. Et elle ne veut pas prendre de médicaments sur ordonnance par crainte de devenir accro. Eh bien tu sais ce qui l'aide ? De fumer de la marijuana, une fois le matin et une fois le soir. C'est tout. Deux joints par jour, et c'est un membre de la société qui fonctionne parfaitement. Elle ne devient pas dépendante. Tout le monde est content, non ? »

Serotina acquiesça. « Oui, mais la marijuana médicale est légale et elle peut avoir… »

Micah leva un doigt et lui coupa la parole. « Maintenant, imaginons qu'Ericka vive dans le Wyoming. Même situation exactement, même problème médical, même solution, même éthique, d'accord ? dit-il. D'accord ?

— D'accord.

— D'accord, fit-il en écho. Sauf que le Wyoming a des *lois* différentes. Et tu sais pourquoi ? À cause de cet enfoiré de Cheney, voilà pourquoi. Prenons les options disponibles pour une personne du Wyoming. » Micah leva un pouce. « Devenir accro aux opioïdes et finir dans la rue, ou dans un cercueil. » Il leva l'index. « Devenir un membre affaibli et inutile de la société, en invalidité. » Il leva trois doigts. « Démolir Dick Cheney. » Il lui fit un grand sourire. « Ou bien… commander un paquet chez nous et ne nuire à personne d'autre. Peut-être pas légal *stricto sensu* selon les lois dépassées du Wyoming, mais incontestablement *juste*, non ? »

Elle s'abstint de répondre pour réfléchir à cet argument, qui semblait en effet avoir du sens.

« Dans toute l'Histoire, on trouve des cas semblables. L'esclavage était légal pendant des siècles, mais pas juste. Les femmes n'avaient pas le droit de vote dans ce pays jusqu'à ce qu'elles se battent pour l'obtenir. Gandhi s'est opposé aux Britanniques et a été jeté en prison. Il y a encore quelques années, la marijuana était interdite et aujourd'hui les lois changent partout. On a une longueur d'avance, Sero. Tu ne veux pas être du bon côté de l'histoire ? »

Si, évidemment. C'est pourquoi elle était venue au Sanctuaire, pour vivre mieux, selon des idéaux plus nobles. C'était légal de piller la terre, après tout, et même rentable, mais pas bien pour autant.

Micah sortit un briquet de sa poche de jean et alluma le joint. « En plus, les flics n'en ont rien à foutre de l'herbe maintenant que c'est légalisé. Ils s'intéressent davantage aux tonnes de cocaïne qui entrent en contrebande dans le pays. Crois-moi, j'ai des amis dans la police. » Il tendit le joint et Sero le prit, s'autorisant une longue bouffée et la satisfaction de contribuer à leur cause.

*

Le lendemain, vers midi, elle croisa Micah dans la cuisine, de retour de son long jogging matinal. Il avait apparemment couru plusieurs marathons quand il avait une vingtaine d'années, même s'il ne s'en vantait jamais.

« On a terminé tous les paquets pour la première expédition, annonça-t-elle.

— Super », répondit-il en sifflant une cannette d'eau de coco. Il lui toucha l'épaule lorsqu'elle passa à côté de lui, et elle sentit une vague de chaleur accompagnée de picotements lorsque sa main descendit le long de son dos. Depuis qu'ils avaient commencé à coucher ensemble, il la touchait parfois ainsi mais toujours délicatement, sans trop attirer l'attention. « J'irai les déposer cet après-midi. Tu veux venir avec moi ? Il y a un magasin d'aliments pour animaux près du bureau d'expédition ; tu pourrais acheter ces nouvelles rênes que tu voulais pour Buddy.

— OK, répondit-elle. Avec plaisir. »

Ils passèrent un merveilleux après-midi ensemble à essayer un nouveau bar à jus de fruits, se promener, chercher des accessoires pour le cheval. Lorsqu'ils arrivèrent au bureau d'expédition, il n'y avait pas de place de parking devant et Sero proposa de porter la boîte à l'intérieur pendant que Micah attendait dans la voiture, en double file. Sur la route du retour vers le Sanctuaire, elle s'aperçut que la joie ressentie toute la journée commençait à se dissiper. Elle adorait se retrouver seule avec Micah, mais n'en avait que rarement l'occasion : deux ou trois nuits seulement par semaine dans sa chambre à lui et le reste du temps, ce lien lui manquait. De plus, elle commençait à trouver étouffant de vivre avec tous ces gens. Il lui restait très peu de temps pour elle entre les méditations de groupe, le yoga, les discussions en cercle, les repas en commun et les tâches ménagères. Et avec treize personnes qui voulaient prendre une douche et se laver les dents, il fallait parfois attendre malgré les sept salles de bains de la maison, et certains jours les derniers n'avaient plus d'eau chaude.

Ce soir-là, il y avait deux visiteurs au Sanctuaire pour le dîner : Tommy, le producteur de champignons du marché paysan et Cerise, une fille brésilienne qui travaillait au magasin de bricolage en ville. Cerise était menue, avait les joues roses, des cheveux noirs coupés au carré et portait un petit piercing en argent dans le nez. Elle ne donnait pas l'impression d'être la personne à laquelle on demanderait des conseils pour des travaux de réparation, mais Micah et Jeremy s'extasiaient sur sa compétence en matière d'accessoires de plomberie et de vannes. À table, les invités étaient assis de part et d'autre de Micah, et en voyant Cerise rire et répondre à leurs questions sur les outils électriques, Sero se sentit l'âme particulièrement peu charitable.

« Hé, Micah, demanda Justin pendant le dîner. Qu'est-ce qui se passe avec l'allée, mon vieux ? On dirait un vrai chantier de construction là-bas. » La voie menant à la maison était toujours retournée, une grande bande de terre qui les obligeait maintenant à se garer devant le garage au lieu d'utiliser l'allée circulaire. Un gros tas de pavés s'entassait sur la pelouse, dont beaucoup étaient cassés. Heureusement, cela n'avait pas eu d'incidence sur l'eau dans la maison. Sero hésitait à poser la question à Micah, mais apparemment pas Justin. « Sérieux, insista-t-il en regardant autour de la table. On va les réparer quand, ces tuyaux ? Ce serait sympa de ne pas devoir escalader ce tas de gravats tous les jours. » Micah se leva pour apporter son assiette à la cuisine en lui lançant un regard cinglant qui mit fin à la conversation.

40. Serotina

Avril 2015

Tout le printemps, Serotina travailla sans relâche au projet Greenfields. Ils prévoyaient une nouvelle livraison de cinquante kilos dans deux mois. « On devrait commander les nouveaux plants, dit Sero à Micah un soir, au lit. Nos plantes mères ne sont pas encore assez grosses pour en produire.

— OK, je vais m'en occuper. Écoute, Sero. » Il se redressa et la regarda. « Je pense qu'il est temps que tu arrêtes chez NatMark. Tu nous serais bien plus utile ici, à travailler à plein temps pour Greenfields.

— Et ma réduction d'employée ? Ça fait une grosse différence pour notre budget alimentation, non ? » Sero était partagée. Elle aimait sortir de la maison, prendre un peu de temps loin du groupe, mais aussi se sentir indispensable à Micah ; elle espérait qu'il voulait l'avoir davantage pour lui, pas seulement pour Greenfields.

« En fait, on sera bientôt autosuffisants. Et en attendant, ne t'inquiète pas pour les courses, ajouta Micah en se penchant pour l'embrasser.

N'importe qui peut les faire. On a besoin de toi ici. *J'ai* besoin de toi. »

*

Le matin de la réunion du conseil de quartier consacrée à la question des poules, ils organisèrent une session de méditation spéciale sur la terrasse arrière. Les yeux fermés, Sero suivait les images mentales dépeintes par Micah de leur futur Sanctuaire utopique, où ils ne se contenteraient pas de cultiver leurs propres fruits et légumes, mais produiraient leur lait et feraient leur yaourt, leur beurre, leur fromage et leur pain. Des panneaux solaires et des puits minimiseraient leur impact sur la planète. Elle médita sur ce à quoi ressemblerait cet endroit, la fierté qu'ils éprouveraient à se savoir autosuffisants. Plus tard, lorsqu'elle ouvrit les yeux, elle n'était pas la seule à essuyer ses larmes. Au loin, le soleil se levait au-dessus des montagnes, les oiseaux chantaient et elle ne s'était jamais sentie aussi optimiste.

À la fin de la méditation, Micah proposa à toute la famille du Sanctuaire d'entreprendre un jeûne d'un jour pour démontrer leur solidarité et leur détermination à mener à bien leur mission. « Vous devez décider ce que vous êtes prêts à sacrifier pour le bien de cette communauté, dit-il. Êtes-vous prêts à renoncer à quelques repas dont votre corps n'a même pas vraiment besoin ? Ce n'est pas un gros sacrifice quand on y pense, n'est-ce pas ? »

Tous les participants ayant acquiescé, ils allèrent travailler directement après le yoga, tandis que Micah partait pour la réunion. La journée semblait s'éterniser. Sero ne s'était jamais rendu compte du temps passé à préparer, à apprécier les repas et à nettoyer ensuite. Elle eut faim à l'heure où ils mangeaient habituellement, mais peu après son appétit disparut. Au milieu de l'après-midi, elle se sentait suffisamment rassasiée avec un chewing-gum et du thé. La véritable privation, c'était de ne pas avoir Micah à ses côtés.

Lorsqu'il rentra six heures plus tard, un pan de chemise qui dépassait de son pantalon et les cheveux ébouriffés, comme après une jam-session tard dans la nuit, il laissa tomber lourdement son classeur sur la table. Sero sentit son estomac se nouer. Il lui avait répété sa présentation le soir précédent dans sa chambre et elle l'avait félicité, le trouvant très convaincant.

« Les amis, nous avons un formidable ennemi là-bas. » Il tendit le bras vers l'extérieur. « Mais aujourd'hui, nous avons triomphé. » Un sourire illumina son visage et l'enthousiasme gagna progressivement sa voix. « J'ai plaidé notre cause pour le poulailler et le conseil a déclaré que nous avions le droit de le garder sur notre terrain. »

Ericka et Zoe applaudirent. « Bravo Micah ! s'exclama Rufus. T'es le meilleur ! »

Sero sentit une fierté silencieuse envahir sa poitrine.

« Donc j'ai décidé qu'on devrait acheter

encore une dizaine de poules et agrandir le poulailler. Et à partir de demain, je vais me mettre à chercher deux veaux. Il y aura enfin du lait au Sanctuaire ! » À ces mots, tout le monde applaudit. August approcha deux doigts de sa bouche et émit un long sifflement de loup.

« Ils ont donné leur accord pour les vaches ? » Sero sourit à Micah, radieuse, en oubliant presque la fringale qui la tenaillait.

« Pas encore, mais ils le feront. À ce stade, il faut envoyer un message au voisin et au conseil. On ne va pas se laisser dominer et contrôler par les autres. On est venus au Sanctuaire pour pouvoir vivre librement. On n'a pas échappé à l'oppression de nos familles dysfonctionnelles, à nos relations violentes ou à nos addictions pour être encore soumis à des règles injustes, pas vrai ? »

« Non », répondirent-ils à l'unisson. « Certainement pas.

— On s'est réunis pour vivre mieux, pas besoin de permission pour cela. On est en train de se rapprocher de notre rêve, les amis », dit Micah en souriant.

*

Le lendemain matin, Sero descendit dans la cuisine et y trouva un énorme tas d'agrumes empilés sur le plan de travail : oranges, pamplemousses, mandarines. Guy découpait les fruits, les passait dans un extracteur de jus professionnel et remplissait une grande carafe.

« C’est quoi, tout ça ? Ça vient de nos arbres ? » demanda Sero d’un air sceptique.

« Négatif. » Rufus lui fit un grand sourire tout en épluchant une orange. « Un cadeau de notre charmant voisin. On lui montre qu’il ne faut pas qu’il essaie de contrôler ce qu’on fait de notre terrain, sans quoi on va contrôler le sien.

— Tu as pris tout ça ? Micah est au courant ? » demanda-t-elle au moment où Ericka et Zoe les rejoignaient dans la cuisine.

Rufus la regarda, un sourcil levé. « Qui a eu l’idée, à ton avis ? » Il goba un quartier d’orange. « Mmm, ces oranges sanguines sont fabuleuses ! Goûte. » Il en offrit aux trois jeunes femmes.

« Non, merci, dit Ericka. Je continue à jeûner un peu.

— Encore ? demanda Sero.

— Moi aussi, renchérit Zoe. C’était tellement génial hier et notre concentration a vraiment marché, tu sais, pour soutenir Micah. »

Sero sauta le petit déjeuner pour accompagner les autres mais, à midi, la faim prit le dessus et elle sortit de la cave pour aller chercher quelque chose dans la cuisine. En fouillant dans le réfrigérateur, elle trouva un paquet de fromage en tranches. L’emballage portait le logo de l’énorme chaîne dont les nouveaux magasins étaient trompeusement appelés « marchés de quartier » alors qu’ils continuaient à vendre les aliments industriels qu’on fuyait au Sanctuaire. Par curiosité, elle sortit une tranche et mordit dans le coin. Ça n'avait aucun goût et la consistance ressemblait à du plastique lisse. D'où était-il arrivé, et que faisait-il dans leur cuisine par ailleurs saine ?

En regardant autour d'elle, elle trouva d'autres produits inhabituels : des myrtilles et des pommes non bio, des bouteilles de vinaigre et de la purée d'amandes de ce même hypermarché. La prolifération du symbole à la fleur de lys sur les étagères de leur garde-manger la contraria. Elle prit la bouteille de vinaigre avec l'intention d'aller trouver Micah et lui demander qui faisait les courses, mais se ravisa. Il était tellement sous pression en ce moment. Le soir, parfois, il posait la tête sur son épaule dans le lit et reconnaissait que les problèmes avec la maison et le propriétaire lui pesaient lourdement. Sero voulait continuer à être son refuge, pas un souci supplémentaire.

*

Ericka se mit à guider des jeûnes tous les dimanches au Sanctuaire. Après le yoga et la méditation, au lieu de prendre le petit déjeuner, elle leur demandait de visualiser l'énergie habituellement dépensée à la préparation et à la consommation des repas et de l'imaginer redirigée vers la construction de leur vision du Sanctuaire et vers l'univers et le bien collectif. « On peut tenir avec beaucoup moins. Ne soyez pas avides avec l'univers. Apprenez à faire un pas en arrière, à prendre moins, à en laisser plus pour les autres. La retenue vous rendra plus forts. »

Serotina s'habitua aux journées de jeûne, d'autant que cela faisait des mois qu'elle ne déjeunait plus. Elle savait qu'il y aurait un pic de faim en fin de matinée et un autre en fin d'après-midi et elle les surmontait en buvant régulièrement du café noir et du thé. Elle trouvait remarquable que son corps puisse tenir vingt-quatre heures sans nourriture alors que, toute sa vie, elle l'avait régulièrement alimenté sans même y penser. Elle avait parfois envie de dormir ou la tête qui tournait au soleil, mais rien d'insurmontable.

Au bout de quelques semaines, Ericka commença à jeûner le mercredi également. Certains décidèrent de la suivre, d'autres non. Serotina appréciait le sentiment de discipline et de purification qu'elle ressentait le dimanche, mais une seconde journée aurait été trop difficile à supporter. Ces jours-là, elle prenait discrètement son petit déjeuner et se sentait coupable lorsqu'elle le faisait en présence d'Ericka, qui gardait sa bonne humeur tout en travaillant d'arrache-pied.

*

Fin avril, Sero remarqua que près d'un quart des plants de cannabis avaient développé des moisissures sur leurs feuilles dans la salle de floraison. Elle essaya de soigner les plantes abimées en les taillant mais, n'obtenant aucun résultat, elle les isola pour empêcher les moisissures de se propager aux autres. Dans l'escalier, en remontant de la cave, elle se demandait comment annoncer à Micah qu'ils allaient devoir se procurer de nouvelles plantes, des plantes adultes qui coûteraient cher s'ils voulaient pouvoir honorer leurs commandes dans les temps.

En le cherchant dans la maison, elle entendit un son de guitare provenant du salon. Elle le suivit et reconnut la voix de Micah et son timbre de ténor caractéristique ainsi qu'une autre, plus basse. Quelque chose l'incita à se diriger tout doucement vers la pièce en s'approchant du côté où on ne la verrait pas. Son estomac se noua lorsqu'elle aperçut Micah assis derrière Cerise qui tenait une guitare sur son genou. La main gauche de Micah était posée sur celle de la jeune fille et lui indiquait où poser les doigts sur la touche. Elle avait entendu une rumeur selon laquelle Cerise pourrait être invitée à s'installer au Sanctuaire mais l'avait écartée, puisqu'il n'y avait pas encore eu de vote sur la question. Le seul espace disponible de la maison était dans sa chambre, dont elle avait profité seule les cinq derniers mois, mais à présent, en regardant Micah écarter les cheveux des yeux de Cerise, elle se demanda si elle n'avait pas raté quelque chose. Cerise pouffa lorsqu'elle parvint à produire un son. Sero s'éloigna discrètement du salon et retourna à la cave.

Lors de la session de méditation du lendemain matin, elle repensa à cette scène. Pour quelle raison l'avait-elle tant perturbée ? Micah s'était contenté de montrer à Cerise comment jouer de la guitare. Il avait bon cœur, c'était une âme généreuse, c'est pourquoi tout le monde l'aimait. C'est pourquoi *elle* l'aimait. Et il aimait tout le monde. Il le leur disait à tous, individuellement et collectivement, continuellement. Elle se sermonna pour son étroitesse d'esprit.

*

« On doit voir qui sera le prochain ou la prochaine à emménager. » Justin ouvrit la discussion de groupe. Ils avaient pris place dans le salon, assis par terre ou sur le grand canapé en cuir. « Cameron attend depuis Thanksgiving, mec.

— Il y a des points d'interrogation à propos de Cameron », répondit doucement Micah. Il se leva et se mit à marcher autour du cercle, les mains dans le dos. « Cerise et Daphne emménagent ce vendredi. Elles iront rejoindre Sero dans la salle de cinéma, donc on aura besoin de l'aide de tout le monde pour les installer et préparer un dîner de bienvenue.

— On a décidé ça quand exactement ? demanda Justin. Je ne me souviens pas d'avoir voté pour elles.

— Je ne sais pas, tu as dû rater cette discussion de groupe, Justin. Tu faisais peut-être la sieste. »

Sero repensa aux séances auxquelles elle

avait assisté et à celles qu'elle avait pu manquer à cause de son travail, car elle ne se rappelait pas non plus avoir donné son accord pour Cerise et Daphne.

« Et on vote quand pour Cameron ? demanda Justin. J'aimerais savoir où est le problème. C'est un type cent pour cent réglo, je peux en répondre.

— On n'a pas d'espace pour le moment, expliqua Micah. Et puis les vaches laitières arrivent bientôt et on doit organiser un planning de traite…

— Ne change pas de sujet, l'interrompit Justin. Cameron peut dormir avec moi. On peut rajouter un futon dans la chambre.

— Justin ! On en discutera plus tard, toi et moi, OK ? » dit Micah d'un ton brusque. Sero sentit l'anxiété lui nouer l'estomac. Personne ne répondait à Micah, même pas pour plaisanter.

« Non. » Justin haussa les épaules. « Parlons-en maintenant. Devant tout le monde. C'est comme ça que c'est censé fonctionner, non ? On fait tout ouvertement. Alors voilà ce que je pense, Micah. Tu aimes bien faire venir des filles, en particulier *ton* type de filles…

— Les vaches laitières auront régulièrement besoin de…, l'interrompit Micah en haussant le ton.

— Où est passé le consensus ? Ou même la démocratie ? C'est une putain de dictature. Est-ce qu'on devrait même avoir des vaches, avec tout le méthane qu'elles relâchent…

— ASSEZ ! » hurla Micah, ce qui coupa net Justin et déconcerta les autres. Sero jeta un coup d'œil autour d'elle ; ses amis paraissaient tout aussi choqués et effrayés qu'elle, détournant le regard de Micah et de Justin. « La discussion de groupe est terminée pour aujourd'hui. On a une tonne de travail. C'est le boxon dehors. Les haricots ont besoin de treillis, les fraises n'ont pas été arrosées depuis des lustres et ces foutus citronniers sont infestés par des parasites. Vous n'en avez rien à faire de cet endroit ? » Et comme personne ne répondait, il cria : « ALLEZ ! »

Tout le monde se leva et sortit, sauf Micah et Justin. La colère de Micah avait tellement perturbé Sero qu'elle ne voulait pas le voir tout de suite. Dans les champs, chacun sortit des gants et des outils et se mit au travail en silence, dans une atmosphère tendue.

« Je crois que Justin a essayé avec toutes les femmes ici », lâcha enfin Zoe.

Pas moi, se dit Sero sans trop savoir qu'en penser.

« Et la vaisselle, c'est ni fait ni à faire, ajouta David.

— C'est vrai que ça aiderait *vraiment* si on avait régulièrement de l'eau chaude dans la cuisine, dit August avec un petit rire. On va attendre combien de temps pour que la plomberie soit enfin réparée ? »

Sero essaya de les ignorer. Elle alla voir dans la plantation d'agrumes quel était le problème avec les arbres. Des nuisibles avaient creusé de petits trous dans les feuilles et laissé sur les fruits une pellicule blanche visqueuse qu'on n'arrivait pas à retirer. Il faudrait faire des recherches pour trouver la solution, mais elle était préoccupée par Greenfields et les plantes moisies dont elle n'avait pas encore parlé à Micah, et maintenant elle hésitait d'autant plus à le faire.

Elle se sentit mal à l'aise tout le restant de la journée. Jasmine et elle s'affairèrent, mélangeant l'engrais dans de grands tubes, remplaçant les ampoules grillées, sans évoquer ce qui s'était passé pendant la réunion du matin. Était-elle la seule à se dire que quelque chose ne tournait pas rond ? Elle ne cessait de repenser aux accusations de Justin. La diversité ethnique, ce qui l'avait fait se sentir tellement à l'aise ici, était-ce simplement destiné à flatter les goûts de Micah – toutes ces jolies femmes minces à la peau mate ? Lorsqu'elles eurent terminé le travail de la journée, Sero rentra prendre son téléphone dans le placard de l'entrée. Elle avait terriblement besoin de parler à Izzy.

Arrivée dans le vestibule, elle entendit de grands martèlements à l'extérieur et regarda par la fenêtre à côté de la porte d'entrée. Micah, seul, balançait un pic au-dessus de lui pour attaquer un nouveau carré de pavés à côté des tuyaux déterrés. Elle l'observa un moment ; la façon sauvage, violente avec laquelle il maniait son outil la mit mal à l'aise. Elle attrapa son portable et sortit en courant par la porte arrière pour aller vers les écuries. Lorsqu'elle se trouva à une distance raisonnable de la maison, elle ralentit et composa le numéro d'Izzy. Répondeur. Elle adressa un texto à sa mère, qui était rentrée d'Inde et lui avait envoyé des photos de ses grands-parents et de leurs lauriers-roses en fleurs.

En arrivant à l'écurie, elle caressa un moment la tête de Buddy avant d'entrer dans le box. Elle balaya le sol, remit de l'eau dans son baquet et sortit du foin tout frais, bien que le cheval eût à peine touché à son fourrage. Il était anormalement silencieux, la queue pendante tandis qu'elle s'affairait autour de lui. « Salut, Buddy », dit-elle en prenant la brosse et observant sa robe. Elle remarqua une protubérance au-dessus du coin de sa bouche et la caressa délicatement. « Qu'est-ce qui ne va pas, hein ? » Le cheval resta immobile, sans réaction même quand elle essaya de le faire sortir pour une promenade. Ce n'est que lorsqu'elle fut de retour à la maison que son téléphone vibra dans sa poche et là, entourée de tous les autres, elle renvoya à contrecœur Izzy sur la boîte vocale.

Ils étaient peu nombreux autour de la table ce soir-là car Ericka, Zoe et quelques autres faisaient leur jeûne du mercredi. Les grands dîners de groupe que Sero aimait tant n'étaient plus aussi fréquents au Sanctuaire, et cela l'attristait. Micah les rejoignit plus tard dans la salle à manger, mais pas Justin. « Qu'est-ce qui s'est passé ? chuchota Sero à Micah tout en mangeant. Avec Justin, ajouta-t-elle en réponse à son regard vide.

— Parti, répondit-il en prenant son verre.

— Quoi ? Pour de bon ? » Elle sentit un trouble au creux de l'estomac.

« Oui, pour de bon. Et c'est très bien comme ça. C'est son choix, mais c'est mieux pour nous tous. » Il la regarda en souriant et but une longue gorgée de vin.

41. Serotina

1er mai 2015

Le lendemain soir après le dîner, Micah convoqua une réunion de groupe. Ils s'assirent en cercle à l'extérieur autour du grand brasero, les visages illuminés ou dans l'ombre selon l'endroit où ils se trouvaient.

« Il faut passer aux choses sérieuses, les amis », commença-t-il, un pamplemousse charnu à la main. « Comme vous le savez tous, Justin est parti hier. Après sa sortie en pleine réunion, on a eu une discussion ouverte et j'ai décidé qu'il était temps qu'il s'en aille. »

Sero se remémora ce que Micah lui avait dit le soir précédent. Ne lui avait-il pas raconté que Justin était parti de son plein gré ?

« Mais ses affaires sont encore dans notre chambre, intervint Jeremy. T'es sûr qu'il n'est pas énervé, comme ça lui arrive parfois, et qu'il ne reviendra pas d'ici quelques jours ?

— Il ne reviendra pas. Je lui ai demandé de partir et c'est définitif. Il n'a pas voulu prendre ses affaires. Vous pouvez les utiliser ou vous en débarrasser, dit Micah. Comme nous le savons tous, le Sanctuaire est un lieu spécial. Beaucoup d'entre vous ont fait remarquer que Justin n'adhérait pas toujours à nos valeurs. C'était mieux qu'il s'en aille. Pour le bien du groupe. » Il regarda autour du cercle. « Nous sommes à un tournant important, les amis. Cerise et Daphne nous rejoignent demain. Nous nous apprêtons à accomplir de grandes choses. Chacun d'entre vous doit se demander, là, maintenant, s'il croit réellement à notre vision. » Sero s'abstint de répondre à ce qui semblait une question rhétorique, mais elle vit plusieurs personnes acquiescer. « Vous y croyez ? » Micah étendit les bras devant lui.

« Oui, répondit David.

— Oui ! » fit Ericka en écho. Et un chœur de voix lui répondit.

« À quoi êtes-vous prêts pour faire de cette croyance une réalité ? » Micah haussa le ton. « Ce ne sera pas facile. Nous sommes aux prises avec toutes sortes d'obstacles et de défis. Il y a ceux, comme Justin, qui essaient de nous détruire de l'intérieur. Et il y a ceux là-bas – il fit un geste derrière lui – qui se sentent menacés par ce que nous représentons. Je veux vous montrer quelque chose. » Micah se leva, s'éloigna de quelques pas du brasero et revint avec un paquet en papier journal à la main. « Voilà un exemple de ce à quoi nous sommes confrontés. » Il le posa sur le rebord du brasero et se mit à le déballer délicatement.

Jasmine hurla et se couvrit le visage de ses mains.

« Oh mon Dieu, s'exclama Ericka.

— Bon sang, c'est *quoi* ça ? » marmonna Rufus.

Sero tendit le cou pour voir. Au milieu du journal froissé, il y avait un mélange sanglant de plumes blanches emmêlées, de minuscules entrailles et de ce qui ressemblait à un petit bec orange.

« Ça, dit Micah en montrant le paquet, c'est ce qu'il reste de nos douze petits poussins, un cadeau du chien de notre voisin. »

Les membres du groupe hochèrent la tête, dégoûtés. « Putain, quel tordu, grommela Rufus.

— Il fait cela parce qu'il se sent menacé par nous, mais on ne va pas le laisser gagner, ajouta Micah. Demain, je vais acheter deux douzaines de petits poussins et on va installer du fil barbelé autour du poulailler, au cas où ce chien reviendrait.

— Je vais lui donner une leçon, à ce foutu clébard, dit Rufus en jetant une pierre à terre. Œil pour œil, mec. Vie pour vie. »

Sero regarda Micah, s'attendant à ce qu'il calme Rufus. « Ah. » Micah tendit le doigt vers Rufus. « L'ancienne devise mésopotamienne, tirée du Code de Hammurabi, "pour faire apparaître la justice dans le pays". » Il brandit le poing. « Je vais vous dire ce que *moi*, je suis prêt à faire pour notre vision. Je suis prêt à travailler, nuit et jour. À écrire autant de lettres et aller à autant de réunions que nécessaire. Je suis prêt à assumer les inquiétudes et anxiétés de chacune des personnes ici présentes, à les porter et à les résoudre, pour que, vous – il montra tour à tour chacun des participants –, vous puissiez tous vous consacrer à faire du Sanctuaire le meilleur endroit possible.

— Je vais m'assurer que nos nouveaux poussins soient en sécurité et deviennent d'excellentes poules pondeuses », lança Zoe, et Micah lui fit un grand sourire.

« J'irai au marché fermier deux fois le week-end, proposa David. Différents marchés, le samedi et le dimanche, pour tirer plus d'argent de nos fruits et légumes et de nos œufs.

— Est-ce que c'est utile, Micah, quand on jeûne ? demanda Ericka. On a l'impression d'être tous solidaires avec toi, mais est-ce que ça aide ? »

Micah lui sourit. « Ça aide, Ericka. Vraiment.

— Jeûnons demain, nous tous », proposa Ericka, et les autres acquiescèrent. « Cette fois, je le fais pendant deux jours », dit-elle en souriant à Micah.

*

Sero passa la nuit à s'agiter dans sa chambre. Après le dîner, Micah avait déclaré qu'il avait à nouveau la migraine après la réunion, de sorte qu'elle se retrouva seule dans cette pièce pour, peut-être, la dernière fois avant l'arrivée de ses nouvelles camarades. Elle n'avait plus vécu avec personne depuis Stephanie Cortez, dans la résidence universitaire. Elle eut un pincement au cœur en repensant à leur petite chambre et aux soirs où elles mangeaient des bols de nouilles et de riz épicés en se racontant leur vie et l'histoire de leur famille. La dernière fois qu'elle avait vu Stephanie, c'était lors de cette première visite au jardin communautaire, avec la manne de piments poblanos. Ce moment, quand elle le raccordait à sa vie présente au Sanctuaire, semblait si loin.

Elle se souvint soudain du jeûne qu'elle ferait le lendemain et se rendit compte qu'elle avait faim. Comment Ericka pourrait-elle tenir deux jours entiers ? Elle avait un squelette de moineau, pesait à peine quarante-cinq kilos. Depuis le mois dernier, elle commençait à avoir un visage émacié, à perdre la rondeur de pomme de ses joues. Mais elle semblait si heureuse et engagée que Sero s'était abstenue de lui faire la moindre remarque.

Quelques jours plus tôt, elle avait suggéré à Micah qu'Ericka devenait peut-être trop mince, mais il l'avait arrêtée. « Sero, tu es juste tellement habituée à voir des Américains obèses. Manger moins de calories, c'est mieux, ça fait vivre plus longtemps. C'est scientifiquement prouvé. » Et il avait raison, comme elle le découvrit en vérifiant par la suite sur son ordinateur. Dans de nombreuses études, les restrictions caloriques étaient associées à une plus grande longévité et une meilleure santé. Cette découverte ne fit qu'ajouter à sa confusion et à sa culpabilité de ne pas jeûner plus souvent.

À la lumière du réfrigérateur, Sero prit un

paquet de tranches de cheddar et une pomme dans le saladier à fruits sur le comptoir. Elle récupéra son téléphone portable dans le panier de l'entrée en veillant à ne pas faire trop de bruit, sortit et descendit à la ferme Greenfields. Assise sur l'une des chaises pliantes devant la table où elles préparaient les paquets, elle mordit dans la pomme, plia un carré de fromage en deux et le fourra dans sa bouche, puis elle appuya sur le bouton de la boîte vocale et la voix d'Izzy résonna à travers le haut-parleur. « Karina ! Ma belle, tu es où ? Ça fait tellement longtemps. Rappelle-moi. J'ai des nouvelles. » Serotina sourit, surprise de l'étincelle d'émotion qu'elle ressentit en entendant ce prénom, et toucha l'écran pour rappeler Izzy.

« K ! répondit Izzy. Où t'étais passée ? Comment va la fac ? Comment ça va ? »

Sero ne savait pas trop par où commencer. « Bien, et toi ? dit-elle en éludant la question. C'est quoi, cette nouvelle ? » Elle plia une autre tranche de fromage en deux, puis en quatre.

« Disons juste que ça concerne la maison d'Alvaro en Espagne cet été, et une certaine invitation à rencontrer les parents de quelqu'un.

— C'est pas vrai ! » Sero faisait maintenant des miettes avec les carrés de fromage, qu'elle pressait entre ses doigts.

« Tu te rends compte ? Je crois que cette fois, ça pourrait vraiment être la bonne, Karina.

— Je suis tellement contente pour toi, Iz. Alors je le rencontre quand, ce gars ?

— Viens en Espagne ! s'exclama Izzy. Viens me retrouver à Barcelone une fois que je serai allée chez lui. Il est interne dans un hôpital là-bas pendant tout l'été. On pourrait visiter la Costa Brava et rentrer ensemble aux États-Unis. *S'il te plaît*, on va s'éclater. Et ton espagnol est *tellement* meilleur que le mien. »

Sero roula une fine lamelle de fromage entre ses doigts, ne sachant que dire. Sa vie n'était plus réglée sur le calendrier scolaire. Les années passées, elle s'était appliquée à remplir ses étés de stages et d'activités mais désormais sa vie, c'était le Sanctuaire. « Ouais, peut-être. Ça pourrait être cool.

— Je t'enverrai les dates de mes vols. Je dois être rentrée pour mon stage en juillet. Mon professeur d'anglais m'a recommandée à cette agence littéraire et ils m'ont embauchée. *Gratuitement*, bien sûr, ajouta Izzy avec un petit rire. Bon, assez parlé de moi. Et toi, t'en es où ? Quoi de neuf ? Comment va le cheval dont tu m'as envoyé la photo ? »

Sero fit tourner la tige de la pomme jusqu'à ce qu'elle se détache. « Buddy. Oui, il va... en fait, je ne sais pas très bien. Je crois qu'il a peut-être quelque chose. Il ne mange presque plus et il a une grosseur près de la bouche.

— Hmm. Ça me rappelle Mr Chuckles quand il a eu un abcès à une dent. On a su que quelque chose n'allait pas quand il a cessé de manger. Appelle le dentiste équin. Si tu ne le traites pas, la poche de pus peut remonter jusqu'au cerveau.

— Oh mince, ça a l'air sérieux. » Karina ramassa le tas de miettes de fromage dans un mouchoir et le jeta à la poubelle.

« Je dois y aller, K, mais promets-moi que tu vas réfléchir à l'Espagne, OK? »

Sero s'assit et se mit à gratter le cœur de la pomme avec ses ongles, dégageant les petits pépins sombres en se rappelant le cours de biologie au cours de laquelle elle avait appris que ces pépins de pomme apparemment bénins contenaient de l'arsenic. Elle était vraiment heureuse pour Izzy mais sentit une tristesse l'envelopper en repensant à James, qui l'avait si facilement laissée partir pour l'été en Équateur. Elle n'avait pas trouvé le genre d'amour qui unissait Izzy et Alvaro et n'était pas convaincue non plus de l'avoir aujourd'hui, avec Micah.

*

Le lendemain matin, elle alla le trouver dans sa chambre. « Salut, je peux entrer?

— Euh, oui. » Micah sortait de la douche et il était assis sur son lit, une serviette autour de la taille. Sero se força à détourner les yeux de ses épaules musclées pour se concentrer sur ce qu'elle avait à dire.

« Je crois que Buddy doit voir un vétérinaire. Il a un comportement étrange et ne mange plus rien.

— Peut-être qu'il jeûne avec nous aujourd'hui, répondit Micah en souriant.

— Je parle sérieusement. Il a peut-être un abcès à une dent.

— Ça va aller. C'est un animal robuste. Et puis on n'a pas d'argent pour un véto en ce moment. On doit investir chaque dollar dans Greenfields. Et maintenant il faut faire des dépenses supplémentaires, n'est-ce pas ? Pour remplacer les plantes que tu as perdues ? » Il eut un sourire narquois en voyant l'étonnement sur le visage de Sero. « Hé oui, j'ai entendu parler de ça. Tu pensais me le cacher ?

— Non, je… j'allais t'en parler. C'est juste que tu avais l'air tellement stressé que…

— Tu sais ce qui me stresse, Sero ? C'est de ne pas pouvoir faire confiance à quelqu'un. »

Ébranlée, elle essaya de ramener la conversation à Buddy. « OK, et si je payais pour le vétérinaire ? Ou je peux emprunter l'argent que j'ai mis dans le fonds pour les panneaux solaires ?

— Cette somme a été utilisée comme acompte pour les panneaux. C'est comme ça que ces choses fonctionnent, ajouta-t-il d'une voix sèche. Si tu veux dilapider ton argent dans un véto, c'est à toi de voir. Mais s'il t'en reste, j'espère que tu contribuerais plutôt à notre fonds collectif, qu'il puisse être investi au profit de la communauté. »

Sero savait qu'elle devait s'arrêter avant qu'il ne s'en prenne à elle comme il l'avait fait avec Justin. En se tournant pour quitter la pièce, ses yeux tombèrent sur la table de nuit où étaient posés un téléphone portable et l'emballage marron familier, froissé, d'une barre de Snickers. Elle s'arrêta un instant pour enregistrer la scène, puis demanda : « Micah ? Comment tu sais que ces poussins n'ont pas été tués par un coyote ? J'en vois tout le temps là-bas, tôt le matin.

— Je *sais*, Serotina. » Micah prononça lentement son nom. « Parce qu'à la dernière réunion, cet enfoiré de voisin m'a dit qu'il lâcherait son chien sur nos poules pour me donner une leçon. » Il se leva, ajusta la serviette sur sa taille et se dirigea vers l'armoire pour signifier que le sujet était clos.

*

Sero eut du mal à jeûner ce jour-là et lorsque Cerise et Daphne arrivèrent en fin d'après-midi, elle était à cran. Elle les aida à s'installer dans la salle de cinéma et, malgré ses réserves à l'idée de perdre son intimité, les invita à emprunter les vêtements dans son armoire. Lorsque arriva l'heure du dîner de bienvenue, affamée, elle se servit deux portions de flétan poêlé avec une croûte au citron et aux fines herbes, des légumes verts rissolés et des lentilles, et avala une cuillerée après l'autre sans prendre le temps de penser à ce qu'elle mangeait. Elle se délectait simplement des différentes saveurs et du sentiment de satiété que ce repas lui procurait, mais bientôt elle se sentit coupable. La présence d'Ericka et de Zoe, qui entraient dans leur deuxième jour de jeûne avec une bonne humeur inentamée, ne fit qu'ajouter à sa gêne.

À la fin du dîner, Micah se leva pour porter un toast. « Cerise, tu m'as déjà sauvé la mise plusieurs fois grâce à ton incroyable expertise pour toutes les choses techniques. » Il s'inclina dans sa direction et les fossettes de Cerise se dessinèrent. « Je suis ravi que les autres puissent bénéficier de ta belle énergie. » Une fois encore, Sero ressentit une inimitié injustifiée à l'égard de Cerise et n'enregistra même pas ce que Micah disait sur Daphne. Chacun prit la parole et y alla de son mot gentil sur les deux filles et lorsque vint son tour, sans pourtant les connaître vraiment ni l'une ni l'autre, elle sut faire de même.

*

Le lendemain, elle aida Guy à préparer des omelettes aux épinards et au fromage pour le petit déjeuner et tendit une assiette à Ericka, mais celle-ci insista pour jeûner un deuxième jour et se contenta d'une tasse de café noir. Dehors sur la terrasse, Cerise et Daphne mangeaient avec appétit tout en riant et en bavardant avec les autres. En les voyant, Sero se rappela la fraîcheur et l'excitation ressenties au moment de son emménagement, quelques mois plus tôt. Elle déposa l'assiette d'omelette sur la table entre elles. « Servez-vous, on en a trop », dit-elle aux filles.

Daphne fut ravie de partager l'omelette. « Merci. Ces œufs sont délicieux. » Sero savait qu'elles auraient besoin d'énergie pour la longue journée qui les attendait. Elle avait eu la chance de travailler surtout dans la cave ces derniers mois, un répit bienvenu après les durs travaux d'extérieur. La semaine précédente, le temps était devenu estival, avec une immobilité dans l'air et le soleil qui brillait dans un ciel sans nuages. Après le petit déjeuner, ils allèrent tous aux champs aider Ericka et Zoe à arracher les vieux choux frisés et les blettes. Certaines plantes avaient la taille d'un pneu de voiture, avec des racines épaisses et tenaces.

Ericka, accroupie, essayait d'arracher une plante particulièrement coriace. Lorsqu'elle y parvint enfin, elle bascula en arrière. Sero prit peur, mais Ericka se mit à rire. Quand elle se releva, ses genoux cédèrent et elle vacilla un moment avant de retomber sur le côté. Sero se précipita et s'agenouilla auprès d'elle. Un filet de sang écarlate coulait sur le front de son amie, qui s'était cognée contre une branche pointue. « Ericka ? Ça va ? »

Elle battit des paupières et marmonna quelque chose qui ressemblait à « juste le tournis », puis appuya la tête sur son bras tendu et ferma les yeux.

« Ericka, qu'est-ce qui ne va pas ? Tu t'es cogné la tête ? » Sero se retourna et apercevant Jeremy quelques rangées derrière, elle lui cria de venir. Il souleva le corps menu d'Ericka et la porta dans la maison où il l'étendit sur le canapé avant d'aller chercher la trousse de secours. Sero prit du jus d'orange dans le réfrigérateur et lui en apporta un verre. Elle l'inclina au-dessus de ses lèvres, mais Ericka fit non de la tête. « Prends juste une gorgée, l'exhorta Sero. Tu te sentiras mieux. Tu dois être en hypoglycémie, ou quelque chose du genre.

— Non », insista Ericka en écartant le verre, qui les éclaboussa toutes les deux. Elle se hissa pour s'asseoir. « Je jeûne toute la journée. C'est ce que j'ai promis à Micah.

— Quoi ? Ericka, tu viens de t'évanouir.

— Ça va, juste déshydratée. Un peu d'eau peut-être ? » Sero retourna à la cuisine et nettoya le reste de jus collant sur ses mains, perplexe et en colère. Jeremy appliqua un pansement sur le front d'Ericka et Sero lui apporta un verre d'eau, qu'elle but entièrement. « Merci les amis. » Ericka leur sourit. « Retournez là-bas. J'arrive bientôt. »

Jeremy partit après avoir embrassé Ericka sur le front et Sero s'assit sur le rebord du canapé, à côté d'elle. « Tu es en hypoglycémie ou tu as une baisse de tension ou quelque chose, Ericka. Tu dois vraiment manger.

— Je vais bien, la rassura-t-elle. Je dois juste reprendre des forces. Il faut que je sois plus forte pour…

— Micah ne voudrait pas que tu fasses ça, l'interrompit Sero. Tu veux que j'aille lui demander ?

— Pas seulement pour Micah. Pour le groupe. » Ericka lui serra mollement la main.

Sero hocha la tête mais retourna de nouveau à la cuisine, où elle sortit une miche de pain ainsi que le nouveau pot de beurre de cacahuètes industriel qui n'avait rien à faire dans leur garde-manger. Elle prépara une pile de sandwichs, en laissa un sur la table à côté d'Ericka, qui avait fini par s'endormir, et emporta le reste dehors. Alors qu'elle retournait vers les champs, elle entendit parler à voix basse dans le verger. En jetant un coup d'œil derrière elle, elle aperçut Micah et Zoe, penchés l'un vers l'autre. Ils arriveraient peut-être à raisonner Ericka et à la convaincre d'avaler quelque chose.

42. Keith

5 mai 2015

Keith agita légèrement le barolo avant d'en boire une gorgée. Il fit un signe d'approbation au sommelier, qui remplit le reste de son verre ainsi qu'un deuxième, en face de Keith, à la place de Jaya. Il avait pris la liberté de commander le vin. Elle s'en était toujours remise à lui dans ce domaine et il avait besoin d'un verre pour calmer ses nerfs avant qu'elle n'arrive. Il veillerait toutefois à ne pas en boire davantage : il avait prévu ce qu'il allait dire et voulait garder l'esprit alerte.

Jaya entra tranquillement dans le restaurant dix minutes après l'heure du rendez-vous, vêtue d'une tenue indienne en coton impeccable – pas trop habillée, mais déplacée au milieu de tous ces costumes et robes de cocktails. Un sourire discret se lut sur son visage lorsqu'elle aperçut Keith qui se leva pour l'accueillir, lui touchant l'épaule et se penchant pour l'embrasser sur la joue. Elle dégageait un léger parfum de pomme verte et de roses, une odeur familière. Ils s'assirent et Keith lui montra son verre de vin. Il essuya ses mains moites avec la serviette en tissu posée sur ses genoux.

« Comment c'était en Inde ? demanda-t-il.

— Merveilleux, répondit-elle. Je compte y retourner l'année prochaine et en faire un voyage annuel. »

Quand avait-elle utilisé pour la dernière fois l'adjectif *merveilleux* pour décrire quelque chose ? « Et tes parents ? ajouta Keith.

— Ça va, ils vont bien », dit-elle avec cette réaction modérée à laquelle il s'était habitué. « Tu as parlé à Karina dernièrement ?

— Il y a une semaine ou deux, répondit Keith en y repensant. On a échangé des textos, mais je ne lui ai pas parlé en direct. »

Jaya eut un léger rire et il regarda son visage s'éclairer. « Je sais ce que tu veux dire, renchérit-elle. Parfois on s'envoie dix textos en cinq minutes et je me dis : ça ne serait pas plus simple de décrocher son téléphone ? »

Le serveur arriva pour prendre la commande et Jaya regarda rapidement le menu avant de choisir le seul plat végétarien, tandis que Keith demandait son saumon habituel. Après quoi, il respira profondément et posa son verre. « Écoute, dit-il. Il y a quelque chose dont je veux te parler. »

Devant son expression, Jaya prit un air sérieux à son tour.

« Il y a des problèmes au travail. J'ai... » Keith serra les dents, se préparant à son jugement. « J'ai... j'ai fait une erreur. Une grosse erreur. »

Jaya se pencha un peu vers lui et posa ses

mains croisées sur la table. Keith se figea, sa voix avait du mal à sortir. L'opinion de Jaya comptait encore décidément beaucoup pour lui, se dit-il.

« L'année dernière, j'ai fait un achat d'actions qui était… il s'est avéré… » Keith expira lourdement. « Ce n'était pas complètement honnête. J'avais accès à des informations en interne qui ont entaché l'achat. Je n'ai pas… je n'ai pas *pensé* faire quoi que ce soit de mal au moment même, mais je n'aurais pas dû. » Maintenant qu'il l'avait admis, il sentit une vague de soulagement l'envahir et la suite coula de source. « J'aurais dû simplement jouer la sécurité et me tenir éloigné de cette société. » Il hocha la tête.

À sa grande surprise, Jaya tendit les mains vers lui. Il se força à affronter son regard et eut la surprise de voir que ses yeux étaient pleins de compréhension. Elle lui fit délicatement signe de poursuivre.

« La SEC a ouvert une enquête sur cette opération et… » Keith la regarda et haussa les épaules, la gorge nouée. « J'ai un bon avocat. On espère arriver à un arrangement en payant une amende. » Il sentait la transpiration sous sa chemise et avait désespérément besoin d'une gorgée d'eau, mais il voulait garder ses mains dans celles de Jaya, fraîches et apaisantes.

« Donc si vous arrivez à un accord, tu paies une amende, et pas de… prison ou autre ? »

Keith acquiesça. « C'est ce qu'on espère. C'est ce qui se passe en général avec des affaires mineures comme celle-ci. Mais, Jaya, ça pourrait être une très grosse amende. Ça pourrait changer… tout.

— Qu'est-ce que ça changerait ? demanda doucement Jaya.

— Eh bien, je devrais peut-être vendre l'appartement et… je ne sais pas très bien quoi d'autre. C'est pourquoi j'ai voulu mettre de l'argent de côté pour toi et Karina, pour assurer votre avenir, que vous n'ayez pas à vous inquiéter. » Sa voix se brisa légèrement. « Je ne suis pas sûr que ce sera suffisant, mais… » Il haussa à nouveau les épaules, la gorge serrée.

« OK. Je ne m'inquiète pas. » Jaya sourit et se cala dans son fauteuil, dégageant ses mains.

« OK ? demanda Keith. C'est tout ?

— Si tu as tiré les leçons de ton erreur et que tu t'en sors bien, le reste, c'est juste de l'argent et des choses matérielles. » Son sourire illumina ses yeux et son visage. « On peut faire face, quoi qu'il arrive. »

Keith laissa échapper un petit cri et le soulagement l'envahit. *On*.

« Je peux vendre la maison. Je n'en ai pas besoin, ni du nouveau compte que tu as ouvert, continua Jaya. Donc tu peux t'en servir également pour régler ton affaire.

— Non. » Keith hocha la tête. « La maison est à ton nom…

— Keith, je n'ai pas besoin de ça. Je peux vivre avec très peu. C'est *déjà* le cas, j'habite dans une grande maison vide avec un gros compte en banque auquel je touche à peine. »

Keith cligna des yeux rapidement, s'efforçant

de ne pas avoir la vue troublée par les larmes qui montaient.

« J'apprécie ce que tu as fait toutes ces années, continua Jaya, garder la maison pendant que Karina était là et assurer son éducation…

— Bon, tu connais notre fille, elle a assuré le plus gros par elle-même », plaisanta-t-il, et Jaya sourit. Pour la première fois, son absence prononcée de besoins matériels lui apparut comme une qualité intrinsèque, et non comme un réquisitoire contre lui. Il ne l'avait jamais envisagé sous cet angle et eut un accès de gratitude accompagné d'un profond regret pour l'échec de leur mariage. Le serveur revint avec leurs plats. Jaya ne prenait jamais d'entrée, affirmant qu'elle n'avait pas besoin de tout ce que les restaurants vous poussaient à commander, et ce soir Keith avait inconsciemment fait la même chose. Il avait changé à tant d'égards pour s'adapter à elle quand ils étaient ensemble. Le contrepoids qu'elle représentait jadis dans sa vie lui manquait.

« Et j'apprécie ce que tu m'as donné, poursuivit Jaya. Sans ces moyens, je n'aurais jamais pu faire ce que j'ai fait ces dernières années. C'est important pour moi, donc je te suis reconnaissante. »

Keith ne s'attendait pas à cette réaction. Ils n'étaient plus mariés ; elle ne lui devait aucune gentillesse et pourtant elle lui en avait offert, sans qu'il demande rien. Elle lui avait même témoigné davantage de compréhension et de soutien que son père, ce capitaliste invétéré.

Peut-être n'avait-elle jamais porté de jugement aussi tranché sur son ambition et son matérialisme que ce qu'il avait toujours pensé. Peut-être sa vision des choses était-elle davantage le reflet de ses valeurs à elle qu'une opinion sur lui. Sa réaction ce soir s'avérait pragmatique et apaisante et il sentit ses effets le gagner. *Le reste, c'est juste de l'argent et des choses matérielles,* se répéta-t-il dans sa tête en rentrant chez lui en voiture, serein comme il ne l'avait pas été depuis longtemps.

43. Serotina

16 mai 2015

Rufus hocha la tête devant son écran d'ordinateur. « J'arrive pas à imprimer ces fichues factures, dit-il en donnant un coup de poing sur le clavier. J'imagine que je peux les envoyer vers l'imprimante qui est dans le bureau de Micah.

— Je vais aller les chercher là-haut », proposa Sero, qui voulait profiter de l'occasion pour renouer avec Micah. Ces derniers temps, il s'était montré distrait et disparaissait de longues heures derrière sa porte fermée, d'où elle l'entendait parler au téléphone. Les questions s'accumulaient dans l'esprit de Sero. Les petits détails, comme le téléphone portable dans sa chambre et les Snickers quand il était censé jeûner, passe encore. Elle avait même essayé de fermer les yeux sur les aliments industriels dans leur cuisine. Micah n'était peut-être pas au courant pour les courses, vu qu'il aidait rarement à la préparation des repas. C'était à Guy qu'il fallait poser la question. Mais d'autres choses étaient plus difficiles à ignorer et les accusations de Justin tournaient dans sa tête. Micah était une *bonne* personne : le genre à s'occuper du jardin d'une dame infirme et à nourrir les sans-abri après Thanksgiving. Mais sa compassion ne semblait pas s'étendre à une créature en souffrance comme Buddy, ou au chien potentiellement innocent du voisin. Si elle s'était trompée sur Micah, qu'est-ce que cela signifierait pour elle maintenant ? Son monde s'était effondré lorsqu'elle avait pris conscience de s'être trompée sur James.

« Merci, Sero », lui cria Jasmine au moment où elle quittait la pièce.

Dehors, elle aperçut au loin Ericka et Zoe qui travaillaient dans les champs. Zoe était toujours reconnaissable avec sa masse de dreadlocks, mais Ericka paraissait de plus en plus diminuée, son maillot pendait sur elle comme un vêtement d'adulte sur un enfant. Sero ravala son inquiétude et entra dans la maison. Là-haut, elle trouva la porte de la chambre de Micah ouverte et son bureau vide. S'efforçant de ne pas se laisser perturber par cette légère déception, elle prit la feuille de papier qui se trouvait dans le bac de sortie de l'imprimante.

Ce n'était pas une facture, c'était un courrier adressé à un certain Joe Petrosyan. La lettre, brève, portait au bas le nom de Micah, qui devait encore la signer.

Selon les termes du Code civil de Californie, article 1941.1, le propriétaire a compromis la garantie d'habitabilité du bail. La maison est inhabitable en raison de problèmes de plomberie récurrents depuis mars 2015 qui empêchent l'alimentation régulière d'eau dans les robinets, ce qui affecte la santé et la sécurité du locataire. Devant l'absence de réponse du propriétaire aux multiples demandes de réparation, le locataire a dûment notifié qu'il suspendait le paiement des loyers jusqu'à ce que les conditions d'habitabilité soient rétablies. L'article 1942.5 du Code civil de Californie interdit au propriétaire d'expulser un locataire pendant les 180 jours qui suivent la demande de réparation. Le locataire prie le propriétaire de cesser d'envoyer des avis d'expulsion et en outre de procéder au remboursement immédiat des 20 000 dollars que le locataire a engagés pour tenter de régler le problème de plomberie.

Sero fixa la page, essayant de donner un sens aux mots. Avis d'expulsion ? Le fait que la maison manque de temps en temps d'eau chaude ne suffisait pas à la qualifier d'inhabitable. Si Micah avait suspendu le paiement du loyer, où était passé l'argent du fonds auquel ils contribuaient tous ? Et s'il y avait réellement un problème avec les canalisations, pourquoi avait-il renvoyé le plombier l'autre jour ? Et comment se faisait-il qu'ils aient encore de l'eau dans la maison et dans les champs ? Elle aurait su tout de suite s'il y avait eu une interruption à la ferme Greenfields ; les plantes nécessitaient un approvisionnement constant pour pousser dans des délais serrés. Elle revit Micah balançant comme un forcené la pioche contre un fantôme invisible sous la terre.

Debout au milieu de la pièce, elle regarda les piles de papiers et d'enveloppes tout autour d'elle. Elle alla à la fenêtre de la chambre, la plus grande de la maison et la seule à n'être occupée que par une personne. Dehors, dans les champs, elle aperçut Micah et les autres dispersés entre les cultures. Micah était debout à côté de Cerise, le bras autour de son épaule, puis sa main glissa le long de son dos et se posa sur la poche arrière de son jean. Sero retourna dans le bureau et se mit à fouiller dans les dossiers. Elle ouvrit la pochette intitulée *Solaire* et y trouva plusieurs brochures en couleur de différentes entreprises d'énergie solaire. Pas de contrat, pas d'attestation de versement d'acompte, rien. Dans un autre dossier sans titre, elle trouva plusieurs lettres non ouvertes du fisc adressées à un nom qu'elle ne connaissait pas.

De plus en plus agitée, elle ouvrit le dossier *Greenfields*, souhaitant désespérément y voir la licence dont Micah avait parlé. Elle ne s'attendait pas à trouver cela, mais ce qu'elle vit était étrangement familier. Des reçus des achats qu'elle avait effectués pour Greenfields : lampes, engrais, système d'irrigation. Et une photocopie recto verso de la carte de crédit que son père lui avait donnée, qu'elle gardait dans son portefeuille dans le placard de l'entrée.

Elle se figea sur place et ferma les yeux en essayant de réfléchir. L'imprimante s'arrêta et les factures qu'elle était venue chercher apparurent dans le bac de sortie. Sero regarda les papiers en désordre tout autour d'elle. Elle remit consciencieusement le tout à sa place, emporta les factures de Greenfields et redescendit, le cœur serré.

44. Jaya

16 mai 2015

Dev et sa famille étaient en visite de Londres et, contre toute attente, Jaya trouvait particulièrement rafraîchissante cette énergie nouvelle dans la maison.

« Allez, tatie Jaya, regarde-moi et fais un sourire. » Sachin, son neveu de seize ans, tenait son téléphone portable au-dessus de sa tête et le dirigeait vers Jaya, qui coupait des légumes dans l'îlot de cuisine. Elle s'essuya le nez du revers de la main et hocha la tête en souriant.

« Pas comme ça ! s'exclama sa sœur Smita en s'approchant de lui pour prendre le téléphone. En train de s'affairer dans la cuisine ? T'essaies d'attirer les hommes traditionnels, ces gros nuls ? » dit-elle en faisant claquer sa langue, l'air plus âgé que ses quatorze ans. « Il nous faut une photo de Tatie dehors dans la cour, avec une jolie robe et les reflets du soleil sur ses cheveux.

— Hé, tu lis trop de romans à l'eau de rose. » Sachin garda le téléphone hors de sa portée. « Le timing est crucial. Vingt mille personnes s'inscrivent sur Match chaque jour.

Son compagnon idéal est peut-être là en ce moment même, à attendre qu'elle apparaisse dans sa liste de profils.

— Je vais t'écrire le tien, Tatie. » Smita se tourna vers Jaya, tout excitée, le sourire aux lèvres. « Fais-moi confiance, je suis *vraiment* bonne pour ça. Je peux prendre une robe dans ton armoire ?

— Qu'est-ce qui se passe ici ? » Dev entra dans la cuisine en riant. « Mes enfants te harcèlent encore ? »

Jaya lui sourit. « Pas du tout, ce sont de vrais petits anges. »

Dev rejeta la tête en arrière et partit de ce rire sonore que Jaya aimait tant. « Alors maintenant, je *sais* que tu mens, dit-il tandis que ses deux adolescents lui martelaient les épaules. Oui, il semble que les rôles s'inversent en 2015, maintenant ce sont les enfants qui mettent la pression sur les adultes pour qu'ils se marient, et plus le contraire.

— Qui t'a mis la pression, à toi ? » Chandra, la femme de Dev, les rejoignit dans la cuisine les sourcils froncés, un matelas de yoga sous le bras.

« Personne, chérie. » Dev l'enlaça par les épaules et l'embrassa. « Et c'était la meilleure décision de ma vie.

— Absolument. » Chandra lui donna une petite tape sur les fesses. « Tu viens au Bikram ou pas ?

— J'adorerais, mais j'ai déjà promis à Jaya de rester ici pour l'aider à cuisiner. »

Chandra jeta un regard entendu à Jaya. « OK, mais ne te plains pas si tu as le dos raide demain. » Elle tourna les talons en faisant un signe de la main par-dessus son épaule.

« Vraiment ? dit Jaya. C'est ça ton excuse ? Maintenant elle va s'attendre à ce que tu prépares le dîner quand vous serez rentrés à la maison.

— Alors là, aucun risque. Chandra a déjà goûté à ma cuisine, répondit Dev en souriant. On est tous les deux très conscients de mes limites.

— Tu as beaucoup de chance, tu sais ? rétorqua Jaya en jetant les haricots verts dans une passoire. Qu'elle te supporte. » Elle avait eu une révélation en voyant Dev, sa famille et leur vie à Londres. Il y avait tant de façons différentes d'exister dans ce monde. Les choix de Jaya ne représentaient qu'une voie, qui avait du sens au moment et à l'endroit où elle les avait faits.

« Hé, je suis un bon parti, répondit-il en feignant d'être vexé. À propos, comment va Keith ? » Il lui fit un clin d'œil. Dev avait toujours aimé Keith, un garçon brillant qui avait su gagner le cœur de leurs parents. « On n'est pas des gens faciles à suivre, surtout pour un Yankee », disait-il toujours à l'intention de son beau-frère.

« Il va bien, un peu de stress au bureau, la routine », répondit Jaya. Elle n'avait raconté à personne les déboires de son ex-mari, essayant de préserver sa vie privée et sa réputation en attendant d'en savoir plus.

Elle se sentait à l'aise et en sécurité quand Dev était là. Elle adorait la chaleur et la légèreté qui se dégageaient de la présence de sa nièce et de son neveu. Comme elle aurait aimé les avoir avec elle tout le temps, pas seulement au téléphone ou pour des visites sporadiques, mais intégrés à sa vie. Au début de son mariage avec Keith, elle pensait qu'il serait plus facile d'être loin de leurs deux familles pour avoir la liberté d'établir leurs propres règles et rituels, mais la structure de leur vie s'en était peut-être trouvée affaiblie, les laissant sans attaches dans l'adversité.

Le téléphone de Sachin sonna et il quitta la pièce pour répondre – probablement l'appel quotidien de la petite amie dont il essayait de minimiser l'importance. Smita était déjà partie fouiller dans la penderie de Jaya. Dev prit une planche et un couteau dans l'égouttoir et fit signe à Jaya de lui passer une partie des haricots verts qu'elle était en train de couper en petits morceaux. « Je ne suis pas complètement nul, tu sais. Je peux effectuer des tâches subalternes. » Il lui sourit. « Alors, tu vas vraiment le faire ?

— Quoi ? » Jaya jeta une poignée de queues de haricots dans la poubelle à compost.

« Recommencer à rencontrer des hommes. Smita te met sur les rails d'ici ce soir si tu es d'accord. D'ailleurs, ajouta-t-il, elle n'est pas du genre à demander la permission, donc peut-être même si tu n'es pas d'accord. »

Jaya ne détacha pas les yeux de sa planche à

découper, observant la large lame couper avec précision une dizaine de haricots à la fois. « Je ne sais pas, Dev…

— Écoute, moi je trouve que tu devrais, si tu veux mon avis, rétorqua-t-il. Ça fait des *années* depuis Keith, et tu es seule maintenant que Karina est partie. » Il leva la main pour se défendre. « Je sais, je sais, tu n'es pas *seule*; tu as une vie très occupée et tu passes ton temps avec des tas de gens. »

Mais cette fois, ce n'est pas ce qu'elle s'apprêtait à dire. Elle s'était réjouie d'avoir une maison si remplie et si gaie cette semaine, s'apercevant qu'elle pouvait poursuivre ses prières quotidiennes, son bénévolat, sa vie, sans se sentir en contradiction avec les autres comme avant. Peut-être parce qu'elle avait acquis une certaine pratique dans son travail spirituel, qu'elle était plus centrée et moins encline à la distraction qu'au tout début. Toujours est-il qu'elle aimait cuisiner pour eux et se réjouissait à l'idée de passer les soirées et les matinées avec eux.

« La compagnie ne te manque pas ? » demanda Dev, qui regarda par-dessus son épaule où étaient les enfants avant d'ajouter à voix basse. « Ou au moins le sexe ? »

Jaya sourit et lui jeta un haricot vert pour plaisanter. Il l'attrapa et le fourra dans sa bouche. Si, la compagnie lui manquait. Et le sexe. Pendant des années, ce n'était pas le cas. Elle était tellement noyée dans son chagrin qu'elle se sentait déconnectée de son corps physique. Puis, lorsqu'elle avait découvert le gourou, elle s'était convaincue que sa partie féminine, sexuelle, avait rempli sa mission – la mise en couple, la reproduction – et qu'elle avait désormais entamé une autre phase de sa vie, destinée à des préoccupations d'ordre supérieur.

« Je veux juste que tu sois heureuse, ajouta Dev.

— J'ai cinquante ans, Dev.

— Exactement. Tu peux trouver un homme gentil, mûr, bien dans sa peau, avec une carrière établie. Tu n'as plus à te soucier de toutes ces choses pénibles, l'éducation des enfants, la carrière. Vous pouvez juste passer du bon temps tous les deux, voyager, profiter de la vie.

— Je vous l'ai dit, laissez-moi rédiger son profil », intervint Smita, qui tenait deux robes à décolleté plongeant trouvées au fond d'un placard. Jaya ne savait même pas qu'elle avait encore ces vêtements dans sa garde-robe. « Vous les vieux schnoques, vous êtes nuls pour la folie et le romantisme. » Smita sourit et lui présenta fièrement les deux cintres. « OK, tatie Jaya. C'est l'heure du show. »

45. Serotina

17 mai 2015

Dans la cave, Serotina, Jasmine et Rufus étaient occupés à préparer une grosse commande pour l'Alaska. Sero coupait les feuilles mortes sur les plants de cannabis avec de tout petits sécateurs en repensant aux heures passées sur les bonsaïs dans le laboratoire de sciences de Mrs Galbraith, si loin d'ici, il y avait si longtemps. Micah apparut dans l'escalier. « Comment ça va, l'équipe ?

— C'est la plus grosse commande qu'on aie jamais eue, mec, dit Rufus en jubilant. Deux kilos. *Sept mille balles* en une seule transaction. J'espère que ce type sera un client régulier. »

Micah lui donna une grande tape dans le dos et regarda attentivement les paquets que Jasmine préparait. « Super boulot, les amis. Je suis vraiment fier de ce que vous avez créé ici. Je crois qu'il est temps de partager ça avec tout le monde.

— Ouf, Dieu merci, s'exclama Jasmine. Je commence à en avoir assez de ne pas pouvoir en parler en dehors de cette pièce. » Elle échangea un coup d'œil avec Rufus, puis regarda Sero. «Je veux dire, ne le prends pas mal, mais ce sera bien d'être plus ouverts sur ça, tu vois ?

— Oui, on devrait partager l'amour, ajouta Rufus en souriant. Tout le monde devrait avoir sa part de l'herbe Greenfields de première qualité.

— J'ai prévu quelque chose de très spécial pour demain, répondit Micah. Je vais l'annoncer au groupe ce soir mais vous, préparez-vous – terminez votre commande et rangez cet endroit. » Il fit un geste vers le mur latéral où étaient entreposés des sacs de fournitures et de matériel non utilisé. « Ça marche ?

— Ouaip, je fais ça tout de suite », dit Rufus en quittant sa place devant l'ordinateur.

Micah s'approcha de la table de Sero. Elle s'attendait à sentir sa main, un contact dont elle avait encore terriblement envie, mais il se contenta de s'appuyer contre le mur près d'elle. « Tu es très silencieuse. »

Sero haussa les épaules. Que pouvait-elle dire ? Il y avait tant de choses qu'elle refoulait, mais elle craignait de les faire sortir de peur de provoquer sa colère. Elle aurait tellement aimé revenir quelques semaines en arrière, avant l'arrivée de Cerise et Daphne, avant le départ de Justin, avant d'avoir découvert ces papiers dans le bureau de Micah, qu'elle ne pouvait plus expliquer ni ignorer.

« Hé », appela Rufus de l'autre côté de la cave. Il s'était glissé dans l'espace sous l'escalier et en sortit un grand flacon en plastique avec des lettres rouges. « Qu'est-ce que je dois faire avec ça ? »

Micah alla vers lui et lut les mots écrits sur le flacon. « Raticide ?

— Mort-aux-rats, expliqua Sero.

— Ouais, on en a besoin ou quoi ? demanda Rufus.

— Non, sauf si on veut tuer des plantes », répondit-elle.

Micah s'approcha plus près et prit le flacon des mains de Rufus en le tournant pour lire ce qui était écrit derrière. « Qu'est-ce que tu penses, mec ? dit Rufus.

— Micah ? » demanda Sero.

Rufus sourit. « Peut-être ces rosiers précieux chez le voisin ?

— Micah ? » Sero s'arrêta de couper les feuilles. « Tu ne peux quand même pas… »

Micah se retourna si rapidement pour lui faire face qu'elle recula instinctivement. « Tu ne comprends pas, Sero ? Ce connard nous pourrit la vie. Il n'arrête pas d'envoyer des plaintes au conseil de quartier, qui sont ensuite transmises au propriétaire, puis à nous. » Il parlait vite en faisant de grands gestes avec le flacon. « Et il va recommencer dès que nos vaches laitières arriveront la semaine prochaine…

— On va juste lui donner un petit avertissement. » Rufus ouvrit le bouchon et jeta un coup d'œil à l'intérieur, mais l'odeur puissante le fit reculer. « Lui montrer que c'est dans son intérêt de nous laisser en paix. »

Micah acquiesça d'un signe de tête. « Et s'il

continue à nous chercher des noises, le karma va lui revenir. Utilise-le *généreusement* sur les fruits. » Il rendit le flacon à Rufus et s'essuya les mains sur son jean. « Vivre et laisser vivre. C'est tout ce que je dis. Ce n'est pas comme si c'était assez fort pour tuer des gens.

— Je n'en suis pas si sûre. » Sero se leva lentement de sa chaise.

« Ah, tempéra Micah en faisant un geste dans sa direction. Ne t'en fais pas, Sero. Ça va.

— Eh, Jaz, tu veux me donner un coup de main avec ça ? demanda Rufus en soulevant les deux gros sacs-poubelle noirs qu'il avait remplis.

— Oui bien sûr. » Jasmine se précipita pour l'aider et, en les regardant monter les escaliers, Sero se demanda s'il n'y avait pas une histoire entre eux.

Lorsqu'ils se retrouvèrent seuls dans la cave, Micah alla vers elle. « Hé, ne te fâche pas contre moi. Je ne peux pas gérer ça en ce moment. » Il tendit une main et Sero la prit, s'adoucissant. Il lui caressa le visage, puis se pencha pour l'embrasser, longuement et lentement. Elle fondit malgré elle sous ce contact prolongé. « Heureusement que tu es là, Sero. Toi et *ça*… » Il montra la cave. « Sans Greenfields, rien de tout ça ne serait possible. Je ne sais pas ce que je ferais sans toi.

— Mais qu'est-ce qu'on fait au juste ici, Micah ? » Elle ne pouvait pas se retenir plus longtemps ; elle voulait des réponses.

Il esquissa un sourire et ses yeux se plissèrent. « Qu'est-ce que tu veux dire ?

— Je veux dire, qu'est-ce qu'on fait *réellement* ici ? » Elle lâcha ses mains. « Je ne suis plus sûre. D'abord tu as dit que Justin avait décidé de partir, puis que tu l'avais mis dehors. Toutes les décisions sont censées être prises à l'unanimité, or c'est toi qui as décidé seul pour Cerise et Daphne. Tu ne m'as même pas demandé à *moi*, or elles partagent ma chambre. »

Le sourire de Micah tourna au sarcasme. « Alors maintenant tu veux me *remettre en question* ? Parce que tu es *jalouse* ? Ne fais pas ça, Sero. C'est tellement prévisible, tellement *indigne* de toi, cette jalousie ordinaire. »

Il hocha la tête et elle remarqua la pulsation de sa mâchoire.

Elle sentit la transpiration mouiller ses aisselles, se força à sourire, fit un pas vers lui et lui reprit la main. Elle entendait le martèlement de son cœur dans sa gorge. « Tu as raison, dit-elle en se mettant sur la pointe des pieds pour l'embrasser légèrement sur les lèvres. Je suis vraiment désolée. C'est juste que… tu me manques. » Il souriait, mais elle vit une froideur marquée dans ses yeux.

*

Une fois Micah parti, Sero sortit par la porte extérieure vers l'escalier latéral de la maison. Elle s'assit sur la marche du haut et contempla le terrain du Sanctuaire, où le soleil se coucherait bientôt. Elle aimait ce lieu, elle aimait ces gens, qui l'avaient si bien accueillie et soutenue, ne voyant que le meilleur en elle. Ericka, qui lui avait offert son amitié et sa vulnérabilité ; Zoe, qui lui avait appris par le yoga à intégrer des parties d'elle-même encore jamais associées ; Jeremy et August, qui l'avaient aidée à déménager et à nettoyer son appartement. Micah, la première personne à la voir réellement pour ce qu'elle était, qui lui avait tenu la main quand elle entrait dans l'océan, l'avait aidée à confronter ses peurs avec beaucoup de délicatesse.

L'argent, les papiers dans le bureau, les accusations de Justin – tout cela ne collait pas. Sero eut soudain l'impression de manquer d'air. Elle savait que des problèmes couvaient, mais n'était pas sûre de pouvoir se résoudre à quitter cet endroit. Et ses amis, comment les abandonner purement et simplement, si elle se souciait d'eux ? Elle serait probablement plus efficace en restant. Par le passé, elle avait réussi à influencer Micah ; elle pourrait l'aider à se remettre sur les rails. Et dans le cas contraire, elle parviendrait peut-être à en convaincre certains, Ericka au moins, de partir avec elle.

Elle se leva et se dirigea vers la piscine. Elle enleva ses sandales et posa ses orteils au bord. L'odeur du chlore montait vers elle et lui picota le nez, mais elle resta en place et inspira profondément. Son esprit se mit à dériver dans le temps, passant sur les années comme une pierre rebondissant sur l'eau, se posant sur certains souvenirs. Elle revit le sourire lumineux de Prem, sa mère avec ses roses, son père lui apprenant à jouer au golf. Elle repensa à Izzy, à son chien et à Mr Chuckles, à Mrs Galbraith et à son bonsaï. Elle se rappela sa fierté d'avoir remporté les Olympiades de sciences et l'orgueil éprouvé quand elle avait décroché sa bourse d'études. Elle songea à James et s'autorisa à s'attarder un moment sur ces souvenirs, les bons souvenirs.

Elle descendit sur la première marche de la piscine et s'assit, observant l'eau déformer la taille et la couleur de ses pieds. L'année dernière, elle aurait été incapable de s'approcher aussi près sans paniquer. Son esprit revint à Micah : ce qu'il lui avait appris, ce qu'il lui avait dit. *Sans Greenfields, rien de tout ça ne serait possible.* Elle entendit quelque chose au plus profond d'elle-même, quelque chose d'à peine audible : une voix qui lui disait quoi faire. Mais la peur l'envahit et la paralysa.

« Hé, Sero ! » Elle sursauta. Ericka apparut à la porte donnant sur la terrasse arrière. « À table ! »

Sero lui fit un signe de la main, puis se releva et sortit de la piscine, secoua ses pieds et retourna dans la cave. À l'intérieur, elle ferma la porte à clé et agit promptement, mue par une force qui guidait ses gestes. Elle versa prudemment le raticide dans l'évier et rinça le flacon. Après l'avoir rempli d'eau, elle le replaça au même endroit, seul petit acte de courage dont elle fût capable pour le moment.

*

Lorsqu'elle rejoignit le groupe dans la salle à manger, Micah était en train de parler, le verre levé.

« Il y en a qui se sentent menacés par ce que nous représentons, disait-il lorsqu'elle entra. Nous devons nous donner du courage. Demain soir, pour la nouvelle lune je propose que nous organisions une célébration. Une bacchanale. Une cérémonie du renouveau et de l'engagement. Nous allons nous engager les uns envers les autres, envers notre vision du Sanctuaire. Portons tous du blanc, la couleur de la pureté. Nous ferons un énorme banquet, avec de la musique et un bain sous les étoiles. Je partagerai avec vous une nouvelle initiative exaltante qui changera tout ce que nous faisons ici. » Il adressa un sourire à Sero. « Et chacun d'entre nous présentera une offrande à notre famille, ici, au Sanctuaire – des mots sur ce que cet endroit représente pour nous, un plat que nous aurons préparé, de la musique venue de notre cœur. Ce sera… » Il regarda vers le ciel, à la recherche du mot juste. « Une *Renaissance.* » Un grand sourire éclaira son visage. « Nous réaffirmerons notre engagement envers chacun et regarderons vers l'avenir. »

Sero aurait tellement voulu le croire, adhérer à cette vision de bien-être et d'amour qu'il présentait.

« Vous êtes avec moi ? » demanda doucement Micah, et quelqu'un murmura. « Vous êtes *avec* moi ? » répéta-t-il plus fort, et plusieurs voix acquiescèrent. « Vous êtes avec moi ! ? » Il éleva la voix – plus une exclamation qu'une question – et lorsque le groupe cria : « Oui ! », Sero se retrouva à les imiter.

*

Plus tard, dans la salle de cinéma à l'étage, Cerise et Daphne étaient absorbées par la préparation de leur contribution à la Renaissance. Serotina sortit son journal du tiroir du haut de la commode, le retourna et prit la page arrachée au calendrier de sa chambre, des années auparavant. L'image granuleuse de Prem, avec ses dents manquantes et sa langue bleuie par l'esquimau, la fit sourire. Il ne ressemblerait plus à cela, évidemment. Elle essaya de l'imaginer comme il serait aujourd'hui à quinze ans : aussi grand qu'elle, des pieds d'homme, une mèche de cheveux épaisse tombant devant ces yeux aux cils épais que les filles adoreraient. Elle toucha le nez de son frère, puis replia la photo et la glissa sous son oreiller.

46. Serotina

18 mai 2015

Le lendemain, toute la maisonnée était en ébullition à l'approche des festivités du soir. Ericka et Zoe proposèrent de faire des lessives à l'eau de javel afin que chacun dispose de vêtements blancs. L'esprit de fête rappelait à Serotina sa visite pour Thanksgiving, lorsqu'elle s'était sentie emportée par l'énergie collective. Elle alla chercher des œufs dans le poulailler et coupa quelques légumes, puis aida Ericka à étaler de la pâte pour une tarte aux pommes. Comme tous les autres, qui se douchèrent à intervalles réguliers pour avoir suffisamment d'eau chaude, elle s'habilla en blanc – jean serré et T-shirt à manches longues. Puis elle prit la page de calendrier pliée sous son oreiller et la glissa dans sa poche arrière : elle voulait avoir Prem auprès d'elle aujourd'hui.

Lorsque le soleil commença à décliner, Micah les invita tous sur la terrasse et déboucha deux bouteilles de champagne qu'il fit passer pour ouvrir les festivités. Sero resta un peu en retrait du groupe, appuyée contre la maison.

Micah leur faisait face, mains jointes par le bout des doigts, attendant que tout le monde ait un verre en main. « Ce soir, notre Renaissance va servir à nous réengager vis-à-vis des autres, de la vie et de la communauté que nous construisons ici au Sanctuaire. Et à initier les derniers membres de notre famille. » Il fit un grand sourire à Cerise, pratiquement assise à ses pieds, et Sero sentit son expression se figer avant de parvenir à se reprendre.

« Mais d'abord, poursuivit Micah en arpentant la terrasse, je veux partager avec vous une annonce réjouissante. Serotina, Jasmine et Rufus travaillent depuis des mois à une nouvelle initiative importante ici, dans la cave. Le projet s'appelle Greenfields et produit la meilleure marijuana médicale disponible aujourd'hui sur le marché. »

Sero vit les autres échanger des regards de surprise et d'approbation. David brandit le poing avec un grand sourire. « Médicale seulement ?

— Bon, sourit Micah, elle répond aux exigences rigoureuses de la marijuana médicale. » Il marqua une pause. « Mais elle ne doit pas nécessairement être utilisée à des fins thérapeutiques, et vous en aurez tous un échantillon ce soir. »

La foule poussa des hourras et des cris de joie. Sero remarqua que Zoe posait la main sur le bras d'August.

« Remercions Serotina, Jasmine et Rufus pour leurs efforts, poursuivit Micah. Leur travail nous permet de faire du bien à tellement de gens et on peut se sentir fiers de cela, en tant que famille. »

Sero entendit quelqu'un renifler. Tandis qu'elle regardait autour d'elle pour voir d'où venait ce bruit, Micah se mit à faire le tour de la terrasse. « Et cela nous donne une plus grande liberté. Nous pouvons désormais nous permettre de consacrer toute notre énergie, collectivement, au Sanctuaire. Ceux qui ont un travail à l'extérieur peuvent le quitter. » Jeremy applaudit et poussa un sifflement en entendant la nouvelle. « Plus besoin de partager votre temps et votre énergie. Plus besoin de travailler pour quelqu'un d'autre. » Il leva son verre de champagne. « Vous pouvez travailler pour *votre* famille, *votre* communauté et *votre* avenir ! » Le groupe poussa des acclamations et, en attendant qu'elles s'apaisent, Micah parcourut le cercle, touchant les épaules et les bras de chacun au passage. « Les recettes de Greenfields nous permettront enfin d'engager les investissements que nous voulions et de faire un pas de plus vers la réalisation de notre rêve. » Il s'arrêta derrière Jasmine et posa les deux mains sur ses épaules en regardant les autres. « Des panneaux solaires. Des vaches laitières. De nouveaux arbres fruitiers. »

Le reniflement se fit entendre à nouveau, plus fort, et cette fois Sero n'eut plus aucun doute, il venait d'August. « Et pourquoi pas de l'eau chaude ? » August parla ouvertement. « Ce serait sympa d'avoir un peu plus que trois minutes pour prendre sa douche. » Il y eut quelques rires dans le groupe, mais Micah resta de marbre. Sero l'observait nerveusement.

« Ma foi, si le petit confort individuel est plus important que des investissements qui bénéficient à la planète, alors oui, j'imagine qu'on peut réfléchir à la *plomberie*, répondit Micah avec un sarcasme non dissimulé. Mais on a fait ça pour…

— On ? l'interrompit August. *On* a fait ça ? Arrête, mon vieux. » Il regarda Zoe et Ericka, assises à côté de lui. « *On* n'a pas voté et décidé *tous ensemble* d'installer une plantation d'herbe dans la cave. »

Zoe mit la main sur son coude en lui lançant un regard implorant.

Le silence s'installa, Micah et August se regardaient droit dans les yeux. Sero frissonna et serra les bras contre elle. Puis Micah s'éloigna et lorsqu'il reprit la parole, sa voix était calme et posée. « Après le dîner, nous commencerons nos offrandes au Sanctuaire, notamment dans notre magnifique Salon de musique. Vous allez être gâtés ce soir. Daphne joue de la guitare dans un groupe. » Il posa une main sur son épaule et elle lui fit un sourire radieux.

August recula sa chaise en faisant racler lourdement les pieds contre les pierres de la terrasse, et se dirigea vers la piscine. Zoe s'apprêtait à le suivre, mais Micah l'arrêta d'un geste de la main. « Laisse-le, Zo. Donne-lui son espace. »

Lentement, Zoe se rassit.

« Santé ! » Micah leva son verre de champagne et but une longue gorgée, et les autres l'imitèrent. Après le toast, il demanda à Serotina de conduire le groupe à la cave, où elle expliqua l'opération Greenfields pendant que Micah et Rufus roulaient quelques joints. Ils s'assirent tous ensuite sur la terrasse, firent circuler les joints et burent du champagne en regardant le soleil se coucher à l'horizon. Quand le joint passait devant elle, Sero faisait semblant de le prendre, comme aux fêtes du lycée. Elle vit August un peu plus loin qui leur tournait le dos, assis sur une chaise longue au bord de la piscine, et distingua la lueur d'une cigarette entre ses doigts.

Cerise se pencha vers elle. « Sero, c'est tellement génial ce que vous faites là en bas. Je suis complètement soufflée. » Elle avait un peu de mal à articuler. « Je vais demander à Micah si je peux travailler avec vous. Je parie qu'il voudra bien. » Elle sourit en essayant de hausser un sourcil, mais elle était trop défoncée pour contrôler son visage et se baissa en riant. Daphne dansait toute seule sur la pelouse ; Jasmine et Rufus s'étaient engagés dans un slow sensuel.

Lorsque le soleil disparut derrière l'horizon, tout le monde rentra dans la maison pour aider Guy à préparer les cinq plats de leur festin. L'odeur de marijuana imprégnait l'atmosphère. Sero regarda Micah entrer dans la cuisine, le bras autour des épaules de Zoe, puis se leva. Elle alla vers la piscine et s'assit sur une chaise longue à côté d'August, qui tirait sur sa cigarette et rejetait la fumée du coin de la bouche. Le son des amplis leur parvint de leur maison, suivi de quelques notes grinçantes à la guitare électrique. « Bon Dieu, marmonna-t-il en grimaçant.

— Hé, t'as envie de parler ? » demanda Sero gentiment.

August hocha la tête. « Pourquoi, Micah t'a envoyée me surveiller ? »

Sero tressaillit. « Non, je…, bredouilla-t-elle. En fait j'allais voir comment va Buddy. » Elle mit les mains sur ses genoux comme si elle s'apprêtait à partir. Elle avait laissé ses chaussures à l'intérieur mais ne voulait pas aller les chercher maintenant. « On se voit au dîner ? » August laissa tomber son mégot sur la terrasse et reprit une cigarette dans le paquet.

Sero suivit le chemin qui menait aux écuries et ralentit sa respiration pour essayer de se ressaisir. Elle vérifia l'auge du cheval et constata qu'il continuait à peu manger ; cela faisait environ deux semaines qu'elle avait remarqué la protubérance près de sa bouche, qui ne s'était pas résorbée. Elle commença à brosser sa robe et Buddy hennit doucement. Elle était perturbée par la réaction d'August et blessée qu'il l'ait renvoyée si sèchement. Brusquement, la musique s'arrêta et, quelques instants plus tard, une porte claqua. Elle observa par la fenêtre August sortir en trombe de la maison. Il se dirigeait vers les écuries et elle s'apprêtait à aller à sa rencontre lorsqu'elle vit Micah lui courir après. Elle recula dans le box, d'où elle pouvait regarder sans être vue.

« August ! » cria Micah, rattrapant August juste devant l'écurie. « Attends, Auggie ! Allez, mon pote. Tu ne peux pas te fâcher contre moi.

— Ah non ? hurla August. Je suis un putain de camé, Micah. Tu le sais très bien. Tu m'as amené ici parce que c'était un lieu sûr. Ça fait plus d'un an que j'ai arrêté et…

— Mec, on ne parle pas de coke ou d'héroïne, c'est de l'*herbe.*

— Peu importe, Micah. C'est quand même une *drogue* !

— On a de l'alcool dans la maison, et c'est une drogue. Tu as bu du champagne ce soir, August, si je ne m'abuse ?

— Va te faire *foutre,* mec ! » cracha August en sortant le paquet de cigarettes de sa poche de chemise. « T'es un sale hypocrite.

— Et la nicotine ? Tu penses que ce n'est pas une drogue ? Ne te voile pas la face, mon pote. Ce n'est pas moi l'hypocrite ici. »

August pointa une cigarette non allumée vers Micah. « Je lis à travers toi, mon vieux. Peut-être pas elle mais moi oui, putain. »

Micah tourna légèrement la tête et regarda August. « Ah, donc c'est de ça qu'il s'agit ?

— Tu sais très bien de quoi il s'agit. » August parlait d'une voix tendue, furieuse. Il faisait face à Micah, dos à l'écurie.

« Écoute, mec, dit Micah, nous sommes tous libres d'exercer notre volonté, d'être notre propre maître. Zoe est libre de décider. Elle et moi, ça fait un bail, vieux, avant même ton arrivée ici. Il y a un lien fort entre nous. C'est indéniable. »

Sero s'effondra en entendant les mots de Micah, ceux-là même qu'il avait utilisés avec elle. Elle rougit de honte et se prit la tête entre les mains.

« Je suis désolé que tu sois blessé, poursuivit Micah, mais tu sais que tout le monde t'aime ici. Zoe t'aime, moi je t'aime.

— Pourquoi elle, Micah ? Tu peux avoir qui tu veux. Pourquoi *elle*? Je n'arrive pas à... » Sa voix se brisa et il se mit à sangloter. « Je croyais que j'étais chez moi ici. Je croyais que tu étais mon *ami*, mec.

— Nous sommes tous libres, Auggie. Tous. Toi aussi.

— Ouais, très bien, dit August en retrouvant une voix dure. Dans ce cas je me *casse* d'ici. » Il cracha les mots dans la direction de Micah. « Et Zoe vient avec moi.

— Non, elle ne vient pas, dit Micah d'une voix calme et glacée. Tu peux faire un choix pour toi, pas pour quelqu'un d'autre, pas pour elle. »

August jeta le paquet de cigarettes par terre et se passa la main dans les cheveux : « Bon sang, j'aurais bien besoin d'un putain de joint maintenant.

— Auggie. » Micah hocha légèrement la tête. « Tu sais que tu es le seul à pouvoir contrôler ces envies.

— Tu fais entrer de la drogue dans la maison

et tu me dis de résister, Micah ? T'es vraiment un enfoiré, je viens enfin de le comprendre. »

Micah glissa ses pouces dans ses poches et lui adressa un petit sourire narquois. « Eh bien je pourrais dire la même chose de Zoe. Comment tu peux me demander de résister ? »

Dans un accès de colère soudain, August décocha un coup de poing à Micah, dont la tête bascula vers le côté. Sero se couvrit la bouche de la main pour réprimer un cri. Micah tituba, puis reprit son équilibre, se toucha la bouche et vit du sang. Son regard se durcit. Comme dans un ralenti, il tendit le bras et son poing alla frapper la mâchoire d'August, produisant un craquement sans équivoque. August valsa vers l'arrière et son crâne cogna contre le mur en béton de l'écurie. Buddy gémit en secouant la tête. Sero mit les bras autour de son encolure et y enfouit son visage, ne sachant trop qui des deux elle voulait réconforter.

« August ! cria Micah. Allez, Auggie. » En se retournant pour regarder par la fenêtre, Sero vit Micah à genoux, qui donnait des gifles à August. « Bon Dieu. Oh non. Auggie ! Oh *merde.* » Elle le regarda prendre son pouls, puis elle sentit son esprit se séparer de son corps et s'élever très haut, observant toute la scène. Micah approcha l'oreille de la bouche d'August, lui secoua les épaules, puis se laissa tomber sur sa poitrine. « Putain, Auggie. Putain de merde ! »

Sero s'effondra sur le sol couvert de paille et commença à se balancer d'avant en arrière.

Apercevant un objet pointu et métallique qui brillait sous les copeaux, elle déterra un vieux clou de fer à cheval, serra les doigts autour et fit glisser le bout en métal tranchant le long de son avant-bras : doucement d'abord, puis plus vite et plus profondément jusqu'à ce qu'apparaissent une série de lignes rouges qui s'entrecroisaient sur tout l'intérieur de son bras : quatre, puis seize, puis soixante-quatre, et elle arrêta de compter. Un mélange de douleur et de soulagement envahit son corps, la honte et la culpabilité lui donnaient le tournis.

Lorsqu'elle revint à elle, tout était silencieux dehors. Elle se mit à quatre pattes et regarda par l'embrasure de la porte. Le corps immobile d'August gisait par terre, mais Micah était parti. Elle sortit en rampant de l'écurie pour aller voir son ami. Des souvenirs lui revinrent à l'esprit : *le vaisseau spatial qui flottait, son bras dessous.* Cette fois, ce serait différent. Elle garderait son calme. Elle posa deux doigts sur le poignet d'August et ferma les yeux, voulant désespérément sentir son pouls. Est-ce qu'il battait ? Elle n'arrivait pas à le savoir. Elle passa à l'autre poignet et réessaya. Sa respiration s'accéléra. Elle mit son oreille contre la bouche d'August pour sentir sa respiration, contre sa poitrine pour écouter. Ça tambourinait dans ses oreilles. *Des sirènes* ? Elle regarda autour d'elle ; le ciel nocturne était sombre. On n'entendait rien d'autre que la musique venant de la maison, un riff de batterie endiablé. Elle porta la main vers sa poche arrière, mais évidemment son téléphone n'y était pas. Il fallait appeler à l'aide, comment faire ? La maison était si loin et pas question de laisser August ici tout seul.

Elle entendit alors un bruit de pas et levant les yeux, aperçut Micah à quelques mètres, une pelle à la main. « Tu ne devrais pas être ici, dit-il.

— On doit appeler les secours », bredouilla-t-elle. Dans le box, Buddy hennit.

« C'est trop tard. Il est parti. »

Elle s'efforça de retenir ses larmes et posa sa main sur la poitrine d'August. « Non.

— Tu ne devrais pas être ici, répéta Micah d'une voix glaciale. Retourne à la fête. Dis-leur que tout va bien. Je serai là dans une minute.

— Quoi ? On doit au moins aller chercher Zoe. Elle a le droit de savoir.

— Je lui dirai plus tard.

— Qu'est-ce… qu'est-ce que tu vas lui dire ?

— La vérité, répondit Micah. August n'était plus dédié à notre cause. Il avait cessé de croire à ce qu'on essaie de faire ici. S'est fait ça lui-même. Rechute. »

Elle se releva lentement, hochant la tête. « Non.

— Tu sais très bien qu'elle me croira. C'est mieux pour tout le monde, fais-moi confiance. Et maintenant, retourne à la fête. »

Elle se sentait bouillir intérieurement et les mots explosèrent sans qu'elle arrive à les retenir. « Tu ne peux pas faire ça, Micah. C'est… *mal*.

— Mal ? » Une ombre sinistre passa sur le

visage de Micah, qui eut un petit sourire narquois. « Comme de cultiver de la marijuana sans licence ? Je n'y suis pour rien. Tout ça, c'était toi, non ? C'est toi qui as acheté le matériel, avec ta carte de crédit. Tu as fait pousser ces plantes et tu les as récoltées. Il y a une douzaine de témoins dans la maison en ce moment qui en attesteront. » Il ouvrit grand les bras, la pelle à la main. « Merde, c'est même *toi* qui as expédié les premiers paquets dans les différents États. N'oublie pas ça, *Karina* », ajouta-t-il en ponctuant sa tirade de ce prénom. L'avertissement était clair. « Maintenant, retourne à cette *putain* de fête avant que les gens se demandent où on est passés. » Il plongea l'extrémité de la pelle dans la terre. « Dis-leur qu'August et moi, on est partis faire une belle balade. »

Elle regarda une dernière fois le corps sans vie d'August, puis fit un grand détour pour éviter Micah en prenant le chemin de la maison. Dans l'obscurité éclairée seulement par la lune, elle marcha prudemment à travers champs sans oser se retourner vers les écuries, où Buddy continuait de hennir. Elle récapitula dans sa tête tous les incidents mentionnés par Micah, qui dénotaient un plan systématique. Micah avait acheté les plants, mais avec une grosse enveloppe de cash, sans laisser de trace.

Ses entailles furieuses au bras gauche lui faisaient mal. Elle ferma les yeux et les sentit brûler derrière ses paupières tandis que des images du visage dur de Micah et du corps sans vie d'August passaient sur son écran mental.

Qu'était-il réellement arrivé à Justin lorsqu'il avait abandonné toutes ses affaires ?

Une musique à plein volume s'échappait de la maison ; elle entendait les voix et les rires de ses amis à l'intérieur. En silence, délibérément, elle contourna le bâtiment vers l'avant, se frayant un chemin pieds nus entre les pierres brisées de l'allée. Son cœur battait la chamade lorsqu'elle arriva au bout et s'engagea dans la rue, puis descendit jusqu'au bout de l'impasse. Ce n'est que lorsqu'elle n'entendit plus les bruits de la fête au Sanctuaire qu'elle se sentit enfin en sécurité.

Elle se mit alors à marcher vers l'océan Pacifique, attirée vers la plus grande étendue d'eau qu'elle pût trouver.

47. *Prem*

Avant ce jour où elle m'a découvert dans la piscine, Kiki adorait se baigner. Elle aimait faire des pirouettes sous l'eau et pratiquer le saut de l'ange depuis le plongeoir, et elle aimait vraiment la mer, surtout à Hawaï, où elle était chaude. Lorsqu'on a pris la voiture pour aller déjeuner à San Francisco le jour de Pâques, on n'arrivait pas à croire que c'était le même océan, cette étendue glaciale. Kiki a essayé d'avancer dans les vagues grises et froides, mais elle n'a pas réussi à rentrer complètement ; elle ne pourrait pas être la super-sirène que j'ai dessinée dans *WaterMan*, ma bande dessinée primée, qui sauve l'humanité de la sécheresse.

Mais après ce jour, elle a cessé. Elle a cessé d'aller dans l'eau, ou même au bord, ce qui m'a attristé parce qu'en plus de Gilly et moi, c'était encore une chose qu'elle aimait et n'avait plus dans sa vie. J'ai été vraiment fier d'elle quand elle a eu le courage de le refaire, de rentrer dans l'océan et ensuite d'essayer de surfer. J'ai été fier d'elle quand elle a trempé ses orteils dans une piscine qui ressemblait exactement à celle où elle m'a trouvé ; je sais qu'elle devait être très forte pour faire ça. J'espère qu'un jour, elle arrivera de nouveau à rentrer entièrement dans une piscine.

Kiki n'avait pas envie de se baigner avec moi ce jour-là, après l'école, et elle ne voulait pas que j'y aille seul, mais ce n'est pas une raison pour avoir peur de l'eau éternellement. C'est normal de la craindre. Elle est grande, puissante, elle est contrôlée par des forces qu'on ne voit pas et on peut se sentir vraiment tout petit quand on est à côté.

Mais l'eau est aussi pleine de magie. Quand on est dessous, on a l'impression d'avoir le corps qui flotte dans l'espace et les oreilles sont comme dans un tunnel. On peut faire des bulles, des pirouettes et essayer une foule de choses qu'on ne peut pas faire sur la terre ferme. Toutes ces créatures merveilleuses vivent sous l'eau : les poissons colorés qu'on a vus à Hawaï et d'autres qui ne ressemblent même pas à des poissons, on dirait plutôt des pierres ou des feuilles. Il y a un monde complètement différent là-dessous.

Ce jour-là, je voulais juste regarder l'eau. C'est pour ça que je suis monté sur la chaise. Et une fois que je l'ai vue, cette piscine bleue limpide avec la lumière qui dansait à la surface, j'ai pensé que j'allais simplement y tremper les jambes. Elle était tellement rafraîchissante et amusante, l'eau qui clapotait contre mes pieds et me suppliait de glisser dedans. Je me suis dit que ça ne pourrait pas faire de mal de jouer dans un autre monde, où les règles de la gravité et du mouvement étaient différentes, juste un petit moment. Et je me suis tellement amusé à conduire mon vaisseau dans une autre galaxie, à me cacher dessous pour échapper aux envahisseurs, à tirer avec le pistolet à eau que j'avais reçu à l'anniversaire de Tommy. C'était trop bien. Je ne peux pas imaginer de meilleure façon de passer mes derniers instants sur terre.

J'aimerais tant que ma famille puisse comprendre ça. Ils pensent toujours à ma mort et au fait que je ne suis plus dans leur vie. Mais j'ai passé huit années merveilleuses : une famille que j'aimais et qui en général riait de mes blagues, des amis que je voyais tous les jours à l'école, des soirées pizzas, des vacances et des anniversaires remplis d'amour. J'avais la meilleure sœur du monde. Ma mort n'a été qu'un moment, et même pas un mauvais moment. J'ai été heureux jusqu'à la fin, puis paisible quand Kiki était avec moi, et puis plus rien.

Depuis ce jour, je n'ai pas cessé d'être avec ma famille et, s'ils pouvaient vraiment se débarrasser de tous ces sentiments de culpabilité et de tristesse, ils sentiraient ma présence.

C'est ce que j'ai essayé de dire à Kiki le jour où elle a marché jusqu'à l'océan Pacifique. Je crois qu'elle a fini par m'entendre.

RETROUVÉE

48. Les Olander

19 mai 2015, 12 h 30

Keith s'agrippe au volant et conduit dangereusement, dépassant la limite de vitesse, comme on s'y attend de la part d'un homme d'âge moyen dans une voiture de sport de luxe. Il ressent un pincement au cœur en pensant à sa vie devenue un véritable cliché : carrière de haut vol, succès financier (pour le moment), mariage raté… enfant à problèmes ?

« Répète-moi ce que le policier a dit ? » demande Jaya.

Keith jette un coup d'œil dans le rétroviseur au détecteur de radars. « Ils l'ont trouvée ce matin sur la plage, seule, à une quarantaine de kilomètres du campus. Elle était désorientée et leur a d'abord donné un mauvais nom, c'est ce qui explique qu'ils aient mis plusieurs heures à nous retrouver. Elle disait s'appeler Sarah. Ça te dit quelque chose, une de ses amies peut-être ? »

Jaya hoche la tête, regarde par la fenêtre. La tension envahit sa poitrine et ses poings se serrent sur un volant imaginaire, comme ils s'étaient serrés, ce jour-là, en route vers la maison après avoir reçu l'appel ; elle repense à sa terreur à la vue des ambulances stationnées devant la porte, au crissement de ses pneus en se garant sur la plate-bande. La voici à nouveau suspendue dans le temps et dans l'espace, s'attendant à quelque chose de terrible. Elle se force à respirer à fond, même lorsque l'image du corps inanimé de Prem sur le bord de la piscine fait irruption.

« Jaya. » Keith retire une main du volant et la pose sur celles de Jaya. « Je ne sais pas ce qui se passe, mais ça va aller. Si elle est en difficulté, on peut l'aider à s'en sortir. » Il ne lui raconte pas ce qu'il a appris en allant la chercher, son coup de fil à l'université, qui l'a informé que leur fille n'était plus inscrite ; que cela faisait cinq mois qu'elle ne mettait plus les pieds sur le campus, depuis qu'ils l'avaient vue pour les vacances de Noël. Keith hésite à tout lui révéler à la fois, ne sachant pas trop comment elle va réagir.

Jaya ferme les yeux et s'appuie contre la fenêtre froide en se répétant tout doucement un mantra, la voix couverte par le ronflement du moteur. Dans sa tête, elle voit le petit Dev s'éloigner d'elle sur le tourniquet, puis Prem qui s'en va vers l'univers. Et maintenant sa fille. La distance entre la vie de Karina et la sienne augmente avec le temps, comme un lapin qui se sauve sans qu'elle parvienne à le rattraper.

*

Au commissariat, à la sortie de Santa Barbara, une jeune policière accueille Keith et Jaya et les conduit à l'étage, où attend Karina. « Est-ce qu'on a diagnostiqué une maladie mentale chez votre fille ? demande-t-elle dans l'escalier.

— Quoi ? s'exclame Keith. Bien sûr que non. Elle a reçu une bourse de mérite pour ses études.

— Il arrive que la bipolarité ou la schizophrénie se manifestent pour la première fois au début de la vingtaine, dit la policière. Vous devriez l'emmener consulter quand vous rentrerez. En plus d'être désorientée et ne plus se rappeler son nom, elle semble dénutrie et présente des blessures volontaires sur l'intérieur du bras. »

Keith s'arrête sur le palier. « Elle… vous voulez dire qu'elle a essayé de se suicider ? »

La policière les regarde attentivement. « Ça ne ressemble pas à ce type de blessures, en tout cas pas à une tentative de suicide sérieuse. Mais il y a des traces d'automutilation.

— Que faisait-elle près de l'océan ? demande Jaya.

— D'après la personne qui a téléphoné, elle est restée quelque temps au bord de l'eau avant de s'avancer dedans. Elle était tout habillée, donc je ne sais pas quelles étaient ses intentions, si elle risquait de… enfin avec ces courants, on peut se noyer facilement. Même quand on nage très bien. »

Jaya laisse échapper un petit cri en trébuchant, mais parvient à s'agripper à la rampe juste à temps. Keith s'approche pour la retenir et laisse son bras autour de ses épaules en montant les dernières marches.

« Mr et Mrs Olander », dit l'agente en arrivant sur le palier, la main sur la poignée de la porte, « je ne sais pas très bien ce qui se passe avec votre fille. Tout ce que je sais, c'est qu'elle a besoin de votre amour et de votre soutien en ce moment. »

Keith et Jaya acquiescent, l'air grave, à la merci de cette étrangère qui semble en savoir plus qu'eux sur leur fille.

*

La barquette d'œufs au plat et de pommes de terre sautées est presque nettoyée, Karina a ramassé les derniers morceaux de jaune d'œuf au fromage avec sa tartine, puis avec son doigt. C'est tellement bon, surtout qu'elle n'a rien avalé depuis la veille au matin. Une couverture grise un peu rêche recouvre ses épaules, plaquant le froid de ses vêtements humides contre sa peau.

La porte s'ouvre et la sympathique policière qui lui a apporté à manger réapparaît. « C'était bon ? » demande-t-elle.

La gentillesse que lui témoigne cette femme, une personne qui ne la connaît même pas, lui donne envie de pleurer. Karina la remercie d'un signe de tête et lui offre tout ce qu'elle peut donner. « Vous savez que quand un œuf sort du corps de la poule, il possède une pellicule naturelle qui protège la coquille des bactéries qui sont dans l'air ? C'est un système d'isolation naturel. Tant que vous ne lavez pas les œufs frais, ils n'ont pas besoin d'être réfrigérés. Ils peuvent rester dans la cuisine pendant deux semaines. »

La policière lui fait un petit sourire, le regard perplexe.

« Dans les fermes commerciales, poursuit Karina, on nettoie et on désinfecte les œufs à l'eau de javel pour tuer toute trace de salmonelle, et la couche de protection disparaît. C'est pourquoi ceux qu'on achète au magasin doivent être immédiatement réfrigérés.

— Il y a quelqu'un ici pour toi, Karina », intervient doucement l'agente, et Karina remarque maintenant deux silhouettes qui émergent derrière elle. Sa mère et son père. « On lui a donné à manger, leur dit-elle. Et on lui a proposé de se changer car, comme vous le voyez, ses vêtements sont trempés, mais elle a refusé.

— Merci », répond Jaya en joignant les mains en signe de gratitude.

La policière sourit. « Je vous laisse tranquilles. Prenez autant de temps que vous voulez. » Elle referme la porte derrière Karina et ses parents.

Ils s'approchent d'elle avec d'infinies précautions, comme d'un animal sauvage. La distance semble immense ; Karina se lève et fait un pas vers eux, puis son masque tombe et elle se jette dans les bras de sa mère. « Chut », murmure Jaya en lui caressant la tête et en la berçant légèrement. Le rythme des mouvements l'apaise ; de derrière, les bras vigoureux de son père l'enveloppent dans une étreinte. Elle reste là, dans le confort et la sécurité de leur cocon, jusqu'à ce que Keith s'écarte.

« Nous sommes tellement soulagés que tu ailles bien, ma chérie. Tu peux nous dire ce qui s'est passé ? » Il a les traits tirés, les yeux fatigués, et tout à coup Karina sent le poids de son propre épuisement. N'arrivant plus à tenir debout, elle s'effondre sur la chaise et pose la tête sur la table. Ses parents s'assoient de part et d'autre, la main de sa mère toujours posée sur son dos.

Par où commencer ? Le Sanctuaire, Greenfields, Micah ? August ? Ou plus loin en arrière : Natural Market ? James, Henry ? Jusqu'où doit-elle remonter pour démêler l'écheveau des mauvaises décisions, des erreurs de jugement et de toute cette souffrance ? *Prem.* Karina se redresse et sort de sa poche arrière le bout de papier humide plié en quatre. Elle le déplie sur la table, l'aplatit de ses mains et regarde le visage souriant de son petit frère. Elle entend sa mère suspendre sa respiration. « Il m'a parlé », dit-elle, d'abord à voix basse puis plus fort, pour qu'ils la croient. « Prem m'a parlé quand j'étais au bord de l'eau. » Elle regarde son père et ses yeux remplis de tristesse et de confusion, comme s'il avait pitié d'elle ou pensait qu'elle délirait.

Mais sa mère lui prend la main sur la table et sourit, les yeux brillants. « Et qu'a-t-il dit ?

— Que ce n'était pas ma faute.

— Qu'est-ce qui n'était pas ta faute, ma chérie ? demande Jaya.

— S'il est mort. » En prononçant ces mots, un torrent de larmes jaillit, des sanglots qu'elle est incapable de retenir.

« Bien sûr que ce n'était pas ta faute », dit son père en fronçant les sourcils.

Karina pose ses mains sur les bords de la photo, dont la couleur a pâli à l'endroit des pliures. Le visage enfantin de Prem et ses dents manquantes. Son expression de pure joie. Elle lui sourit, touche le bout de son nez, puis celui de son frère. « Il était heureux, ajoute-t-elle dans un murmure. Il a eu une bonne vie.

— Oui, c'est vrai. » Jaya sourit, prend la main de Karina dans les siennes et la serre très fort. « Et il est toujours avec nous. »

Karina croise le regard de sa mère et acquiesce d'un signe de tête, partageant ce premier moment de véritable compréhension depuis bien longtemps. Son père semble un peu incertain, mais ses yeux sont embués de larmes et il lui prend l'autre main. Pendant quelques instants, ils contemplent tous les trois en silence le visage souriant de Prem, soudés.

*

Keith sort de la pièce et Jaya prend le temps d'observer sa fille. Cela ne fait que cinq mois qu'elle ne l'a pas vue, mais entre-temps Karina a maigri, son visage a bruni au soleil et Jaya aperçoit quelque chose de nouveau dans ses yeux qu'elle n'arrive pas bien à identifier. « Ça va aller, ma chérie. On te ramène à la maison. » Elle lui serre le bras et la voit tressaillir. Jaya prend cela pour une réaction à ses paroles mais au moment où Karina le retire, elle comprend que c'est de l'avoir touchée. Se rappelant les mots de la policière, elle relève délicatement la manche de la chemise blanche de Karina et aperçoit les coupures et éraflures encore à vif sur l'intérieur de son avant-bras. À première vue, elles partent dans tous les sens mais, en y regardant de plus près, elle distingue une grille de lignes parallèles qui n'a pu être faite qu'intentionnellement. Elle lève les yeux vers Karina, qui évite son regard. Jaya redescend sa manche et Karina ramène le bras à sa poitrine dans un geste de protection.

Elle a choisi de s'infliger une souffrance physique pour masquer ses blessures intérieures. La douleur physique est parfois plus facile à supporter, comme l'a appris Jaya en voyageant avec le gourou et en travaillant à l'ashram dans des conditions de confort minimales, dormant par terre, voyageant en bus et jeûnant régulièrement. Les maux intérieurs sont plus difficiles à endurer, mais ce n'est qu'en affrontant ces démons émotionnels et psychologiques que l'on peut réellement trouver la paix. Jaya a subi la pire perte qui soit et a dû lutter pendant des années avec un mélange de culpabilité, de douleur et de chagrin pour retrouver un sens à ce monde et à sa vie ; elle arrive même à y voir de la beauté. Elle sait que sa fille finira par y parvenir, elle aussi.

Ce qu'elle voit maintenant, quand elle regarde Karina, c'est la jeune fille acharnée qui l'habite : l'enfant qui s'était battue pour adopter l'avorton de la portée, qui aimait profondément son frère, qui a toujours foncé pour faire ce qu'elle voulait, sans avoir jamais besoin de personne, apparemment. Mais, à présent, Karina a besoin d'elle. Sa fille tend la main hors de l'eau, cherche désespérément à se raccrocher à quelque chose. Et cette fois-ci, Jaya ne va pas la lâcher.

« Tu te rappelles, demande-t-elle en lui prenant doucement le poignet, quand Prem a eu sept ans et qu'il s'est réveillé tôt pour nous préparer le petit déjeuner le jour de son anniversaire ? »

Karina sourit en fronçant le front. « Est-ce qu'il n'avait pas mis le feu à quelque chose ? »

Jaya acquiesce. « Au grille-pain. Il avait d'abord beurré le pain – tu sais comme il adorait le beurre –, donc le beurre a coulé et tout est parti en flammes. Pauvre chou, il a essayé d'aller récupérer sa tranche et s'est brûlé la main.

— Papa était tellement en colère, rit Karina. Il a dû utiliser l'extincteur et il y avait de la mousse dans toute la cuisine, y compris dans la machine à café.

— Oui, deux appareils détruits en même temps que notre petit déjeuner », sourit Jaya.

Karina sourit à son tour. « J'avais oublié ça. »

Après un moment de silence, Jaya murmure : «J'y repense chaque jour. À l'époque, c'était un désastre. Mais aujourd'hui je ne vois que la joie d'un petit garçon qui aimait tellement la vie qu'il était impatient de fêter son anniversaire.»

Karina ferme les yeux et se plonge dans ses souvenirs. « Il avait dit qu'il voulait nous remercier de l'avoir fait entrer dans la famille. » Une larme glisse sur sa joue et se mêle à son sourire.

« La souffrance est toujours là pour une raison, dit Jaya, pour nous enseigner quelque chose, que ce soit de ne pas mettre la main dans un four chaud ou de ne pas tomber amoureuse de la mauvaise personne. » Karina lève des yeux ébahis vers sa mère. Bien sûr qu'il s'agit d'amour. Y a-t-il autre chose qui puisse causer autant de peine ? « Et une fois qu'on a appris ce qu'on devait apprendre, poursuit Jaya, on a progressé. Les blessures cicatriseront, dit-elle en touchant légèrement le bras de sa fille, et cette douleur à l'intérieur t'aidera à grandir. »

*

Keith revient dans la pièce, sachant maintenant quoi faire. « Il est trop tard pour reprendre la route, alors je nous ai réservé deux chambres pour la nuit. On peut dormir un peu et repartir frais et dispos demain matin. » Jaya acquiesce en regardant Karina, mais sa fille ne semble plus capable de prendre la moindre décision aujourd'hui ; elle se contente de se lever en laissant la couverture grise sur la chaise.

Ils s'arrêtent au premier restaurant venu, un restaurant italien familial où la musique et l'ambiance joyeuse tranchent ironiquement avec leur état d'esprit. Ce n'est pas l'heure du déjeuner ni du dîner et aucun d'entre eux n'a particulièrement faim, mais cela leur semble la chose à faire, de nourrir leur fille. Keith et Jaya s'assoient de part et d'autre de Karina autour de la table en demi-lune et la regardent piocher sans intérêt dans d'énormes assiettées de fettuccine et de salade César.

Keith prend un crayon de couleur bleu dans un verre sur la table et se met à dessiner un grand ovale au milieu de la nappe, puis donne un petit coup de coude à Karina. Elle prend un crayon vert et dessine une ligne ondulée à côté de l'ovale, l'air absent, et Keith se sent encore plus mal que si elle avait refusé de jouer. Il essaie à nouveau, délicatement, d'aborder ce qui s'est passé les derniers mois. « Ma chérie, tu sais que tu peux tout nous dire. »

Mais Karina ne répond pas. Elle est épuisée, l'ombre d'elle-même. Jaya lance un regard d'avertissement à Keith, lui-même à bout et qui préfère s'étourdir en buvant un autre verre de mauvais chianti. Avec le crayon rouge, il dessine un drapeau qui dépasse de l'autre bout de l'ovale dans l'espoir que Karina reconnaîtra le début d'un cheval et lui ajoutera des jambes. Il pousse les crayons vers elle. Karina fixe l'image un long moment, puis se couvre le visage de ses mains et ses épaules se mettent à trembler sous les pleurs. Jaya regarde Keith, alarmée. Aucun d'entre eux ne comprend ce qui se passe.

« Je n'ai pas pu le sauver, dit Karina en pleurant. Je n'ai pas pu… je n'ai pas pu le *sauver.* » Ses mots se transforment en sanglots ; elle halète, s'étrangle et prend de grandes bouffées d'air.

Jaya met le bras autour de ses épaules. « Ma chérie… on a déjà parlé de ça. Tu sais que tu n'es pour rien dans la mort de Prem. Personne ne t'accuse. »

Karina secoue violemment la tête, comme pour chasser quelque chose de son esprit. Keith est affolé de la voir ainsi lutter avec elle-même. « August…, gémit-elle. Je n'ai pas pu le sauver. »

Jaya lance un regard inquiet à Keith. « Qui est… August ? »

Keith sent le sol se dérober sous ses pieds au fur et à mesure que Karina raconte : une bagarre entre amis, des coups de poing, une mort accidentelle. Et soudain un flot de paroles se déverse d'elle, qu'elle n'arrive pas à endiguer. Elle reconnaît avoir quitté l'université pour vivre avec une bande de hippies à Rancho Paraíso. Keith est allé plusieurs fois à Rancho Paraíso avec des clients, jouer au golf ou dîner au restaurant français niché dans le quartier. C'est le genre de hameau endormi où il aurait pu s'imaginer prendre sa retraite, à l'époque où il faisait des plans de vie aussi conventionnels. Apparemment, sa fille a vécu là pendant tout ce temps avec une douzaine de personnes, une espèce de communauté un peu cinglée.

Lorsqu'elle leur parle de la ferme de marijuana, Keith sent son cœur le lâcher : l'absence de licence, les envois dans d'autres États américains, les achats d'équipement avec sa carte de crédit, que son assistante paie automatiquement sans qu'il vérifie jamais. Il apparaît clairement que Karina s'est rendue complice d'activités criminelles, et l'on pourra probablement même affirmer que c'est elle qui dirigeait toute l'opération. Il a appris depuis un an comment les avocats parviennent à déformer les choses pour rendre une personne coupable.

Au fur et à mesure que les révélations s'accumulent, Keith prend conscience qu'il ne connaît absolument pas sa fille. Ce qu'il considérait comme un processus naturel de passage à l'âge adulte n'était en réalité qu'une série de mensonges élaborés et d'omissions délibérées visant à lui cacher la vérité. Comment cette fille intelligente et responsable est-elle tombée dans ce genre d'escroquerie ? Ce type, Michael ou Micah, peu importe son nom – Keith va le faire payer. À l'idée de savoir Karina associée à un charlatan aussi manifeste, embarquée dans du trafic de drogue, des arnaques au fisc, des litiges fonciers, *un homicide ?*, tout son corps frémit d'un désir de vengeance.

Ils sortent du restaurant et rentrent à l'hôtel en silence. Keith bout intérieurement. Jaya monte mettre leur fille au lit, Keith lui dit qu'il l'attendra au bar de l'hôtel. Il appelle son avocat et fait les cent pas dans l'entrée en attendant qu'il décroche. « Carl, Dieu merci…

— C'est pas vrai, Keith, tu as vraiment un sixième sens, dit Carl.

— À propos de quoi ? demande Keith, dérouté.

— La SEC. J'imagine que tu appelles pour ça.

— Quoi ? Non. Je… Quoi ? Tu as eu des nouvelles ? » Keith se tourne face au mur et ferme les yeux pour se préparer. « Dis-moi.

— On a de la chance, Keith. Ils vont signer un accord. Tu devras payer une amende, importante. Trois fois ton bénéfice, donc deux millions et demi, mais en échange ils sont prêts à renoncer à te poursuivre au pénal.

— C'est… euh… c'est une grosse somme. Mais j'imagine que je peux la regagner en quelques années, non ? » Keith se détourne du mur et se passe la main dans les cheveux, envahi par un étrange soulagement. « Merci, Carl. Merci beaucoup.

— Je n'ai pas que de bonnes nouvelles, Keith. » Longue pause au bout du fil. « Tu ne dois pas plaider coupable, mais tu n'auras pas le droit de travailler dans le secteur des valeurs mobilières pendant cinq ans.

— Quoi ? » Keith chuchote presque. « Je… c'est impossible. Il doit y avoir un autre moyen.

— Il n'y en a pas, répond Carl d'une voix ferme. J'ai déjà réussi à les faire baisser, normalement c'est dix ans pour ce genre de cas. C'est à prendre ou à laisser, Keith : soit l'amende et l'interdiction de cinq ans, soit un procès. Et on a déjà vu pourquoi tu ne pouvais pas aller au procès.

— Je ne connais rien d'autre que la banque, proteste faiblement Keith. Comment… » Sa voix se fissure. « Comment je vais nourrir ma famille ?

— Tu trouveras une solution. Tu es un type intelligent, Keith. C'est un coup, un sacré gros coup, mais tu vas le surmonter. »

Keith ferme les yeux. Il ne peut pas réfléchir à cela maintenant. Il soupire et baisse la voix. « Écoute, Carl, la raison pour laquelle je t'appelais… Je suis à Santa Barbara avec ma fille, et elle a des ennuis. J'ai besoin du meilleur avocat pénal que tu connaisses ici. »

*

En entrant dans le bar, Jaya aperçoit Keith attablé dans un coin tranquille devant deux verres. Elle repense à leurs vacances en famille quand les enfants étaient petits ; Keith et elle s'échappaient de la chambre pour boire un dernier verre une fois que les enfants étaient couchés, en restant toujours à portée de babyphone. Parfois ils se contentaient d'aller au bout du couloir.

« Comment va-t-elle ? lui demande Keith.

— Elle dort. Épuisée. » Jaya prend son verre et avale une gorgée. Celui de Keith est déjà à moitié vide.

« Je n'arrive pas à croire… » Il hoche la tête.

« Elle avait l'air tellement heureuse en décembre. On parlait de ce qu'elle ferait comme *master*, bon sang. » Keith garde le silence un moment. « Quand je pense à ce qu'elle a vécu. Comment ai-je pu ne rien voir – les signes, les mensonges ? »

Jaya se surprend à tendre le bras et serrer la main de Keith. « Moi non plus je n'ai rien vu. Ce qui est important, c'est ce qui se passe maintenant, ce qu'on fait.

— J'ai parlé à un avocat, dit Keith. Il vient ici demain matin nous exposer les différentes options. Je pense qu'on devra probablement retourner au poste de police. »

Jaya acquiesce et commence à relâcher les épaules. Elle boit rarement désormais et après deux bonnes gorgées, elle sent déjà les effets de ce whisky raffiné et coûteux.

« Et cette policière a dit qu'elle devrait aller voir quelqu'un », poursuit-il prudemment.

Jaya repense aux marques rouges sur le bras de Karina. « Oui, répond-elle. Un thérapeute. Je pense que nous devrions tous y aller. J'appellerai demain. »

Keith soupire et le soulagement se lit sur son visage. « Bien. Merci.

— Elle est plus forte que ce que tu crois, dit Jaya. Elle a besoin de temps pour guérir, mais c'est une battante et elle s'en sortira.

— Comment peux-tu avoir une telle foi ? s'émerveille Keith. En général, ça me rend fou mais je dois admettre... » Sa voix se brise. « Là, je voudrais désespérément croire que tout va s'arranger.

— Ça va s'arranger, répond Jaya en lui serrant la main un peu plus fort. Nous avons déjà survécu à la pire des choses. »

*

Sans le gong pour la réveiller le lendemain matin, Karina dort tard. Au lever, elle est seule dans la chambre et descend au restaurant de l'hôtel retrouver ses parents, qui l'attendent devant une tasse de café. Ils passent commande, un petit déjeuner américain complet avec pancakes, œufs au bacon, pain grillé et fruits pour Karina, à nouveau affamée après avoir à peine mangé le soir précédent, comme si son corps hésitait à se nourrir.

« Karina. » Keith tend la main par-dessus la table. « Tu as bien fait de tout nous raconter hier. Tu ne saisis peut-être pas complètement, mais tu as été mêlée à une activité criminelle assez grave dans cet endroit.

— Le Sanctuaire », le corrige Karina. Le terme qu'il a utilisé donne l'impression qu'il s'agit d'un lieu ordinaire, comme s'il ne comprenait pas ce qui l'a attirée là-bas au départ ou la vision qu'elle estime encore devoir défendre.

« Oui, le Sanctuaire, dit-il en jetant un coup d'œil à Jaya et en acquiesçant d'un signe de tête. Donc, étant donné ton implication dans certaines de ces activités, nous avons parlé à un avocat ce matin et pris quelques conseils. »

Karina regarde sa mère, qui approuve d'un air solennel. *Nous ?*

« Il recommande d'aller à la police et de leur raconter tout ce que tu sais – l'opération cannabis, le comportement frauduleux avec le voisin, la… mort… de ton ami.

— August, intervient Jaya.

— Oui, poursuit son père. L'avocat viendra avec nous et tentera de t'obtenir une protection en échange de ton témoignage. »

Karina sent l'angoisse monter. Que va-t-il arriver à ses amis – Ericka, Zoe, Jasmine – si elle raconte tout ? Que va leur faire Micah, que va-t-il lui faire à elle ?

Jaya se penche et lui prend la main. « Ça va aller, ma chérie. » La serveuse les interrompt pour servir les plats. L'assiette qu'elle pose devant Karina est ridiculement énorme et lui provoque un nouvel accès de nausée. Karina l'éloigne et tente de réfléchir aux paroles de ses parents.

« Je sais que tu as peur, ma chérie, reprend son père. Mais tu dois dire à la police tout ce que tu as vu ou ce à quoi tu as participé. Tu devras probablement revenir pour témoigner s'il y a un procès. »

Karina est prise de tremblements. « Que va-t-il arriver à mes amis ? » Elle voit ses parents échanger un regard, décidant en silence qui va lui répondre, une forme de communication et d'accord entre eux qu'elle n'a plus vus depuis Avant.

« Ma chérie, commence Jaya en se penchant pour prendre la main de Karina dans les siennes, tu aimes tes amis, n'est-ce pas ? »

Karina fait oui de la tête. Elle plonge les ongles de son autre main dans sa cuisse, mais la douleur aiguë ne parvient pas à la distraire.

« Et tu n'as pas peur de ce qui pourrait leur arriver là-bas ? »

Karina entend le craquement de la tête d'August contre le mur du box et revoit son corps sans vie. Elle essuie avec sa manche les larmes qui se sont mises à couler.

Sa mère se penche un peu plus, de l'acier dans les yeux. « Je sais que tu n'as pas pu sauver August, dit-elle, mais tu peux sauver les autres à présent. »

Karina sent la force de sa mère électrifier l'air. Son père acquiesce en silence de l'autre côté de la table, les yeux brillants. Karina pense à ce qui ne peut plus être réparé et s'efforce de rassembler son courage pour ce qu'elle va devoir faire. Lorsqu'elle réussit enfin à parler, sa voix n'est guère plus qu'un murmure : « Je peux les sauver à présent. »

49. Les Olander
Mai 2016

Jaya écarte les cheveux de ses yeux du revers de sa main gantée. Elle et Karina sont occupées à planter les deux nouvelles plates-bandes surélevées que Keith a installées dans le jardin de derrière. Ils ont dû arracher de l'herbe pour leur faire de la place – une partie de la pelouse plantée il y a des années à l'emplacement de la piscine. Karina a suggéré de mélanger fleurs, herbes, légumes et arbustes fruitiers, un dessin plus naturaliste qui devrait permettre d'augmenter la récolte. Cela fait des années que Jaya n'a plus jardiné, déléguant cette tâche au paysagiste qui vient une fois par semaine. Et, autrefois, toutes ses plantes poussaient dans des rangées minutieusement séparées. Elle n'a jamais vu le type de jardin que Karina a créé, mais se réjouit d'avance de son potentiel. Le pépiniériste l'a confirmé : grâce à la diversité des pollens, les plantations attireront les abeilles et les papillons.

Un colibri vibre juste à côté de Jaya, qui l'observe un moment : sa tête étonnamment plus grande que son corps, ses ailes qui battent si rapidement qu'elles sont floues. L'oiseau s'envole ensuite vers l'endroit où Karina laboure la nouvelle terre et la mélange avec des nutriments. Jaya regarde sa fille s'arrêter pour observer longuement la créature miraculeuse avant de retourner à sa tâche. Tous les matins, Karina vient ici seule. Jaya la trouve souvent en train de méditer sur le banc en bois qu'ils ont installé dans le jardin. Certains jours, elle la rejoint, récitant ses prières en silence ou se contentant d'exprimer sa gratitude d'avoir sa fille à la maison, hors de danger. Puis elles se mettent au travail – parfois ensemble, parfois l'une à côté de l'autre mais se livrant à des activités différentes.

Depuis un an, Jaya réapprend le rôle de parent. Quand ses enfants étaient plus petits, il s'agissait d'assurer les tâches essentielles : les nourrir, les habiller, veiller à ce qu'ils reçoivent une bonne éducation et de bons soins dentaires. Les protéger des dangers. Lorsqu'elle s'était trouvée incapable de remplir cette mission élémentaire avec Prem, tout le reste s'était effondré comme un château de sable. À l'époque, la quête d'une paix intérieure lui semblait essentielle à sa survie, mais elle comprend désormais qu'elle en a payé le prix. Elle n'a pas appris à sa fille à développer sa confiance dans ce qui la rend unique. Elle ne lui a pas montré comment fortifier son cœur face aux déceptions et aux trahisons inévitables de la vie. Elle ne l'a pas aidée à cultiver un instinct pour comprendre les gens. Jaya pourrait se reprocher indéfiniment ces manquements, mais à quoi bon.

S'il y a une chose importante que Keith et elle ont réussi à instiller chez leur fille, c'est une force intérieure. Seule une personne solide serait capable de supporter tout ce qu'ils savent maintenant que Karina a enduré : les choses terribles qui lui sont arrivées, celles qu'elle s'est infligées et celles qu'elle a portées avec elle dans sa tête. Désormais, lorsqu'elle ressent l'envie de se faire du mal, elle en parle : avec Jaya, avec Keith, avec ses amis ou la thérapeute. Et aujourd'hui, Jaya possède les outils pour la soutenir. Aujourd'hui, on lui a de nouveau donné la possibilité d'être la mère dont Karina a besoin en ce moment décisif.

La vie est merveilleuse. Jaya a mis à l'épreuve ses convictions spirituelles lorsqu'elle a dû les intégrer au monde dans lequel Keith et elle doivent aider leur fille à se frayer un chemin. Il est donc possible, même si ce n'est pas facile, de concilier les défis de la vie sur terre avec la vérité divine. Elle se prend parfois à se demander si les choses auraient été différentes pour Karina, ou dans sa propre relation avec son mari, si elle avait trouvé cet équilibre plus tôt. Mais ce n'est pas en ressassant le passé qu'elle va aider sa fille aujourd'hui. Il lui suffit de savoir qu'ils ont désormais réussi à refermer ensemble le chapitre de leur crise familiale, qui s'était ouvert sur la perte d'un enfant et se termine sur la guérison de l'autre.

« Hé, Ginger. » Elle se penche pour caresser

le nouveau membre de la famille, un Beagle brun doré qui détale vers un coin du jardin pour aller déterrer un trésor. Jaya sourit en voyant le colibri retourner vers Karina et se percher sur une branche en fleur à côté d'elle. Karina tend un doigt pour encourager la petite créature à se poser dessus. Jaya voit Prem partout en ce moment, surtout chez sa sœur.

*

De la fenêtre de la cuisine, Keith observe Karina et Jaya qui travaillent dehors. Un orgueil nouveau l'envahit chaque fois qu'il regarde ces plates-bandes surélevées : construites avec des poutres en cèdre massif de deux mètres de long, parfaitement parallèles et au même niveau, avec un filet dans le fond pour éloigner les nuisibles. C'est la première fois de sa vie qu'il fabrique quelque chose entièrement de ses mains et il en tire un étrange sentiment d'accomplissement. Il a déjà commencé son prochain projet : une niche pour Ginger – ou plutôt une sorte de cabanon pour chien que son père, qui insistait pour que leurs chiens dorment dans le garage, trouverait ridicule.

Cette année n'a pas été facile. Découvrir tout ce que leur fille avait enduré était presque insupportable. Mais Jaya l'a surpris. Elle s'est montrée plus forte que ce qu'il aurait pensé, plus forte que lui, en tout cas. Après la mort de Prem, Keith avait fait tant d'efforts pour porter sa famille, et il avait échoué. Aujourd'hui, il a surtout le sentiment de ne pas être seul à affronter cette crise. Il suit souvent Jaya, car elle semble savoir comment répondre à Karina lorsque lui-même hésite.

Il s'est engagé à rester au courant de la situation à Santa Barbara, communiquant sur l'affaire avec la police et le bureau du procureur. Il n'y aura pas de procès finalement, puisque l'accusé (Micah, comme Karina continue à l'appeler) s'est pendu avec un sac poubelle dans sa cellule juste après son arrestation. Au début, Keith s'est senti floué : il perdait la possibilité de voir ce salaud souffrir et payer pour ses crimes. Mais Jaya l'a aidé à se débarrasser de sa colère, et maintenant il comprend que tout cela vaut mieux pour Karina, que cela lui permet d'aller de l'avant sans avoir à témoigner et revivre son traumatisme.

La police a mis trois mois à fouiller le Sanctuaire et établir l'ensemble des crimes, confisquant vingt kilos de cannabis sans licence et découvrant un cadavre enterré dans une fosse peu profonde derrière les écuries. Il n'y avait pas assez de preuves pour accuser aucun des autres résidents. Karina s'est efforcée d'en retrouver certains – c'étaient ses amis, insistait-elle –, mais la plupart d'entre eux semblent avoir disparu. Des rumeurs racontent qu'ils se seraient regroupés dans une nouvelle maison sous la direction d'un nouveau chef, quelque part dans les environs de Calabasas.

Une fois la propriété vidée, le propriétaire, Joe Petrosyan, l'a revendue pour un prix dérisoire à une acheteuse étrangère qui cherchait exactement ce genre de terrain à Rancho Paraíso pour monter un centre équestre de niveau international et loger les participants à ses concours de dressage. Le conseil de quartier a rapidement voté pour débaptiser la rue où s'était installé le Sanctuaire, de sorte que le groupe a non seulement été démantelé, mais effacé de l'histoire.

Pour Keith, l'année écoulée s'est avérée un véritable cadeau à bien des égards, même s'il a eu du mal à s'adapter à son nouveau statut de chômeur. D'abord, cela lui a donné la possibilité de se concentrer sur Karina. Il passe à la maison tous les jours et ils ont l'impression d'être à nouveau une famille, de la meilleure façon possible. Il a suivi des cours de cuisine avec sa fille et ils ont appris à préparer davantage de plats végétariens – lentilles, currys de tofu et steaks de chou-fleur rôti, que Jaya mange de bon appétit. Mais certaines choses n'ont pas changé : le vendredi soir, Karina et lui font toujours un sort à l'énorme pizza aux pepperonis qu'ils font livrer à la maison. Ça lui rappelle, un peu différemment, son époque londonienne avec Jaya, lorsqu'ils découvraient ensemble la gastronomie et apprenaient à former un couple. Maintenant ce sont eux trois, une unité reconstituée, qui apprennent à se construire autour d'une pièce manquante sans se perdre.

Keith a vendu son appartement, dont la valeur avait considérablement augmenté avec le développement de la Silicon Valley, pour s'installer dans un duplex plus modeste tout près de la maison de Jaya, à Los Altos. En ce moment, de toute façon, il n'y rentre que le soir pour dormir, et le déménagement lui a donné une plus grande marge de manœuvre financière après avoir payé l'amende à la SEC. En fin de compte, personne de sa famille n'a tiré profit de la fortune qu'il avait amassée en travaillant autant : Jaya a toujours pensé que trop d'argent corrompt et Karina tenait à son indépendance financière. À vrai dire, cette opération illégale était motivée avant tout par son ego, cet ego qui avait creusé un fossé entre lui et Jaya, et même entre lui et Karina : sa capacité limitée à les apprécier pour ce qu'elles étaient plutôt que ce qu'elles pourraient être. Cette prise de conscience ne s'est pas faite sans douleur, à force de travail avec la thérapeute qu'ils consultent individuellement et en famille. Ils parlent tous beaucoup plus honnêtement qu'avant, et parfois c'est affreusement douloureux, plus douloureux même que la thérapie qu'ils avaient suivie après la mort de Prem. Mais cette honnêteté leur donne quelque chose de plus précieux que la douleur causée : un moyen d'avancer, de se pardonner mutuellement et à eux-mêmes, un avenir en tant que famille, pas simplement en tant qu'individus.

*

Karina remarque le mélange de couleurs irisées dans le battement d'ailes rapide de l'oiseau, un peu comme une goutte d'huile qui tomberait dans une flaque d'eau. Le jardin qu'elle a dessiné n'est pas encore terminé, mais il attire déjà toutes sortes de curieux visiteurs. Elle les imagine se retrouvant tous ici, venant récolter le pollen pendant la prochaine saison. Elle a du mal à croire que cela fera bientôt un an qu'elle est rentrée à la maison. Le temps passe de façon plus fluide aujourd'hui, pas comme au début où tout était si douloureusement lent. Revivre ses expériences au Sanctuaire, dévoiler aux autorités non seulement ce qu'elle avait enduré, mais les erreurs commises de bonne foi et par loyauté, lui avait pris toutes ses forces.

Tout ce qu'elle a raconté à la police sur Micah était faux. De son vrai nom Myron Williams, il était sous le coup de plusieurs chefs d'accusation pour avoir mis sur pied une ferme de champignons contaminés par l'E. coli dans l'Oregon et détourné de l'argent dans un magasin de cristaux à Las Vegas. Il n'avait jamais étudié à la Julliard School ni participé à un marathon. Il ne pouvait pas avoir voyagé dans le monde entier puisqu'il n'avait pas de passeport. Ces dernières années, il avait monté une escroquerie, le « squat de luxe », détériorant de manière intentionnelle des propriétés valant des millions pour y habiter sans payer de loyer. La douleur de Karina s'est ravivée lorsqu'elle a découvert que presque tout ce qu'elle avait cru de lui n'était que mensonges, qu'elle s'était tellement égarée dans ses jugements et son instinct. Elle trouvait un peu de consolation dans le fait d'assumer la responsabilité de ses actes et de collaborer avec la police pour libérer ses amis abandonnés. En échange de son témoignage qui avait permis d'arrêter enfin un criminel professionnel, les autorités s'étaient contentées de lui imposer des travaux d'intérêt général.

Au début, à son retour de Santa Barbara, Karina n'avait pas vraiment de raison de sortir du lit, jusqu'au jour où sa mère a ramené une petite chienne du refuge, un mélange Beagle-Retriever de quatre ans. Ils avaient quelques jours pour se décider, avait dit sa mère, mais la chienne s'était attachée à Karina, avec ses yeux doux et son poil couleur pain d'épice, et elle était entrée dans la famille. Karina a commencé à se lever tous les matins pour sortir Ginger, puis à courir avec elle dans le quartier, ce qu'elle fait désormais deux fois par jour. Elle n'avait plus couru depuis le lycée et l'équipe d'athlétisme, et cette sensation familière de brûlure dans la poitrine lui procurait une gêne bienvenue.

Quelques semaines après le retour de Karina, Izzy est rentrée de l'université et, lorsqu'elle a appris ce qui s'était passé, elle a annulé son voyage en Espagne pour rester avec elle. Elles sont allées tous les jours ensemble à l'écurie pour aider à s'occuper des chevaux, les brosser, remettre du fourrage, balayer les box et faire des promenades. Karina a prévu d'installer Buddy dans ces écuries dès que le refuge où il se remet à Santa Barbara le jugera assez costaud pour être transporté.

Karina s'est beaucoup reposée sur Izzy pendant cette période, lui confiant tous les détails honteux et embarrassants qu'elle avait gardés pour elle pendant si longtemps, et son amie n'a pas flanché. Son soutien inconditionnel lui a permis de partager ces vérités avec ses parents : le jour de la mort de Prem, les coupures qui avaient commencé juste après, les erreurs qu'elle avait continué à commettre avec Henry, puis Micah. Karina a téléphoné à Claire pour lui raconter la nuit avec Henry. « C'était peut-être aussi ma faute, je ne sais pas. Je n'aurais pas dû boire autant. Je n'aurais pas dû me rendre aussi vulnérable.

— Karina, arrête, a répondu Claire. Arrête de t'en vouloir. Je ne savais pas, je pensais que tu savais ce que tu faisais… Et peut-être que Henry aussi, parce que je ne crois pas que ce soit ce genre de gars. C'est vraiment un type bien », a-t-elle ajouté en baissant la voix.

Les mots et leur implication ont blessé Karina, mais la douleur ne lui était pas inconnue. Claire et elle ont pleuré ensemble au téléphone en se demandant mutuellement pardon pour leurs erreurs et le flétrissement de leur amitié qui en avait découlé.

James est venu lui rendre visite également, lorsqu'il a appris ce qui s'était passé. Après toutes les fois où Karina avait imaginé cette scène lorsqu'ils sortaient ensemble, il a finalement rencontré ses parents autour d'un dîner on ne peut plus normal dans leur cuisine. Son père a fait de la pizza à la polenta sur le barbecue, sa mère une salade César avec du chou kale. Puis Karina et James sont partis pour une longue promenade dans le quartier et Karina lui a montré certains des endroits de son enfance dont elle lui avait parlé. Elle ne s'est pas étendue sur sa vie au Sanctuaire, mais lui a avoué ce qu'elle avait ressenti après leur rupture. « Je te faisais vraiment confiance, et tu m'as blessée. À partir de là, c'est parti en vrille. »

James s'est arrêté sur le trottoir, s'est tourné vers elle et lui a pris les mains. « Je suis vraiment désolé, Karina, d'avoir été aussi con. » La Fille du yoga n'avait pas duré longtemps, lui a-t-il dit, quelques mois seulement. « Mais ce qu'on a eu toi et moi, c'était sincère. Tu as été mon premier amour, Karina, et c'est vrai, je ne l'oublierai jamais. »

Karina s'est rappelé les aspects positifs de leur relation, ses bons côtés à lui, le temps qu'ils avaient passé ensemble. Grâce à lui, elle s'était sentie belle, spéciale. Il l'avait encouragée à partir en Équateur alors qu'elle appréhendait. Même si leur relation s'était terminée, James lui avait montré à quoi ressemblait le véritable amour, et elle savait qu'elle voulait retrouver cela un jour. Son amour pour Prem aurait lui aussi un impact durable : la confiance inébranlable qu'il lui avait témoignée, la façon dont il la croyait plus forte qu'elle-même ne le pensait.

Elle a fini par comprendre que chaque amour rencontré la transformerait, contribuant à définir la personne qu'elle deviendrait.

Cette dernière année, Karina a passé de longues heures en thérapie à essayer de démêler les événements liés au Sanctuaire, comment elle s'était laissé manipuler et en était arrivée à suivre Micah et son autorité destructrice. La thérapeute l'a aidée à reconnaître les techniques utilisées sur elle – le bombardement d'amour, l'isolation sensorielle et sociale, le fait de la démolir pour ensuite la remettre sur pied, toutes techniques bien connues dans ce type de groupes. Elle a travaillé pour arriver à comprendre comment elle s'était laissée attirer par Micah et son message, pourquoi sa vie était si désordonnée avant même de le rencontrer. Elle avait tiré les mauvaises conclusions de certains événements, s'accusant de la mort de Prem, de la trahison de James et d'autres incidents dont elle n'avait jamais parlé, comme la nuit avec Henry. Lorsqu'elle y repense aujourd'hui, elle voit que sa force a toujours été là, mais pas toujours constructive. Elle l'a parfois dirigée contre elle-même et transformée en haine de soi, se rendant vulnérable à une personne comme Micah.

L'une des premières choses qu'elle a faites après le début de sa thérapie a été de retrouver Justin, par l'intermédiaire d'une communauté pour les victimes de sectes sur internet. À son grand soulagement, elle a appris qu'il était encore en vie, que Micah n'avait pas menti sur son départ. Ils se parlent souvent désormais, s'efforçant d'analyser ce qui leur est arrivé. Parfois, Justin regrette de ne pas être resté plus longtemps après avoir compris ce qui se tramait vraiment ; il aurait peut-être empêché la mort d'August ou les dommages infligés aux autres. Lorsque Karina lui dit de ne pas s'en vouloir, elle se rassure elle-même. Au Sanctuaire, tout le monde cherchait, exactement comme elle. Tout le monde rêvait d'un lieu où trouver sa place. Même Micah, si elle est véritablement honnête, n'avait pas que de mauvais côtés. Il a fait de bonnes choses pour elle, lui a enseigné quelques vérités importantes sur elle-même. Il y avait du vrai dans ses croyances et sa vision ; c'est ce qui explique que son message leur ait parlé à tous.

Karina a fini par prendre conscience que le type d'appartenance qu'elle recherche, elle l'a déjà. Elle a raconté à ses parents les choses terribles qu'elle leur avait dissimulées pendant des années, et ils ne l'ont pas abandonnée. Ils sont imparfaits, tous les trois, mais forment une famille.

Ils ont fêté le dernier Thanksgiving chez Stephanie Cortez, à Redwood City. Karina n'avait jamais vu pareille célébration – une foule d'au moins cinquante personnes arrivées avec des assiettes de *tamales*, de *pozole*, de farce et de cuisses de dinde – un mélange de deux cultures qui s'harmonisaient parfaitement et donnaient un résultat délicieux.

« La purée de pommes de terre avec du

mole, ça doit être quelque chose, dit Karina en goûtant la combinaison pour la première fois. Tellement meilleur que la sauce habituelle pour la dinde. L'année prochaine, je fais ça.

— Quoi ? L'année prochaine, tu viens ici. » Stephanie sourit. « Une fois que tu es sur la liste des invités des Cortez, tu ne peux plus en sortir. Et puis j'ai déjà goûté ta cuisine, tu te rappelles ?

— Je me suis beaucoup améliorée, proteste Karina. J'ai pris des cours avec mon père. » Stephanie hausse un sourcil, sceptique, et Karina lui fait un grand sourire. Elle a hâte de passer plus de temps avec elle pendant l'été, quand Stephanie fera son stage d'enseignement à Oakland, de l'autre côté de la Baie. Stephanie ne la traite pas comme une petite chose fragile ou abîmée ; elle se comporte comme elle l'a toujours fait, avec la certitude que Karina est forte et intelligente et qu'elle retrouvera son chemin.

« Moi aussi, je suis tombée amoureuse de lui. Je le trouvais cool et *beau gosse,* et puis charmant, lui a confessé Stephanie après avoir appris ce qui s'était passé. J'étais un peu jalouse, j'avoue. Ç'aurait facilement pu m'arriver. » Karina n'est pas sûre que ce soit vrai, même si sa thérapeute lui a expliqué que toutes sortes de gens tombaient sous la coupe des Micah du monde entier. « Il y a beaucoup plus de Sanctuaires que tu n'imagines », lui a-t-elle dit.

Karina suit des cours en ligne pour rattraper le temps perdu. Si tout se passe bien, elle retournera à l'automne sur le campus de Santa Barbara et obtiendra son diplôme un an plus tard que prévu. Mais elle a appris à ne pas faire de plans à trop long terme. L'objectif auquel elle travaille surtout, avec sa thérapeute, est d'arriver un jour à entrer de nouveau dans une piscine. Elle imagine ce qu'elle ressentira en trempant ses orteils dans l'eau, les yeux fermés. Elle s'entraîne à effacer les vieilles images de son esprit et à en convoquer de nouvelles. Le vaisseau spatial gris qui flotte sur l'eau, le corps mince de Prem dessus, les cheveux ébouriffés et un grand sourire aux lèvres. Il plonge sous le vaisseau et le contourne, fendant l'eau comme une flèche. Un long jet sorti du pistolet vert fluo forme un arc de cercle dans l'air et manque de l'atteindre. Il rit. *Kiki*, l'appelle-t-il en lui faisant un signe. *Kiki, viens !* Elle descend dans la piscine et sent l'eau monter jusqu'à ses mollets, sa taille, sa poitrine. Elle prend une longue inspiration, retrouvant le souvenir d'un petit garçon qui aimait la vie, qui aimait l'eau, qui vivait dans la joie.

Lentement, elle descendra les derniers centimètres et glissera dans l'eau. Elle n'est pas encore prête à le faire, mais ce jour viendra. Et Prem se tiendra à ses côtés, sans la hanter mais en l'encourageant, comme il l'a fait au bord de l'océan.

50. Prem

Il y a tant de façons de mourir sans réellement quitter le monde. Vous pouvez retrancher une partie de vous-même ou de vos sentiments, cesser de faire les choses que vous aimez ou perdre de vue vos rêves et vos objectifs. Vous pouvez vous séparer de ceux qui vous aiment ou ne jamais vouloir trouver l'amour, vous retirer du monde ou traverser la vie sans rien chercher de plus grand que vous. On pourrait croire que ce sont des façons de vivre, mais c'est faux. Ce sont des façons de mourir.

On a la chance d'avoir chacun son tour, plus ou moins long, sur cette planète en rotation. Je n'ai eu le droit qu'à huit ans sur le manège, ce qui veut dire que j'ai juste eu le temps de goûter le glaçage sur le gâteau mais la prochaine fois, j'aimerais bien rester davantage. J'ai vu les personnes que j'aime le plus au monde affronter le deuil, la solitude et la douleur. Le plus difficile est de savoir que j'ai modifié la forme de ma famille. Nous n'étions pas parfaits Avant, mais nous formions quelque chose de solide et de beau tous ensemble. Ils sont en train de trouver leur voie maintenant, Maman, Papa et Kiki, de trouver une nouvelle façon de se reformer sans moi. Je sais que leur paix et leur bonheur ont un prix : ils doivent penser un peu moins à moi, apprendre à ne garder que le meilleur, ce dont ils parviennent à se souvenir avec joie.

Je n'ai pas cessé d'être avec eux depuis ce jour. Ils peuvent me voir dans le soleil qui émerge des nuages, dans la fraîcheur de la brise par une journée de chaleur, dans le sentiment qu'ils éprouvent lorsqu'ils pensent à moi et sourient. Je suis toujours là. Comme l'air, comme l'eau.

DE LA MÊME AUTRICE

Aux Éditions Mercure de France

LA FILLE SECRÈTE, 2011 (Folio n° 5477).

UN FILS EN OR, 2016 (Folio n° 6234). Prix des lycéens Folio 2018.

« LA FAMILLE », 2021 (Folio n° 7131).

COLLECTION FOLIO

Dernières parutions

6920. Collectif	*La Commune des écrivains. Paris, 1871 : vivre et écrire l'insurrection*
6921. Jonathan Coe	*Le cœur de l'Angleterre*
6922. Yoann Barbereau	*Dans les geôles de Sibérie*
6923. Raphaël Confiant	*Grand café Martinique*
6924. Jérôme Garcin	*Le dernier hiver du Cid*
6925. Arnaud de La Grange	*Le huitième soir*
6926. Javier Marías	*Berta Isla*
6927. Fiona Mozley	*Elmet*
6928. Philip Pullman	*La Belle Sauvage. La trilogie de la Poussière, I*
6929. Jean-Christophe Rufin	*Les trois femmes du Consul. Les énigmes d'Aurel le Consul*
6930. Collectif	*Haikus de printemps et d'été*
6931. Épicure	*Lettre à Ménécée* et autres textes
6932. Marcel Proust	*Le Mystérieux Correspondant* et autres nouvelles retrouvées
6933. Nelly Alard	*La vie que tu t'étais imaginée*
6934. Sophie Chauveau	*La fabrique des pervers*
6935. Cecil Scott Forester	*L'heureux retour*
6936. Cecil Scott Forester	*Un vaisseau de ligne*
6937. Cecil Scott Forester	*Pavillon haut*
6938. Pam Jenoff	*La parade des enfants perdus*
6939. Maylis de Kerangal	*Ni fleurs ni couronnes* suivi de *Sous la cendre*
6940. Michèle Lesbre	*Rendez-vous à Parme*
6941. Akira Mizubayashi	*Âme brisée*
6942. Arto Paasilinna	*Adam & Eve*
6943. Leïla Slimani	*Le pays des autres*

6944. Zadie Smith	*Indices*
6945. Cesare Pavese	*La plage*
6946. Rabindranath Tagore	*À quatre voix*
6947. Jean de La Fontaine	*Les Amours de Psyché et de Cupidon* précédé d'*Adonis* et du *Songe de Vaux*
6948. Bartabas	*D'un cheval l'autre*
6949. Tonino Benacquista	*Toutes les histoires d'amour ont été racontées, sauf une*
6950. François Cavanna	*Crève, Ducon !*
6951. René Frégni	*Dernier arrêt avant l'automne*
6952. Violaine Huisman	*Rose désert*
6953. Alexandre Labruffe	*Chroniques d'une station-service*
6954. Franck Maubert	*Avec Bacon*
6955. Claire Messud	*Avant le bouleversement du monde*
6956. Olivier Rolin	*Extérieur monde*
6957. Karina Sainz Borgo	*La fille de l'Espagnole*
6958. Julie Wolkenstein	*Et toujours en été*
6959. James Fenimore Cooper	*Le Corsaire Rouge*
6960. Jean-Baptiste Andrea	*Cent millions d'années et un jour*
6961. Nino Haratischwili	*La huitième vie*
6962. Fabrice Humbert	*Le monde n'existe pas*
6963. Karl Ove Knausgaard	*Fin de combat. Mon combat - Livre VI*
6964. Rebecca Lighieri	*Il est des hommes qui se perdront toujours*
6965. Ian McEwan	*Une machine comme moi*
6966. Alexandre Postel	*Un automne de Flaubert*
6967. Anne Serre	*Au cœur d'un été tout en or*
6968. Sylvain Tesson	*La panthère des neiges*
6969. Maurice Leblanc	*Arsène Lupin, gentleman-cambrioleur*
6970. Nathacha Appanah	*Le ciel par-dessus le toit*
6971. Pierre Assouline	*Tu seras un homme, mon fils*
6972. Maylis Besserie	*Le tiers temps*
6973. Marie Darrieussecq	*La mer à l'envers*

6974.	Marie Gauthier	*Court vêtue*
6975.	Iegor Gran	*Les services compétents*
6976.	Patrick Modiano	*Encre sympathique*
6977.	Christophe Ono-dit-Biot et Adel Abdessemed	*Nuit espagnole*
6978.	Regina Porter	*Ce que l'on sème*
6979.	Yasmina Reza	*Anne-Marie la beauté*
6980.	Anne Sinclair	*La rafle des notables*
6981.	Maurice Leblanc	*Arsène Lupin contre Herlock Sholmès*
6982.	George Orwell	*La Ferme des animaux*
6983.	Jean-Pierre Siméon	*Petit éloge de la poésie*
6984.	Amos Oz	*Ne dis pas la nuit*
6985.	Belinda Cannone	*Petit éloge de l'embrassement*
6986.	Christian Bobin	*Pierre,*
6987.	Claire Castillon	*Marche blanche*
6988.	Christelle Dabos	*La Passe-miroir, Livre IV. La tempête des échos*
6989.	Hans Fallada	*Le cauchemar*
6990.	Pauline Guéna	*18.3. Une année à la PJ*
6991.	Anna Hope	*Nos espérances*
6992.	Elizabeth Jane Howard	*Étés anglais. La saga des Cazalet I*
6993.	J.M.G. Le Clézio	*Alma*
6994.	Irène Némirovsky	*L'ennemie*
6995.	Marc Pautrel	*L'éternel printemps*
6996.	Lucie Rico	*Le chant du poulet sous vide*
6997.	Abdourahman A. Waberi	*Pourquoi tu danses quand tu marches ?*
6998.	Sei Shônagon	*Choses qui rendent heureux* et autres notes de chevet
6999.	Paul Valéry	*L'homme et la coquille* et autres textes
7000.	Tracy Chevalier	*La brodeuse de Winchester*
7001.	Collectif	*Contes du Chat noir*
7002.	Edmond et Jules de Goncourt	*Journal*
7003.	Collectif	*À nous la Terre !*

7004. Dave Eggers — *Le moine de Moka*
7005. Alain Finkielkraut — *À la première personne*
7007. C. E. Morgan — *Tous les vivants*
7008. Jean d'Ormesson — *Un hosanna sans fin*
7009. Amos Oz — *Connaître une femme*
7010. Olivia Rosenthal — *Éloge des bâtards*
7011. Collectif — *Écrire Marseille.* 15 grands auteurs célèbrent la cité phocéenne
7012. Fédor Dostoïevski — *Les Nuits blanches*
7013. Marguerite Abouet et Clément Oubrerie — *Aya de Yopougon 5*
7014. Marguerite Abouet et Clément Oubrerie — *Aya de Yopougon 6*
7015. Élisa Shua Dusapin — *Vladivostok Circus*
7016. David Foenkinos — *La famille Martin*
7017. Pierre Jourde — *Pays perdu*
7018. Patrick Lapeyre — *Paula ou personne*
7019. Albane Linÿer — *J'ai des idées pour détruire ton ego*
7020. Marie Nimier — *Le Palais des Orties*
7021. Daniel Pennac — *La loi du rêveur*
7022. Philip Pullman — *La Communauté des esprits. La trilogie de la Poussière II*
7023. Robert Seethaler — *Le Champ*
7024. Jón Kalman Stefánsson — *Lumière d'été, puis vient la nuit*
7025. Gabrielle Filteau-Chiba — *Encabanée*
7026. George Orwell — *Pourquoi j'écris* et autres textes politiques
7027. Ivan Tourguéniev — *Le Journal d'un homme de trop*
7028. Henry Céard — *Une belle journée*
7029. Mohammed Aïssaoui — *Les funambules*
7030. Julian Barnes — *L'homme en rouge*
7031. Gaëlle Bélem — *Un monstre est là, derrière la porte*
7032. Olivier Chantraine — *De beaux restes*

7033. Elena Ferrante — *La vie mensongère des adultes*
7034. Marie-Hélène Lafon — *Histoire du fils*
7035. Marie-Hélène Lafon — *Mo*
7036. Carole Martinez — *Les roses fauves*
7037. Laurine Roux — *Le Sanctuaire*
7038. Dai Sijie — *Les caves du Potala*
7039. Adèle Van Reeth — *La vie ordinaire*
7040. Antoine Wauters — *Nos mères*
7041. Alain — *Connais-toi* et autres fragments
7042. Françoise de Graffigny — *Lettres d'une Péruvienne*
7043. Antoine de Saint-Exupéry — *Lettres à l'inconnue* suivi de *Choix de lettres dessinées*
7044. Pauline Baer de Perignon — *La collection disparue*
7045. Collectif — *Le Cantique des cantiques. L'Ecclésiaste*
7046. Jessie Burton — *Les secrets de ma mère*
7047. Stéphanie Coste — *Le passeur*
7048. Carole Fives — *Térébenthine*
7049. Luc-Michel Fouassier — *Les pantoufles*
7050. Franz-Olivier Giesbert — *Dernier été*
7051. Julia Kerninon — *Liv Maria*
7052. Bruno Le Maire — *L'ange et la bête. Mémoires provisoires*
7053. Philippe Sollers — *Légende*
7054. Mamen Sánchez — *La gitane aux yeux bleus*
7055. Jean-Marie Rouart — *La construction d'un coupable.* À paraître
7056. Laurence Sterne — *Voyage sentimental en France et en Italie*
7057. Nicolas de Condorcet — *Conseils à sa fille* et autres textes
7058. Jack Kerouac — *La grande traversée de l'Ouest en bus* et autres textes beat
7059. Albert Camus — *« Cher Monsieur Germain,... »* Lettres et extraits
7060. Philippe Sollers — *Agent secret*

Tous les papiers utilisés pour les ouvrages
des collections Folio sont certifiés
et proviennent de forêts gérées durablement.

Composition Soft Office
Impression Grafica Veneta
à Trebaseleghe, le 05 septembre 2022
Dépôt légal : septembre 2022

ISBN 978-2-07-297802-9 / Imprimé en Italie

433479